Kristin Billerbeck

LIEBES GLÜCK

Ein Ashley Stockingdale Roman

Aus dem Amerikanischen
von Natalia Chernysh

Brendow
VERLAG + MEDIEN

Die Ashley Stockingdale Romane

Band 1: Liebes Leben
Band 2: Liebes Abenteuer
Band 3: Liebes Glück

Bibliografische Information der Deutschen Nationalbibliothek
Die Deutsche Nationalbibliothek verzeichnet diese Publikation in der Deutschen Nationalbibliografie; detaillierte bibliografische Daten sind im Internet über http://dnb.d-nb.de abrufbar.

ISBN 978-3-86506-370-0

Originaltitel: With this ring, I'm confused
First published by WestBow Press, a division of
Thomas Nelson, Inc., Nashville, TN 3721
Übersetzt aus dem Amerikanischen von Natalia Chernysh

Einbandgestaltung: Brendow Verlag, Moers
Satz: BrendowPrintMedien, Moers
Druck und Bindung: Nørhaven, DK-Viborg
Printed in Denmark

www.brendow-verlag.de

1

So habe ich mir mein Brautkleid schon vorgestellt, als ich noch ein kleines Mädchen war: Es ist ein elegantes Kleid aus Schantungseide, mit Flügelärmeln, einem Herzausschnitt und winzigen Saatperlen, die am engen Korsett angenäht sind ... Saatperlen, ha! Jetzt, wo ich im Brautmodengeschäft stehe, hat es irgendwie „klick“ gemacht. Oh ja, ich will Satin! Meterweise! Ich will Pailletten und Kristalle und eine Schleife am Hintern, die so groß ist wie Brasilien, Keulenärmel und eine Schleppe, die praktisch auf der Bildfläche explodiert. Ich will etwas, das aus dem weißen Satin-Schneegestöber geradezu schreit: *Ich bin die Braut!* Her mit dem Winter, Baby! Ashley Stockingdale wird heiraten!

Okay, in Wirklichkeit habe ich dieses Ding nur an, um meine zukünftige Schwägerin zu ärgern. Emily Novak, in Atlanta arbeitslos, ist hier im Silicon Valley, um sicherzugehen, dass am Tag der Hochzeit alles glattläuft. Sie hat natürlich keinerlei Erfahrung auf diesem Gebiet, aber das scheint sie nicht im Geringsten zu stören. Ihrer Ansicht nach ist sie eine Expertin, und anscheinend soll uns das als Qualifikation genügen. Das und eine Ausgabe von Martha Stewarts *Wedding Planner*. Drei Tage lang musste ich mit ihr nach dem perfekten „Tussy Mussy“ suchen. Vor drei Tagen wusste ich noch nicht einmal, was das überhaupt sein soll, aber offensichtlich ist es „eingeweihten Bräuten“ wie meinen viktorianischen Vorfahren – und jetzt auch mir – überaus wichtig. Es ist ein Straußhalter. Logischerweise hält man ihn in den Händen, und deswegen sieht sowieso niemand das Design. Lautet die erste Regel für Mode nicht, dass sie auf jeden Fall gesehen werden sollte? Oder liege ich da falsch?

Ich höre, wie Emily in die Hände klatscht, und fühle, wie ich zusammenzucke, als sie den Raum betritt. „Nein, nein, nein. Wo hast du bloß dieses Kleid her? Es ist komplett falsch. *Ab-scheu-lich!*“ Das letzte Wort spricht sie gedehnt und betont jede Silbe einzeln, was mehr als nur eine zarte Andeutung der Sprechweise der Südstaaten ist.

Ich drehe mich um. „Aber es hat eine Schleife am Hintern.“

Sie seufzt ausgiebig. Ich scheine ihr eine Menge Seufzer zu bescheren. „Ashley“, sagt sie, als würde sie ausatmen. „Mein Bruder hat einen Ruf zu verlieren in Atlanta. Seine Braut wird in jedem Society-Blatt in Georgia für Furore sorgen. Das geht so einfach nicht.“

„Aber ich mag es. Es sagt: *Dieses Baby hat was zu bieten.* Verstehst du, was ich meine?“

„Ich habe keine Ahnung. Eine Novak-Braut sollte *ta-del-los* aussehen, und das Mindeste dafür ist Eleganz. Klassischer Stil. Denk an Jacqueline Kennedy, Lady Diana, Jennifer Aniston.“

„Jennifer Aniston?“, frage ich, und höre dabei das alte Sesamstraßenlied, in dem es darum geht, dass eines der Dinge einfach nicht dazugehört.

„Der Punkt ist, Ashley, du willst doch, dass Keh-vin bei deinem Anblick der Atem wegbleibt und er diesen Augenblick niemals vergisst. Dieses Kleid kann man total vergessen. Aber mach dir keine Gedanken. Ich habe mich schon um alles gekümmert.“

Ich habe eigentlich einen einwandfreien Geschmack, was Kleidung angeht. Ich könnte problemlos als Stylistin statt als Patentanwältin arbeiten, aber es macht mir so viel Spaß, Emily zu ärgern, dass ich einfach nicht anders kann. Ich will die pinkfarbenen Kleider anprobieren, die blauen, vielleicht sogar das goldgelb schimmernde. Ich will, dass Emily sich vorstellt, wie ich als Satin-Osterei den Gang hinunterschwebe. Klar, Sie denken bestimmt gerade, dass ich unreif bin, aber verschwenden Sie doch mal drei Tage für die Suche nach einem Straußhalter und sagen Sie mir dann, ob Sie sich anders fühlen. Ich hatte schon Patentverfahren, die schneller vonstatten gingen als das.

Sie klammert sich an dieses Martha-Stewart-Buch, als ob es alle Geheimnisse der Menschheit offenbaren würde. Sie hat es sogar in eine Ledermappe gesteckt und versucht, mich glauben zu machen, dass sie all diese brillanten Einfälle höchstpersönlich gehabt hätte, aber die Wahrheit ist: Bei der Hochzeitsplanung folgt sie dem Prinzip *Malen-nach-Zahlen*, und Martha gibt den Farbton an.

Tatsache ist, ich will Brea. Meine beste Freundin sollte hier sein, aber mir ist bewusst, dass es so gut wie unmöglich ist, einen Babysitter für zwei Kinder unter zwei Jahren zu bekommen. Besonders im Silicon Valley, wo Kinder höchstens als Lärm verursachender Schmutz gelten. Ich weiß, Brea würde Spaß an meiner kitschigen Fashion-Show haben; sie würde mir immer neue Kleider zum Anprobieren holen und wir würden kichern wie kleine Mädchen, während wir uns glitzernde Tiaras aufsetzen. Aber Brea ist beschäftigt, untergetaucht in einem Meer voller Windeln und Babybäuerchen, während Emily so entsetzlich viel Zeit hat. Das soll mal einer kapieren. Außerdem wollte Kevin unbedingt, dass ich endlich seine Schwester kennenlerne. Sie hat zu Hause nicht viele Freunde; ach, ist das nicht eine Überraschung?

„Ashley! Entschuldige, ich bin spät dran." Ich höre Breas Stimme und möchte zu ihr stürmen und ihr die Füße küssen. Sie schaut kurz auf mein Kleid und ich sehe, wie sich ein Lächeln auf ihrem Gesicht andeutet. „Es ist traumhaft! Aber ich glaube, dass es noch ein paar Schleifen auf den Ärmeln vertragen könnte. Es kündigt dich irgendwie nicht genug an. Lass mich noch mal in den Regalen nachsehen."

„Halt! *Ich* gehe", schreit Emily und verschwindet wutentbrannt.

Brea und ich können uns vor Lachen kaum halten. „Sieh dir meine Schleife an." Ich drehe mich um, damit sie nicht nur sehen kann, dass meine Schleppe mit Satin-Schleifen übersät ist, sondern auch, dass die eine, ganz besonders prominent platzierte Schleife auf meinem Hintern, einen Durchmesser von mindestens 30 Zentimetern hat. „Bin ich heiß, oder was? Nenn mir einen Mann, der mir widerstehen könnte."

„Du musst eins von den pinkfarbenen aus Satin anprobieren. Hast du die vielen fuchsiafarbenen an dem Ausverkaufsstand gesehen?"

Endlich jemand, der mich versteht.

„Arme Emily, sie hat genug ertragen müssen. Ich glaube, es

ist Zeit, dass wir es richtig angehen." Außerdem fange ich an, Hannah, die Verkäuferin, zu verärgern. Ich habe einfach meine Fünf-Protest-Minuten gebraucht. Aber jetzt ist alles wieder in Ordnung. Was habe ich mir nur dabei gedacht, als ich mich für meine Schwägerin als Hochzeitskoordinatorin entschieden habe? Wer bin ich denn, dass ich überhaupt einen Koordinator brauche? Jessica Simpson?

Hannah, die Verkäuferin, ist aus meiner Gemeinde und ganz liebreizend, aber auch sie hat ihre Grenzen. Ich würde dieses Kleid allein deswegen schon gerne kaufen, um es aus seiner Misere zu befreien, genau wie Charlie Brown den Weihnachtsbaum.

„Der Laden wird es sowieso nicht loswerden, selbst im Ausverkauf. Du tust ihm einen Gefallen, wenn du es überhaupt anprobierst." Brea rümpft die Nase beim Anblick des Kleids. „Wahrscheinlich haben sie es umsonst bekommen, von einem Designer, der irgendwann im Leben mal so etwas wie erfolgreich gewesen ist. Weiß Emily eigentlich, dass du das Vera-Wang-Kleid schon bestellt hast und wir nur hier sind, um Kleider für die Brautjungfern auszusuchen?"

Ts. „Mach mir ruhig ein schlechtes Gewissen. Ich hatte den perfekten Tag, bis du mich daran erinnern musstest, erwachsen zu werden. Alter ist relativ, weißt du."

„Du bist schrecklich und du wirst für immer mit dieser Frau leben müssen. Du heiratest schließlich ihren Bruder und wirst ein Teil ihrer Familie. Die Hochzeit ist dein geringstes Problem. Du solltest lieber an deine ersten Falten denken, oder – Gott bewahre! –Dehnungsstreifen, und wie sie sich darum reißen werden, dir Visitenkarten von Schönheitschirurgen zuzustecken. Mein Güte, in der Familie deines Verlobten sehen alle aus wie lebendige Werbeanzeigen für *Extrem-Lifting.*"

„Emily fährt noch dieses Wochenende zurück nach Atlanta!" Ich führe ein kleines Freudentänzchen auf. „Ab jetzt bin ich ganz brav. Ich habe mir nur ein bisschen die Zeit vertrieben, bis du kommen konntest." Ich schlüpfe aus diesem Etwas, dieser

Geschmacklosigkeit, die sich als Hochzeitskleid verkleidet hat, wenn man mal ehrlich sein will.

Kevin, mein Verlobter, ist bei den Reichen im Süden aufgewachsen. Sein Vater ist ein berühmter Chirurg und geht den Verpflichtungen nach, die einer vornehmen Familie angemessen sind. Deswegen lebt Kevin jetzt auch in Kalifornien. Er versucht, um diesen Lifestyle einen großen Bogen zu machen und sich auf seine große Leidenschaft zu konzentrieren: die Medizin. Aber langsam fange ich an zu glauben, dass Atlanta doch nicht so weit entfernt ist, wie ich immer dachte.

Emily betritt die übergroße Umkleidekabine mit einer Menge langweiliger Kleider, die allesamt sagen: *Ich bin zwar elegant, aber ich habe keine eigene Meinung und obendrein eine Sehschwäche.* Nun, ich bin Realistin und ich habe die Hochzeitsfotos meiner Mutter gesehen. Wenn sie mich etwas gelehrt haben, dann das: Halte dich an das Klassische und versuche nicht, irgendwelche Trends zu setzen. Andernfalls läufst du Gefahr, auszusehen wie Carol Brady, und zwar aus Sicht der nächsten Generation.

„Emily“, sage ich sanft. „Ich habe schon ein Vera-Wang-Kleid bestellt. Eigentlich wollte ich heute nur sichergehen, dass es das richtige war.“ Ich zwänge mich wieder in den Rock von meinem Kostüm.

„Wir mussten wirklich zuallererst das Kleid aussuchen. Und Tatsache ist, ich habe mir eins ausgesucht, um mich dann in allem anderen danach zu richten. Ich wollte eigentlich bis zum großen Finale warten, um es dir zu zeigen.“

„Irgendwie fand ich das nicht richtig“, sage ich. „Ich bin die Braut und *du* suchst das Kleid aus?“

„Aber ich musste das tun. Um eine gewisse Thematik zu schaffen.“

„Thematik?“, krächze ich. *Ich traue mich nicht, weiter nachzufragen. Erinnerungen vom Abschlussball kommen gerade wieder hoch.*

„Dein Name ist Ashley Wilkes Stockingdale. Dein Hund heißt Rhett. Dein Mann ist aus Atlanta, dem Zuhause der großartigen Margaret Mitchell. Dein Motto muss *Vom Winde verweht* lauten."

Ähm, nein, eigentlich muss es das nicht. „Weißt du, Scarlett und Rhett sind nicht unter den besten Bedingungen auseinandergegangen. Ich glaube, das wäre vielleicht nicht das richtige Motiv für eine Hochzeit." Ich grinse. Damit könnte ich die Anführerin der Cheerleader sein. „Oder?"

„Ashley und Rhett sind für alle Ewigkeiten verliebt in einandah, so wie du und mein Brudah es sein werden. Ich würde es liebend gern sehen, wie du unter erhobenen Schwertern von Südstaatensoldaten entlangschreitest."

„Aber ich bin doch ein Yankee", sage ich mit der allergrößten Ernsthaftigkeit. *Ich bin ein Yankee? Ich bin eine Patentanwältin im Silicon Valley und im neuen Millennium angekommen.* Irgendetwas an dieser Unterhaltung lässt mich die Wirklichkeit ausblenden. „Was ich meine, ist, ich stamme aus Kalifornien. Strand, Hollywood, Filmstars." Ja, ich geb's zu, ich lebe weit weg von all diesen Dingen, aber ich könnte sie jederzeit haben, wenn ich wollte.

„Dass du ein Yankee bist, werden wir schon nicht gegen dich verwenden. Immerhin werden sich die Uniformen der Südstaaten nicht mit Keh-vins Smoking beißen, so wie die der Union es tun würden."

Hilfe! Ich sehe rüber zu Brea. Mein Blick sagt ihr: *Ich glaube, sie ist total wahnsinnig. Hilf mir!*

„Ich glaube, was Ashley versucht dir zu sagen, ist, dass das nicht die Art Hochzeit ist, die sie sich vorgestellt hat", sagt Brea. „Du kannst dir bestimmt vorstellen, wie eine Braut von ihrem besonderen Tag träumt. Und ich habe noch nie davon gehört, dass ein Hochzeitsplaner das Kleid aussucht."

„Ja sicher, aber mein Brudah ist der Bräutigam. Er hat ja wohl auch etwas zu sagen." Man hört nur dann Emilys Südstaatenakzent, wenn sie wütend wird. Ich muss mich in Zukunft vor diesem Akzent in acht nehmen.

„Kevin hat noch nie von Soldaten auf unserer Hochzeit gesprochen." Ich kann mir nicht vorstellen, dass mein Dr. Kevin Novak, Kinderchirurg am Lucille Packard Kinderkrankenhaus in Stanford, von einer Südstaatenhochzeit träumt, aber vielleicht kennen wir uns einfach noch nicht lange genug.

„Ashley, der Sinn einer Hochzeit besteht darin, zwei Familien miteinandah zu vereinigen." Emily verschränkt ihre Finger ineinander. „Unsere Familie ist aus dem Süden und stolz auf dieses Erbe. Nur weil deine Familie keine solche Tradition besitzt, heißt das nicht, dass wir unsere Wurzeln vergessen sollten. Würdest du mir da nicht zustimmen?"

Ich stemme meine Fäuste in die Hüften. „Wir sollen keine Traditionen haben? Dann lass ich dich hiermit wissen, dass wir auf jeder einzelnen unserer Hochzeiten den Ententanz getanzt haben. Außerdem ist der erste Song, der gespielt wird, immer *Celebration* von Kool and the Gang, so wie das bei jeder guten amerikanischen Hochzeit sein sollte. Ich nehme an, du findest auch, dass der *Macarena* geschmacklos ist?"

Ich spüre Breas Hand auf meinem Rücken. „Diese Diskussion führt uns nicht weiter, meine Damen. Wollen wir nicht lieber die Kleider für die Brautjungfern aussuchen? Das Motiv der Hochzeit wird sich nun mal nach Ashleys Kleid richten müssen, Emily."

Emily schüttelt den Kopf. „Das Kleid *ist* das Motiv. Ich habe eine Schneiderin für die Brautjungfernkleider gefunden, die Frau hat die Reproduktionen der Kleider für das Road-to-Tara-Museum genäht. Wir brauchen die traditionellen Stufenröcke mit Rüschen und Schnürtaille."

Breas Selbstbeherrschung lässt nach. „Hör zu, ich trage keine Rüschen. Ich habe vor kurzem ein Baby bekommen und ich habe genug eigene Rüschen. Um ehrlich zu sein, trage ich sogar einen Shaper, um sie wieder loszuwerden, also werde ich ganz bestimmt nicht noch welche hinzufügen!"

„Lass uns ruhig bleiben", sage ich, bevor Brea endgültig ausrastet. „Vielleicht ist es das Beste, wenn wir das nicht heute entscheiden. Momentan sind wir alle etwas angespannt und es ist noch genügend Zeit, uns später über das Motiv Gedanken zu machen. Ein anderes Motiv", sage ich.

Ich habe eigentlich nichts gegen den Süden. *Vom Winde verweht* ist einer meiner Lieblingsfilme, aber ich bin mir einfach nicht sicher, ob ich wirklich dazu bereit bin, diese Vorliebe ausgerechnet bei meiner Hochzeit wieder aufleben zu lassen. In Kalifornien. Bei meinen High-Tech-Freunden.

Ich kaue an meiner Lippe, während ich nachdenke. „Ich glaube nicht, dass die ganzen Ingenieure hier jemals auch nur von dem Film gehört haben. Wenn ich dagegen eine *Herr-der-Ringe-Hochzeit* hätte, wäre das der Bringer!" Mein Handy klingelt. „Entschuldigt mich", sage ich und hebe den Finger. „Ashley Stockingdale."

„Ash? Hier ist Kevin. Wie laufen die Hochzeitsvorbereitungen?"

„Gut", antworte ich betont fröhlich und zeige lächelnd jeden Zahn bei dem Versuch, es echt klingen zu lassen. Man sagt doch, wenn man seine Rolle gut spielt, glaubt man es selber auch.

„Ist das mein Brudah? Lass mich mit ihm reden." Emily reißt mir das Telefon aus der Hand. „Keh-vin, ich bin hergekommen, um dir zu helfen, aber ich brauche kreative Freiheit, um die Hochzeit zu organisieren. Es wird *das* gesellschaftliche Ereignis in Georgia werden – auch wenn es in Kalifornien stattfindet", sagt sie mit spürbarem Widerwillen. „Ich dachte, wir hätten uns auf ein Südstaatenmotiv geeinigt, damit Muttah sich wohlfühlt, aber deine Braut stellt sich mir bei jedem Schritt in den Weg." Sie macht eine Pause, tippt mit ihrem Fuß auf den Boden und macht mich mit ihrem vorwurfsvollen Blick ganz verlegen. „Sie wollte nicht mal ein ordentliches ‚Tussy Mussy' aussuchen."

Ich habe ganze 32 Jahre darauf gewartet, endlich zu heiraten. Aber plötzlich würde ich mich am liebsten in die Sicherheit des Daseins als Ewigkeitssingle flüchten. Ich will mir Science-Fiction-Filme mit den Technik-Freaks und meinem Hund ansehen. Ich will an meinem Laptop sitzen und Patente austüfteln und mich daran erinnern, dass ich etwas gut kann. Wenn ich

Emily so dabei zuhöre, wie sie sich bei meinem Bräutigam über mich beschwert, brennen mir die ersten Tränen in den Augen. Eine Traumhochzeit ist in Wahrheit ein Mythos. Eine Traumhochzeit würde keine Scarlett O'Hara auf Steroiden beinhalten; es würde ebenso wenig eine Familie beinhalten, die denkt, sie müsste mir ein Kleid kaufen. *Ihr müsst Grenzen einhalten, Leute!*

„Ich muss kurz etwas besorgen", höre ich mich sagen. Ich flüchte aus dem Geschäft, die Straße runter – ohne mein Handy, weil Emily da ja immer noch reinbrüllt. Ich habe meine Kaffee-Gutscheinkarte, und das ist alles, was im Moment zählt. Ich betrete das Kaffeehaus und reiche verzweifelt meine Karte rüber. „Einen Doppelten, auf Eis."

„Schlechter Tag?", fragt Nick, mein Barista.

„Der schlimmste." Er gießt den Kaffee ein und mir läuft das Wasser im Mund zusammen. „Die Idee meines Bruders, in Vegas zu heiraten, gefällt mir immer besser. Man sollte den Leuten einfach sagen, dass man sich den ganzen Ärger ersparen möchte, weißt du. Vegas ist genau das Richtige."

Nick reicht mir den Espresso, der so dickflüssig ist wie Matsch. Ich trinke ihn in einem Zug.

„O. k., jetzt fühle ich mich besser. Gib mir noch einen." Ich schiebe den Plastikbecher über den Tresen.

Nick macht große Augen. „Das werde ich nicht tun, Ashley. Du bist aufgedreht genug, auch ohne Koffein. Ich will nicht dafür verantwortlich sein, dass du es übertreibst. Wurdest du in diesem Staat nicht schon einmal verhaftet?"

Ich knalle den Becher noch mal auf die Theke. „Ich wurde verhaftet, weil ich zu *wenig* Koffein intus hatte. Ich hatte einen Jetlag wegen Taiwan – und keinen Espresso, es sei denn, du hältst *Tee* für eine ausreichende Alternative. Ich jedenfalls nicht. Und der Polizist hat meine Prada-Tasche angegrabscht!"

Er sieht mich einfach nur zwinkernd an.

„Da ist ein Starbucks an der Ecke", drohe ich.

„Versuch's gar nicht erst. Ich glaube nicht, dass du deine

Drohung wahr machen und zu einer dieser Ketten gehen würdest. Dafür kenn ich dich zu gut."

Mist. Wieder erwischt.

Brea betritt das Kaffeehaus und schwenkt ihre Tasche über die Schulter, die so groß ist wie ein kleines afrikanisches Land. Sie hält mein Handy in der Hand. „Kevin macht sich Sorgen um dich. Warum rufst du ihn nicht mal an?"

„Ich werde in Vegas heiraten. Südstaatenschönheiten sind in Vegas doch verboten, oder?"

„Vegas? Jetzt mache ich mir wirklich Sorgen. Hast du vergessen, dass Seth damals in Vegas aufgetaucht ist? An diese Jauchegrube hast du keine guten Erinnerungen. Ruf jetzt Kevin an."

Ich habe meine zukünftige Schwägerin im Brautmodengeschäft zurückgelassen.

„Vielleicht sollte ich ja gar nicht heiraten, Brea. Kevins Familie ist komisch. Sie haben regelrecht Probleme und ich habe genug eigene. Denk an den genetischen Pool meiner Kinder! Habe ich dir erzählt, dass seine Schwester mich gebeten hat, den IQ-Test noch mal zu machen, für ihre Mutter? Ich meine, was ist, wenn ich den nicht bestanden habe? Was ist, wenn unsere Kinder dumm sein werden und die machen mich dafür verantwortlich? Ich meine, wäre es wirklich so schlimm, wenn sie dumm wären? Ich würde sie immerhin niedlich anziehen."

„Es ist unmöglich, dass es etwas Dümmeres gibt, als jemanden um einen IQ-Test zu bitten."

„Okay, das ist ein Argument, aber das ändert nichts an dem Problem." Ich schaue runter auf mein Telefon. „Ich weiß nicht, ob Kevin mich versteht. Was ist, wenn er auch denkt, dass ich das richtige ‚Tussy Mussy' haben muss?"

„Wäre es dann nicht besser, das in Erfahrung zu bringen? Kevin arbeitet jeden Tag seines Lebens mit kranken Kindern, Ashley. Ein Straußhalter interessiert ihn nicht mehr als dich. Durch den ganzen Stress hast du schon Wahnvorstellungen."

Irgendwo in den Tiefen meines Bewusstseins weiß ich, dass es genau so ist, aber Kevin hat mit seiner Familie schon genug am Hals. Ich will die Dinge nicht noch schlimmer machen. Ich sehe wieder rüber zu Brea. „Ich muss zurück zur Arbeit. Purvi wird sich fragen, was los ist. Sie hat mir schon oft genug aus der Patsche helfen müssen."

Purvi ist meine großartige Chefin und kommt ursprünglich aus Indien. Sie wurde bei Selectech gefeuert, weil sie ihre Mutterpflichten ernst genommen hat, und sie haben dann mir ihren Job angeboten, aber ich habe abgelehnt (zusammen mit einem Soforttticket nach Taiwan). Bei Gainnet habe ich anschließend einen neuen Job als Chefsyndikus bekommen. Wie auch immer, ich war absolut planlos und wusste kaum, wie mir geschieht, bis sie (auf meinen Wunsch) Purvi als leitenden Chefsyndikus eingestellt haben, und jetzt ist wieder alles beim Alten. Ich bin wieder eine grummelnde Patentanwältin. Ich verdiene genug für ein anständiges Leben und gute Klamotten. Was brauche ich da mehr?

Brea spricht und erinnert mich daran, dass ich es noch nicht an den friedlichen Ort meines vertrauten Chaos, meine Arbeit, geschafft habe. „Du musst zurück in den Laden, Ashley. Emily bezahlt gerade die Handschuhe und wartet auf dich. Ich habe mich für dein unmögliches Benehmen entschuldigt, aber ich muss bald zurück nach Hause zu den Jungs."

Ich atme tief durch und spüre die Angst in mir aufsteigen. „Ich will nicht."

„Gewöhn dich besser daran! Eine Ehe besteht nun mal aus Kompromissen. Deswegen muss man zuerst die Hochzeit gemeinsam organisieren", sagt Brea. „Wenn ihr das schafft, dann seid ihr bereit für das, was noch kommt."

„Also bist du bereit, Rüschen und einen Reifrock zu tragen?", frage ich sie und verschränke die Arme.

„Darauf kannst du lange warten! Kompromisse okay, Ashley, aber zwing mich nicht, ein geschmackloses Brautjungfernkleid zu tragen! Andernfalls muss ich dir wehtun und werde dir Miles nicht als Ringträger ausleihen." Sie winkt. „Und nimm nicht den Hund; das wäre einfach nur seltsam."

Die andere Wange hinhalten. Darum geht es, wenn man Christ ist, aber ich muss gestehen, dass ich Emily wenigstens den Anblick einer riesigen Satinschleife gönnen würde, wenn ich das tue. Ich klopfe mit der Hand auf die Theke und werfe die Schultern zurück. Ich habe jahrelang meinen Bruder ertragen; eine arbeitslose Südstaatentussi kann mir gar nichts! *Soll sie es doch versuchen!*

Ich sehe runter auf den Ring von Kevins Großmutter und denke daran, dass er es wert ist, bis zur Erschöpfung nach dem perfekten „Tussy Mussy" zu suchen. Ich werde Heidekraut in den Straußhalter legen, um mich daran zu erinnern, dass Träume wirklich wahr werden, und rote Tulpen als Zeichen meiner ewigen Liebe zu dem Mann, der mir gezeigt hat, dass es auf keinen Fall Liebe sein kann, sich nach jemandem zu sehnen, der dich nicht auch liebt. Liebe ist unerschütterlich und beständig und hat nichts zu tun mit oberflächlicher Dramatik wie in einer schlechten Gerichtsshow.

„Ashley?" Meine zukünftige Schwägerin betritt das Kaffeehaus und hält eine pinkfarbene Tüte in der Hand, in der sich, wie ich vermute, seidene Handschuhe befinden.

„Es tut mir leid, Emily. Ich hab dringend einen Kaffee gebraucht." *Und Luft zum Atmen.*

„Deine Chefin hat im Brautmodengeschäft angerufen, nachdem du gegangen bist. Anscheinend konnte sie dich auf dem Handy nicht erreichen." Emily sieht auf mein Telefon in Breas Hand.

„Hat sie eine Nachricht hinterlassen?", frage ich ängstlich.

„Du sollst zurück an die Arbeit, hat sie gesagt, es sei denn, sie drucken dein Bild diesen Monat auf dem Cover der *Bride.*" Emily kichert und schaut nachdenklich nach oben.

„Oh, und Microsoft ... hmm ... wart mal 'ne Sekunde, ich hab's gleich ... Microsoft hat in deinem Prozess gerade ein Patent angemeldet."

Ich muss meinen Kopf mit den Händen stützen.

Notiz an mich: Aus der Mensa-Mitgliedschaft wird doch nichts.

„Ich muss gehen!“ Ich stürze aus dem Kaffeehaus und eile ins Büro. Lieber Gott, bitte lass mich heute nicht alles vermasseln.

2

Es gibt keine perfekten Männer. Es gibt keine perfekten Männer. Gut, es gibt Den Einen, aber der sitzt im Himmel und ist viel mehr als Heiratsmaterial. Hier auf der Erde gibt es keine perfekten Männer. Ich liebe meinen Verlobten, Dr. Kevin Novak. Er ist charmant, umwerfend, er behandelt mich wie eine Prinzessin und sieht aus, als käme er direkt von der Kinoleinwand. Alles, was ein Mädchen nur wollen könnte, nicht wahr? Dafür hat er allerdings eine absolut schräge Familie. Mein Exfreund Seth: normale Familie, aber er selbst war komisch. Sehen Sie? Im Leben geht es immer nur ums Abwägen von Möglichkeiten.

Kevins Mutter ist die Königin der Schönheitschirurgie. Und obwohl sie großartig aussieht, ist da etwas Falsches an ihrer Erscheinung. So als ob sie eine Maske tragen würde, die zwar Furcht einflößend, aber gleichzeitig schön ist. Jedes Mal, wenn ich sie sehe, ist mir sehr danach, *Das Phantom der Oper* anzustimmen.

Kevins Vater, ein Chirurg, ist genauso kalt wie sein Skalpell und nicht weniger verletzend. Er ist fasziniert von Schönheit bzw. von dem, was er darunter versteht: dünn wie ein Skelett und eine straff gespannte Gesichtshaut. Ich glaube, seine Traumfrau ist eine von diesen ultradünnen Schauspielerinnen wie Lara Flynn Boyle, und zwar *nach* dem Fettabsaugen. Dr. Novaks Vorlieben werden wahrscheinlich noch einmal den Tod seiner Frau bedeuten. Das Alter findet schon einen Weg, uns irgendwann alle einzufangen. Eines Tages auch Cher.

Dann ist da noch die Tochter, meine Hochzeitsberaterin: Emily. Nach den Maßstäben ihres Vaters ist Emily alles andere als dünn, aber für alle anderen ist sie an der Grenze zur Magersucht. Sie ist 1,75 groß und wiegt höchstens 59 Kilo. Außerdem ist sie blond und hat einen außergewöhnlich frischen südlichen Teint. Sie ist überehrgeizig in allem, außer wenn es um ihre

Arbeit geht. Kevin sagt, sie hatte zehn Jobs in den letzten vier Jahren, aber es endete immer in einer Katastrophe. Einmal ist sie mit dem Chef ausgegangen, ein anderes Mal hat sie Aktien von einem älteren Teilhaber angenommen und einmal hätte sie fast einen 58-Jährigen geheiratet. Außerdem war sie nie in der Lage, mit den anderen Angestellten zurechtzukommen – vor allem, wie ich vermute, den weiblichen Angestellten. Ihr Werdegang: Sie war die Büroleiterin eines Zahnarztes, Arzthelferin, Empfangschefin in einem vornehmen Hotel und Praktikantin beim Radio. Ihr letzter Job bestand darin, einen kleinen Blumenladen in Alpharetta, Georgia, zu leiten. Zurzeit hat sie ihren Auftritt als meine Hochzeitskoordinatorin. Diesmal kann sie den Chef (ihren Bruder) nicht heiraten und sie kann auch nicht gefeuert werden, es sei denn, es gelingt ihr, eine bessere Braut für ihren Bruder zu finden, was im Übrigen ganz oben auf ihrer Dringlichkeitsliste zu stehen scheint.

Mein Handy klingelt und ich stecke den Kopfhörer in mein Ohr. Ich renne wortwörtlich die Straße runter im Bestreben, schnell zur Arbeit zu kommen, wohl wissend, dass meine Anwesenheit heute eigentlich überflüssig sein wird. Aber wenigstens hat Purvi dann jemanden zum Anschreien, wenn mal wieder jemand eins unserer Patente „gestohlen" hat. Dieses Geschrei beeindruckt mich schon lange nicht mehr. Sie lässt ihren Ärger einfach raus, und dann ist alles wieder beim Alten. Ich liebe sie und sie liebt mich. Wir können mit unserem Mangel an kommunikativen Fähigkeiten gut umgehen. Obwohl wir wahrscheinlich alle anderen um uns herum wahnsinnig machen.

„Hi Kev", spreche ich in den Hörer, nachdem ich meinen CD-Spieler ausgemacht habe.

„Ashley, was ist los? Warum gehst du nicht ans Telefon?" Seine Stimme lässt mich Schlimmes befürchten.

„Heute ist einfach nicht mein Tag. Ich dachte, ich erspare dir meine Sorgen."

„Aber wir teilen doch unsere Sorgen, weißt du noch? Das ist nun mal das, was verheiratete Leute tun: die Sorgen teilen."

Aber nicht, wenn meine Sorgen den Namen deiner Schwester tragen. „Ja, du hast recht. Emily ist zusammen mit Brea losgegangen. Sie setzen die Shoppingtour alleine fort. Ich hoffe, das ist in Ordnung." *Entweder das, oder ich hätte sie wegschicken müssen.*

„Ich erwarte nicht, dass du auf sie aufpasst wie auf ein kleines Kind, Ashley, aber sie sind ohne die Braut unterwegs? Ist das nicht ein bisschen seltsam?"

„Ich habe Brea gesagt, dass sie frei über die Brautjungfernkleider entscheiden darf. Außerdem haben sie wegen Breas Kinder nicht viel Zeit. Sie weiß ja, wie mein Kleid aussieht, und ich werde am Ende einfach mein Einverständnis geben." An dieser Stelle mache ich eine kleine Pause. „Hast du irgendwas mit Südstaatensoldaten am Hut?"

Er lacht. „Was?"

„Ich habe mich nur gefragt, was du dazu sagen würdest, wenn wir eine Soldatenkolonne auf unserer Hochzeit hätten."

„Ich würde sagen, dass du komplett den Verstand verloren hättest, Ashley."

Puh. „Ich wollte nur sichergehen."

„Meine Schwester versucht doch nicht, eine Südstaatenhochzeit zu organisieren, oder? Wir hatten schon darüber gesprochen."

Emily darf nicht erfahren, dass ich getratscht habe. „Ich wollte nur wissen, inwiefern du dein kulturelles Erbe in unsere Hochzeit einbringen willst, das ist alles." Ich will Kevin nicht sagen müssen, dass seine Schwester nicht gerade die Hochzeitskoordinatorin meiner Träume ist. Vielleicht würde Scarlett sie engagieren, aber ich definitiv nicht.

„Ashley", sagt er mit der allergrößten Geduld. „Die Südstaatenflagge würde in Kalifornien nicht gut ankommen. Richtig? Ich will nicht, dass meine Kollegen denken, wir seien Skinheads, wenn du den Gang entlangläufst."

Ich fange an zu kichern. „Skinheads. Das ist lustig. Ich wollte wirklich nur sichergehen. *Keine Südstaatenflaggen.*" Auf einen

Papierfetzen, der an meinem Armaturenbrett hängt, kritzele ich: Keine Südstaatenflaggen. Als ob ich die Erinnerung brauchen würde.

„Kommst du zum Abendessen ins Krankenhaus?“, fragt Kevin. Ich kann vor meinem inneren Auge sehen, wie er auf seine Uhr starrt, um das Zeitfenster zu berechnen, in das er mich quetschen könnte.

„Du arbeitest schon wieder?“, stöhne ich.

„Es ist Freitagabend, warum fragst du überhaupt?“

„Weil ich die Hoffnung nie aufgeben werde, Kevin.“ *Ein Dummkopf, wer das tut.* Ich hatte einmal einen Freund, dem immerzu die Motivation fehlte, mich zu sehen. Jetzt habe ich einen Verlobten, dem immerzu die *Zeit* fehlt, mich zu sehen. Wie ich's gesagt habe, du wählst deinen Kampf selbst. „Ich schaffe das heute wahrscheinlich nicht, Kevin. Ich muss auch arbeiten. Wir haben heute ein wichtiges Patent verloren und ich muss Purvi wissen lassen, dass ich es das nächste Mal auf jeden Fall richtig machen werde. Sie denkt sonst, ich tue nichts, außer unsere Hochzeit zu planen.“

„Na ja, man heiratet nur einmal im Leben. Das sollte sie verstehen. Aber es ist in Ordnung, wenn du arbeiten musst. Ich werde wahrscheinlich sowieso nur eine halbe Stunde Mittagspause machen. Ich will zu Hause sein, bevor Emily auf die Idee kommt, auszugehen. Das Letzte, was ich jetzt gebrauchen kann, ist, dass sie schon wieder einen alten Knacker in irgendeiner Karaoke-Bar aufgabelt.“

„Manche Frauen stehen eben auf ältere Männer“, sage ich, um ihn ein bisschen zu ärgern. Kevin ist ein Jahr jünger als ich. Ich habe mich zwar an den Gedanken gewöhnt, aber es bereitet mir trotzdem immer noch Unbehagen. Ich glaube, ich wurde eher nach der alten Manier erzogen: der Mann muss größer und älter sein als die Frau. Wenigstens stimmt die eine Hälfte, sodass ich neben Kevin nicht auf Stöckelschuhe verzichten muss.

„Manche Frauen haben eine bessere Lösung gefunden als alte Männer zu heiraten. Du und Demi Moore, ihr habt da was gemeinsam. Ihr wisst die Frucht genau dann vom Baum zu pflücken, wenn sie reif ist. Ihr wartet nicht darauf, dass sie wie eine Rosine aussieht und verschreibungspflichtige Medikamente zum Überleben braucht."

Ich weiß, dass er versucht, dass ich mich gut fühle. Aber wenn er mich an mein Alter erinnert, dann fange ich wirklich an, mich zu fühlen wie Mrs. Havisham, die alte Jungfer aus „Große Erwartungen", wie sie in ihrem Kleid herumsteht ... und wartet.

„Du klingst jetzt schon erschöpft. Ich glaube, du fantasierst bereits. Wie lange bist du denn schon am Arbeiten?" Ich fahre auf den Firmenparkplatz. Ich weiß, dass ich das Gespräch künstlich in die Länge ziehe, aber ich bin noch nicht bereit dazu, Purvi entgegenzutreten. Oder all dem, was ich heute falsch gemacht habe. Emilys Hochzeitskoordination ist schon falsch genug.

„Ich arbeite schon viel zu lange. Ich habe den Überblick verloren und es schleicht sich langsam schon Ashley-Humor bei mir ein. Gehst du morgen mit mir frühstücken?"

„Liebend gern." Meine Magengrube kribbelt vor Aufregung. *Wie macht er das nur?*

„Ich kann es kaum erwarten, dich zu heiraten, Ashley Stockingdale. Ich werde dir jeden Samstag Frühstück ans Bett bringen und wir werden uns nie wieder irgendwo treffen müssen. Ich mache einfach meine Augen auf und du bist da."

„Ich kenne deine Kochkünste. Aber keine Angst, eigentlich ist Frühstück keine große Sache für mich." Ich weiß, dass er das Lächeln in meiner Stimme heraushört, aber es ist gerade besser, ihn ein bisschen aufzuziehen als ernsthaft über die Zukunft nachzudenken. *Was ist, wenn es nicht so läuft?* Es sind die Erwartungen, und wenn man keine hat, dann kann man auch nicht enttäuscht werden.

„Nur dass du's weißt", sagt Kevin, „da draußen gibt es Frauen, die für meine Waffeln zum Abendessen sterben würden."

„Das bezweifele ich auch nicht, aber das hat nichts mit deinen Waffeln zu tun. Ich glaube, es ist eher die Tatsache, dass du aussiehst wie Hugh Jackman an einem seiner guten Tage. Und sie lassen das Abendessen ausfallen, um direkt zum Dessert zu kommen – das ist der wahre Grund, warum sie deine Waffeln wollen."

„Puh. Es wird gerade heiß hier drin. Es wird eindeutig zu heiß hier. Ich muss zurück zur Arbeit. Ich hol dich morgen um acht ab. Du musst Jeans tragen. Ich vermisse die Frau, die Jeans trug. Taugt das als sexistischer Kommentar?"

„In Kalifornien reicht das für einen Prozess."

„Dann verklag mich doch."

„Hast du dich denn bis um acht genügend ausgeruht?", frage ich, obwohl ich in Gedanken Kevin bereits im Morgenmantel und mit Kaffee in der Hand vor mir sehe.

„Das ist mehr als genug Zeit, die ich ohne dich verbringe. Ich bin sowieso um sechs wach. Trag mich in dein Blackberry ein."

„Ich werde da sein." Gerade als romantische Fantasien in mir aufkommen wollen, macht mir die Realität einen Strich durch die Rechnung. „Kommt Emily auch zum Frühstück?"

„Um die Zeit schläft sie wahrscheinlich noch. Aber wenn sie schon wach ist, werde ich sie einladen müssen. Es ist schön zu beobachten, wie ihr Freundinnen werdet. Ich sage ihr, dass du sie gern dabeihättest."

„Ähm ... ja."

Im Hintergrund höre ich, wie sein Name ausgerufen wird. „Ich liebe dich. Muss mich jetzt beeilen." Er legt auf.

Ich mache meine CD an und höre ein letztes Mal Chris Tomlin in voller Lautstärke. Genau das, was ich brauche, um mich für den erneuten Verlust eines Patents zu wappnen. Ist es denn meine Schuld, dass die meisten Patentprüfer so wenig Ahnung haben? Oder dass sie manchmal die Konzepte nicht begreifen? Aber ich denke zu negativ. Unser Patent wurde nicht abgelehnt und es muss sich nur von dem von Microsoft unterscheiden. Ich hoffe nur, dass der Unterschied groß genug ist, um ein eigenes Patent zu rechtfertigen. Ich knöpfe meinen Mantel auf und straffe die Schultern. *Ich bin eine großartige Patentanwältin. Wenn jemand das schafft, dann ich. Ich werde stark sein bis zum Schluss.*

Ich reiße die Tür bei Gainnet auf. *Ich bin auf alles vorbereitet; sehen Sie sich nur die gestrafften Schultern an.* Ich habe soeben die Gaga-Hochzeitskoordinatorin überlebt; Patente können mir gar nichts anhaben.

Purvi steht mit verschränkten Armen im Flur und tippt mit dem Fuß auf den Boden. Heute trägt sie ein indisches Kleid. Ich nehme an, das bedeutet nichts Gutes für mich.

„Die Welt muss also anhalten, damit du heiraten kannst, wie?" Ihre Hände gehen in die Höhe.

„Wie lange hat deine Hochzeit in Indien gedauert?", feuere ich zurück, weil ich genau weiß, dass eine indische Hochzeit eine noch viel größere Angelegenheit ist als hierzulande. Und so wie Purvi ihre Lippen spitzt, weiß sie, dass ich recht habe – was sie aber nur umso wütender macht.

„Du bist ganz schön frech. Aber was soll's. Hast du das ausstehende Patent gesehen?", fragt sie.

In meinem Büro war ich noch nicht, was ja eigentlich offensichtlich ist, aber egal. „Nein, aber ich mache mich sofort an die Arbeit. Du musst dich ein bisschen beruhigen, Purvi. Du kannst mich gern anschreien, aber erst wenn ich weiß, warum du es tust. So ist das viel effektiver."

Sie schlägt mit der Faust auf ihre Handfläche. „Ich will, dass du noch einmal in die technische Abteilung gehst und dafür sorgst, dass die ein neues Verfahren entwickeln. Ein besseres Verfahren, das dieses hier übertrifft!"

Ja genau, als ob die Ingenieure auf einmal für uns arbeiten würden. Im Silicon Valley dreht sich alles um das technische Department. Der Rest, so wie wir, bildet nur das Drumherum. Klar, kein Problem, ich trete bei der technischen Abteilung an und sage denen, was zu tun ist. Bevor die mich anhören, erklären sie mich zur täglichen Comedyeinlage und machen mir die Hölle heiß. Ich weiß, dass Purvi das irgendwo versteht. Sie muss einfach unter Strom stehen, und nach dem indischen Kleid zu urteilen, ist heute kein guter Tag, um sie zu verärgern. Wenn ihr Mann zu Hause ist, neigt ihre Schwiegermutter dazu, ihr

Territorium zu markieren (sie lebt zusammen mit der Familie). Außerdem will sie Purvi beweisen, wer die Frau im Haus ist. Irgendwo habe ich gehört, dass das chinesische Schriftzeichen für Unglück zwei Frauen unter einem Dach abbildet. Also wenn Purvi kein lebender Beweis ist, dass das stimmt ...

„Lass mich erst mal ein paar Notizen machen, damit ich weiß, wo ich stehe, Purvi. Okay?"

„Ich kann dir sagen, wo du bald stehst: in Taiwan. Der Vizepräsident des technischen Departments ist dort, und ich will, dass du ihn persönlich triffst." Sie klatscht in die Hände. „Wir müssen da endlich vorankommen."

Ich bin ruhig. *Ommm. Ommm.* „Er kommt nächste Woche zurück. Reagiere nicht, Purvi. Agieren, nicht reagieren. Erinnerst du dich an die Management-Schulung, zu der sie uns damals geschickt haben?" Okay, aus meinem Mund kommend machen diese Worte wenig Eindruck, da ich die hauseigene *Drama Queen* bin.

„Er wird wutentbrannt zurückkommen. Ich will das verhindern und auf alles vorbereitet sein. Diesmal muss es klappen", sagt sie in General-Patton-Manier.

Ich schleiche mich davon zu meinem Schreibtisch, sehe den Papierberg und plötzlich bekomme ich ganz große Augen. „Unser Patent wurde bereits vor diesem Datum eingereicht." *Als ob ich eine zusätzliche Kortisolausschüttung in meinem Körper bräuchte. Das macht dick, wissen Sie?* „Sie müssen sich das im Patentbüro noch einmal ansehen. Es ist unser geistiges Eigentum, Purvi." Schnell sehe ich mir die Akten an.

„Du weichst vom Thema ab. Ich will, dass du nach Taiwan fliegst."

Ich weiche vom Thema ab. *Ashley Stockingdale, U.S.-Patentanwältin.* Sehen Sie sich das Namensschild an. Da steht nichts von Taiwan drauf, nicht wahr? Ich nehme es vom Schreibtisch, nur um sicherzugehen. Wenn ich mich nicht irre, steht *U.S.* für *United States;* vom Ausland ist keine Rede.

Mein Geschäftstelefon klingelt. Laut Anruferkennung ist es

meine Mutter. „Meine Mutter ruft gerade an", sage ich. Purvi weiß selbst in ihrer Aufregung, dass eine Mutter Vorrang hat. Wütend verlässt sie mein Büro und ich schließe die Tür vorsichtig mit dem Fuß. „Hi Mom."

„Ich bin's, Mei Ling, nicht deine Mutter. Weißt du zufälligerweise, wo sie ist? Ich bin bei ihr zu Hause, aber sie ist nicht da." Mei Ling ist meine Schwägerin und die Mutter des einzigen Enkelkindes meiner Mutter. Das verschafft ihr natürlich gewisse Vorteile, wenn es um den Status der Lieblings-„Tochter" geht.

„Ich weiß nur, dass Mom heute nicht einkaufen gehen konnte, weil sie auf Baby Davey aufpassen musste. Wir waren ohne sie im Brautmodengeschäft." Ich versuche mir das Schmollen nicht anmerken zu lassen. Sie ist *meine* Mutter!

„Oooh, was hast du dir für Kleider ausgesucht? Werde ich darin eine heiße Mama sein?"

Oh, bitte. „Mei Ling, muss ich denn extra erwähnen, dass du Größe 34 trägst und selbst in einem Jutesack immer noch eine heiße Mama wärst?"

„Eigentlich trage ich Größe 32."

„Muss ich dir wehtun?", frage ich.

„Ich wollte nur nicht, dass du mir die falsche Größe bestellst", sagt sie ganz unschuldig.

„Ich sollte dich Polster tragen lassen, wenn du dich neben mir blicken lassen willst."

„Als ob Kevin Augen für jemand anderen als dich haben wird. Dafür ist er viel zu liebevoll. Das genaue Gegenteil von Seth."

Nein, auf diesen Pfad werden wir uns NICHT begeben. „Hast du Mom auf ihrem Handy angerufen?", frage ich in dem Bestreben, zurück zum Thema zu kommen.

„Ich weiß nicht, warum du ihr das Ding überhaupt gekauft hast. Sie nimmt es nie mit. Ich glaube, sie weiß nicht mal, wie man es auflädt." Pause. „Yep, da liegt es auf der Küchentheke. Ausgeschaltet."

„Steht ihr Auto in der Auffahrt?"

Noch eine Pause. „Ja."

„Dann ist sie bei den Nachbarn, um mit Davey anzugeben. Versuch es mit der 1705."

„Danke Ashley. Mir war klar, dass du das wissen würdest. Irgendwie versteht eine Tochter immer die Gedankengänge ihrer Mutter."

Purvi steht vor meinem Bürofenster und ich sehe eine Frau, die vor Aufregung nervös zittert. Ich lege auf und gehe zu ihr. „Du machst es einem manchmal ganz schön schwer, dich zu mögen, weißt du das?"

„Ich bin nicht hier, um gemocht zu werden. Ich will, dass du einen Flug für Sonntag buchst und dem Vizepräsidenten klarmachst, dass alles unter Kontrolle ist."

Zum ersten Mal merke ich, wie diese Heirat meine Karriere beeinträchtigt. Ich plane gerade eine Hochzeit, und was noch viel wichtiger ist: Ich werde heiraten! Und zwar einen Mann, der sein Leben damit verbringt, kranke Kinder zu retten. Es sieht so aus, als hätte ich einen grässlichen Notfall, was heißt, ich muss nach Taiwan fliegen und dem Vizepräsidenten der technischen Abteilung die Füße küssen. *Bitte.* Wenn wir die Situation einmal aus psychologischer Sicht betrachten, dann ist da Purvi, die versucht, tadellose Arbeit zu verrichten, während ihr Mann zu Hause sitzt; und ich stehe irgendwo dazwischen mit der Aussicht auf einen 16-Stunden-Flug.

Ich schüttele den Kopf. „Ich fliege nicht nach Taiwan."

„Ashley, es ist dein Job, nach Taiwan zu fliegen." Purvis Gesicht ist ganz zerknittert vor Sorgenfalten.

Und wieder so ein Moment, in dem ich mir denke: *Ich werde einen Chirurgen heiraten. Als ob ich diesen blöden Job bräuchte.* Aber im selben Augenblick befällt mich ein schmerzhaftes Schuldgefühl und der Gedanke, dass ich meinen Job so machen muss, als diente ich damit dem Herrn.

Ich sehe Purvi direkt in ihre braunen Augen. Purvi ist wie eine indische Barbie. Sie hat diese weiche exotische Haut, die den Wunsch in dir weckt, dich aus deiner eigenen zu schälen. Dazu hat sie langes, seidiges schwarzes Haar, und wenn sie sich mit ihren Fingern durch diese Haarpracht fährt, denkt man, man hätte ein Model vor sich, das für Conditioner wirbt. All diese Schönheit in Kombination mit der Beharrlichkeit Dick Cheneys.

„Lass mich zuerst Kevin anrufen, ja? Ich kann nicht einfach so nach Taiwan fliegen, ohne meinem Verlobten Bescheid zu sagen“, sage ich.

„Triff dich zuerst mit dem neuen Software-Direktor. Er hat ein paar Verfahren, die er gern mit dir besprechen würde.“

„Wir haben einen neuen Software-Direktor?“

„Er ist ziemlich gut. Er hat schon ein paar einwandfreie Ideen für neue Patente.“ Purvi nickt und sieht auf das Stück Papier in ihrer Hand. „Sein Name ist Seth. Seth Greenwood. Wir haben ihn von Mitel übernommen.“

Ich bekomme keine Luft. Ich stehe einfach nur da und schüttele den Kopf. „Nein“, sage ich laut.

„Was nein?“

Ich reiße ihr das Papier aus der Hand. Seth Greenwood.

Ganz bestimmt sind es zwei verschiedene Seth Greenwoods. So muss es einfach sein. Dieser hier ist nicht mein Exfreund. Das kann er einfach nicht sein. Mein Exfreund Seth ist spezialisiert auf Kommunikationssoftware. Und wir machen ... Ich spüre, wie meine Augen zufallen. *Wir machen Netzwerke.* Man wechselt nicht einfach so sein Spezialgebiet. Aber im gleichen Moment merke ich, wie ähnlich diese Gebiete einander sind. In meinem Kopf dreht sich alles und mein Schluckreflex hat sich verflüchtigt. Die grausame Wahrheit bricht sich ihre Bahn in mein Bewusstsein. Es gibt keine zwei Seth Greenwoods bei Mitel. Da ist nur einer. Er hat eine Glatze, blaue Augen, und ich liebte ihn einst mit allem, was ich hatte. Das kann nicht gut gehen.

3

Ich zerknülle das Papier in meiner Hand. „Seth kann warten, glaube ich.“

Purvi wirft ihre Hand in die Luft. „Ashley, wie du deine Prioritäten setzt, ist mir absolut schleierhaft. Wenn du nicht die beste Patentanwältin da draußen wärst, würdest du mit Sicherheit weggesperrt werden. Du bist wie Howard Hughes: du funktionierst, du kennst dich aus im Business, bist aber sehr, sehr seltsam." Mit ihrem trällernden indischen Akzent hört es sich an wie ein Kompliment.

Ich fange an zu lachen und sammle die Aktenstapel von meinem Schreibtisch. „Ich werde nach Hause gehen. Für Taiwan packen", sage ich mit einem abschließenden Grinsen. „Sag Debra, sie soll mir einen Flug am Sonntag buchen." Mir ist klar geworden, dass es sinnlos ist, sein Schicksal zu bekämpfen. Ich bin die Frau, die nach Taiwan fliegt. Ich muss mein Leben einfach akzeptieren, so wie mein zukünftiger Ehemann das auch tut.

Ich stopfe die Berichte in meine Aktentasche. „Ich brauche Zeit, um mich auf das Treffen mit dem Vizepräsidenten der technischen Abteilung vorzubereiten." Was natürlich absoluter Schwachsinn ist. Auf einem 16-Stunden-Flug habe ich nichts anderes als Zeit. In Wahrheit muss ich hier einfach nur weg und nachdenken. Mein Kopf ist überlastet. Die Hochzeit, ein paar Patente und jetzt auch noch ein Exfreund, der anscheinend nichts Besseres zu tun hat, als immerzu in meine Privatsphäre einzudringen. Gainnet ist mein Territorium. Wenn ich den Hydranten markieren muss, um das zu demonstrieren, dann werde ich das tun.

Purvi starrt mich an, während ich vor mich hinbrabbele. Sie weiß, dass sie sich nicht mit mir anlegen darf, wenn ich mich gerade wie eine Verrückte aufführe. Und heute bin ich definitiv am Rande des Wahnsinns. Ich denke, Purvi hat mein Verhalten als Teil meiner Genialität akzeptiert. Natürlich ist da in Wirklichkeit gar keine Genialität. Ich bin einfach nur seltsam und exzentrisch. Sie schüttelt mit dem Kopf und geht in ihr Büro.

„Wir werden dir einen Flug für Sonntag buchen. Denk an deinen Job statt immer nur ans Shoppen. Die Zeit zum Shoppen ist abgelaufen."

Meine Gedanken wandern zurück zu Seth, und dass er unerfreulicherweise wieder in meinem Leben aufgetaucht ist. Er und sein Kumpel Sam haben die Gemeinde gewechselt, weil in jeder Gemeinde hin und wieder eine riesige Wolke auftaucht, alle Singles aufsaugt, sie emporhebt, um sie anschließend in einer neuen, angesagteren Gemeinde abzuladen. Ich bin mir bewusst, dass sie alle denken, diese neue Erfahrung würde sie dem wahren Glauben näherbringen, aber eigentlich hoffen sie nur auf bessere Dating-Optionen. Und die Tatsache, dass die Singles ihre Runde alle gemeinsam drehen, sorgt nicht unbedingt für Frischfleisch in diesem Szenario. Im Grunde bleiben immer alle schön beisammen, bis die nächste Wolke kommt, und das Leben in ihrer alten Gemeinde geht unverändert weiter.

Was ich sagen will: Seth war auf einer dieser Singlewolken davongeschwebt, und seit unserem unglücklichen Zusammenstoß an dem Tag meiner Verlobung habe ich ihn nicht mehr gesehen. Nachdem so viel Zeit vergangen ist, weiß ich jetzt, dass ich auch keinerlei Interesse daran hatte, ihn zu sehen. *Hallo Gott, hörst du das? Kein Interesse!*

Es gibt zwei Kategorien, in die ich Exfreunde einordne:

1. Die womöglich verpasste Chance. (Was wäre, wenn ich dies gesagt und jenes getan hätte? War ich dazu bestimmt, die Mutter seiner Kinder zu werden? Kann es sein, dass er gar nicht auf den Zwilling von Heidi Klum gewartet hat?)

2. Der Gelobt-sei-Sein-Name-Ex. Du kannst seinen Namen, zum Beispiel Seth, nicht aussprechen, ohne hinterher automatisch zu denken: *Danke, Jesus! Danke, dass du mich vor den Folgen meiner Blindheit bewahrt hast.*

Seth gehört definitiv zur zweiten Kategorie. Er ist ein wertvoller und anständiger Mensch, aber blind für die Gedanken und Bedürfnisse anderer. Ich glaube, Seth hat einen Defekt in dem Gen, das für die Emotionen zuständig ist ... falls er überhaupt so etwas besitzt. Ich stelle ihn mir bei der Geburt seines ersten Kindes vor: „Großartig. Super. Was gibt's zum Abendessen, Schatz? Soll ich irgendetwas aus dem Ofen holen?"

An einem bestimmten Punkt in meinem Leben fand ich seine Unnahbarkeit sexy und faszinierend. Jetzt sehe ich darin das große Problem, das es ist. Heute würde ich es viel eher kaltherzig oder gleichgültig als faszinierend nennen. Ich atme schwer aus und sehe rüber zum Gang, wo die Software-Abteilung sitzt.

Es gibt so viele Telekommunikationsunternehmen auf dieser Welt, und er kommt ausgerechnet in meins.

Ich stürme aus dem Büro, ohne mich umzuschauen oder meinen Flug zu bestätigen. Purvi war ganz verdutzt. Ich hätte wahrscheinlich nicht einfach so gehen sollen, aber jetzt fahre ich nach Hause und verliere mich in den Klängen der Musik. Ohne an die Hochzeitsplanerin von der dunklen Seite des Universums oder das erneute Auftauchen von Seth zu denken oder mich daran zu erinnern, dass Kevin schon wieder beschäftigt ist. Ich werde mich einfach auf das morgige Frühstück mit dem Arzt meiner Träume konzentrieren. Und auf meine neuen Schuhe: Kenneth-Cole-Hochzeitssandalen mit Perlenriemchen an den Knöcheln. Oh ja, die Welt verblasst, wenn ich an die ungetragenen Schuhe denke. Sie sind wie ein wunderbares Versprechen, eine Knospe, die verspricht, zu einer wunderschönen Blüte zu werden.

An der Vordertreppe angelangt, lasse ich meine Aktentasche zu Boden sinken und suche den richtigen Schlüssel. Ich kann Rhett, meinen Hund von der Größe eines Ponys, schon auf der anderen Seite der Tür hecheln hören. „Hi Baby, Mommy ist endlich zu Hause."

Als ich das Haus betrete, bellt Rhett voller Freude und seine Zunge schlabbert zwischen dem Jaulen an meinen Nylon-Strumpfhosen. „Pssst, Rhett!", sage ich und klopfe ihm sanft auf den Kopf.

Mein Blick richtet sich auf die weiße Spur, die sich in ihrer Unordnung durch Kays perfekt geführten Haushalt zieht. Überall im Wohnzimmer und im Flur liegen Papierfetzen. „Was hast du bloß getan?" Ich hebe einen Fetzen auf; es ist Seidenpapier.

„Rhett!"

Ich hebe noch eins auf und folge dem Pfad zu meinem neuen Schuhkarton. Meinem neuen, jetzt geöffneten Schuhkarton. Mein Atem wird schwer. Ich schließe die Augen und bereite mich schon mal vor. Während ich sie langsam wieder öffne, sehe ich die Hochzeitssandalen vor mir, bedeckt mit Hundesabber; winzige Kristallperlen fallen auf den Holzfußboden. Ich lasse mich auf die Couch fallen. „Da stehen vierzig Paar Schuhe, Rhett. Aber für dich ist nur das Beste gut genug?!"

Okay, die Schuhe sind Geschichte. Ich werde drüber hinwegkommen. Es wird mich nicht weiterbringen, wenn ich mich darüber aufrege. Ich werde einfach die Vorfreude auf das morgige Date mit Kevin genießen, es ist schließlich das Einzige, was mir noch geblieben ist. Das Telefon klingelt und ich laufe darauf zu, während ich Rhett gleichzeitig Richtung Hinterhof ziehe, weil er eine Weile draußen verbringen darf. Auf dem Rückweg schnappe ich mir den Staubsauger.

„Hallo?", sage ich und richte den Staubsauger mit dem Fuß auf.

„Ashley, hier ist Emily. Deine Chefin sagte mir, du seist nach Hause gegangen."

Oh, richtig, ein weiterer Vorteil: Ich war frei von der dunklen Seite. Na ja, nicht wirklich.

„Hi Emily, ich habe meinen Laptop nach Hause gebracht, um von hier aus nach Patenten zu suchen. Wie läuft die Suche nach den Kleidern für die Brautjungfern?"

„Ich habe eine fantastische Idee und hatte gehofft, sie würden etwas dahaben, was meinen Vorstellungen gerecht werden könnte. Aber dieses Geschäft ist so furchtbar klein und ich glaube nicht, dass uns etwas von hier zufriedenstellen wird. Ich zeige dir gegen Ende der Woche einen Entwurf, und dann können wir mit einer Schneiderin loslegen. Ist mein Brudah zufälligerweise da?"

„Ich glaube, er hat heute Nachmittag eine Operation. Brauchst du irgendwas von ihm?" *Eine Gehirn-OP vielleicht? Böse Ashley.*

„Ich bin zufällig diesem Typen begegnet, nachdem du das

Kaffeehaus verlassen hast. Er sagt, da sei heute ein kleines Treffen bei ihm zu Hause in San Carlos. Ich wollte fragen, ob Kehvin mich vielleicht dahinfahren könnte."

Emily ist eine erwachsene Frau. Sie ist 25 Jahre alt und sie braucht keinen Babysitter. Aber dieser Gedanke hat keine Zeit, sich auszubreiten. Offensichtlich braucht sie doch einen. So wie ich das Ganze sehe, geht sie nach der Hochzeit zurück nach Atlanta, um ihr eigenes Ding zu machen, und ich bin frei. Aber wenn sie hier jemanden kennenlernen sollte, dann würde sie damit Sand in das Getriebe meines Lebens streuen und außerdem ihre Pläne, irgendwo angestellt zu werden, zunichte machen. Ich betrachte es als Lebensberatung. Als Lebensberatung oder als hemmungsloses Einmischen. Sie sind der Richter.

„Wo bist du, Emily? Hat Brea dich bei Kevin abgesetzt?"

„Sie meinte, sie könnte mich nicht in der Stadt bleiben lassen, weil du ihr dann wehtun würdest. Ich verstehe dieses ganze Gerede über Gewalt unter Freunden sowieso nicht. Das ist so unzivilisiert."

Sie ist zu Hause, in Sicherheit. Ein deutlich erleichtertes Seufzen meinerseits. „Kay und ich sehen uns freitagabends meistens einen Film an. Warum kommst du stattdessen nicht hierher?" Ich zucke mit den Schultern, nicht, dass sie mich sehen könnte. „Würde das nicht viel mehr Spaß machen, als mit Leuten auszugehen, die du gar nicht kennst?"

„Er war wirklich attraktiv, Ashley."

Und dein Bruder wird mich wirklich umbringen. „Attraktive Männer gibt es im Silicon Valley wie Sand am Meer." *Gut, sie haben zwar alle ihre Probleme und mehr Geld als soziale Kompetenzen, aber zurück zum Thema.* „Ich könnte ein paar der Jungs aus der Singlegruppe zu uns einladen. Ich bin mir ziemlich sicher, da werden einige dabei sein, die dir gefallen würden, und du wärst hier in Sicherheit." Es sei denn, du bist ein Computerspielcontroller. Aber ansonsten haben sie keine Probleme damit, die Finger von dir zu lassen.

„Ashley, ich will dir ja nicht zu nahe treten, aber ihr trinkt keinen Alkohol und ihr führt euch auf, als wärt ihr bei *The Big*

Bang Theory. Das ist mein letztes Wochenende in Kalifornien; ich will mich amüsieren. Ich möchte nicht mit einer Horde von Verlierern rumsitzen, die kein Date abbekommen. Ist nicht böse gemeint."

„Nein, natürlich nicht." Ich werde diese Frage ganz sicher bereuen. „Ist der Kerl unter 40?"

„Ashley Stockingdale, ich bin ein großes Mädchen. Ich weiß, dass mein Brudah denkt, ich sei viahzehn, aber ich kann dir versichern, dass ich durchaus in der Lage bin, auf mich selbst aufzupassen."

Okay, bist du nicht.

„Es hat nichts damit zu tun, ob du erwachsen bist, Emily. Das hier ist Kalifornien. Wir gehen nicht einfach so auf Partys von Leuten, die wir nicht kennen. Sogar bei eBay siehst du dir doch zuerst die Bewertungen an, oder? Sicherheit geht vor!"

„Ich habe keine Ahnung, wovon du sprichst. Ich mag nun mal ältere Männer, Ashley. Matt ist absolut anständig, ich besitze eine gute Menschenkenntnis."

Ich versuche es zwar zurückzuhalten, aber ich weiß, dass es einfach raus will. *Warte nur ...* „Willst du, dass ich zu der Party mitkomme?"

„Um Himmels Willen, nein! Was würde mein Date nur denken? Ich werde ein Taxi nehmen. Du brauchst dir keine Sorgen um mich zu machen."

Es wird Zeit für Psychologie. „Ein Taxi? Haben wir überhaupt Taxis im Silicon Valley?"

„Natürlich habt ihr die", sagt Emily. „Warst du denn noch nie am Flughafen?"

„Ja, ich geb's zu, ich war schon mal am Flughafen. Ich kenne nur niemanden, der irgendwann mal mit einem Taxi gefahren ist." Meine Stimme füllt sich mit Abscheu. „Sie sind, du weißt schon ... dreckig!"

„Dreckig?"

„Ach, vergiss es. Nimm ein Feuchttuch mit. Und ich würde nichts Weißes tragen an deiner Stelle."

Eine lange Pause entsteht.

„Ich habe die Nummer von meinem Date. Vielleicht holt er mich ja ab“, zwitschert Emily.

Ich schlage mir auf die Stirn. Versteht das Mädchen denn rein gar nichts? Und wie geht das mit ihrer Mensa-Mitgliedschaft zusammen, auf die die Familie meines Verlobten so viel Wert legt? Auf die subtile Art wird es nicht funktionieren. „Emily, du kannst dich in Kalifornien nicht mit einem Mann in seinem Haus treffen. Die Leute treffen sich in Restaurants, im Café, an öffentlichen Orten eben. Ich bin besorgt um deine Sicherheit. Mir ist egal, mit wem du dich triffst.“ *Obwohl ich jemanden in Georgia doch bevorzugen würde.*

„Ihr seid nicht besonders freundlich in Kalifornien.“

„Wir wollen nur nicht angegriffen werden.“

Noch eine lange Pause. „Können wir ihn zu dir einladen?“

Ich habe Folgendes zur Auswahl: Entweder lasse ich meine zukünftige Schwägerin allein zu einem fremden Mann nach Hause gehen oder ich kann den Verdächtigen zu mir nach Hause einladen und bin verantwortlich, dass Kevin sich Sorgen macht. „Ja, lad ihn ein.“

„Danke, Ashley. Ich werde ihn gleich anrufen! Ich muss ihn warnen, dass deine Freunde allesamt Nerds sind.“

Fabelhaft.

Sie legt auf und ich lasse mich auf die Couch fallen. Ich halte immer noch meinen zerstörten Hochzeitsschuh in der Hand und starre den Staubsauger an in dem Wissen, dass ich aufstehen und die verstreuten Perlen aufsammeln sollte.

„Die Rote-Eier-und-Ingwer-Party!“, rufe ich, und Rhett bellt dazu.

Meine Mitbewohnerin Kay kommt genau in dem Augenblick rein, als ich es sage. „Führst du schon wieder Selbstgespräche?“

„Mir ist nur gerade eingefallen, wie ich mich vor Taiwan drücken kann.“

„Du behältst deinen Job doch, oder? Ich versuche zwar, noch vor der Hochzeit eine neue Mitbewohnerin zu finden, aber es hilft mir nicht weiter, wenn du deine Hypothek nicht mehr bezahlen kannst. Und einen Job zu behalten, ist nicht gerade deine Stärke."

„Vergiss das mal. Als ob ich es mir nach diesem Steuerbescheid erlauben könnte, den Job zu verlieren. Sie feiern morgen Abend eine chinesische *Rote-Eier-und-Ingwer-Party* für das Baby meines Bruders. Deswegen hat Mom den ganzen Tag auf Davey aufgepasst. Das ist die Entschuldigung dafür, dass ich zu Hause bleiben und mich auf die Patente auf meinem Schreibtisch konzentrieren muss."

Rote-Eier-und-Ingwer-Partys werden gefeiert, wenn ein Baby einen Monat alt wird, und sind bekanntermaßen teuer. Man lädt alle ein, die man kennt, und verkündet offiziell den Namen des Babys. Außerdem füttert man die Leute. Viele Leute, mit viel Essen vom Buffet. Ein festes Menü gibt es nur, wenn man es sich leisten kann, aber eigentlich spielt ohnehin die Menge die entscheidende Rolle.

„Wieso gehst du davon aus, dass rote Eier und Ingwer deine Chefin beeindrucken werden? Wann geht denn dein Flug? Kannst du ihn nicht einfach verschieben? Es ist eine Party, Ashley, keine Dreitageszeremonie. Willst du wirklich versuchen, Purvi weiszumachen, das sei so wichtig, dass du deine Reise nicht antreten kannst?"

„Verwirr mich nicht mit Fakten. Es ist ein gesellschaftliches Ereignis. Keine Personalabteilung kann etwas gegen die kalifornische Kultur ausrichten." Ich stehe auf und drehe mich ein Mal um mich selbst. „Purvi wird das schon verstehen. Und wenn es vorbei ist, ist der Vizepräsident schon hier und das Leben wird weitergehen wie geplant."

Kay hat ihre Schlüssel auf den „Landeplatz" fallen lassen, dem Ort in der Nähe der Tür, an dem ihre perfekte Organisation beginnt. Sie lässt ihre Aktentasche in den maßgefertigten Behälter gleiten. „Du scheinst mit dir selbst rundum zufrieden zu sein. Seit wann stört es dich, nach Taiwan zu fliegen?"

„Seit ich eine Hochzeit planen muss und nur noch vier

Monate Zeit dafür habe. Ich habe noch nicht einmal die richtige Kirche gefunden. Meine Gemeinde trifft sich in einem Schulgebäude, und da werde ich ganz sicher nicht heiraten."

„Ich dachte Kevins Schwester sollte sich um all das kümmern."

„Sollte sie auch, wenn ich den Südstaaten wieder die Kontrolle überlassen will."

Kay schüttelt nur den Kopf. „Dein Leben ist gar nicht schlecht, Ashley. Du heiratest einen Chirurgen, der bei *Emergency Room* mitspielen könnte. Jede Familie hat ihre Eigenheiten. Du hast doch kulturelles Einfühlungsvermögen. Also sei mal verständnisvoll."

„Du verstehst nicht, Kay. Sie will, dass wir Soldaten mit Schwertern engagieren!"

„Was kümmert dich das? Die Hochzeit dauert nur einen Tag, Kevin dagegen wirst du dein ganzes Leben lang haben. Lass Emily ihn doch auf die Südstaatenart verabschieden. Ihre Traditionen sind ihnen bestimmt sehr wichtig und du verstehst das vielleicht nur nicht."

„Du machst Witze, oder?"

Kay zuckt mit den Schultern. „Ich denke nur nicht, dass das eine so große Sache ist. Es interessiert sowieso niemanden, solange die Band und das Essen gut sind."

„Geh weg." Ich mache mich auf den Weg zu meinem Zimmer und hebe dabei die Papierfetzen und Perlen auf. Kay sagt nicht ein Wort zu der Unordnung.

„Ich verstehe nicht, warum du eine so große Sache daraus machst, dass du wieder nach Taiwan fliegen sollst. Du kannst die nächsten vier Monate nicht nur mit den Hochzeitsvorbereitungen verbringen. Das ist wirklich erbärmlich. Wann ist aus dir nur eine Braut ohne Verstand geworden?"

Ich öffne den Mund, um mich zu verteidigen, aber wissen Sie, es ist *wirklich* armselig. Also, was soll ich sagen? Ich habe nicht nur ein Patent zu verteidigen, sondern auch meinen Stolz gegenüber Seth im Büro sowie meine Würde gegenüber der Familie meines Verlobten. Und ich mache mir auch noch

Sorgen über einen Trip nach Taiwan. *Es sieht so aus, als hätte ich Wichtigeres zu tun.*

Kay fängt an, die Reste von Rhetts Edelsteinchaos einzusammeln.

„Bist du heute Abend hier?“, frage ich sie. „Ich habe ein paar Leute zu uns eingeladen, um einen Film zu gucken. Ich dachte, du hättest der üblichen Truppe Bescheid gegeben, also war ich so frei – “

„Wen hast du gefragt?“ Sie sieht mich gekränkt an, so als ob sie wegen dem bisschen Papier auf dem Boden zur schlechtesten Hausfrau der Welt gewählt würde.

Ich rücke die Bücher auf dem Kaffeetisch zurecht. „Emily und einen Freund von ihr.“

„Emily hat Freunde in Kalifornien?“, fragt Kay.

Jetzt schon. „Eigentlich hat sie jemanden kennengelernt.“

„Wo hat sie jemanden kennengelernt?“

„Draußen vorm Kaffeehaus. Neben dem Brautmodengeschäft.“

Kay schüttelt den Kopf. „Ich werde die Jungs einladen, damit sie uns beschützen können. Wir hatten eigentlich nichts geplant, aber ich sage ihnen, dass ich koche.“

Kostenloses Essen zieht bei Ingenieuren immer.

„Du bist wunderbar, Kay. Ich schulde dir was.“

„Und wie du mir was schuldest. Was für ein Kleid hast du dir eigentlich für mich für die Hochzeit ausgesucht? Werde ich lächerlich aussehen?“ Sie zieht ihre Mr. Rogers-Strickjacke aus und hängt sie in den Schrank. „Ich bin jetzt 44, Ashley. Ich kann keine Pünktchenmuster oder Bleistiftröcke tragen.“

Kay läuft jeden Tag acht Kilometer. Sie könnte alles tragen, was sie nur will, aber Mode war noch nie ihr Ding. Sie bereitet lieber ein Gourmetgericht zu und gibt ihr Geld für Granitarbeitsplatten für unsere frisch renovierte Küche aus, als mehr als 24 Dollar für Schuhe zu bezahlen. Sie hat den Körper, für den wir alle sterben würden, und macht nichts daraus. Was für eine Verschwendung.

„Kay, ich stehe zwischen dir, Brea und der Südstaatenschönheit. Ich kann es nicht allen recht machen. Es ist nur ein Tag deines Lebens, weißt du? Wenn ich einen Bleistiftrock will, wirst du leiden müssen."

„Du wirst wissen, was das Beste ist, Ashley. Wenn es eine Fashionkrise gibt, findest du ganz bestimmt die Lösung. Daran zweifele ich nicht. Warum bist du überhaupt zu Hause?"

„Setz dich."

„Du hast nicht schon wieder deinen Job verloren, oder? Du sagtest, das könntest du dir nicht erlauben. Du hast deinen Job nicht verloren, richtig?"

„Setz dich."

Sie tut es. Kay macht sich große Sorgen darüber, dass ich wieder meinen Job verlieren könnte, weil ich bis jetzt nicht die beste Erfolgsbilanz hatte. Und hey, immerhin muss ich die Hälfte der Hypothek zahlen. Das ist tatsächlich Grund genug, um sich darum Gedanken zu machen, aber eigentlich geht es darum, dass sie unsicher ist. War es falsch, mir die Chance zu geben, die Hälfte ihres Hauses zu kaufen?

„Wenn es darum geht, dass du deine Anteile am Haus loswerden willst, ich bin gerade dabei, mich darum zu kümmern, Ash."

Ich schüttele den Kopf. „Es ist nichts dergleichen. Wir haben heute einen neuen Software-Direktor bekommen."

Sie sieht weg – hoch zur Decke, um genau zu sein.

„Kay, *wusstest* du was davon, dass wir einen neuen Software-Direktor bei Gainnet haben?"

Kay sieht mich nicht an. „Ich muss jetzt die Jungs anrufen, wenn hier heute Abend Männer sein sollen. Und das Abendessen vorbereiten. Ich muss jetzt das Abendessen vorbereiten."

„*Wie konntest du nur!* Wie konntest du mir verschweigen, dass Seth den Job übernimmt? Das ist ja wie Kleinmädchenkram im Fernsehen!"

„Ich wollte nicht, dass du kündigst. Seth hat nach einem neuen Job gesucht, seit er aus Indien zurück ist. Ich habe ihm gesagt, dass sie bei Gainnet noch jemanden suchen."

„Kay! Glaubst du, ich möchte meinem Ex jeden Tag bei der Arbeit begegnen?“

„Ich hätte nicht gedacht, dass er den Job kriegen würde. Außerdem ist er mit Arin zusammen, soweit ich weiß.“

Mir wird flau im Magen und ich lasse mich langsam auf das Sofa sinken. „Arin ist nicht in Indien?“

Kay schüttelt nur den Kopf. „Ich sollte jetzt wirklich anrufen.“ Sie läuft über den Flur.

Arin ist eine Missionarin mit Größe 32, die mehr an kostenlosen Reisen interessiert ist als an der eigentlichen Evangelisation. Sie ist also zurück und ihr Name ist immer noch verbunden mit dem von Seth. Menschen entwickeln sich weiter. Ich habe mich auch weiterentwickelt, und natürlich erwarte ich nicht, dass Seth mir hinterhertrauert statt nach vorne zu blicken. Obwohl ... vielleicht doch ein kleines bisschen. Könnte er mir denn nicht wenigstens ein wenig hinterherlaufen? Diese ganze Sache mit der unerwiderten Liebe könnte ihn doch wenigstens zu einem kurzen Innehalten veranlassen!

4

Ich arbeite ein paar Stunden lang an den Patenten, und dann klopft es leise an meiner Schlafzimmertür. Ich öffne die Tür einen Spalt breit: die Verräterin steht davor.

„Ich weiß, du bist sauer auf mich“, sagt Kay.

Ich öffne die Tür etwas weiter und lasse mich aufs Bett fallen.

„Du bist verlobt, erfolgreich in deinem Beruf, du hast ein großartiges Zuhause in Palo Alto. Ist das nicht genug Rache für dich? Seth hat bei diesem Standortwechsel nach Indien seinen Job verloren. Seine Gemeinde ebenfalls, damit du dich dort weiterhin wohlfühlst. Meinst du nicht, er hat genug Opfer gebracht? Es hat mir leid getan, dass er arbeitslos war. Du bist doch auch Christin. Hast du denn gar kein Mitleid mit ihm?“

„Hm, hm.“ Ich schüttele den Kopf. „Nein, nicht wirklich.“

Ich lächele. „Ich mach nur Spaß. Aber du hättest mich wenigstens vorwarnen können. Kannst du dir vorstellen, wie ich mich gefühlt habe, als ich erfuhr, dass er der neue Software-Direktor ist?“

Sie atmet aus. „Puh. Ich bin froh, dass du dich beruhigt hast. Vielleicht hätte ich dich wirklich warnen sollen, aber ich wollte nicht, dass du mit der Personalabteilung sprichst und seine Chancen zunichtemachst. Er brauchte den Job wirklich, Ash. Ich wusste, dass du ihm letztendlich nicht im Wege stehen würdest. Du hast ihn immer noch gern, würde ich sagen.“ Kay beißt sich auf den Daumennagel. „Ich brauche deine Hilfe, Ashley.“

Ich ziehe meine Augenbrauen hoch. „Du brauchst *meine* Hilfe? Willst du ein Küchenpatent anmelden, oder was?“

Kay ist der Inbegriff von Organisation. Sie könnte im Haushaltskanal in der Sendung *Mission Organisation* auftreten, aber sie würde wahrscheinlich nur das Kamerateam herumkommandieren und alle wahnsinnig machen. Ich sehe es schon vor mir, wie sie zur Chaoswohnung des Tages fährt, mit haufenweise Körben und Plastikeimern – und der Etikettiermaschine. Kay etikettiert alles! Ich kann mich glücklich schätzen, dass mir mein Name noch nicht an die Stirn geklebt wurde.

„Ich brauche eine Modeberatung“, platzt es aus Kay heraus.

Okay, das sagt alles. „Du brauchst eine Modeberatung? Wozu?“

Sie bewegt sich verlegen hin und her und schaut dabei zur Decke. Ich bin froh, dass sie vor kurzem erst gestrichen wurde. Sie scheint in letzter Zeit Kays Lieblingsblickpunkt zu sein. „Erinnerst du dich, wie ich von einer alten Verletzung erzählt habe?“ Sie macht eine Pause und atmet tief ein. „Vor langer Zeit mal?“

Jetzt bin ich definitiv hellhörig geworden. Kay und ein Mann. Das ist die Geschichte, auf die ich gewartet habe. „Der eine, der dich dazu gebracht hat, der Männerwelt abzuschwören?“

Kay beißt sich auf die Lippen, sagt dann aber: „Ja, der.“

„Also gibst du es doch zu.“

„Was zugeben?"

„Dass der Kerl dich dazu gebracht hat, der Männerwelt abzuschwören."

„Sagen wir, er und mein Vater haben dazu beigetragen." Kay reibt sich nervös die Hände.

„Kay! Frauengespräch! Es ist vollkommen in Ordnung, das jemandem zu erzählen. Du hättest es vermutlich schon vor Jahren tun sollen, um dich von dieser Last zu befreien. Also los, was hat es mit deinem Mode-Notfall auf sich?"

„Er kommt bald vorbei. Wahrscheinlich um sein schlechtes Gewissen zu beruhigen." Sie denkt einen Moment darüber nach, was sie gerade gesagt hat. „Er sollte wirklich ein schlechtes Gewissen haben."

„Der Kerl kommt hierher?" Ich werde den Mann treffen, der Kay all das angetan hat. Ich spüre, dass ich ihm wehtun will. Sehr wehtun.

„Hör zu, es ist nicht so, wie du denkst", sagt Kay. „Wir haben nichts miteinander. Er ist verheiratet, wollte nie Kinder haben, damit er sie nicht unterstützen muss, und war Pastor, bevor er Vollzeitmissionar wurde. Seine Gemeinde in New Orleans hat er verlassen. Es ist eine lange, turbulente Geschichte." Kay sieht mir direkt in die Augen.

Ich sehe sie ehrfürchtig an. „Stille Wasser sind tief."

„Er war nicht der letzte Mann, der mir das Herz gebrochen hat, nur der allererste. Aber ich hätte mich damals fast von Jesus abgewendet, also ist die Erinnerung an ihn eine besonders hartnäckige. Es war nicht romantisch und wirklich enttäuscht haben mich vor allem meine Mitchristen."

Wunder gibt es immer wieder. Kay hat eine Vergangenheit. „Warum triffst du dich dann mit ihm? Er hört sich an wie der allerletzte Verlierer. Ich stelle ihn mir vor, wie er in einem spröden, graufarbenen Jagdshirt Werbung für seine nicht vorhandenen gesellschaftlichen Umgangsformen macht."

„Ashley, kannst du mir überhaupt folgen?"

„Was?", frage ich.

„Er darf herkommen, weil ich will, dass er mich sieht. Dass ich an ihm nicht zerbrochen bin. Ich will, dass er mein Haus sieht, meinen Erfolg – und mich. Ich will ihm zeigen, dass ich nicht eins seiner Opfer bin, dass Jesus stärker war als das, was er getan hat – und dass ich genauso stark bin."

Mein Mund steht offen. „Das hört sich nicht im Entferntesten nach dir an." Ich verabscheue meinen nächsten Gedanken jetzt schon. „Es hört sich eher nach mir an."

„Ich weiß, aber was das angeht, sind wir doch alle gleich. Hilfst du mir?"

Ob ich ihr helfe? Kay ist ein unbeschriebenes Blatt Papier, und seit ich sie kenne, wäre ich dafür gestorben, bei ihr Hand anlegen zu dürfen. „Können wir deine Michelin-Daunenjacke wegwerfen?"

„Lass es uns nicht übertreiben. Es ist nur ein Abend." Sie geht in mein Zimmer und steuert auf den Kleiderschrank zu. „Kannst du mir was leihen?"

„Natürlich, aber ich glaube, du unterschätzt die Macht eines neuen Outfits. Es ist wie Spinat für Popeye oder eine Super-Energie-Vitamin-Pille im Ring von Underdog – "

Kay rollt die Augen. „Können wir jetzt weitermachen?" Sie geht meine Klamotten durch und findet zielsicher das langweiligste Teil, das ich besitze.

Ich nehme es ihr weg. „Nein. Denk rot. Eine betrogene Frau rächt sich. Nur Rot kann das. Erinnere dich nur mal daran, wie Scarlett auf Ashleys Party auftauchen soll, nachdem – "

„Ich will gar keine Rache, Ashley. Und ich will nicht wie ein schamloses Flittchen aussehen. Ich will erfolgreich aussehen. Ich bin ja auch erfolgreich, aber das wird er wahrscheinlich nicht so sehen, weil ich nie geheiratet habe."

„Du bist erfolgreich, Kay. Denk dran, die beste Rache ist es, gut auszusehen."

„Dann hast du wohl Recht. Ich will wirklich Rache."

Wir lachen beide und ich schnappe mir ein Ralph-Lauren-Wickelkleid aus Seide mit einem märchenhaften pink-roten Blumenaufdruck. „Das ist ein unglaublich tolles Kleid!" Die Etiketten hängen noch dran und ich versuche sie zu verstecken, damit Kay sich nicht unter Druck gesetzt fühlt.

„Das werde ich nicht tragen, Ashley. Lass uns realistisch bleiben. Aus Melanie wird an einem einzigen Tag keine Scarlett."

„Okay, es ist zu kitschig." Ich hole einen seidenen Ralph-Lauren-Zipfelrock hervor. Der Stoff ist der gleiche. „Ich konnte mich einfach nicht entscheiden. Ich werde eins davon zurückbringen."

„Du hast auch lange gebraucht, um dich für einen Mann zu entscheiden. Vielleicht solltest du an deiner Entscheidungsfähigkeit arbeiten." Sie legt sich den Rock an, um zu sehen, ob er lang genug ist, dass sie sich darin wohlfühlen kann. „Was trägt man denn dazu?"

„Einen kurzärmligen Seidenpulli." Ich ziehe einen im selben Rot-Ton aus dem Schrank und halte ihn an ihren Hals. „Oh, das ist deine Farbe!" Ich überlege eine Minute lang. „Wenn wir schon von Farben reden ..." Ich berühre ihr Haar.

Erschrocken weicht sie zurück. „Nein, ich werde meine Haare nicht färben."

„Willst du etwa, dass er die ganzen grauen Haare sieht? Dass du gealtert bist?", frage ich und halte eine ihrer Haarsträhnen hoch. „Haarfarbe ist nicht dein Feind, Kay. Ich kann es so machen, dass es natürlich aussieht."

Kay weicht wieder zurück. „Ich färbe meine Haare nicht. Sie *sind* natürlich."

Ich erhebe meinen Zeigefinger. „Warte, ich habe die perfekte Lösung." Ich gehe zurück in mein Schlafzimmer. „Auswaschbare Haartönung. Niemand bei der Arbeit wird es je erfahren. Bis Montag ist die Farbe raus. Ich hab das noch von damals, als Brea und ich zur Party an Allerheiligen als Blondinen gegangen sind. Du wärst eine großartige Blondine, Kay."

„Ganz gewiss nicht."

„Es ist kein Platinblond, sondern nur ein helles Aschbraun, guck mal." Mit einem Lächeln halte ich den Behälter hoch.

Kay schüttelt immer noch den Kopf. „Ich hab doch gewusst, dass das ein Fehler war."

Ich verliere sie. Sie rutscht hinab in den grauen Abgrund. Muss nachgeben. „Das war kein Fehler. Wir suchen jetzt die Klamotten für dich aus." *Die Haare können warten.*

„Was hast du da, das ich tragen könnte, ohne dass es schreit: *Ich will dich beeindrucken?*"

„Hmmm, wie kommst du darauf, dass ich *solch* ein Kleidungsstück besitzen würde?" Dann sage ich: „Spaß. Das war nur Spaß." Ich habe ihre Haare immer noch im Visier und denke an breite blonde Strähnchen. Sie hebt ein Shelli-Segal-Laundry-Kleid auf. „Das ist total aus der Mode, Kay."

„Das interessiert mich nicht. Ich will einfach nur etwas, das etwas moderner ist als meine – "

„Karos", beende ich den Satz für sie.

Sie beißt sich auf die Lippen. „Ich trage keine Karos."

Tut sie doch. Na gut, das modische Äquivalent dazu. „Okay, vielleicht keine Karos, dafür aber Flanell!"

„Was stimmt denn nicht mit Flanell?"

„Wenn du mich schon um Hilfe bittest, dann musst du auch meinem Urteil vertrauen." Ich zeige aufs Bett. „Stell dich dorthin. Ich finde schon noch etwas für dich." Ich durchstöbere meinen Schrank nach der perfekten Mischung zwischen angesagt und intellektuell. Klassisch, aber nicht zu farbenfroh. „Ich hab's." Ich hole ein rotes Jones-New-York-Kleid mit schwarzem Pünktchenmuster heraus. „Das ist perfekt. Es würde deine langen Beine und durchtrainierten Arme gut betonen."

Kay vergrößert den Abstand zwischen uns. „Es ist zu grell."

„Probier es doch einfach mal an. Keine Angst. Das Pünktchenmuster lässt es ein bisschen dunkler wirken", sage ich aufmunternd. Ich werfe ihr das Kleid zu und gehe auf den Flur. Anders als normale Frauen flippt Kay total aus, wenn sie sich vor anderen Frauen umziehen muss. Sie würde niemals einen Ausverkauf im Loehmann-Store überleben.

Ich gehe ins Badezimmer und suche mein Make-up zusammen. Womöglich bekomme ich so eine Chance nie wieder. In der ganzen Zeit, in der ich Kay kenne, habe ich es irgendwie geschafft, dem Verlangen zu widerstehen, sie mit einem Kajalstift zu attackieren. „Die Frau braucht Eyeliner", sage ich mir und werfe ihn in einen Korb. Außerdem Wimperntusche und einen Hauch Lipgloss. Ich will noch nach dem Nagellack greifen, entscheide mich dann aber dazu, das Glück nicht allzu sehr herauszufordern.

Als ich in mein Zimmer zurückkomme, hat Kay schon ihren kurzärmligen Velours-Pulli und die schwarze Jeans wieder an. „Was tust du da?"

„Es war zu grell. Ich habe dir doch gesagt, dass es zu grell ist."

Ich durchstöbere noch mal meinen Kleiderschrank und finde das eintönigste Kleidungsstück, das ich besitze: ein oliv-grünes Cargokleid mit schmaler Taille. An dem Tag, als ich es gekauft habe, muss ich deprimiert gewesen sein. „Okay, zieh das mal an."

Sie nimmt es und rümpft die Nase. „Es ist zu kurz."

„Es reicht dir bis zu den Knien. Entgegen deinen Vorstellungen müssen Kleider nicht mehr bis zu den Knöcheln reichen." Ich zwinkere sie an. „Nicht mal mehr einen Unterrock braucht man heutzutage."

Kay lacht und nimmt das Kleid. „Gut, ich probiere es." Sie hält inne und sieht mich an.

„Ich geh ja schon. Kein Wunder, dass du keinem Fitnessclub angehörst. Wenn ich deinen Körper hätte, würde ich damit überall herumschlendern." Ich gehe raus und höre das Telefon klingeln. Kay hat die Anruferkennung ausgestellt, also bin ich demjenigen ausgeliefert, der gerade jetzt den Drang dazu verspürt, uns anzurufen. „Guten Abend, Ashleys Extrem-Umstyling."

„Ashley?", höre ich im strengen südlichen Tonfall. *Oh oh. Ist sie etwa wütend?*

„Hi Emily. Hast du deinen Freund erreicht?" *Ich meine, den Stalker?*

„Er kommt. Keh-vin hat vor einer Weile angerufen. Er holt

mich in seiner Pause ab und fährt mich. Matt kommt um 18 Uhr zu dir."

„Matt?" Der Stalker hat also einen Namen. „Wie ist sein Nachname?"

„Matt Callaway", sagt sie mit einem tiefen Seufzer. „Er ist traumhaft, Ashley."

„Ich freue mich darauf, ihn kennenzulernen", sage ich mit dem Finger im Hals.

Emily stellt auf ihre geschäftliche Stimme um. „Ich habe an den Entwürfen für das Brautkleid gearbeitet. Ich muss sie dir heute Abend unbedingt zeigen! Danach kann ich nach Atlanta zurück und den Stein ins Rollen bringen."

Das muss aufhören. „Ich weiß nicht, Emily. Mein Kleid ist schon bestellt, wie ich es dir schon gesagt habe – "

„Das passt so ganz und gar nicht zur Thematik. Meinen Brudah würde es total kalt lassen. Zu glatt und formlos. Es ist viel zu intellektuell für eine Braut in deinem Alter. Du brauchst etwas, das dich der Südstaaten-Gesellschaft ankündigt; etwas, das dein bereits fortgeschrittenes Alter verschleiert. In *deinem* Kleid würdest du aussehen wie jede andere Braut auch. Deswegen habe ich die Bestellung auch storniert."

Ich öffne den Mund, bekomme aber einfach nichts heraus. Alles, was ich im Moment sagen kann, ist, dass ich froh bin, dass sie nicht hier ist. Meine Gedanken sind gerade alles andere als christlich. Ich denke darüber nach, dass ich das Kleid noch mal neu bestellen muss und wie ich es von nun an schaffe, jede Abscheulichkeit zu vermeiden, die sie gerade plant. Meine zukünftigen Kinder haben Mei Ling, Brea und Kay. Wofür um alles in der Welt brauchen sie dann noch Tante Emily? Ich kann mich auf nichts konzentrieren. Im Moment schon gar nicht.

Ich versuche, meine Stimme ruhig zu halten und so klingen zu lassen, als ob ich einen lästigen Ingenieur dranhätte. „Emily. Wir müssen morgen zurück in den Laden, um mein Kleid noch einmal zu bestellen. Das ist das Kleid, das ich ausgesucht habe, und ich bin hier die Braut." *Ist das nicht offensichtlich, oder was?*

„Ich weiß ja nicht, wie das im Süden so läuft, aber ich bin mir ziemlich sicher, dass es sonst überall so gehandhabt wird, dass die Braut ihr Kleid selbst aussucht."

„Du willst meinen Brudah doch glücklich machen, oder? Willst du, dass ich ihn bei der Arbeit anrufe und ihm sage, dass wir Schwierigkeiten mit den Vorbereitungen haben?"

Ich fletsche meine Zähne. „Wir haben keine Schwierigkeiten, Emily. Ich bin die Braut. Du bist die Koordinatorin. Deswegen gilt: Ich träume, du koordinierst." Meine Stimme klingt siegessicher.

„Ich habe dir schon ein neues Kleid bestellt. Und zwar schon vor Monaten, um genau zu sein. Als mein Brudah eure Vermählung angekündigt hat." Der letzte Satz klingt, als hätte sie in eine verdorbene Olive hineingebissen.

„Das ist sehr schön, Emily", sage ich wie eine Vorschullehrerin. „Wenn du mein Kleid stornierst, können wir auch *dein* Kleid stornieren, bevor es bezahlt ist."

„Eigentlich habe ich mit meiner Arbeit bereits begonnen, bevor ich Atlanta verlassen habe. Und zwar genau an dem Tag, als ich die Erleuchtung bekam, wie ich euren Tag gestalten und meinen Brudah glücklich machen kann. Wenn er sieht, wie du den Gang hinunterläufst, wird er seinen Augen nicht trauen."

Und genau das ist es, was mir Angst macht.

„Weißt du was? Wir reden einfach später darüber, wenn du hier bist. In Ordnung?"

„Kein Wort zu meinem Brudah, Ashley. Ich habe noch nie etwas getan, worauf er stolz war. Und an eurem Hochzeitstag wird er der Inbegriff von Stolz sein. Sein Strahlen wird uns beide erleuchten. Von da an werden wir Schwestern sein."

„Ich wollte zwar schon immer eine Schwester haben, Emily, aber – "

Sie legt auf, ohne sich die Mühe zu machen, sich zu verabschieden. Vermutlich lieben Schwestern einander so sehr, dass sie keine Verabschiedung brauchen. In einem unterbelichteten Augenblick hatte ich angenommen, dass die ganze Sache mit der

Hochzeitskoordinatorin eine gute Idee sei. Ich dachte, so könnte ich mich auf meine Patente konzentrieren, und auf Kevin, und darauf, meine Hälfte des Hauses zu verkaufen. Aber das kommt dabei raus. Ich kann mich nicht auf die Patente konzentrieren, weil es einen neuen Software-Direktor gibt, dem ich aus dem Weg gehen muss. Ich kann mich nicht auf Kevin konzentrieren, weil er gerade seine Facharztausbildung beendet und seine Rolle als abwesender Verlobter perfektioniert. Und ich kann mich nicht auf den Verkauf des Hauses konzentrieren, weil Kay mit niemandem einverstanden ist. Inzwischen sehe ich so verschwommen, dass nicht einmal eine Laseroperation helfen würde.

Kay kommt den Flur runter und sieht aus wie eine ungeschminkte Sarah Jessica Parker. Sie hat sogar die gleiche Figur! „Du siehst umwerfend aus! Aber du brauchst noch Schuhe." Ich renne in mein Zimmer, bevor sie sich wieder umgezogen hat, und hole ein Paar Stuart-Weitzman-Riemchensandalen. „Ich hatte sie schon, bevor Stuart Weitzman so erfolgreich wurde. Also waren sie billig", erzähle ich ihr, damit sie sich beim Anziehen nicht schlecht fühlt.

Kay betrachtet nachdenklich den Absatz. „Ich kann darin nicht laufen. Und was für dich billig ist, ist für normale Leute ein Vermögen."

„Ich kann dir beibringen, wie man darin läuft. Wenn du im Rancho San Antonio bergabwärts rennen kannst, dann sind 8 Zentimeter gar nichts."

„Ich werde schwanken wie ein Stehaufmännchen. Kannst du dich noch daran erinnern, was ein Stehaufmännchen ist? Ich will selbstsicher aussehen, nicht wie ein schlechtes Laufstegmodel, das vor ihm auf die Nase fällt."

„Hey, Stehaufmännchen schwanken zwar, aber sie fallen nicht." Ich grinse sie an. Sie lächelt nicht zurück, nicht mal andeutungsweise.

„Okay, warte hier." Ich laufe los, um einen Schuhanzieher zu holen, und eile wieder zurück. „Und jetzt lass mich dich schminken."

Kay setzt sich an den Esszimmertisch und klammert sich an ihn, als ob ihr schwere Folter bevorstünde. „Wie lange wird das dauern?"

„Warst du schon mal im Spa, Kay?"

„Nein."

„In einem Friseursalon?"

„Zählt auch *Supercuts*?"

„Nein."

„Dann nicht. Aber mir wurden schon mal die Haare geschnitten."

„Kay, wie kannst du dich gut organisiert nennen und dann einen solchen Haarschnitt haben?"

Sie berührt ihre Locken. „Du hast gerade gesagt, dass meine Frisur schlecht ist."

„Ähm, nein, ich habe nicht gesagt, dass sie schlecht ist. Aber sie könnte besser sein."

Ich nehme meine Mineral-Puder-Foundation von Jane Irendale heraus, weil ich davon ausgehe, dass dies der schnellste Weg sein wird, um zum gewünschten Ergebnis zu gelangen: Kay einmal geschminkt sehen.

„Was ist das?"

„Das ist Grundierung. Halt einfach still."

Ich setze meinen Zauber fort und innerhalb weniger Minuten sieht Kay aus wie die echte Sarah Jessica Parker. An einem ihrer guten Tage.

Sie steht auf, geht zum Spiegel, blinzelt ein paar Mal und fängt dann an zu kichern. „Es wäre großartig, wenn ich so rumlaufen könnte und die Ingenieure mir trotzdem zuhören würden." Sie lächelt mich an. „Ich gehe ins Bad und wasche es ab. Und dann fange ich mit dem Abendessen an."

„Wasch es nicht ab. Gewöhn dich ein bisschen daran. Ein Abend zu Hause wird dein Leben nicht komplett auf den Kopf stellen. Ich finde, es macht einfach Spaß, die Veränderung zu sehen."

Es klingelt an der Tür und sie sieht mich an, starr vor Angst, dass jemand sie so sehen könnte. „Geh an die Tür. Ich gehe duschen."

„Du machst die Tür auf, Kay. Das sind nur die Jungs aus der Gemeinde. Es wäre gut für sie, wenn sie mal bemerkten, dass du eine Frau bist."

Sie schüttelt den Kopf. „Ich hatte es noch gar nicht geschafft, sie anzurufen."

„Ich muss den Hund holen." Beim Hinausgehen beobachte ich, wie Kay die Tür öffnet. Es sind nicht die Jungs aus der Gemeinde, sondern ein fantastisch aussehender Mann, den ich vorher noch nie gesehen habe. Ich beobachte, wie er Kay anblickt und dabei ein zartes Lächeln über sein Gesicht huscht.

„Hi", sagt er, ohne seinen Blick von ihren Augen abzuwenden. Er streckt seine Hand aus. „Mein Name ist Matt Callaway ... Emilys Freund."

Kay ergreift seine Hand und sie lassen beide nicht los. Ziemlich lange. Ich wünschte, ich könnte Kays Gesichtsausdruck sehen. Eine „Die Zeit steht still"-Pause zwischen beiden tritt ein und die Stimmung in diesem Moment entspricht exakt meiner eigenen, und zwar in dem Moment, als ich Kevin zum ersten Mal sah. Dann dämmert mir plötzlich, dass Matt ja Emilys Verabredung ist! Ich ahne Schlimmes. Das Letzte, was ich jetzt brauchen kann, ist, dass die schwesterlich-böse Emily hier aufkreuzt und spitzkriegt, dass sie von meiner Mitbewohnerin hintergangen wird!

Ich eile zur Tür. „Hi Matt, du bist früh dran. Ich bin Ashley, Emilys zukünftige Schwägerin. Komm doch rein!"

5

Es ist 18:20 Uhr. Kein Lebenszeichen von unserer Südstaatenschönheit, ebenso wenig von den männlichen Mitgliedern der Singlegruppe, die hätten hier sein sollen, um uns zu beschützen (Zugegeben, wir haben sie noch immer nicht angerufen. Aber ich hatte gehofft, sie würden über übersinnliche

Wahrnehmungsfähigkeiten verfügen.). Nur der besagte Stalker ist anwesend, der zwar irgendwie süß, aber auch allzu sehr an der falschen Frau interessiert ist! Sogar Rhett bellt ihn nicht an. Was ist hier nur los?

„Wie alt sind Sie eigentlich?“, frage ich Matt Callaway. *Falls das überhaupt sein richtiger Name ist.*

„Fünfundvierzig.“ Seine espresso-braunen Augen weiten sich. „Ist das die richtige Antwort?“

Ich verschränke die Arme. „Sie wissen schon, dass Emily fünfundzwanzig ist?“

Er wirkt irritiert, als er vor Kay steht. Welchen Grund hätte er auch, nicht irritiert zu sein? Ich meine, ist diese Art von Altersunterschied nicht illegal in manchen Ländern? „Ich wusste nicht, dass sie so jung ist.“

„Nun ja, aber sie ist es.“ Ich gehe auf die Tür zu. „Wir könnten ihr sagen, dass Sie sich unterwegs verfahren haben.“

„Ashley!“ Kay sieht mich scharf an. „Seit wann bist du denn so unhöflich?“

Seitdem ich weiß, dass er alt genug ist, um Emilys Vater zu sein. Außerdem muss ich das vor Kevin verantworten. „Ich bin einfach nur der Überzeugung, dass man einen Fehler so schnell wie möglich korrigieren sollte.“ Ich öffne die Tür ein Stück. *Also korrigiere ich ihn für dich.*

Matt steht auf, um zu gehen. „Es tut mir leid. Ashley hat recht. Ich sollte gehen.“ Er sieht mich mit diesen herzerweichenden braunen Augen an, die mich an einen Basset-Hund erinnern: unschuldig und liebenswert – und in keiner Weise beängstigend. Aber er sollte nicht hier sein.

„Es ist der erste Jahrestag meiner Scheidung“, fährt er fort. „Meine Frau hat mich verlassen. Wenn ich nur ihr Geldbeutel sein will, hat sie gesagt, dann kann sie einen größeren finden. Wir haben keine Kinder, weil wir nie Zeit dafür hatten. Ich habe damals vor mir selbst ein Gelübde abgelegt: Ein Jahr lasse ich nach der Scheidung verstreichen, und dann werde ich wieder ausgehen. Sie wissen schon, um wieder ins Spiel zu kommen.

Emily war nett zu mir und ich habe mich einfach treiben lassen, weil es doch der Jahrestag war." Er sieht wieder Kay an und ihre Blicke scheinen zu verschmelzen. „Es tut mir leid. Ich habe mich wie ein Trottel benommen."

Lasset die Geigen spielen!

„Ashley ist diejenige, die sich entschuldigen sollte. Das hier ist auch mein Haus." Kay, in ungewöhnlich widerspenstiger Manier, erdolcht mich mit ihrem Blick.

Ich habe nur mit ein wenig Grundierung ein Monster erschaffen. Das Telefon klingelt und ich atme erleichtert auf. „Hallo."

„Ashley, hier ist Kevin."

„Kevin, wo bist du? Der Freund deiner Schwester ist hier."

„Ich hatte heute keinen guten Tag. Ich behandle gerade einen Patienten, der einen Schock erlitten hat. Und es wird immer schlimmer."

„Es tut mir leid." Jetzt fühle ich mich schuldig.

„Kannst du Emily abholen und sie zu ihrem Date bringen?"

Ich schaue besagtes Date an, das sich anscheinend für ein anderes Date entschieden hat. Er und Kay gehen gerade zur Tür raus. „Warte mal eine Minute, Kevin." Ich sehe das neue Pärchen an. „Was glaubt ihr, wo ihr gerade hingeht?"

„Abendessen." Kay sieht Matt an. „Es sieht so aus, als würde Emily nicht mehr kommen. Wir haben einen Jahrestag zu feiern. Es mag vielleicht kein fröhlicher Jahrestag sein, aber ich möchte Matt damit trotzdem nicht alleine lassen.

Herr, erbarme Dich meiner! Kay schafft es mal wieder, zielsicher den Holzweg zu beschreiten. Eigentlich könnte man denken, dass mir in diesem Haus, seitdem sie mich aufgenommen hat, als ich obdachlos war, mittlerweile etwas mehr Verständnis entgegengebracht würde. Aber nein. So weit bin ich noch nicht.

„Ashley?", höre ich Kevin sagen. „Bist du noch dran?"

„Ich bin da, Schatz." Der Klang seiner Stimme lässt mich die Katastrophe vergessen, in der ich mich gerade befinde. Und dass das Date, zu dem ich seine Schwester abholen sollte, gerade ohne sie gegangen ist. „Ich wünschte, du könntest hier sein."

„Morgen früh, Ash. Ich muss jetzt schnell los. Sag Emily, dass ich sie liebe. Und danke für alles. Ich weiß, dass es nicht leicht mit ihr ist, wenn sie versetzt wird."

Du hast nicht die geringste Ahnung.

„Wenn ich deine Stimme höre, würde ich am liebsten gleich morgen nach Reno fahren und dich heiraten. All diese Planerei fühlt sich an wie Zeitverschwendung, Hauptsache ich bin am Ende bei dir."

„Mit deinem Charme kommst du überall durch", sage ich.

„Liebe dich, Ash."

„Und ich dich erst, Kev."

Ich lege auf und schaue Rhett an. „Was machen wir denn jetzt, Rhett?" Ein Blick aus dem Fenster. „Und wo ist die Ingenieur-Kavallerie? Was soll ich Emily jetzt bloß sagen?" Rhett antwortet mit einem Hecheln. „Dass ihr Date mit jemandem ausgegangen ist, der mehr zu ihm passt?" Auf jeden Fall kann ich sie jetzt nicht mehr mit hierher nehmen, das steht fest. Was ist, wenn die zwei wieder zurückkommen? Ich lebe nun schon seit über einem Jahr mit Kay zusammen und sie hatte in der Zeit kein einziges Date. Und jetzt muss sie ausgerechnet mit Emilys Verabredung ausgehen? *Es ist meine Schuld. Ich musste sie ja auch zu der Grundierung überreden!*

Aber bevor ich unsere Georgia-Schnitte anrufe, versuche ich es erst bei Brea. Das sollte sie zu schätzen wissen. „Hey Ash", sagt sie.

„Du hast das Ding zur Anruferkennung ja immer noch", stöhne ich. „Ich vermisse es! Kannst du es für mich berühren? Lass deine Finger einfach sanft über die Anzeige gleiten, sodass ich es durch dich hindurch fühlen kann."

„Halt die Klappe. Was machst du gerade?"

„Nicht viel. Ich habe ein bisschen gearbeitet und Kay ein Umstyling verpasst. Nur um ihr dann hinterher dabei zuzusehen, wie sie mit Emilys Date davonzieht. Das Übliche halt."

„Das hat sie nicht getan! Ich wollte dich anrufen, aber die Kinder haben keine Ruhe gegeben. Deine Schwägerin ist verrückt. Nicht süß verrückt, sondern ‚sie-ist-eine-Gefahr-für-sich-selbst-und-alle-anderen' verrückt."

„Sie ist einfach angespannt. Sie möchte den Erwartungen ihrer Familie gerecht werden. Und wenn wir bei der Zeremonie alle Reifröcke tragen, dann weißt du: Sie hat es geschafft."

„Nein, Ashley, *du* bist angespannt. *Sie* ist nachweislich verrückt. Kennst du ihre Idee, dass wir alle unterschiedliche Scarlett-O'Hara-Kleider tragen sollen anstelle der Brautjungfernkleider? Das ist gruselig, Ashley. Als ob sie Schwierigkeiten damit hätte, einen Film von der Realität zu unterscheiden. Außerdem befinden wir uns hier nicht im tiefsten Süden. Ich meine, das ist fast schon so, als wären wir billige Dekoware für die Hochzeitsfotos."

„Bring sie ja nicht auf dumme Ideen, klar? Aber warum ich dich eigentlich angerufen habe ... Ich stecke in der Zwickmühle."

„Nicht nur in einer. Dein Bruder Dave wird dir das in alle Ewigkeiten nachtragen, wenn du dich wie eine Südstaatenschönheit anziehst."

„Hör zu, die größere Krise zuerst. Es war mein voller Ernst, dass Kay mit Emilys Verabredung verschwunden ist. Hast du eine Idee, was ich Emily sagen soll? Ich muss sie gleich abholen und sie zu dem Treffen mit dem Mann fahren, der gerade mit Kay weg ist!"

„Ja. Sag ihr, dass sie aus deinem Hund einen Klon von Rhett Butler züchten und dass sie das Vorkaufsrecht bekommt, wenn sie die menschliche Version zum Kauf anbieten."

„Hör auf." Ich muss kichern. „Ich meine es ernst."

„Ich denke nach. Gib mir eine Minute." Ich kann Breas Kinder im Hintergrund hören. Sie quieken fröhlich vor sich hin und ich gebe zu: Ich fühle, wie ganze Fontänen an Neid in mir aufsteigen. „Okay", fährt Brea fort. „Sag ihr ... Sag ihr einfach, dass er nie aufgetaucht ist."

„Das ist eine Lüge. Das kann ich nicht."

„Gut, dann sag ihr, dass deine Mitbewohnerin mit ihm weggegangen ist, weil er sie Emily vorgezogen hat."

„Du bist keine große Hilfe. Ich muss dir noch etwas anderes sagen, bevor deine Kinder bemerken, dass du gerade telefonierst."

„Oh. Etwas Gutes?", fragt Brea.

„Meine Firma hat einen neuen Software-Direktor. Es ist Seth."

Es entsteht eine lange Pause.

„Brea, hast du mich gehört?"

„Halt dich fern von ihm, Ashley. Seth ist für dich wie Kryptonit!"

Ich lache. „Brea, mit Seth läuft nichts, keine Angst. Ich wollte dir nur sagen, dass er bei uns im Büro ist und wie schmerzhaft unangenehm mir das ist."

„Und ich sage dir: Halt dich fern von ihm. Es sind nur noch vier Monate bis zur Hochzeit."

„Na ja, ich kann dem Software-Direktor nicht vier Monate lang aus dem Weg gehen!"

„Dann musst du kündigen!", mahnt Brea. „Ashley, du bist doch eine kluge Frau. Du bist eine starke Frau. Lass es nicht so weit kommen, dass ich zu dir rüber fahren und dir wehtun muss. Obwohl ich nie recht verstanden habe, wieso Seth dich so im Griff hatte, habe ich mit den Engeln gemeinsam gejubelt, als es mit ihm vorbei war. Ich weiß, dass du über ihn hinweg bist, aber du bist anfällig, wenn er um dich herum ist. Das muss es einfach sein, weil es ansonsten keine rationale Erklärung für deine Vergangenheit mit Seth gibt."

„Bist du jetzt fertig?"

„Ja. Und jetzt ruf deine Schwägerin an und sag ihr, dass sie versetzt wurde. Schamlos."

„Hab doch ein bisschen Mitleid! Sie hat sich so auf das Date gefreut."

„Sie wurde am Straßenrand hinausgeworfen ... Weggeschmissen wie der Müll von gestern ... Sie wurde zum Opfer der natürlichen Selektion ... Es liegt nicht an ihr, es liegt an ihm ... Sie sollten lieber Freunde bleiben ... Er ist nicht bereit für eine feste

Beziehung ... Und die Nummer eins unter den heutigen Ausreden, um versetzt zu werden? *Emily, du hast den Kontakt zur Realität verloren und mein Flugzeug befindet sich gerade auf einem anderen Breitengrad!*"

„Du bist ja bösartig und kalt!", sage ich und versuche nicht zu lachen.

„Du hast Seth erwähnt. Ich werde leicht reizbar, wenn ich diesen Namen höre. Und ich habe den ganten Tag mit der Südstaaten-Schönheitsbarbie verbracht. Außerdem habe ich hier zwei kleine Jungs, die gerade um einen einzigen Ball kämpfen. Ich würde sagen, ich bin fertig mit deinen Krisen."

„Du warst so nett, bis du Kinder bekommen hast." Ich lache.

„Du schuldest mir was. Ich habe mir eine ganze Stunde lang die Geschichte vom Straußhalter angehört." Sie legt auf und ich starre den Hörer an. Auf dem Tisch neben dem Telefon liegt ein Notizblock. Ich nehme ihn und fange an, eine Liste zu erstellen. Wenn das Leben zur Qual wird, sollte man es aufschreiben. Manche Leute führen Tagebuch; ich führe Listen.

Dinge, die ich unbedingt tun muss

1. Das Hochzeitskleid neu bestellen.
2. Emily höflich von ihren Pflichten entbinden.
3. Matts Aufgabe übernehmen und Emily auf nette Art und Weise wissen lassen, dass sie sitzen gelassen wurde.
4. Die *Godiva*-Chocolaterie stürmen, da *Prozac* nun mal verschreibungspflichtig ist.
5. Die Schokolade in der schönen goldenen Schachtel mit ins Spa nehmen und die ganze Sache mit der Hochzeit vergessen.

„Möchten Sie eine Warmsteinmassage oder lieber das Rückenpeeling, Miss Stockingdale?"

„Hmmm." Ashley sieht ihren Spa-Betreuer an, ein Doppelgänger von Brad Pitt, und schluckt den letzten Bissen ihres Himbeerschaumtrüffels herunter. „Ich nehme beides, vielen Dank."

„Zu Ihren Diensten, Miss. Ihre Masseuse wird Ihnen augenblicklich zur Verfügung stehen.“

Ashley wickelt sich sorgfältig in ihren Bademantel und geht zum Salzwasser-Jacuzzi, um dort zu warten. „Das ist das wahre Leben“, sagt sie zu sich selbst, als sie sich im sprudelnden Wasser niederlässt. Sie trägt den neuesten Miraclesuit-Badeanzug, der sich eng um ihre Taille legt, und ihr damit die Figur zaubert, für die sie eigentlich bestimmt ist. Ohne Fettabsaugen. Als das heiße Wasser ihren Nacken streichelt, entlässt Ashley einen langen tiefen Seufzer in die Freiheit.

„Man sieht, dass es ein Miraclesuit ist.“ Plötzlich taucht Emily auf, wie ein Sumpfmonster aus der Tiefe. „Du hast normalerweise viel mehr Fettpolster! Ich glaube, du hast zu viele von den Godiva-Pralinen gegessen. Bist du wirklich sicher, dass du noch keine Kindah bekommen hast?“

„Was tust du hier? Das ist mein Spa-Traum!“ Ashley setzt sich so schnell auf, dass die Hitze ihr Schwindel bereitet.

„Ich will meinen Brudah vor einem Unterwasserleben mit dir retten.“

Ashley steigt aus dem Pool. „Das ist ja ein Alptraum! Ein Alptraum!“

„Der einzige Alptraum besteht darin, dass du meinen Brudah heiratest. Ashley Stockingdale, lass meinen Brudah frei! Lass ihn gehen, bevor es zu spät ist.“

„Das werde ich nicht tun!“

„Dann muss ich das Familiengewehr holen. Aber mach dir keine Sorgen, wir werden dich in der Familiengruft begraben. Aber eines muss ich noch wissen: Du hast doch den Mensa-Test bestanden, odah?“

„Argh!“ Das klingelnde Telefon lässt mich aufschrecken. „Hallo“, sage ich energisch, während ich versuche durchzuatmen.

„Ashley, hier ist Emily. Holst du mich nun ab oder nicht?“

Ich sehe mich im leeren Wohnzimmer um und versuche, nicht

an das Familiengewehr zu denken. „Anscheinend wurde die Party woandershin verlegt. Es ist niemand hier. Nur Rhett und ich."

„Was meinst du mit ‚es ist niemand hier'? Und du willst deine eigene Hochzeit planen?" Sie kichert einfältig. „Du, die nicht mal einen simplen Filmabend zustande bringt. Du magst dich ja hervorragend mit diesen Gesetzestexten auskennen, aber soziale Kompetenzen sind ein Talent der etwas anderen Sorte. Bei uns im Süden ist jedah einzelne Tag deinah Kindheit ein Lehrgang für gute Umgangsformen."

„Ich habe nie gesagt, dass ich meine eigene Hochzeit planen will. Ich habe nur gesagt, dass ich mein eigenes Kleid will."

„Hol bitte Matt ans Telefon! Ich möchte ihm meine Abwesenheit erklären. Ich weiß, dass du ihn vom Telefon fernhältst. Er wird schon verstehen, dass mein Brudah dringend jemanden operieren musste." Sie räuspert sich.

„Matt ist nicht hier", sage ich langsam. „Er ist gegangen." *Ausgerechnet mit Kay. Ist eigentlich eine ganz lustige Geschichte.*

„Was hast du ihm gesagt?"

„‚Auf Wiedersehen'. Und dann ist er gegangen."

„Ashley Stockingdale, was hast du zu meinem Date gesagt?"

„Au revoir."

Ihr Schweigen macht mich nervös. Ich weiß, dass sie Munition sammelt, mit der sie mich treffen will. „Unser Vater hat uns immer gesagt, dass der Intellekt das Entscheidende ist. Ashley, erklär mir doch bitte einmal, wie du es geschafft hast, dir meinen Brudah unter den Nagel zu reißen, wenn du noch nicht einmal den Mensa-Test bestanden hast."

Sie legt auf. Schon wieder! Welche südstaatlichen sozialen Kompetenzen meinte sie eigentlich? Selbst im Süden wird es ja wohl als unhöflich angesehen, wenn man auflegt, ohne sich zu verabschieden. Lehrgänge für Umgangsformen, so ein Unsinn! Okay, Brea hat recht. Sie ist eine Irre. Mit einem extragroßen I. Wenn ich nur daran denke, dass ich Mitleid mit ihr hatte, nur weil sie sitzengelassen wurde! Hey, er fand sie halt doch nicht so toll. In meinen Augen kann Matt Callaway sich glücklich schätzen. Er ist dem Zorn der Emily Novak entkommen und verbringt nun einen großartigen Abend mit jemandem, der ohne Zweifel seine Aktenschränke in Rekordzeit neu ordnen wird.

6

Der Tag erwacht und mein Telefon klingelt.

„Hallo?", spreche ich schlaftrunken in den Hörer. Als ich auf die Uhr sehe, zeigt sie gerade 7:00 Uhr an. Eine durchaus vernünftige Zeit, um an einem Samstagmorgen anzurufen. *Ähm, doch nicht.*

„Ashley, hier ist Purvi." *Meine Chefin.* Seufz.

„Eine Braut braucht ihren Schönheitsschlaf", sage ich. *Nur ein kleiner Hinweis.*

„Es dauert noch Monate, bis du heiratest." *Und er verfehlt sein Ziel!*

„Purvi, du brauchst soziale Kontakte. Hat dir das noch niemand gesagt?"

„Ich habe mir noch mal die Patententwürfe angesehen. Wir können sie ganz einfach revidieren."

Seltsamerweise kommen mir diese Worte bekannt vor. So als ob ich sie gestern selbst gesagt hätte. „Ja, das können wir. Wir haben alle Unterlagen, um das zu tun." *Wird das mein Samstagmorgen-Programm?* „Also ..." *Bleib freundlich, bleib freundlich.* „Wo ist denn das Problem?"

Rhett steht auf und leckt mir übers Gesicht. *Ekelhaft.* Aber er liebt mich auch mit ungeputzten Zähnen. Also streichele ich ihm zur Belohnung ein paar Mal über den Kopf und lasse ihn zu mir ins Bett kommen.

„Wozu willst du eigentlich nach Taiwan?", fragt Purvi mich.

„Aber ich dachte – " Okay, einmal zurückspulen, bitte. Der Tag, an dem ich freiwillig und gerne nach Taiwan fliege, wird der Tag sein, an dem sie dort Designerklamotten umsonst anbieten.

„Ich habe deinen Flug storniert. Ich habe heute Morgen Tracy angerufen."

„So früh schon? Purvi, es ist erst sieben."

„Es ist 22:00 Uhr in Taiwan. Du musst international denken, Ashley!"

„Wie spät ist es gerade in Indien? Könntest du nicht lieber einen deiner Cousins anrufen?", schlage ich vor.

„Denk bloß nicht, nur weil du mich für diesen Posten vorgeschlagen hast, könnte ich dich nicht entlassen", droht Purvi.

„Hey, es war nur ein gut gemeinter Vorschlag. Ich wollte nur deine Familienbande stärken, das ist alles. Fühlt sich Gainnet nicht ganzheitlich für seine Mitarbeiter verantwortlich?", sage ich und bleibe ganz im Jargon, der gerade auf dem schwarzen Brett dominiert. Klingt wie New Age mit einem Spritzer falscher Betroffenheit: *Oh ja, ich fühle mich ganzheitlich. Wie ein ganzer Haufen Müll!*

„Ich erwarte nicht von dir, dass du nach Taiwan fliegst. Aber ich erwarte die vollständigen Unterlagen bis Montag auf meinem Schreibtisch."

„Aber heute muss ich doch auf die ‚Rote-Eier-und-Ingwer-Party' für das Baby."

„Dann sei mal froh, dass ich dich schon aufgeweckt habe, weil du dann nämlich gleich mit der Arbeit anfangen kannst." Sie legt auf. Wenn Purvi nicht die beste Chefin wäre, die ich jemals hatte, würde ich ihr sagen, was sie mit ihren Unterlagen tun kann. Ich bin kein Morgenmensch. Habe ich das schon mal erwähnt?

Ich schließe die Augen und flüstere ein Gebet. Ich bin noch nicht bereit für den Tag, aber der nimmt darauf einfach keine Rücksicht. Freude überkommt mich, als ich feststelle, dass heute ein Kevin-Tag ist! Ich hab ihn schon seit fast einer Woche nicht mehr gesehen und ich sehne mich nach ihm. Ich muss in seine grünen Augen sehen und ein weiteres Mal daran erinnert werden, dass er keine Südstaatensoldaten auf unserer Hochzeit will.

Ich mache meine Tür auf und nehme den Geruch von Pfannkuchen und frischem Kaffee wahr. Es ist himmlisch. Ich folge meiner Nase Richtung Küche und finde Kay über Crêpes gebeugt. In der Hand hält sie ihre Geheimwaffe: ein Gerät zur Herstellung von Schlagsahne.

„Was tust du da?“ Ich mustere sie misstrauisch.

„Ich habe gedacht, dass du immer noch sauer auf mich bist“, sagt Kay. „Und jetzt versuche ich, es wiedergutzumachen. Gesegnet seien die Friedensstifter und all das.“

„Ich bin nicht wütend, Kay. Ich bin viel zu gestresst, um wütend zu sein. Ist es gestern Abend gut gelaufen?“

Sie nickt energisch. „Wir hatten eine wirklich schöne Zeit zusammen, Ashley. Er sah so geknickt aus, als Emily nicht erschienen ist. Ich konnte ihn so einfach nicht wieder gehen lassen.“ Sie schüttelt den Kopf. „Das wäre nicht christlich.“

„Nein, du hast das Richtige getan.“ Ich reibe meine Stirn. „Ich war unhöflich. Ich hoffe, du hast dich für mich entschuldigt. Ich bin einfach nicht ich selbst, seit Purvi mir mitgeteilt hat, dass ich nach Taiwan muss und Emily ständig meine Hochzeitspläne über den Haufen schmeißt. Ich sehe Kevin ohnehin schon kaum und seine Schwester lässt mich ganz vergessen, dass er ein normaler Mensch ist. Was ist, wenn er tief in seinem Inneren auch ein Stück von Emily hat und es nach der Hochzeit an die Oberfläche gelangt wie Glenn Close in dieser Badewannen-Szene in ‚Eine verhängnisvolle Affäre‘?“

„Ist mit dir alles in Ordnung? Du siehst blass aus.“

Ich setze mich an den Tisch. „Sie hat meine Hochzeitskleid-Bestellung storniert, Kay. Ist das wirklich so abwegig? Dass eine Frau weiß, wie sie an ihrem eigenen Hochzeitstag aussehen will?“ Ich sehe Kay an und merke, wie mir eine Träne die Wange runterkullert. „Wenn ich Kevin heirate, heißt das, dass ich diese Leute für den Rest meines Lebens um mich herum haben werde. Ich möchte einfach mit nichts zu tun haben, das Emily in dieser Stadt halten könnte. Wenn das bedeutet, dass ich zwei Kleider kaufen muss, dann soll es eben so sein.“ Aber ich kann mir ein weiteres Kleid nicht leisten.

Kay stößt einen tiefen Seufzer aus und stellt mir einen Teller hin.

Ich schüttele den Kopf. „Oh, danke Kay, aber ich bin heute schon mit Kevin zum Frühstück verabredet."

Sie nimmt den Teller wieder weg. „Dann fühlst du dich eben besser, wenn du wieder zurückkommst. Er wird dich schon daran erinnern, warum du eigentlich heiratest. Selbst wenn du gezwungen wärst, ein Kleid von der Stange zu tragen, würde Kevin anschließend immer noch da sein. Denkst du bitte daran? Emily ist nicht Kevin. Wobei ich sagen muss, dass sie einen ziemlich guten Männergeschmack hat." Ein verträumtes Lächeln breitet sich langsam auf Kays Gesicht aus.

Rhett steht vor mir und hechelt nach Aufmerksamkeit. Ich nehme seinen stämmigen Kopf in die Hände und streichle seine Ohren. „Du hast recht. Ich werde schon ganz weinerlich. Wahrscheinlich bin ich einfach müde."

„Es ist immer irgendwas, Ashley."

Ich schenke mir ein Glas Orangensaft ein. „Also, erzähl mir mehr über den Stalker."

„Hör auf, ihn so zu nennen!" Kay knallt ihren Teller auf den Tisch. „Es war wundervoll, wie ich es bereits gesagt habe."

„Wie ist denn nun seine wahre Geschichte?"

„Er hat dir seine wahre Geschichte erzählt, Ashley. Er ist geschieden, so wie alle Männer in seinem Alter. Entweder geschieden oder gemeingefährlich narzisstisch; such dir was aus." Sie legt ein Tofu-Würstchen auf den Boden – für Rhett, der das gefälschte Fleisch sofort erschnüffelt und verschmäht. „Es war eine gute Übung für das nächste Wochenende, wenn Simon zurückkommt." Dann hält sie mit ihrer Gabel kurz inne und ein Lächeln erstrahlt ihr übers ganze Gesicht. „Ich hatte eine Verabredung, Ash! Und ich bin in den Schuhen, die du mir gegeben hast, nicht umgefallen. Ich habe sogar Make-up getragen. Ich kann es kaum glauben. Ich bin eine neue Frau!"

„Du hast großartig ausgesehen. Jammerschade, dass keiner von den Jungs aus der Gemeinde hier aufgetaucht ist. Dann hätten sie endlich mal bemerkt, was ihnen die ganze Zeit entgeht. Ich hätte alles dafür gegeben, ihre Gesichter zu sehen."

Kay beißt sich auf die Unterlippe. „Oh, um die Wahrheit zu sagen, ich habe gestern Abend vergessen, sie anzurufen."

„Kay! Weißt du das nicht mehr? Das hast du mir doch gestern Abend schon gesagt. Erinnerst du dich? Dieser Simon hat dich wirklich aus der Fassung gebracht. Matt Callaway hätte ein Monstrum sein können."

Sie lacht mich aus.

„Das hätte er!"

Sie lacht immer noch.

„Ich gehe jetzt." Ich drehe mich noch mal zu ihr um. „Ach so, womit verdient Matt Callaway eigentlich sein Geld?"

„Er ist Patentanwalt. Also hast du wohl recht, vermutlich *ist* er ein Monster." Sie kichert wieder. Und ich muss sagen, es ist gut, Kay in so einer albernen Verfassung zu sehen. Komplett ungewohnt, aber gut.

„Ich hole mir vorm Frühstück noch einen Cappuccino. Bis später", sage ich, bevor ich die Tür hinter mir schließe.

Eine Weile stehe ich noch in der Einfahrt und genieße einfach nur den Sonnenschein auf meinem Gesicht. Die Wärme gibt mir Energie. Ich vergesse fast, dass ich Kevin noch mitteilen muss, dass Kay seiner Schwester die Verabredung gestohlen hat. Und dass wir eine kleine Auseinandersetzung zum Thema Brautkleid haben. Es ist genau das, was einen Kinderchirurgen interessiert: ein Zickenkrieg. Und es ist noch nicht mal ein guter Zickenkrieg, wie man ihn spätabends im Fernsehen zu sehen bekommt. Es gibt keine aufreizenden Kleider, keinen Pool, in den jemand fallen kann, nicht mal einen guten Wrestling-Kampf. Wir sind einfach nur zwei Frauen, die um die endgültige Macht über den Seidenstoff kämpfen – na gut, eigentlich um Kevin.

Ich höre ein Hupen und sehe Kevins Auto auf dem Seitenstreifen. Er öffnet das Fenster: „Hey, hübsches Ding, musst du zufällig in meine Richtung?"

„Was machst du hier? Ich dachte, wir treffen uns im Restaurant."

„Ich bin gerade von der Arbeit losgekommen und konnte nicht warten."

Ganz ruhig, mein Herz. „Du hast gar nicht geschlafen?", sage ich, als ich ins Auto einsteige.

„Doch, ein bisschen. Auf einer Liege im Krankenhaus."

„Das ist kein richtiger Schlaf. Weißt du denn nicht, dass du damit deinen circadianen Rhythmus dauerhaft ruinieren wirst? Schon eine geringe Lichteinstrahlung während des Schlafes blockiert die Stimulation deiner Pinealdrüse, was wiederum deinen Melatoninspiegel rapide sinken lassen kann – und davon, dass du damit deine innere Uhr durcheinanderbringst, will ich gar nicht erst anfangen!"

Kevin starrt mich an. Seine perfekten Zähne hält er dabei in seinem leicht geöffneten Mund versteckt. „Hast du etwa wieder den Info-Kanal im Fernsehen eingeschaltet, Ashley?"

An dieser Stelle überkommt mich ein wenig der Stolz. „Nein, ich habe es in einem Gesundheitsmagazin im Sportstudio meiner Firma gelesen, um genau zu sein."

Er lächelt mich an und alle meine Sorgen schmelzen dahin. *Ich bin verliebt.* Ich bin so verliebt, und Sie wissen doch bestimmt, was man darüber sagt, oder? Liebe macht blind. Und über Kevin muss man mit Argusaugen wachen, denn er ist unglaublich gut aussehend. Und das sage ich nicht als seine Verlobte. Am Anfang war das sogar ein großer Stolperstein für mich. Davon, dass ein Mann aussieht wie Hugh Jackman, will ich nun wirklich nicht unter Druck gesetzt werden. Wir alle kennen die bittere Realität, die sich in unserem frühmorgendlichen Aussehen offenbart.

Er beugt sich zu mir rüber und küsst mich zärtlich auf die Wange. „Wie laufen die Hochzeitsvorbereitungen?" Kevin startet den Motor und lächelt mich an, bevor er losfährt.

Na dann, alles klar. Soll ich mich also gleich kopfüber hineinstürzen und ihm sagen, dass ich Vegas oder den *Starlight Room* für unseren Hochzeitsempfang in Erwägung ziehe? Oder dass es besser wäre, seine Schwester in eine Anstalt einzuweisen statt sie mit unserer Hochzeitsplanung zu betrauen? Ich entschließe mich dazu, das Thema gänzlich zu meiden. Wir kommen schon noch dazu, darüber zu sprechen, aber wir müssen es langsam angehen.

„Musst du heute Abend arbeiten? Oder gehst du mit mir zur ‚Rote-Eier-und-Ingwer-Party'?" Er kommt nicht dazu, zu antworten, denn mein Handy klingelt. „Ich muss da nicht rangehen", sage ich und merke, wie meine Finger zu kribbeln beginnen, während ich auf das Telefon starre. Ich kann es einfach nicht aushalten, ein Telefon klingeln zu hören. Die sich bietenden Möglichkeiten sind unendlich, oder? Es könnte das Patentbüro sein, das mir mitteilen will, dass ich ein Genie bin und sie noch nie jemanden gesehen haben, der so gut arbeitet wie ich. Es könnte meine Chefin sein, die mir sagt, dass sie die Produktion in Taiwan eingestellt haben und ich nie wieder dorthin muss. Es könnte der Juwelier sein, der mir sagen will, dass sie den falschen Diamanten eingesetzt haben, als der Ring angepasst wurde. Eigentlich ist mein Stein doppelt so groß und thront auf einem passenden Platinring von *Tacori*.

„Um Himmels Willen, geh ran, bevor du vollkommen ausrastest." Kevin grinst, also schiele ich zu meinem Telefon rüber. Als ich sehe, dass es nur mein Bruder ist, bin ich zugegebenermaßen etwas weniger enthusiastisch.

„Hi Dave."

„Ashley, ich brauche deine Hilfe." Seine Stimme klingt verzweifelt.

„Du brauchst *meine* Hilfe? Klingt vielversprechend."

„Du musst für mich eine Anzahlung für die Party heute Abend leisten. Bei *Ping's* in Palo Alto, Weißt du ... na ja, ich brauch halt einfach deine Hilfe."

„Ping's?" Warum nicht gleich das teuerste chinesische Restaurant in der Bay Area aussuchen? „Über was für eine Anzahlung sprechen wir denn?"

„Zweitausend Dollar. Ich zahle es dir zurück!"

Das wird er nicht.

„Hättest du es nicht schon längst zahlen müssen?"

„Ich habe den Check platzen lassen, okay, Ashley? Sie drohen damit, die ganze Sache abzublasen. Fühlst du dich gut, jetzt, wo du weißt, dass dein Bruder ein absoluter Verlierer ist?"

Ab sofort werde ich meinen Mund geschlossen lassen. „Dave, es tut mir leid. Ich dachte nur – "

„Alle aus Mei Lings Großfamilie sind hier. Einige sind sogar extra aus China angereist. Diese Party ist eine wirklich große Sache und meine Chance, ihnen zu beweisen, dass Mei Ling nicht unter ihrem Niveau geheiratet hat. Es ist schon schlimm genug, dass ich nicht ihrer Kultur angehöre." Hier macht er eine Pause. „Willst du, dass ich dich anflehe? Denn ich flehe dich an, Ash. Wenn *Ping's* die Party absagt, kannst du mich genauso gut aus Mei Lings Familie streichen. Und das wird Davey von seinem chinesischen Erbe trennen."

Wenn er nur könnte, würde Dave Mei Ling alles kaufen, was ihr Herz begehrt. Unglücklicherweise sind ihm die Hände gebunden, da er nur ein Busfahrergehalt zur Verfügung hat.

Mei Ling ist eine Heilige und ich würde gern sagen, dass ich genau dasselbe in meinem Bruder sehe, was sie in ihm sieht. Aber zu meiner Schande bin ich an dieser Stelle etwas irritiert. Mei Ling ist anmutig und feminin, und Dave? Na ja, Dave hat ein bisschen was vom Neandertaler und ist nur selten ohne einen Dr Pepper und Fernbedienung anzutreffen. Aber wenn man ihn mit Mei Ling und seinem Sohn zusammen sieht, wird man immer daran erinnert, dass er trotz allem ein Herz aus Gold hat. Er würde alles für sie tun. Sogar arbeiten.

„Dave, du musst mich nicht anflehen", sage ich. „Du hast mir einfach nicht die Chance gegeben, deine Frage zu beantworten. Ich werde nach dem Frühstück bei *Ping's* vorbeifahren. Alles wird gut, das verspreche ich dir." Insgeheim denke ich an mein Scheckbuch und an die Blumen, die ich bereits bezahlt habe, und das Kleid, das ich noch kaufen muss. Zugegebenermaßen macht mich das doch ein wenig nervös. Der Hauskauf war ein größeres Elend, als ich gedacht hatte. Niemand hat je die scheußlichen Steuerbescheide erwähnt, die ich zweimal im Jahr erhalte! Kalifornier scheinen auf Steuern und öffentliche Anleihen regelrecht versessen zu sein. Früher war nur meine Kaufkraft bei Bloomingdale's davon betroffen. Jetzt, mit dem Haus, ist es wirklich ernst!

„Aber erzähl es bitte nicht Mei Ling", fleht Dave.

„Mach dir keine Sorgen. Ich halte mich bedeckt." Ich lege auf und sehe meinen attraktiven Verlobten an. *Zweitausend Dollar sind gar nichts. Die Party wird mindestens fünftausend kosten, und das lässt mein Hochzeitskleid draußen im Regen stehen, denke ich.*

„Ist alles in Ordnung?"

„Ich muss nach dem Frühstück nur kurz etwas erledigen. Geht das in Ordnung?"

„Natürlich. Aber du hast immer noch nicht gesagt, wie es um die Hochzeitsplanung steht?"

„Und du hast mir nicht gesagt, ob du heute Abend zu der Party kommst."

„Ich würde ja gern, Ashley, aber ich werde wohl ein Nickerchen brauchen. Und ich habe meiner Schwester versprochen, sie zum Floristen zu fahren. Sie will etwas koordinieren. Sie hat Entwürfe für den Floristen."

Kann ich mir vorstellen. „Ich habe beim Floristen schon eine Anzahlung gemacht. Kevin, darüber wollte ich mit dir eigentlich noch sprechen – "

„Ich freue mich so wahnsinnig, dass du ihr das überlässt, Ashley. Ich sehe sie das erste Mal so begeistert von einem Job und davon, endlich einen Platz im Leben gefunden zu haben. Als sie beim Mensa-Test durchgefallen ist, ging für sie alles den Berg runter. Sie –"

„Warte mal kurz. Was hast du da gerade gesagt?"

Kevin schlägt sich auf die Stirn. „Das ist eigentlich ein Familiengeheimnis. Emily hat den Test für die Mitgliedschaft in Wirklichkeit gar nicht bestanden. Ihr IQ war zu niedrig, aber nur laut dem Test. Sie ist wirklich sehr intelligent."

Oh ja! Genau das habe ich auch immer gesagt. „Warum ist das in eurer Familie überhaupt so eine große Sache? Ich habe mein ganzes Leben im Silicon Valley verbracht. Einige der intelligentesten Menschen der Welt leben hier, aber ich habe noch nie jemanden über Mensa sprechen hören, außer dir. Nicht mal die Physiker!"

„Das ist eine lange Geschichte."

„Ich habe Zeit. Eindeutig mehr Zeit als Geld. Es muss so was wie eine logische Erklärung für diesen Hype bei euch geben, weil es nämlich merkwürdig ist. Ich glaube nicht, dass du wirklich verstehst, *wie* merkwürdig. Nicht Mensa an sich, aber dass deine Familie so besessen davon ist. Was hat es damit bloß auf sich?"

„Du nennst meine Familie *merkwürdig?*" Er lacht nur. Er weiß ganz genau, dass sie merkwürdig sind.

„Ich frage mich einfach, wo diese Mensa-Faszination herkommt."

Ich zucke mit den Schultern, als ob es mir gänzlich schnuppe wäre, *aber was zum Kukuck?*

Kevin lenkt den Wagen auf den *Hobee's*-Parkplatz. Er sieht mich mit seinen tiefgrünen Augen an und etwas an seinem Blick lässt mich erahnen, dass mir diese Geschichte nicht gefallen wird. Er atmet lange und schwer aus, bevor er zu erzählen anfängt.

„Als mein Vater noch an der medizinischen Fakultät war, heirateten seine Arztkollegen reihenweise Südstaatenschönheiten, die allesamt entweder von der High School oder von Debutantinnenpartys kamen. Sie wurden anschließend ausstaffiert und in die High Society eingegliedert. Mein Vater hatte aber nur Geringschätzung dafür übrig, weil er keine Trophäe zur Ehefrau wollte. Er wollte zwar ebenfalls in eine höhere Liga einheiraten, aber nicht in finanzieller Hinsicht, sondern intellektuell. Er hat die Frauen dann mehr oder weniger für die Rolle seiner Gattin ‚vorsprechen' lassen und ihnen bei der Gelegenheit gesagt, dass es doch witzig sei, einen IQ-Test zu machen. Dabei hoffte er immer, dass eine den IQ eines Genies haben würde. Mensa war in den Staaten damals nicht allzu aktiv. Die meisten Frauen erfüllten seine Kriterien nicht, und außerdem begriffen sie allmählich, auf welch seltsame Weise mein Vater da verfuhr. Kurze Zeit später hätte er die ganze Sache ohnehin abgeblasen, wenn die Frauen es nicht schon vorher getan hätten."

„Betrachte mich als eingeweiht. Ich glaube nicht, dass ich noch mehr darüber erfahren will."

„Ashley, ich heirate dich nicht wegen deines IQs." Kevin nimmt meine Hand. „Es ist ganz eindeutig dein Körper, hinter dem ich her bin."

Wir brechen beide in Gelächter aus. Ich blicke in seine Augen und weiß: Er ist aufrichtig. Er ist zuverlässig und er liebt den Herrn. Er ist eine neue Schöpfung in Jesus, aber ich kann einfach nicht aufhören, mir Sorgen um seine DNA zu machen. Wie wird er sein Kind erziehen? Wird er unseren hochbegabten Nachwuchs mit zwölf aufs College schicken? Kevin setzt seine Sonnenbrille auf, als wir uns bereit machen, ins Restaurant zu gehen. Und ich habe die entsetzliche Vorstellung von dem kleinen Kevin Junior, der eine dicke Hornbrille trägt, die in der Mitte zusammengeklebt ist.

„Ashley, bist du so weit?"

Ich schüttele meine Gedanken ab. „Ja klar, ich bin bereit."

„Gut. Ich möchte nämlich mit dir über unser Haus reden." Kevin öffnet die Tür zum Restaurant.

„Unser Haus?"

„Du weißt schon, das Ding, in dem wir wohnen werden."

„Ich glaube, ich bin davon ausgegangen, dass wir bei dir wohnen würden, bis wir etwas Eigenes gefunden haben. Mit Kay können wir jedenfalls nicht zusammenziehen, vor allem nicht bei deinem Dienstplan."

„Und den ganzen Geräuschen, die wir machen könnten."

Ich denke daran und laufe rosenrot an.

Kevin schüttelt den Kopf und lächelt. Aber in diesem Lächeln steckt ein bisschen zu viel Enthusiasmus. „Ash, meine Eltern geben uns einen Vorschuss für das Haus als Hochzeitsgeschenk."

Ich spüre, dass ich unfreiwillig den Kopf schüttele. „Also

suchen wir uns ein Haus aus und sie zahlen dafür den Vorschuss?“

„Ich habe nicht wirklich nachgefragt. Ich dachte einfach, dass es so großzügig ist, dass – “

„Frag sie, Kev! Ich will ja nicht undankbar sein, aber ...“ *Die nächste Überraschung ist dann, dass sie ein dreigeteiltes Haus kaufen und dass auf der einen Seite Emily wohnt und auf der anderen wohnen sie selbst.* „Frag auf jeden Fall nach.“

„Ist es denn wirklich so wichtig, wo wir wohnen?“

Oh Gott, diese Augen. „Nein, das ist überhaupt nicht wichtig“, sage ich verträumt.

7

Kevin zieht die Aufmerksamkeit auf sich – einfach nur durch die Art, wie er dasitzt. Können Sie sich vorstellen, was die Leute erst denken würden, wenn sie wüssten, dass er Kinderchirurg ist? Ich meine, er kann nicht auf Wasser laufen, und natürlich wissen wir alle, dass er auch nur ein Mensch ist. Aber angesichts der Tatsache, dass meine Generation nun mal Ben Affleck für das Maß aller Dinge hält, kann ich kaum glauben, dass er real ist, und warte etwas panisch darauf, dass doch noch irgendwas schiefgehen wird. Dass Kevin zum Beispiel begreifen könnte, dass er und Ashley Stockingdale so unterschiedlich sind wie *Prada und Kmart. Obwohl ich im Leben nichts von Jaclyn Smith tragen würde,* denke ich.

Kevin sitzt mir im Restaurant gegenüber und nimmt meine Hände in seine. Er ist derjenige, den ich mir ausgesucht habe. Derjenige, der mich ausgesucht hat. Gott hat uns füreinander gemacht. *Nicht schlecht.* All die Jahre des Suchens. Wenn ich gewusst hätte, dass es so gut werden würde, hätte ich definitiv mehr Vertrauen gehabt.

Natürlich haben auch praktische Gründe meine Wahl bestimmt:

Warum Dr. Kevin Novak der perfekte Mann für mich ist

1. Er hat einen Job.
2. Er „braucht" mich nicht.
3. Er ist bereit zu heiraten und verfolgt die gleichen Ziele wie ich, was die Familienplanung angeht.
4. Er versteht meinen Schuhtick.
5. Er geht gern auswärts essen.
6. Er denkt, dass Computerspiele etwas für Kinder sind.
7. Er versteht, dass jede neue Handtasche ein Kompliment verdient hat.
8. Er arbeitet mit Kindern und hängt nicht mit ihnen rum.
9. Er hat offensichtlich einen blinden Fleck. Er liebt mich!

Momentan ignoriere ich meine Ängste bezüglich der Familie meines zukünftigen Ehemannes. Aber nur, weil ich Kevin als eine Art Unterstützungssystem für seine Familie betrachte, nicht als Teil des Chaos' selbst. Aber man weiß ja nie. *Wissen die das überhaupt?*

Bevor es sich so anhört, als sei er gänzlich perfekt, lassen Sie mich noch hinzufügen, dass er der Inbegriff eines Workaholics ist. Und genau wie bei meiner Chefin Purvi wird zu seinem Sarg ebenfalls eine DSL-Leitung gelegt werden müssen. Sogar jetzt tippt er nervös mit den Fingern auf den Tisch und öffnet die Speisekarte nicht einmal. Er will nicht mit so unwichtigen Entscheidungen belästigt werden wie zum Beispiel der, was er heute essen soll. Normalerweise isst er in der Cafeteria des Krankenhauses, also bedeutet ihm Qualität beim Essen ziemlich wenig. Er möchte einfach nur eine Zusammenstellung an Nahrungsmitteln vor sich stehen haben, ohne sich umständlich entscheiden zu müssen.

„Ist da etwas, das du mir sagen willst?", frage ich.

Er atmet hastig aus. „Woher weißt du das?"

Mein Herz rast. Vielleicht möchte er mir ja seine kleine Vorliebe für Frauenunterwäsche gestehen – an ihm selbst! Oder dass er vorher schon drei Mal verheiratet war und vergessen hat, das zu erwähnen. Oder dass er vielleicht nur deswegen so gut aussieht, weil er bei *Extrem schön. Endlich ein neues Leben* war, und dass er mich nur deswegen liebt, weil er früher selbst ein Kobold wie ich gewesen ist. Dass er in Wirklichkeit aussieht wie Shrek und ohne seine Plateau-Schuhe so groß ist wie Lord Farquat. Ich kneife meine Augen zu. „Lass es raus!"

„Was?"

„Sag einfach, was du zu sagen hast. Lass es uns hinter uns bringen. Was kann es denn so Schlimmes sein?", frage ich.

„Das hängt von deiner Zukunftsvorstellung ab."

„2,5 Kinder und ein Haus in der Vorstadt. Und deine?"

Er nickt. „Dasselbe. Spielt es denn eine Rolle, in welcher Vorstadt?"

Ich habe einen riesigen Kloß im Hals, so als ob ich gerade eine ganze Olive verschluckt hätte. Ich möchte lächeln und es so süffisant abtun, aber ihm ist es vollkommen ernst. „Meinst du vielleicht, ob wir in einer Vorstadt in San Francisco oder einer von San Jose wohnen werden? Ich dachte nur, weil Stanford genau in der Mitte liegt, würden wir – "

Er schüttelt den Kopf. „Das ist es nicht, was ich meine." Das Klingeln meines Handys dringt von irgendwoher an mein Ohr, aber diesmal ignoriere ich es mit Leichtigkeit und schalte es einfach auf lautlos. „Ich meine, könntest du dir vorstellen, als Patentanwältin in der Stadt der brüderlichen Liebe zu arbeiten? In Philadelphia?"

Philadelphia.

„Die Heimat der Freiheitsglocke, der amerikanischen Flagge – habe ich was vergessen? Nicht dass ich behaupten könnte, jemals in Philly gewesen zu sein. Das Käsesteak! Es ist auch die Heimat des Käsesteaks. Ich wusste doch, dass da noch was war."

„Die Verfassung. Du hast die Verfassung vergessen. Dann noch die Unabhängigkeitserklärung; ich hatte angenommen, dass es dir als Anwältin noch vor dem Käsesteak einfallen würde."

„In Philadelphia gibt es verschiedene Jahreszeiten, nehme ich an."

„An den meisten Orten gibt es verschiedene Jahreszeiten, Ashley. Als gebürtige Kalifornierin lebst du einfach in einer Luftblase. Würdest du in deinem Leben nicht gern ein kleines Abenteuer erleben, bevor wir mit den Kindern sesshaft werden?"

„Mir gefällt meine Luftblase. In dieser Luftblase habe ich mein ganzes Leben verbracht. Ich mag den Ozean und den Sonnenschein und den gelegentlich nebligen Morgen, an dem ich alles durcheinanderbringen kann. Mir gefällt es, dass ich das ganze Jahr über mit meinem Cabrio fahren kann und dass ich jederzeit einen Espresso bekomme, wenn ich das Verlangen danach verspüre. Mir gefällt es, dass alle Streber dieser Welt, so wie ich zum Beispiel, sich an einem riesigen streberfreundlichen Ort versammelt haben. Hier interessiert es niemanden, ob du zum Abschlussball eine Verabredung hattest, denn sie hatten auch keine. Naja, höchstens diese intellektuellen Typen in San Francisco vielleicht. Aber wir, die *wahren* Bewohner des Silicon Valley, wir kommen sehr gut klar mit der Tatsache, dass der heutige Techniker für audio-visuelle Medien damals unser Freund war. Wenn man nicht gerade selbst dieser Techniker ist."

„In Philadelphia gibt es auch Espresso, und wenn du der Mensa beitrittst, findest du dort wahrscheinlich auch ein paar Streberfreunde", sagt Kevin und lächelt dabei wieder mit diesem etwas übertriebenen Enthusiasmus.

„Woher das plötzliche Interesse an Philadelphia, Kev? Ich dachte, in Stanford seist du glücklich?"

„Das ist nur eine Unterhaltung, zu diesem Zeitpunkt ist es nichts weiter als eine Unterhaltung. Also werd nicht sauer, ja?"

Ich mache mich auf die Auswirkungen gefasst. „Wirklich?"

„Man hat mir angeboten, Mitglied der pädiatrischen Chirurgie in dem Krankenhaus dort zu werden. Es ist das einzige Lehrkrankenhaus in den USA, das Fetalchirurgie als Teil seiner Facharztausbildung anbietet."

Ich schreibe zwar Patente, aber mein Fast-Ehemann führt

lebensverändernde Operationen an Kindern durch, die sich noch im Bauch ihrer Mütter befinden. Jedenfalls könnte er das. So wie ich hier sitze und in seine Augen schaue, sehe ich die Zukunft, die ich eigentlich für mich geplant hatte, sich in Luft auflösen. Langsam sinkt diese Erkenntnis auf mich herab. Man kann nicht einfach einen Kinderchirurgen heiraten und hinterher seinen eigenen Geschäften nachgehen, so als ob nichts gewesen wäre.

„Wollen Sie schon bestellen?“, fragt uns die Hippie-Kellnerin.

„Geben Sie uns noch eine Minute?“, fragt Kevin.

Sie sieht Kevin länger als notwendig an und ist natürlich einverstanden. So wie es nahezu jede Frau ist, wenn er sie um etwas bittet.

„Ashley, besprechen wir das jetzt bitte? Ich muss nämlich wissen, ob es eine Möglichkeit ist oder nicht.“ Ich sehe ihm in die Augen und er fleht mich praktisch um meine Unterstützung an. Es ist offensichtlich, dass es sich hierbei nicht um etwas handelt, das er aufgeben könnte, ohne es hinterher zu bereuen. Wie könnte ich es dann wollen?

„Du arbeitest in einem der bestangesehensten Krankenhäuser des Landes, Kevin. Ich verstehe das nicht so ganz. Ein Studium an der Lucille Packard-Stanford Medizinhochschule. Sie haben einen ziemlich guten Ruf, weißt du?“ Aber schon während ich das vorschlage, wird mir übel. Wie soll ich den Mann, den ich liebe, nur glücklich machen, ohne all das aufzugeben, was ich sonst noch liebe?

„In Stanford bin ich nur der Junior-Stationsarzt, Ashley. Es ist das zweite Jahr meiner pädiatrischen Ausbildung. Hier gibt es nichts, das mich hervorstechen lässt, wenn es Zeit ist, sich weiterzuentwickeln. In Philly wäre ich Hauptstationsarzt, außerdem bekäme ich die Möglichkeit, Fetaloperationen durchzuführen. Ganz abgesehen von den mehr als dreizehnhundert Stunden am Operationstisch. Es ist mein Traum, Ashley, und im Vergleich dazu ist die Operationszeit hier ziemlich begrenzt. Weißt du, was es für mich bedeuten würde, mehr Zeit im OP zu bekommen? Ich könnte mehr laparoskopische Studien durchführen, und außerdem hätte ich eine eigene Sekretärin, die mir mit dem Papierkram bei der Forschungsarbeit helfen würde."

Ich nicke, während ich gleichzeitig alles und nichts höre.

„Können wir uns wenigstens darauf einigen, den Dialog fortzuführen?", sagt Kevin.

Dialog? Hören Sie irgendwo einen Dialog? „Seit wann weißt du schon davon?"

„Ich hatte mich beworben, bevor wir uns kennengelernt haben. Ich will in die Fetalchirurgie, Ashley. Das wollte ich, seit ich miterlebt habe, wie Michael Harrison vor Jahren ein Neugeborenes in San Francisco operiert hat. Ich wusste in dem Moment einfach, dass das meine Berufung ist. Die Komplexität des Ganzen hat es für mich nur noch verlockender gemacht."

Ich schüttele unbewusst mit dem Kopf. „Natürlich. Du musst es einfach tun."

„Ich gehe aber nicht ohne dich, Ashley", sagt er wie ein Märtyrer.

„Ich kann dort nicht als Anwältin arbeiten. Ich müsste die Prüfung wiederholen, auch die für die Zulassung als Patentanwältin, und ich müsste warten, bis die Ergebnisse veröffentlicht würden. Es könnte ein Jahr dauern, bis das durch wäre, oder sogar noch länger."

„Du könntest als Anwaltsfachangestellte arbeiten, bis es so weit ist." Er hat ganz eindeutig schon länger darüber nachgedacht.

Ich sehe in Kevins flehende Augen. Sein hellbraunes Haar ist ganz zerzaust von der nächtlichen Arbeit und die zarten Falten auf seiner Stirn sind dabei, sich tiefer in die Haut zu graben. Innerhalb der kurzen Zeit, die ich ihn kenne, ist er um Jahre gealtert. „Kevin, dieser Job verlangt dir jetzt schon alles ab. Kannst du denn überhaupt noch mehr leisten?"

Er drückt meine Hand noch fester. „Bitte komm mit mir, Ashley. Wenn du nicht mitkommst, dann werde ich auch hierbleiben, aber – "

„Aber dann zerstöre ich deinen Traum." Ich schlage die

Hände über dem Kopf zusammen. „Was habe ich bloß an mir, das Männer zum Umziehen bewegt? Ich verliebe mich, und sofort streben sie höheres Terrain an. Ob es nun das Missionsfeld in Indien ist, wie bei Seth, oder die Heimat der Freiheitsglocke und der Fetalchirurgie. Ich sorge anscheinend dafür, dass Männer wegziehen."

Er lacht. „Wie ich es sagte, ich werde nicht ohne dich gehen. Ich fühle mich uns verpflichtet – und unserer zukünftigen Ehe. So wie Josef Maria verpflichtet war."

Die Kellnerin kommt zurück. „Wir nehmen zweimal das San Jose Frühstück, und Tee", sagt Kevin herablassend.

„Du bekommst den Job also wirklich, wenn du ihn willst?"

„Mein Vater und der Chefchirurg aus Stanford haben mich empfohlen. Dieser Chefchirurg war übrigens ebenfalls der Meinung, dass ich der Fetalchirurgie nachgehen sollte. Ich habe eine Begabung für die komplexe Arbeit."

„Wann müssten wir dahin?"

„Ich würde schon in zwei Monaten gehen und dann zur Hochzeit zurückkommen. Und du würdest rüberfliegen, um dich mit mir zu treffen und nach einem Haus für uns zu suchen. Das Angebot meiner Eltern, die Anzahlung für unsere Bleibe zu übernehmen, gilt nur für Philadelphia."

Da sitze ich also, den Kopf mit meinen Händen gestützt, und versuche irgendwas rauszubringen. Eigentlich will ich ihm sagen, dass ich ihn liebe, dass ich ihm überallhin folgen würde, aber es kommt einfach nichts aus meinem Mund. Da ist nur die schonungslose Erkenntnis, dass die Liebe mich dazu zwingen könnte, über das ganze Land zu ziehen, an einen Ort, an dem ich noch nie gewesen bin, mit einem Mann, den ich kaum kenne. Vergleichen Sie das mit meinem Leben hier in der Bay Area, wo ich jeden kleinen Winkel kenne. Jedes einzelne Restaurant, selbst wenn es einem Rattenloch gleicht. Als ich in seine müden grünen Augen sehe, hasse ich die Tatsache, dass ich mir die Frage überhaupt erst stelle. *Ich liebe ihn. Aber liebe ich ihn genug?*

„Ich weiß, dass du dir nichts aus Veränderungen machst,

Ashley. Aber meine Eltern werden dafür sorgen, dass wir ein tolles Plätzchen haben, und du wirst die nötige Zeit haben, deine neue Umgebung zu erkunden. Im Moment arbeitest du nur."

„Veränderung ist gut", sage ich in dem Versuch, mich selbst davon zu überzeugen. „Wenn Bloomingdale's sein Sortiment zur neuen Saison verändert, ist das gut. Wenn ich mir ein neues Paar Schuhe kaufe, weil das Wetter sich ändert, ist das gut. Aber das ... Das ist so überwältigend. Ich müsste Kay zurücklassen, mein Haus, mein Auto. Und dass deine Eltern uns ein Haus kaufen, hört sich für mich nicht so toll an." Gelinde gesagt. *Seine Eltern als fester Bestandteil des Hausinventars? Das wird so was von nicht passieren.*

„Du kannst alles mitnehmen, außer Kay. Rhett kommt natürlich mit. Wir werden ein Haus mit großem Garten für ihn finden. Und Brea kannst du jeden Tag anrufen, wenn du willst."

„Und während du Tag und Nacht arbeitest, werde ich keine Freunde haben und einen miesen Job. Außerdem müsste ich mir dort eine neue Gemeinde suchen." *Ist das wirklich meine Stimme?* Gibt es denn etwas Schlimmeres als lautstark zu hören, wie selbstsüchtig man in Wirklichkeit ist? Und was für eine Heulsuse! *Kevin bekommt die einmalige Gelegenheit dazu beizutragen, das Leben ungeborener Kinder zu retten – wie kann ich mir da nur Sorgen über fehlenden Sonnenschein, fragwürdigen Kaffee und ein Cabrio machen? Ich bin echt mies.*

Kevin atmet lautstark aus. „Es war wirklich selbstsüchtig von mir, das zu fragen. Ich hätte das nicht tun dürfen. Aber wenn ich es nicht so sehr wollte, hätte ich es auch nicht getan."

Ich spüre, wie die Tränen in meinen Augen anfangen zu kribbeln und ein brennendes Gefühl sich in meiner Nase ausbreitet. Ich sehe ihn an: Er meint es wirklich so. Er glaubt aufrichtig, dass er mich nicht hätte fragen sollen. Seine Opferbereitschaft sagt mir alles, was ich wissen muss. „Gib mir einfach etwas Zeit, um mich an die Idee zu gewöhnen. Um sie zu verdauen."

Er steht auf, kommt zu mir rüber und lässt sich in den Stuhl neben mir fallen. Er dreht mein Gesicht zu sich und sieht mir tief in die Augen. „Ich habe einen guten Job in einem der besten Krankenhäuser dieses Landes. Wir werden das tun, wofür auch immer *du* dich entscheidest, und so meine ich das auch." Dann küsst er mich sachte auf den Mund, genau hier im Restaurant.

„Nehmt euch doch ein Zimmer!", höre ich einen Gast rufen, was mich zum Kichern bringt.

„Ich sollte dein Schicksal wirklich nicht in meinen Händen halten, Kevin. Genau genommen sollte ich nicht einmal das Schicksal eines Hamsters in meinen Händen halten. Frag meinen Hund. Manchmal frag ich mich, ob er überhaupt noch am Leben wäre, wenn Kay nicht da wäre, um ihn zu füttern, weil ich mich so oft in Taiwan herumtreibe."

„Was mein Schicksal angeht, vertraue ich dir vollkommen, Ashley. Ich weiß, dass du denkst, du würdest nach außen als oberflächlich erscheinen, aber ich weiß, was wirklich in dir steckt. Eine Frau nämlich, die für diejenigen kämpft, die sie liebt, sich bei einem Ingenieursmeeting zu behaupten weiß und mich für jeden zukünftigen Anlass ordentlich einkleiden wird."

„Das ist dein Unglück, dass du mir dein Schicksal anvertraust." Ich lache, als ich es sage.

„Wir werden das Richtige tun. Wir haben Hilfe von ganz oben." Er setzt sich wieder auf seinen Platz, ohne sich bewusst zu sein, dass alle Augen in diesem Restaurant ihm folgen wie auf einem von diesen unheimlichen Gemälden.

„Vielleicht ist das ja ein Zeichen." Ich zucke mit den Schultern.

„Ein Zeichen?"

„Ein weiteres Zeichen, sollte ich besser sagen." Ich nehme einen Schluck von meinem Wasser. „Gainnet hat Seth als den neuen Software-Direktor eingestellt."

Kevin verschränkt die Arme, rutscht in seinem Stuhl hin und her und nickt. „Das ist ja interessant."

„Ist das alles, was du dazu zu sagen hast?"

„Du hast das faszinierendste Leben von allen, Ashley Stockingdale. Warum sollten Männer aus deiner Vergangenheit nicht hineingezogen werden wie von einem supraleitenden

Magneten? Warum sollten sie dich nicht stalken?“ Er zieht die Augenbrauen hoch. „Ich habe es auch getan, und es hat funktioniert.“

„Hör auf damit. Seth ist nirgends in meiner Nähe. Er wird mich wohl kaum stalken. Nach dem zu urteilen, was ich so höre, ist er ganz zufrieden mit Arin und sie sind ein Paar. Kay hat ihm von dem Job bei Gainnet erzählt!“

Er lacht wieder. „Kay ist eine gute Frau. Außerdem, lass ihn doch sehen, was ihm entgangen ist. Also mir gefällt der Gedanke.“

„Du wirst etwas übermütig!“

„Das bin ich, aber warum auch nicht? Ich werde Ashley Stockingdale heiraten und er isst höchstwahrscheinlich mit Sam zu Abend und muss das auch noch selbst bezahlen. Ich weiß nicht, was Arin im Leben will, Ashley, aber ich bezweifele stark, dass es Seth ist. Sie will keine Ketten umgelegt bekommen, die sie festhalten. Vielleicht ist das ja der Reiz. Wahrscheinlich haben sie denselben Mobilfunkanbieter, sodass Anrufe umsonst sind.“

„Willst du damit sagen, dass Arin jemand Besseres haben könnte?“

„Hast du das nicht selbst gesagt?“

„Du bist unverbesserlich.“

„Das bin ich. Also, berichte mir über meine Hochzeit.“ Kevin lehnt sich zurück und die Kellnerin stellt seinen Teller vor ihn hin. *Hallo? Die Dame zuerst!* Er ertränkt die Eier in Tabasco und schließt die Augen. Nachdem er meine Hand genommen hat, spricht er das Gebet für uns und wirft mir einen Luftkuss zu, als er fertig ist. Er ist wirklich zum Dahinschmelzen, das kann ich Ihnen sagen.

„Was die Hochzeit angeht ... “, sage ich, während ich meine Eier versalze. „Nun ja, deine Schwester hat sehr konkrete Vorstellungen von der Zeremonie.“

„Ihr beide kommt doch gut miteinander aus, oder?“

„Ja, alles ist super. Ich habe mir nur etwas mehr kalifornische Eleganz bei der Hochzeit vorgestellt. Du weißt schon, so wie wenn *Vera Wang* auf *Colin Cowie* trifft." *Nicht unbedingt süßen Südstaatentee mit Crackern.*

Kevin schluckt. „Bitte so, dass ich es verstehe, Ashley."

„Vera Wang ist eine Brautmodendesignerin, Colin Cowie ist der Partyplaner von Oprah."

„Und wo ist das Problem?" Kevin zuckt mit den Schultern. „Das klingt doch simpel. Emily ist auch auf Eleganz aus. Ich weiß, dass sie zwar nicht so viel Shoppingerfahrung hat wie du, aber ich dachte, dass du ihr dabei helfen könntest."

„Emily hat durchaus einen gewissen Südstaatencharme ..." *Ich bin mir aber nicht sicher, ob der hier auch richtig ankommt.*

„Stimmt etwas nicht, Ashley?"

Ich atme tief ein. Endlich ist die Zeit gekommen, ihm zu sagen, dass bislang nichts funktioniert. Wenn Emily die Hochzeit plant, kann ich nicht heiraten. Aber er denkt nur an den Umzug nach Philadelphia. Will ich wirklich über die verrückten Hochzeitspläne seiner Schwester jammern?

„Keh-vin!" Wenn man vom Teufel spricht. Emily taucht höchstpersönlich an unserem Tisch auf. Ihr Gesicht hat sie zu der hässlichsten finsteren Miene verzogen, die ich bis dahin gesehen habe. Und glauben Sie mir, ich habe schon einige finstere Mienen gesehen. „Deine Verlobte hat mir gestern Abend meine Verabredung gestohlen."

„Ich, äh ..." Dafür gibt es natürlich eine einfache Erklärung. Obwohl, nicht ganz. Wenn ich Emily so betrachte, denke ich, dass mein Stalker auch durchaus eine Frau sein könnte.

8

Zickenkrieg. Ich sehe an Kevins ergriffenem Gesichtsausdruck, dass er definitiv nicht weiß, wie er mit einem Zickenkrieg umgehen soll. Kevin rückt Emily einen Stuhl zurecht, aber es ist offensichtlich, dass sie sich gar nicht setzen will. Sie will mir vielleicht die Kehle aufschlitzen, aber mit uns Spiegeleier und Speck essen wohl eher nicht.

„Dafür gibt es bestimmt eine Erklärung, Emily. Setz dich erst mal. Was würde Ashley schon mit deinem Date anfangen wollen?“ Er macht seinen Rücken gerade. „Was das angeht, kann sie sich in Sachen Perfektion nicht mehr übertreffen, oder?“ Er zwinkert mir über den Tisch hinweg zu.

„Sie hat mein Date an ihre Mitbewohnerin, diese alte Jungfer, verpfändet!“

Alte Jungfer. Das hört man nicht oft. Kevin hat mich bis jetzt noch nicht nach meiner Ansicht gefragt. Und was mich anbelangt, können wir diese Gelegenheit gern verstreichen lassen ohne einen Kommentar von meiner Wenigkeit. Ich schiebe mir etwas von dem Spiegelei in den Mund. Es ist definitiv ein guter Zeitpunkt, um zu essen.

„Beruhige dich, Em. Wie bist du überhaupt hergekommen?“, fragt Kevin.

„Ich habe ein Auto gemietet. Ich hatte es satt, von allen abhängig zu sein, wenn es darum geht, das Haus zu verlassen, und habe bei der Autovermietung angerufen. Ich weiß gar nicht, warum ich nicht schon früher daran gedacht habe. Dann hätte ich mein Date gestern Abend bestimmt noch retten können.“ Emilys Augen verengen sich, als sie in meine Richtung sieht. Und auch Kevin schaut nun endlich zu mir.

Ich mache große Augen, um Unschuld vorzutäuschen. Ich könnte jetzt so einiges erzählen: *Er war fünfundvierzig. Sie hat ihn in einer Kaffeebar aufgegabelt. Er hat sie zu sich nach Hause eingeladen. Zu einer Party, die es nicht gab. Er feiert gerade seine Scheidung. Das Schlimmste von allem: Er ist Patentanwalt. Wenn das nicht genügt, weiß ich's auch nicht.*

Emily fährt fort und zeigt dabei mit dem Finger auf mich. „Sie hat mir gesagt, dass Matt gegangen sei. Aber in Wirklichkeit hat er das Haus *mit Kay zusammen* verlassen. Er hat gestern mit Kay zu Abend gegessen! Mein Date!“

„Ist das wahr, Ashley?“, fragt Kevin, obwohl ich ihm ansehen kann, dass er das nur fragt, weil er muss. Es gibt wirklich nichts, was ihn weniger interessiert als der verabredungslose Abend seiner Schwester. Vielleicht hätte sie ein Ziel im Leben, wenn sie mehr verabredungslose Abende hätte. Es ist ein Fluch, wenn man zu reizend ist.

„So ungefähr“, sage ich mit einem Schulterzucken.

Er sieht mich weiter an. Emily hat sich mittlerweile hingesetzt, aber ihre Fäuste sind in die Hüften gestemmt und sie tippt ihren Fuß auf den Boden. Das ist keine sehr beruhigende Pose, vor allem, wenn man bedenkt, dass sich Messer in ihrer Reichweite befinden.

Ich fixiere meine zukünftige Schwägerin mit meinem Blick. „Ich dachte, es sei nicht sicher genug für Emily, mit Matt auszugehen. Sie kannte ihn noch nicht einmal und er war doppelt so alt wie sie“, platzt es aus mir heraus. Wie eine Petze, die nur zum Schein erwachsen geworden ist. In der Mittelstufe hätten sich mich dafür verprügelt.

„Ist das wahr, Emily? Hattest du diese ältere Person gerade erst kennen gelernt?“

„Was geht die das denn an? Oder dich? Ich bin keine zwölf mehr, Keh-vin. Ich bin eine erwachsene Frau und ich kann selbst entscheiden, mit wem ich mich treffen will. Ich weiß genug über Männer, um zu wissen, wem ich vertrauen kann. Die da“, sagt Emily und zeigt auf mich, „hat Matt dazu gebracht, seine Aufmerksamkeit auf ihre verzweifelte Mitbewohnerin zu richten. Er hatte keine andere Wahl, als mit ihr auszugehen. Es ist jetzt genau ein Jahr her, dass er sich hat scheiden lassen, und er brauchte –“

Kevin lässt plötzlich seine Gabel fallen, sagt aber nichts. Auch so kann ich in seinen Augen erkennen, dass er mein Manöver versteht. „Das gestern Abend war meine Schuld, Emily. Ich sollte dich doch abholen, erinnerst du dich? Die ganze Sache ist einfach nur ein Missverständnis und es gibt keinen Grund, Ashley die Schuld dafür zu geben. Oder Kay“, sagt Kevin.

„Als du mich nicht abholen konntest, wäre Ashley dazu verpflichtet gewesen. Schließlich habe ich den ganzen Weg hierher nur für ihre Hochzeit auf mich genommen.“ Emily hält ihre Coach-Mappe hoch. „Das Mindeste, was sie hätte tun können, wäre gewesen, für ein wenig Unterhaltung an meinem Wochenende in Kalifornien zu sorgen. Ich arbeite mir für sie die Finger wund und sie weiß es noch nicht einmal zu schätzen." Emily wirft ihre Haare zurück wie eine Cartoon-Figur und klopft auf die Mappe mit dem Hochzeitsplan-zum-selbst-Ausfüllen von Martha Stewart.

„Ich hätte dich nicht wie ein Kind behandeln sollen, Emily", sage ich. „Es tut mir leid. Und deine Haare sehen heute super aus", füge ich zum Spaß hinzu.

„Es tut dir leid? Dir tut es leid? Seit ich hierher gekommen bin, war es wie Zähne ziehen, dich dazu zu bewegen, etwas für diese Hochzeit zu tun. Als es um den Straußhalter ging, hast du dich wie ein Snob benommen. Du hörst dir meine Pläne für die Hochzeit nicht einmal an, und jetzt hast du auch noch meine einzige Gelegenheit sabotiert, mich an diesem Wochenende zu amüsieren."

Ich sehe Kevin an. „Ich wollte sie nur beschützen. Man geht hier nicht in die Häuser fremder Männer, ohne Sicherheitsvorkehrungen zu treffen."

„Meine liebe Ashley, du machst dich lächerlich, wenn du hoffst, diese Hochzeit allein auf die Beine stellen zu können. Ich kann es einfach nicht glauben, dass mein Brudah so wenig von sich hält, dass er dich heiratet, obwohl du dich als nicht vertrauenswürdig und absolut illoyal mir gegenüber erwiesen hast." Emily schlägt mit der Hand auf den Tisch und steht auf. Sie geht hinaus, ohne ein weiteres Wort zu sagen.

Ich hätte das Kompliment mit den Haaren nicht verschwenden sollen.

Kevin steht auf und lässt seine Schlüssel neben meinen Teller fallen. „Ich gehe ihr besser nach. Es tut mir leid, Ash. Ich hätte dich aus unseren familiären Problemen heraushalten sollen. Ich rufe dich heute vor der Party an. Ich werde mich etwas ausruhen und da sein, wenn ich kann, in Ordnung?"

Da sind wir also: Nicht nur, dass ich in aller Öffentlichkeit von einer Scarlett-„Ich bräuchte-etwas-Prozac"-O'Hara angeschrieen wurde, jetzt werde ich auch noch in einem Restaurant sitzengelassen, sodass die Stammgäste den „Verlobtenklau" nun ausführlich diskutieren können. Ich schiebe mir eine Gabel voll Spiegelei in den Mund. Eine Frau braucht ihr Protein, so traurig die Umstände auch sind.

Nachdem ich für das Frühstück bezahlt habe, sehe ich mein leeres Portemonnaie mit neuen Augen. Es ist ein zartrosafarbenes Portemonnaie von Coach, und überall steht *money* drauf. Unglücklicherweise ist aber kein money drin. Ich habe für das bestellte Kleid bezahlt, das nicht mehr geliefert wird, für die Blumenarrangements, die von Emily überarbeitet werden, und für die Swing-Band, die wahrscheinlich ebenfalls abgelehnt werden wird. Alles in allem klafft da ein großes Loch in meinem Scheckkonto. Dass Kevin mich schon zum Frühstück auf der Rechnung hat sitzen lassen, macht es auch nicht besser. Er ist einfach seiner Psychoschwester nachgelaufen ohne zu bezahlen!

Als ich das *Hobee's* verlasse, lächele ich und winke den glotzenden Stammgästen zu. *Seht nur, ich wurde gar nicht sitzen gelassen,* versuche ich ihnen lautlos zu vermitteln. Ich steuere auf Kevins Auto zu, während ich über meine Finanzen nachdenke – oder besser meine Nicht-Finanzen. Obwohl meine Eltern total aus dem Häuschen sind, dass ich „endlich" heiraten werde, reicht ihre Begeisterung nicht, um die Kosten für die Feierlichkeiten tragen zu wollen. Anscheinend ist dieses Angebot an dem Tag verfallen, an dem ich dreißig wurde und sie sich für den Anbau entschieden haben. Auch die elterliche Geduld hat eben ihre Grenzen. Ich sehe auf meinen Kontoauszug und stelle fest, dass ich nur noch 2.500 Dollar besitze. In Anbetracht dessen, dass die Hälfte davon für die Hypothek draufgeht und dass ich Dave versprochen habe, ihm heute die 2.000 Dollar vorzustrecken, würde ich sagen, ich befinde mich in einer ernsten finanziellen Notlage. Zum ersten Mal in meinem Leben werde ich auf einen Kredit angewiesen sein. Und dabei springen nicht einmal ein Paar Schuhe von *Stuart Weitzmann* für mich raus. Was erbärmlich ist, wirklich. Wenn ich Kevin bloß sagen könnte, dass ich Geld brauche.

Aber etwas in mir lässt das einfach nicht zu. Ich heirate Kevin nicht des Geldes wegen und ich will diesen Eindruck auch nicht erwecken. Ich gleite in sein Auto, stelle den Rückspiegel ein und mache mich auf den Weg zu *Ping's.* Während ich mich darauf vorbereite, mein letztes Geld herzugeben, flüstere ich leise Gebete, dass Gott sich um mich kümmern möge. Ich erinnere mich daran, wie ich mir einst etwas auf mein Geld eingebildet habe. Nun, Hochmut kommt vor dem Fall, nehme ich an. Ich kann auch schon den Aufschlag hören.

Als ich vor dem *Ping's* anhalte, sehe ich einen Mann in einer weißen Kochuniform, der den Vordereingang fegt. Es ist wie eine Szene aus der Alten Welt. Ich steige aus dem Auto. Als ich mich ihm nähere, verweist er mich wortlos in das Innere des Restaurants. Drinnen sehe ich einen Mann, der einen kompletten dreiteiligen Anzug trägt. Es ist erst 10:00 Uhr morgens und ich frage mich, ob er mit seinem Dreiteiler immer noch hier sein wird, wenn heute Abend die Party stattfindet. Und ich dachte, dass nur die High-Tech-Branche mit Überstunden gesegnet ist. Er schielt zu mir rüber, den Kopf zur Seite geneigt.

„Ich bin hier wegen der ‚Rote-Eier-und-Ingwer-Party' von Dave und Mei Ling. Ich möchte eine Anzahlung machen." Zugegeben, es ist nicht wirklich das, was ich möchte. „Ich muss" wäre wohl der richtige Ausdruck.

Er nickt. „Sie Ashley?"

„Ja", sage ich, als ich ihm den Scheck reiche.

Ich warte, während er bei meiner Bank anruft, die heute glücklicherweise bis eins geöffnet hat. Sie sagen ihm, dass der Scheck gedeckt ist, und dann fragt er mich nach meiner Kreditkarte, falls ich sicherstellen wolle, dass es heute Abend tatsächlich ein Buffet „in Hülle und Fülle" geben wird. Ich nehme an, dass es in Daves Interesse ist, wenn genügend Essen da ist, und reiche sie ihm. Das letzte Überbleibsel meiner Solvenz.

Ich bin nun offiziell pleite – und dass im Silicon Valley. Wie einzigartig und dennoch jämmerlich, beides zur selben Zeit. Ich könnte es Dave erzählen, der seine helle Freude daran hätte. Abgesehen davon, dass er vielleicht denken könnte, dass ich mich über seine eigene Armut lustig mache oder über seine Schulden bei mir.

Der Manager zieht meine Karte durch ein manuelles Lesegerät und gibt sie mir wieder zurück. „Fertig. Wir sehen uns dann heute Abend. Wir veranstalten die besten ‚Rote-Eier-und-Ingwer-Partys' in der gesamten Bay Area."

Ich greife die Karte und stecke sie zurück in meine Tasche. „Ich danke Ihnen. Wir freuen uns sehr darauf. Wir bringen auch mit Sicherheit das süßeste Baby mit zu der Feier."

Als ich auf Kevins Auto zugehe, werde ich mir plötzlich der Tatsache bewusst, dass ich höchstwahrscheinlich bei einer weiteren Familienfeier ohne meinen Verlobten auftauchen werde. Ich bin mir sicher, dass meine Verwandtschaft schon denkt, dass ich ihn mir nur ausdenke.

Ich betrachte den Ring von Kevins Großmutter. Er bedeutet mir sehr viel, ein Platinring im Art-déco-Stil mit einem kleinen Diamanten im Smaragdschliff in der Mitte. Langsam wird mir klar, dass eine Hochzeit nicht alle meine Probleme lösen wird. Sie wird nur neue erschaffen. Kein sehr tröstlicher Gedanke.

Stellen wir erst einmal eine Liste mit den Fakten auf:

Warum das mit der Hochzeit doch keine so gute Idee sein könnte

1. Kevins Schwester hasst mich. Vielleicht ist „hassen" ein zu starkes Wort, aber sie schmeißt sicher keine „Willkommen in der Familie"-Party für mich. Offen gesagt kann ich ebenso wenig behaupten, dass sie auf der Liste mit meinen Lieblingsmenschen steht.
2. Was Kevins Eltern und ihre vier wesentlichen Lebensbereiche (Golf, Country-Clubs, straffe Bäuche und photochemische

Gesichtsbehandlungen) angeht: Wenn ich sie mit meinen Eltern und deren Bierflaschensammlung, Familienerbstücken aus dem *Avon*-Katalog und ihrer Freude am allzeit beliebten Grüne-Bohnen-Auflauf vergleiche, frage ich mich, ob ich nicht womöglich irgendein kosmisches Zeitkontinuum durcheinandergebracht habe. Vielleicht ist es ja eine Heirat zweier Menschen aus so unterschiedlichen Kulturen, dass sie gar nicht funktionieren kann: blaues Blut und die blauen Kragen einer Arbeiterfamilie. Wenn man diese beiden Welten zusammenbringt, dann ist das ein bisschen so, als ob nukleare Chemikalien in Stanfords Linearbeschleuniger miteinander kollidieren. Sie vermischen sich nicht, ohne eine kosmische Explosion auszulösen. Unsere Familien sind wie die der Montagues und Capulets – und dabei war mein Leben doch eigentlich als Komödie gedacht, nicht als Tragödie. Da bin ich mir sicher.

3. Womöglich werde ich mich von Käsesteak-Sandwiches aus Philadelphia ernähren müssen. Ich will die brüderliche Liebe und all das ja nicht angreifen, aber wer bei klarem Verstand würde den kalifornischen Traum aufgeben wollen, um nach Philadelphia zu ziehen?
4. Keine Filmszenen mehr mit dem sterbenden Spock bei den Karaoke-Nächten in der Kaffeebar mit der Singlegruppe. *Ha! Zumindest diese Vorstellung weckt in mir den Wunsch, heute noch den Gang zum Altar anzutreten!*
5. Tatsache ist, ich liebe Kevin und er liebt mich. Und er liebt Gott und seine verrückte Familie. Mal ernsthaft, ist das denn wirklich so schlecht? Nein, aber ich weiß einfach nicht, ob *ich* sie ein ganzes Leben lang ertragen kann.

Als ich im morgendlichen Sonnenlicht umherwandere, kann ich Baylands salzige Sümpfe riechen und möchte am liebsten an ihnen entlanglaufen, weit weg von meinen Geldsorgen und dem Hochzeitskummer. Ich möchte die perfekte Stille genießen, die nur von Vogellauten und dem Wind, der sanft durch das Schilf weht, unterbrochen wird. Zusammen natürlich mit den allgegenwärtigen Geräuschen der Cessnas von dem kleinen Flughafen in Palo Alto hier ganz in der Nähe. Aber dann fällt mein Blick auf Kevins Auto und ich weiß, dass er es wahrscheinlich braucht. Es könnte einen Notfall im Krankenhaus geben oder seine Schwester wird in Atlanta wegen einer Manikürkrise verlangt. Das Leben ist eine Abfolge von Dingen, die man zu tun hat, aber die sich zu verschlimmern scheinen, je älter ich werde.

Ich eile über die Nebenfahrbahn, bestaune noch einmal die Baylands und versuche mich daran zu erinnern, wie Ruhe und Frieden sich angefühlt haben. Ich erinnere mich an die Zeit, in der ich nichts anderes wollte als heiraten. Na gut, ich wollte auch ein tolles neues *Ann-Taylor-Outfit.* Als ich törichterweise noch dachte, dass ein Ehemann und dann ein Kind den Kreislauf meines Lebens vervollständigen würden. Unglücklicherweise kommen in diesem Szenario auch Wölfe vor und ich fühle mich so, als würden sie mich Gliedmaße für Gliedmaße auseinanderreißen. Und im Unterschied zu den Berglöwen von Palo Alto wird keine Umweltaktivistengruppe kommen, um mich zu retten. Meine Mutter sagte immer: „Sei vorsichtig mit dem, was du dir wünschst." Sicher. Und sie sagte auch: „Liebe ist nicht blind – sie ist taub, stumm und dämlich." Heißt das also, dass ich Augen und Ohren vor Kevins Familie verschließen und meinen Mund halten soll? Oder heißt das, dass es eine große Dummheit von mir wäre, mich vor Gott und der Menschheit mit ihnen für immer zu verbinden? Schwer zu sagen.

Ich lege einen Schritt zu, bevor ich mich noch dazu verleiten lasse, einfach anzuhalten und meine Verpflichtungen zu vergessen. Wenn ich mich doch nur auf die Suche nach neuen Handtaschen begeben und den ganzen Rest einfach hinter mir lassen könnte. Meine Probleme würden sich augenblicklich auflösen – in Handtaschen, auf denen der Name *Michael Kors* aufgedruckt ist, oder solchen aus Nappaleder von *Cole Haan.* Ich seufze verträumt. Ich hasse es, pleite zu sein.

Als ich bei Kevin ankomme, sehe ich seine Schwester in Matt

Callaways Mazda Miata einsteigen und mit einem unverkennbaren Grinsen in meine Richtung davonfahren. Bei dem Anblick wird mir ganz flau im Magen und ich muss an Kay denken, die jetzt zu Hause fröhlich durch die Küche tanzt, nach ihrem ersten Date seit-ich-weiß-auch-nicht-mehr wie lange. Ich ziehe die Handbremse an, greife meine *Prada*-Handtasche (ahh, die guten alten Zeiten) und gehe die Vordertreppe hoch. Kevin ist nirgends zu sehen, also gehe ich einfach rein und beschließe, Kay anzurufen und zu bitten, mich nach Hause zu fahren, falls er schon schlafen sollte.

Als ich die Wohnung betrete, sehe ich, dass Emily eindeutig Spuren hinterlassen hat. An der Wand hängen neue Bilder: eins von Atlantas rötlichen Berglandschaften und ein Gemälde, das wohl die Heimstätte seiner Familie darstellen soll. Ich betrachte das Bild etwas genauer und ein Schmerz wie von stechenden Dornen überkommt mich plötzlich. *Was mache ich hier bloß?* Ich denke darüber nach, meinen Job aufzugeben; mein Bankkonto ist auf ein Nichts zusammengeschrumpft – und das alles für eine Familie, die alles hasst, was mich ausmacht. Sie hassen meinen Glauben, mein unberührtes Gesicht, meine kollagenfreien Lippen. Laut Emily hätte ich mich inzwischen wenigstens mit Botox behandeln lassen sollen. Aber ein Gift in der Nähe meines Gehirns könnte nur noch mehr Schaden anrichten.

Ts, ich hatte noch nicht einmal eine Laseroperation. Ich bin eine Jungfrau, was Schönheitsoperationen betrifft – und ich hoffe, dass es auch so bleibt! Ich trage immer noch eine Brille, wenn ich am Computer arbeite, wie die schiefzahnige Siebtklässlerin, die noch immer in mir schlummert. Kevin mag ja reines kalifornisches Gold sein, aber seine Familie ist nur Silikon, und Silikon verliert irgendwann an Wert – und Elastizität, wurde mir gesagt. *Aber man hat es die gesamte Halbwertszeit am Hals, und die dauert eine Milliarde Jahre. Welch eine Freude!*

„Da ist ja mein Mädchen." Kevin lehnt sich an den Türpfosten im Flur. Er trägt seinen grünen Arztkittel und strahlt mich verführerischer an als ein Limetteneis am Stiel. Aber das sind nur meine Hormone, die sich in den Vordergrund drängen. Ich muss warten, bis sie sich zurückziehen und die Realität mich wiederhat. *Man heiratet die Familie mit.*

„Ich dachte, du würdest schlafen“, sage ich zu Kevin, dessen Haare wirr und zerzaust sind.

„Meine Schwester und ich hatten einen Streit. Ich bin viel zu überdreht, um zu schlafen.“ Kevin schüttelt den Kopf und sieht zu Boden. „Ich glaube nicht, dass ich jemals verstehen werde, was sie überhaupt will. Ich weiß, was sie braucht, aber da ist nur wenig, was ich dafür tun könnte. Ich habe Angst, dass sie weiterhin kämpft wie ein Fisch, der nutzlos im Boot hin und her zappelt.“

„Das mit Emily tut mir wirklich leid. Ich habe die ganze Sache nicht besser gemacht.“ Ich konzentriere mich auf das neue Gemälde. „Das mit den Hochzeitsplänen tut mir auch leid, und dass nichts so gelaufen ist, wie es hätte laufen sollen. Dieses Ereignis hat sich als totales Fiasko entpuppt. Ich nehme an, das war zu erwarten. Ich lebe nicht gerade ein bezauberndes Leben.“ Ich konzentriere mich auf Kevins grüne Augen und mein Herz pocht, aber ich muss es einfach aussprechen. „Vielleicht bin ich ja zu alt, um zu heiraten. Vielleicht ist das dafür nötige Zeitfenster an mir schon vorbeigezogen und wir versuchen jetzt die Quadratur des Kreises zu finden.“ Ich zupfe an dem Ring an meinem Finger, als Kevin auf mich zukommt.

Seine Arme sind ausgestreckt. Ich hebe eine Hand und gehe zum Fenster. „Ashley, es gibt keinen Grund, so überzureagieren. Wenn du einen einfachen Weg zum Altar suchst – den wirst du nicht finden.“

„Es ist nicht annähernd so, wie ich es mir vorgestellt habe. Ich dachte, es würde romantisch, sorglos und aufregend werden, aber in Wirklichkeit ist es einfach nur anstrengend und beängstigend. Ich habe ein Problem mit Erwartungen, nehme ich an. Sie sind immer zu hoch und das Leben ist immerzu enttäuschend.“

Er schließt mich in seine Arme, umarmt mich fest und flüstert in mein Ohr. „Meine Schwester ist ein wandelndes Chaos. So ist sie halt. Und dazu, dass du zu alt sein sollst: Du bist jünger als die meisten Chirurgen, mit denen ich zusammenarbeite – und im Moment denken sie nicht einmal ans Heiraten. Das macht dich in meinen Augen zu einem jungen Hüpfer." Kevin weicht etwas zurück und zwinkert mir zu. Für einen Moment bin ich vollkommen entwaffnet. *Wie macht er das bloß?*

„Es ist nicht deine Schwester. Nicht wirklich." Doch. Es ist seine Schwester. Seine Schwester, seine Mutter, sein Vater und sein Job. Es ist mein Alter. Es ist die Vorstellung von Kay allein im Haus. Es sind meine Ängste. Es sind eine Million Dinge. Es ist einfach alles. *Ist Liebe allein ausreichend?*

„Ich weiß, ich habe in letzter Zeit zu viel gearbeitet. Aber da ist dieses kleine Mädchen, Ash –" Seine Stimme bricht. „Sie hat keine Mutter und ich bringe es einfach nicht übers Herz, sie allein auf der Station zu lassen. Wenn alle Operationen überstanden sind, werden sie sie in ein Pflegeheim oder zu Pflegeeltern schicken." Er fährt sich durch die Haare und ich kann seine Anspannung spüren. „Ich hasse es, sie nachts in diesem dunklen Raum auf sich allein gestellt zu wissen. Laut meinem Vater bin ich ein furchtbarer Chirurg, weil ich keine Grenzen ziehen kann. Ich will helfen, Ash, aber ich kann ihnen nicht allen auf die Art und Weise helfen, wie sie es brauchen. Ich fühle mich so nutzlos."

Ich lehne meinen Kopf an seine Brust. Ich spüre wie sein Herz schlägt und rieche seinen klaren Duft: etwas waldig, gemischt mit Antiseptikum. *Hier möchte ich für immer bleiben.* Aber ich möchte dafür nicht in allem anderen versagen – und ich möchte auch nicht, dass Kevin versagt. Wir sind einfach zwei zerbrochene Menschen in einer hübschen Verpackung. Man bekommt erst das wahre Ausmaß menschlicher Schwäche zu Gesicht, wenn man einen Blick auf ihr wahres Wesen werfen darf. Das, was hinter der *Gucci*-Fassade lauert, ist nicht schön.

„Was fehlt dem kleinen Mädchen?", frage ich.

„Sie ist mit vergrößerten Organen zur Welt gekommen. Die müssen jetzt chirurgisch verdichtet werden."

Ich schaue zu ihm hoch. „Wird sie wieder gesund?"

„Aus medizinischer Sicht sieht es sehr gut aus. Aber wahrscheinlich werden sie sie bald in ein Pflegeheim stecken. Sie braucht eine Rund-um–die-Uhr-Betreuung, und das bedeutet, sie muss in eine Einrichtung." Kevin zieht mich mit und wir setzen uns auf die Couch. „Ich glaube, ich habe den falschen Beruf. Ich habe es noch nie gesehen, dass mein Vater wegen eines Patienten verzweifelt ist. Ich glaube nicht, dass er es jemals war."

„Nur weil du ein Herz hast, sollst du den falschen Beruf haben?"

„Ich frage mich, ob das jemals aufhören wird. Die älteren Chirurgen scheint nichts zu berühren. Vielleicht werde ich mit der Zeit ein mürrischer alter Unmensch ohne Emotionen, wie mein Vater. Vielleicht beginne ich auch zu glauben, dass Chirurgen die Probleme dieser Welt lösen können."

„Wie der Typ bei *Extrem schön. Endlich ein neues Leben*?"

„Was?" Kevin scheint verwirrt über meinen Verweis auf die Reality-Show, bei der Menschen sich einer Gesichts-OP unterziehen. Und das Letzte, was ich jetzt tun möchte, ist das ganze Szenario zu erläutern, und dazu noch mein oberflächliches Interesse an diesem Zugwrack von Fernsehshow.

„Nichts. Sieh mal, vielleicht können ältere Chirurgen ihre Gefühle einfach besser verstecken. Oder sie haben eingesehen, dass sie bereits alles tun, was in ihrer Macht steht. Und das ist eben alles, was man tun kann."

Kevin sieht zur Tür. „Hör zu, es tut mir leid, mein Kopf ist absolut leer. Und ich muss mich ein wenig ausruhen. Brauchst du mich für irgendwas, Ash?"

Für alles!, möchte ich rufen. *Ich brauche dich, damit du es für mich besser machen kannst.* Aber ich schüttele nur den Kopf. „Nein", sage ich in seine Brust hinein und wir halten einander einfach eine Weile lang in den Armen. „Ich wollte nur dein Auto hier abstellen."

„Ach, übrigens, was ist das für ein Kerl, mit dem meine Schwester losgegangen ist?"

„Er scheint unschuldig genug zu sein. Ein bisschen verloren

vielleicht, aber harmlos. Nichts, was ein Date mit einer Fünfundzwanzigjährigen nicht wieder gutmachen könnte." Ich schenke Kevin ein kleines Lächeln. „Er versucht nur, sein Ego wieder aufzubauen. Deine Schwester ist morgen wieder weg; ich glaube nicht, dass es zu größeren Schäden kommen wird. Er wird sich für James Bond halten und das Leben wird weitergehen wie zuvor."

„Meine Schwester ist ein Wrack, oder?"

„Aber du bist für sie trotzdem eine große Hilfe. Schon allein, weil du ihr einen Job besorgt hast." *Zu meinem großen Entsetzen.*

„Der darin besteht, *dein* Geld auszugeben?" Kevin lächelt. „Ich bin mir nicht ganz sicher, ob ihr das wirklich weiterhilft. Brauchst du Geld? Hat sie schon dein Konto leer geräumt? Mein Vater beschwert sich immer darüber, dass sie eine Fähigkeit besitzt, fremdes Geld auszugeben, mit der sie eine Anstellung bei der Regierung bekommen könnte. Also, wenn Emily sich nur zu vermarkten wüsste ..."

Brauche ich Geld? Im Geiste stelle ich die Gründe für meine neu entdeckte Silicon-Valley-Armut zusammen.

Gründe, warum ich Geld brauche

1. Der Hund hat die Hochzeitsschuhe angekaut (Habe ich diese Entschuldigung nicht damals schon für eine fehlende Hausaufgabe benutzt?).
2. Das Hochzeitskleid ist bestellt/storniert – aber seltsamerweise befindet sich noch immer kein Rückerstattungsscheck in meiner Tasche.
3. Das Geld für den Empfang. Garnelen und in Schinken eingewickelte Jakobsmuscheln sind von meinem Wunschmenü gestrichen und werden durch einen Gemüsedip, vielleicht auch Chips und Salsa, ersetzt, wenn die Dinge sich nicht ändern.
4. Eine beachtliche Summe ging für die „Rote-Eier-und-Ingwer-Party" drauf. Dabei bin ich weder asiatischer Herkunft noch die Mutter.

5. Die Steuerschecks, die ich ausgestellt habe, um dem herausragenden kalifornischen Schulsystem zu helfen (Und noch einmal, ich bin keine Mütter!).
6. Die Anzahlung für den Fotographen – und ich werde noch immer nicht nach 48 Kilo aussehen!
7. Die Anzahlung für die Blumen, die lediglich einen Tag halten werden, aber mehr kosten als ein ganzes Vorgarten-Gestaltungsprojekt.

Ich will Kevin sagen, dass ich Geld brauche. Ich will ihm sagen, dass er die Hunde zurückpfeifen soll, oder in diesem Fall seine Schwester – aber ich denke nicht, dass er heute meine finanziellen und emotionalen Krisen verarbeiten kann. Wenn ich jetzt in seine Augen sehe, scheint nichts davon von Bedeutung zu sein. Ich umgreife seinen Nacken noch fester und schmiege mich an seine Brust. So sitzen wir still zusammen auf seinem abgewetzten college-mäßigen Sofa.

„Mach dir darum keine Sorgen, Kevin. Das ist alles nicht wichtig. Wir schaffen das schon." Statt zu antworten, sinkt Kevin in sich zusammen. Als ich zu ihm hinaufschaue, sehe ich, dass er eingeschlafen ist. *Die Geschichte meines Lebens.*

9

Nachdem ich mich von meinem im Tiefschlaf befindlichen Verlobten gelöst habe, mache ich mich auf den Heimweg, um mich für die Rote-Eier-Party vorzubereiten. Kevins Auto habe ich immer noch. Er braucht ja ohnehin seinen Schlaf vor der Feier, und es wird doch keine große Sache sein, dass ich mir seine einzige Transportmöglichkeit ausleihe, oder? Wenn ich sie doch wirklich brauche, oder? So sei es. Ich bin eine Frau. Ich bin über simple Manipulation nicht erhaben.

Ich wähle den langen Weg nach Hause, weil es mir davor graut, Kay zu begegnen. Ich denke darüber nach, es einfach für mich zu behalten, dass ich Emily und Matt zusammen gesehen habe. Aber das wäre dann kein bisschen besser als die Sache von Kay, mir Seths Anstellung zu verschweigen. Habe ich ihr nicht gerade einen Vortrag darüber gehalten, dass Frauen zusammenhalten sollten? Als ich mich dem Haus nähere, grüble ich darüber nach, wie ich ihr am Schonendsten beibringen kann, dass Mr. Charming mit Emily ausgegangen ist. Dass er der vergänglichen Schönheit meiner zukünftigen Schwägerin zum Opfer gefallen ist.

Eine der schrecklichen Wahrheiten im Leben lautet, dass Männer sich in Gegenwart von schönen Frauen in jämmerliche Gestalten verwandeln. Ein typisches Beispiel? Reiche Männer aus Manhattan. Ich weiß, dass sie denken, sie seien Mr. Big mit ihren sexy Verlobten im Teenageralter. Und sie scheren sich einfach nicht darum, dass es lächerlich aussieht. Sie müssen wohl glauben, dass die restliche Menschheit neidisch auf sie sei, vermute ich mal. Aber wir Realisten versetzen uns in die Lage der Verlobten und versuchen erst mal, deren Gedankengang nachzuvollziehen. Zugegeben, sie darf einen Zwölf-Karat-Diamanten zur Schau tragen. Dagegen bin ich auch nicht immun. Ich gebe als Allererste zu, dass ich für zwölf Karat ziemlich irrsinnige Dinge tun könnte.

Aber einen Mann, der fast doppelt so alt ist wie ich, zu heiraten und in seinem protzigen, goldenen Palast leben? Ähm, nein. Ich bin doch kein abgerichtetes Frauchen. Es gibt auf der Welt keinen Diamanten, der groß genug wäre, um wahre Liebe zu ersetzen.

Einen Mann zu lieben, so wie ich Kevin liebe, bedeutet, die Größe des Diamanten zu vergessen. Es bedeutet, zu glauben, dass ich die glücklichste Frau der Welt bin, wenn ich ihn fünf Minuten am Tag (in der Woche!) zu sehen bekomme. Ich möchte in seine Augen sehen und im völligen Glauben versinken, dass ich in Zukunft jeden Morgen neben diesem Mann aufwachen darf. Und mich nicht fragen, was ich denn als Nächstes mit seinem Geld kaufen werde. Aber ich schweife ab.

Worauf ich hinaus will, und ich will durchaus auf etwas hinaus, ist, dass Matt Callaway gestern Abend noch den Eindruck eines recht intelligenten Menschen gemacht hat. Und dann ist er schnell und einfach Emilys Zauber verfallen. Das kam natürlich nicht völlig unerwartet. Ich meine, sie hat dieses üppige rotblonde Haar, das ihren Rücken hinabfällt und dabei in jugendlichem Glanz erstrahlt; und sie hat die gleichen grünen Augen wie ihr Bruder, versehen mit langen schwarzen Wimpern (ich glaube, sie hat sie gefärbt) und volle Angelina-Jolie-Lippen – bei denen höchstwahrscheinlich von Profis nachgeholfen wurde, aber trotzdem. Ihr Gesicht ist unglaublich symmetrisch, alles ist in perfekter PhotoShop-Manier ausgerichtet. Aber viel wichtiger als das Zusammenspiel all dieser Dinge ist, dass Emily dieses feminine, sinnliche Etwas an sich hat. Sie bewegt sich mit Bedacht wie eine siamesische Katze, die den Raum in Richtung eines Katzenhasserbeins durchquert. Sie weiß genau, wer gewinnen wird, wer am längeren Hebel sitzt, und sie hat das verblüffende Talent, Männern weiszumachen, sie wäre unwiderstehlich.

Emily macht einen vollkommen unschuldigen Eindruck, aber trotzdem hat sie etwas an sich, das deutlich macht, dass sie es nicht ist – und sie schafft es, den Männern das ohne Worte zu vermitteln. Frauen spüren rein intuitiv, wenn sie so eine Art Frau vor sich haben, aber für Männer sind sie wie eine unhörbare Hundepfeife. Sie merken rein gar nichts. Diese Frauen haben in den seltensten Fällen viele Freundinnen, aber sie wollen auch keine, denn Frauen sind Bluthunde, die sie aufspüren könnten. Ich weiß nicht, was diesen „Zauber“ ausmacht, aber er ist ein starkes Elixier für die Männerwelt: Das Mädchen von nebenan mit einem Schuss Femme Fatale.

Falls Emily schon mit diesem „Talent“ (oder „Fluch“, je nach Perspektive) geboren wurde, hat sie die Zeit gut genutzt und es mittlerweile perfektioniert. Sie weiß einfach, wie sie die Leute um jeden einzelnen ihrer Finger wickeln kann, und sie ist es gewohnt, alles zu bekommen, was sie will. Wenn wir ihr bei den Hochzeitsvorbereitungen freien Lauf lassen, dann ist es für sie wie ein Freifahrtschein, ihren Bruder und mich – und in einer mir schleierhaften Art und Weise auch ihre Eltern – zu kontrollieren. Ich habe mein Limit erreicht, und diese von Emily induzierte Magenverstimmung beim Frühstück heute Morgen hat meine persönlichen Grenzen überschritten. Da bin ich wie ein Hund. Wenn mir jemand mein Essen vermasselt, wird er das bereuen.

Ich fahre in meine Einfahrt und Rhett kommt aus dem Haus gehüpft, als ich das Auto verlasse. Ich laufe rüber zur Garage, um den riesigen künstlichen Knochen zu holen, den ich schon vor Tagen gekauft, aber vergessen habe, ihm zu geben.

„Wie geht's meinem Jungen?“ Er lässt den falschen Knochen fallen und leckt weiter meine Füße ab.

„Hör auf, Rhett. Das kitzelt.“

Es ist Mai und Kay ist gerade dabei, die Eingangsterrasse zu fegen, um sich auf den nahenden Sommer vorzubereiten. Obwohl Kay jeden Feiertag mit entsprechender Dekoration zelebriert, stellt der Mai sie vor ein kleines Dilemma. Der Muttertag wird bei ihr nicht groß gefeiert, da sie nie Mutter geworden ist und generell nicht viel vom Staat hält. Und der *Cinco de Mayo* ist zwar feierlich und unterhaltsam, hat aber nichts mit Kays deutschen Wurzeln zu tun; also ignoriert sie ihn ebenfalls. Außerdem ist er am fünften schon vorbei, weshalb sie den ganzen Aufwand für Verschwendung von Dekorationsutensilien hält.

Kay feiert den Mai deswegen mit einem ganzen Monat Frühlingsputz und einer Pause von den festlichen Dekorationen, um sich der Organisation des Hauses zu widmen – als ob das noch mehr davon bräuchte! Gefäße, die alphabetisch nach dem Zweck ihrer Verwendung angeordnet sind, sind schon seltsam genug, könnte man meinen.

Die gesamte Eingangsterrasse riecht beißend nach chemischem Reiniger. „Was hast du hier gemacht?“, frage ich, während ich mir die Nase zuhalte. „Das ganze Haus desinfiziert? Ich kann es sogar mit zugehaltener Nase noch riechen. Das kann doch nicht gesund sein. Nur du würdest dich von gesunden Sachen wie Tofu ernähren, um dich hinterher mit Inhalationsmitteln zu vergiften.“

„Ich habe die Tische draußen gereinigt, die Zierleisten neu gestrichen, und als Nächstes werde ich die Teakholzstühle ölen“, sagt sie stolz und wedelt mit ihrem Lappen.

„Kay.“ Ich nehme ihr den Lappen weg. „Der Hund will mir nicht einmal bis hierher folgen. Ich glaube, du atmest zu viel von diesen Dämpfen ein. Du fällst noch in Ohnmacht. Warum wartest du nicht ein bisschen? Dann könnte ich dir helfen.“

Kay ergreift wieder den Lappen. „Es würde dich nicht umbringen, wenn du erst mal dieses Zimmer, das du bewohnst, putzen würdest. Aber ich bezweifele, dass die *Braut* Zeit für Desinfektionsmittel übrig hat.“ Sie spitzt ihre Lippen wie irgendjemandes wütende Mutter.

„Ich ziehe es vor, die Gehirnzellen, die ich habe, zu behalten. Damit kann man nicht vorsichtig genug sein.“

„Wo du von Gehirnzellen sprichst: Purvi erwartet dich heute Morgen im Büro. Sie hat hier angerufen, weil sie nach dir gesucht hat. Ich nehme an, du hattest dein Handy nicht dabei.“ Kay fängt wieder an zu summen. Sie ist viel zu fröhlich für jemanden, der gerade putzt. „Wie war dein Frühstück?“

„Frag lieber nicht. Ich schnappe mir nur schnell meinen Laptop und fahre vor der Party heute Nachmittag für ein paar Minuten zur Arbeit. Wenn Kevin hier anrufen sollte, würdest du ihm sagen, dass er mich anrufen soll, falls er sein Auto braucht?“ Ich strecke meine Hand nach dem Türgriff aus und denke, ich sei endlich in Sicherheit, aber ...

„Hast du heute Morgen Emily gesehen?“, fragt Kay.

„Ja“, sage ich, als ich die Tür öffne und den ersten Schritt über die Schwelle mache.

„Nun, was hat sie über ihre Verabredung gestern Abend gesagt? Hast du ihr die Wahrheit über Matt und mich erzählt?“

„Ich hatte nicht wirklich die Chance, mit ihr zu reden. Sie war viel zu sehr daran interessiert, mir *ihre* Meinung mitzuteilen.“

„Was meinst du?“

Ich lasse die Tür mit einem Knall zufallen und sehe Kay an. *Herr, hilf mir dabei, ihr die Sache schonend beizubringen. Das*

Letzte, was ich will, ist Kay zu verletzen. „Kay, ich muss dir etwas sagen, das du wahrscheinlich nicht hören willst."

Sie fängt an, energisch zu schrubben, und wartet.

„Emily hat das Haus heute Morgen mit Matt verlassen. Anscheinend haben sie sich am Telefon verabredet." Ich fühle mich in die High School zurückversetzt, als ich Brea sagen musste, dass Jim Warden jemand anders zum Abschlussball eingeladen hat.

Kays Reaktion? Nichts. Sie unterbricht das Schrubben. Keinerlei Ausdruck im Gesicht, keine Tränen, kein Klagen. Nur die stoische Kay und ihre eng zusammengekniffenen Lippen. Sie nickt ein paar Mal und putzt weiter.

„Es tut mir leid, Kay. Ich hätte niemals zulassen dürfen, dass das passiert. Er ist ein Hund, sonst hätte er sich von vornherein nicht mit Emily verabredet. Sie erscheint neben ihm wie ein Kind. Er will keine Frau. Er will ein Mädchen."

„Du musst nicht versuchen, mich aufzumuntern, Ashley. Ich hatte Spaß gestern Abend. Es war eine gute Übung und ich habe jetzt ein viel besseres Gefühl dabei, Single zu sein. Besser als jemals zuvor. Als Matt über seine Frau sprach, besser gesagt über seine Exfrau, schien er kein bisschen Respekt zu haben für die Zeit, die sie miteinander verbracht haben. Ich kann so etwas in meinem Leben nicht gebrauchen." Kay sitzt auf den Knien und sieht mich mit großen Augen an. Ich könnte schwören, dass sie versucht, sich selbst davon zu überzeugen, dass sie nicht geknickt ist. „Mein Leben ist gut so, wie es ist. Der gestrige Abend war dafür eine fantastische Bestätigung. Außerdem braucht mich die Singlegruppe, um alles zu organisieren. Das reicht mir."

„Ich meine auch nicht, dass du einen Mann brauchst, Kay, und es liegt mir fern, so etwas zu behaupten. Aber wünschst du dir nicht manchmal jemanden an deiner Seite? Es ist in Ordnung, das zu wollen."

Sie seufzt heftig. „Früher einmal vielleicht. Ich hatte all die Kleinmädchen-Braut-Träume vom Vater-Mutter-Kind-Spielen, weißt du. Aber das Lustige war, dass es in meinem Traum nie einen Ehemann gab, sondern nur das Haus. Und das habe ich bereits, und es ist genauso sauber wie damals mein Puppenhaus." Sie lächelt.

Ich fange an, ein männerfeindliches Lied von Alanis Morissette zu singen.

„Sehr witzig. Du brauchst dir um mich wirklich keine Sorgen zu machen, Ashley. Ich bin nicht so verzweifelt wie du darum bemüht, zu heiraten." Sie sagt es sanft, behutsam, so als enthielte diese Aussage keinerlei Sprengstoff.

„Was? Denkst du etwa, ich sei verzweifelt?"

„Du weißt doch, was ich meine", sagt Kay.

„Nein, das weiß ich wirklich nicht. Denkst du, ich versuche verzweifelt, zu heiraten?" *Denken das alle von mir?*

„*Verzweifelt* ist der falsche Ausdruck. Ich glaube einfach, dass du das Heiraten und die Auswirkungen auf deine Probleme überbewertest." Sie wischt sich die Stirn mit dem Handrücken ab. „Du wirst nicht einfach Richtung Sonnenuntergang davonreiten, weißt du."

„Was für Probleme habe ich denn, von denen ich angeblich annehme, dass sie gelöst würden?", frage ich ungläubig. „Ich habe ein schönes Haus, ein Auto, einen Job, und wachse jeden Tag ein bisschen mehr im Herrn. Ich habe Solos in der Gemeinde gesungen ... Gebe meinen Zehnten. Was für Probleme?", wiederhole ich.

Kay richtet sich auf den Knien auf und pustet ihren Pony weg. „Ich denke, dass du nicht allein sein kannst. Du hast so viel Zeit damit verbracht, einem Mann hinterherzujagen, dass du jetzt gar nichts mehr mit ihm anzufangen weißt."

„Ich habe noch nie einem Mann nachgejagt." *O.k., das ist vielleicht nicht ganz die Wahrheit.* „Zumindest Kevin nicht", ergänze ich.

„Das musstest du auch nie." Kay zuckt mit den Schultern.

„Sieh mal, es geht hier nicht um mich. Wenn ich einen Fehler mache, werde ich auch darunter leiden müssen. Ich wollte dir eigentlich nichts von Emily und Matt erzählen. Es tut mir leid, dass ich es doch getan habe, aber es scheint dich auch nicht allzu sehr zu bekümmern. Höchstwahrscheinlich haben sie einander verdient. Zwei zerbrochene Menschen, die das Wenige zusammenkratzen, das noch übrig ist."

„Ashley! Ich habe dich schon viele ungewöhnliche Dinge sagen hören, aber das ist regelrecht gemein. Emily ist verloren. Das weißt du. Vielleicht kannst du nicht viel tun, aber du kannst wenigstens versuchen, sie zu lieben."

Ich halte eine Hand hoch. „Wie dem auch sei. Wenn du nicht wütend bist, dann bin ich es eben an deiner Stelle. Du sagst, ich sei verzweifelt, aber wenigstens stelle ich mich meinen Ängsten. Du hattest Spaß mit Matt. Wie schwer kann es denn sein, das auch zuzugeben? Emily macht sich mehr Sorgen darum, dass sie etwas von ihrem Besitz verlieren könnte, als um Matts Gefühle."

„Stopp!", sagt Kay, als ich das Haus ansteuere. „Meine Ängste sind nicht deine Ängste. Meine Ängste bestehen nicht darin, niemals einen Mann zu finden, Ashley."

„Das mag sein, aber was ist denn so falsch daran, zumindest die Möglichkeit einer Beziehung in Erwägung zu ziehen? Ich mag vielleicht verzweifelt sein, aber du bist dem Gedanken, eine Beziehung einzugehen, genauso abgeneigt. Neben dir ist Seth geradezu versessen darauf, endlich zum Altar zu schreiten."

Sie folgt mir ins Haus und schlägt die Tür mit der flachen Hand zu. „Da gibt es nichts, weswegen ich auf Matt wütend sein sollte, okay? Ich habe mit diesem Mann zu Abend gegessen. Ich hatte eine tolle Zeit und durfte einen Abend lang wieder Mädchen sein, und jetzt ist es halt vorbei. Worüber bist *du* denn so wütend?", fragt Kay.

„Willst du das wirklich wissen? Ich wurde die ganze Woche lang von einer Magnolie aus Stahl durch die Stadt gescheucht. Die Bestellung von meinem Hochzeitskleid wurde aus Gott weiß welchen Gründen storniert. Ich habe das Geld für die Hypothek für eine ‚Rote-Eier-und-Ingwer-Party' ausgegeben, meine Firma hat gerade meinen Exfreund eingestellt und ich haben einen Verlobten, den ich nie zu Gesicht bekomme, und wenn doch, dann schläft er ein. Meine Mutter möchte nicht die Rolle der Brautmutter übernehmen, stattdessen lieber die der Großmutter. Für mich hat das Böse in dieser Woche ein Gesicht bekommen – und es sieht aus wie Emily. Und wenn du nicht wütend auf sie bist wegen ihrer List und Hinterhältigkeit, dann bin ich es eben! Bei Kevin habe ich noch versucht, es höflich auszudrücken, aber Tatsache ist, dass seine Schwester gerade dabei ist, meine Hochzeit zu sabotieren. Und genauso wie mir eines Tages bewusst geworden ist, dass Daves und Mei Lings Hochzeit nicht meine ist, wird Emily auch begreifen müssen, um wessen Hochzeit es hier eigentlich geht."

Kay atmet tief aus, als sei ich ein Kind, dem der Hintern versohlt werden müsste. Vielleicht ist da sogar was dran, aber ich bin *so was* von nicht in der Stimmung, das zu hören.

„Was auch immer du tust, tue es nicht vor der Brautparty, Ashley. Wir werden sonst alle zusammen im Wohnzimmer sitzen und niemand von uns wird etwas zu sagen haben. Wenn du nicht mehr wütend bist, beantworte dir selbst die Frage, ob du Emily nicht ein bisschen zu wichtig nimmst. Und bis dahin, geh zur Arbeit und spiel eine Weile mit Patenten herum. Denn Partnervermittlung gehört nicht unbedingt zu deinen Stärken."

Da ist sie, die Stimme der Vernunft. *So was* von nicht auf meinem Tagesplan heute. „Ich kann nichts versprechen."

Das gigantische, zementcontainerartige Gebäude mit den standardmäßig verspiegelten Fenstern, in dem Gainnet sich befindet, ist für einen Samstagmorgen ziemlich still. Nur wenige Autos sind über den Parkplatz verstreut. Seit dem Dot-Com-Absturz kann man den Unterschied zwischen einem Wochentag und dem Wochenende wirklich sehen. Ein großer Vorteil des Crashs ist, dass die Ingenieure die Definition von „Samstag" gelernt haben: mehr Zeit für die Xbox.

„Hey, Jim", sage ich, als ich das Gebäude betrete. Ich ziehe meine Karte durch die elektronische Prüfstelle und Jim nickt mir zu. Kein *Guten Morgen*, kein *Schön, dich zu sehen,* nur das typische Nicken eines Sicherheitswachmannes, das mich wissen lässt, dass er meine Anwesenheit zur Kenntnis genommen hat, aber auch, dass er mich rausschmeißen kann, sobald es notwendig werden sollte.

Als ich auf meinen Schreibtisch zugehe, muss ich kurz anhalten, als ich Seth sehe, der über den Großraumbürogang auf mich zusteuert. Ich sehe mich verzweifelt nach einer Fluchtmöglichkeit um, aber wo bin ich denn bloß mit meinen Gedanken? Es ist eindeutig, dass er mich sieht, es sei denn, ich hätte plötzlich die Fähigkeit entwickelt, mich unsichtbar zu machen. Er hält auch an, sodass wir nun beide hier stehen wie zwei Idioten, die darauf warten, dass der andere den ersten Schritt macht. Mir wird bewusst, dass ich etwas Übung gut gebrauchen kann, wenn ich Emily Paroli bieten will. Also gehe ich auf ihn zu, meine Schultern gestrafft wie die eines *Vogue*-Models, was mir zusätzliche Selbstsicherheit verleiht.

„Hey Ash, hast du dich am Rücken verletzt?", fragt Seth verdutzt.

„Was? Nein." Ich entspanne meine Schultern ein wenig. „Es ist schön, dich zu sehen, Seth. Ich habe gehört, dass du den Job hier bekommen hast. Herzlichen Glückwunsch."

Was habe ich gesagt? Vollkommen professionell. Keine bitteren Angstgefühle, keine Melancholie, kein jämmerlicher Eigentlich-wollte-ich-dich-heiraten-Ton. Aber als ich in seine blauen Augen sehe, *spüre* ich seine Präsenz. Bei dem Anblick seines kantigen Gesichts, seines glatten Kopfes und seiner tansanitartigen Augen hüpft mein Herz noch immer ein bisschen. Ich zwinge mich, auf den Boden zu schauen. *Konzentriere dich auf die Diesel-Sneakers,* sage ich mir. Aber all die Erinnerungen überfluten mein Gehirn: Seths Lachen; wie er mir den kleinen, puppengleichen Rhett schenkt. *Seine unbedarfte Art. Die eines Informatikers eben.* Er führt mich nicht in Versuchung, aber ich vermisse doch seine Freundschaft. Ich wünschte, ich könnte vergessen, dass ich ihn einst geliebt habe. Es ist wie die tägliche Erinnerung an eine Zurückweisung. Ich wünschte, im Silicon Valley gäbe es mehr als, nun ja, vier Christen, sodass die Wahrscheinlichkeit, ihm zu begegnen, nicht mehr ganz so hoch wäre.

Ihn zu sehen, erinnert mich wieder daran, dass er mich weggeworfen hat wie den Müll von gestern. Oh, ich weiß, *offiziell* habe ich ja ihn verlassen. Aber sehen wir der Wahrheit doch mal ins Gesicht: Er hatte nicht vor, mich zu heiraten. Welche Frau, die auch nur etwas Selbstachtung besitzt, würde schon ohne Aussicht auf Erfolg auf so einen Mann warten? Man beendet entweder die Beziehung oder wird zum jämmerlichen und bedauernswerten Jammerlappen. Offen gestanden habe ich mich bereits in diesem Zustand befunden, bevor ich endlich die Kraft gefunden habe, einen Fuß nach vorn zu setzen.

„Du siehst gut aus, Ashley", sagt Seth schließlich. „Kay hat mir erzählt, dass es dir gut geht." Er senkt seinen Kopf, um mir in die Augen sehen zu können, und versucht mich dazu zu bewegen, seinen Blick zu erwidern. „Und Rhett."

„Danke. Mir geht es gut, ja. Ich habe viel zu tun. Du weißt ja, wie das ist." Ich muss lächerlich dabei aussehen, wie ich mit dem Kopf nicke, ihm aber nicht in die Augen sehe. Ich sollte dazu in der Lage sein, ihn mit *meinem* Blick zum Wegsehen zu zwingen, ihm sogar Angst einzuflößen, wenn nötig. Aber für so etwas bin ich schlichtweg nicht zu gebrauchen. Ich kann ihn nicht ansehen, ohne daran erinnert zu werden, dass ich abserviert worden bin. Gnadenlos.

„Purvi hat mir erzählt, dass du jetzt wirklich heiratest."

„Im August." Ich nicke. *Das ist gut. Ich sollte ihm von Kevin erzählen, dem Mann, der meine Liebe erwidert.* „Kevin wird dann kurze Zeit vom Krankenhaus freigestellt, sodass wir in die Flitterwochen fahren können." Plötzlich fällt mir auf, dass seine Aussage nicht die allernetteste war. „Was meinst du damit, dass ich *wirklich* heiraten werde? Nicht alle Männer bekommen Ausschlag, sobald das Wort Heirat erwähnt wird."

Seth rollt mit den Augen, so als ob er sagen wollte: *Darüber werden wir jetzt nicht diskutieren.* „Hast du eine Minute, um einige der Software-Patente durchzugehen, die ich brauche?"

Mir steht der Mund offen. „Nein, ich habe jetzt keine Zeit. Es ist Samstag und ich bin hier, um Arbeit aufzuholen, damit ich nicht nach Taiwan muss. Wenn du ein Treffen mit mir vereinbaren willst, dann geh zu meiner Sekretärin, und lass dich in meinen Kalender eintragen, so wie jeder andere! Du hast keinen Anspruch auf irgendwelche Gefallen meinerseits." Ich stiefele den Flur hinunter, beschämt, dass meine professionelle Fassade gerade genauso zerbröselt ist wie die Berliner Mauer.

Er pfeift. „Du hast wohl immer noch mit deinen Launen zu kämpfen, was?"

Okay, jetzt möchte ich ihm wehtun und ihm mal zeigen, was diese „Laune" wirklich bedeutet. Ich drehe mich um und werfe ihm einen Furcht einflößenden Blick zu. Mein Zeigefinger steht in ausgestreckter Haltung fünf Zentimeter vor seinen eher perlenartigen als schönen Augen. „Du bist wie ein Kaugummi, der an meiner Schuhsohle klebt, Seth. Warum gehst du nicht einfach? Bei all den High-Tech-Firmen hier in der Umgebung musst du ausgerechnet hierher kommen? Was soll das?" Ich sehe eine Zeitung auf dem Schreibtisch liegen, schnappe sie mir und halte sie ihm unter die Nase. „Hier sind die Kleinanzeigen. Vielleicht gibt es da draußen was für dich. Aber hier sicherlich nicht."

Er lächelt. „Ich habe deine feurigen Reden vermisst. Du bist süß, wenn du wütend wirst. Weiß Kevin das auch zu schätzen? Das ist nämlich ziemlich heiß."

„Pass gut auf. Ich bin Anwältin und ich würde nicht zwei Mal darüber nachdenken, dich wegen sexueller Belästigung zu verklagen. Eigentlich wäre es mir sogar ein Vergnügen. Du wünschst dir, du hättest auch nur ein Zehntel von Kevins Klasse, und das weißt du auch. Eine hohlköpfige Arin ist genau das, was du verdienst."

Er hebt die Hände. „Das war jetzt unterhalb der Gürtellinie. Wir sind beide Christen. Wir teilen uns das Sorgerecht für einen Hund. Ich hätte eigentlich gedacht, dass uns das ein Leben lang verbinden würde, hier im Silicon Valley, und dass du eine kleine Neckerei vertragen könntest."

„*Wir teilen rein gar nichts,* außer vielleicht eine erbärmliche Vergangenheit, die allerdings bald in Vergessenheit geraten sein wird.“ Ich stürze den Flur hinab und ich spüre, dass er mir dicht auf den Fersen ist. „Was willst du?“ Ich drehe mich blitzschnell um.

Er nimmt meine Hände und sieht mir todernst in die Augen. „Ich will noch eine Chance, Ashley. Ich denke, wir passen gut zusammen, und du willst nicht die Ehefrau eines reichen Arztschnösels sein. Du bist zu schön, um die zweite Geige zu spielen.“

Zum ersten Mal in meinem Leben bin ich absolut sprachlos. Noch eine Chance? Meine Güte, seine Schrulligkeiten waren um Weiten besser als die Lotterie mit den zahlreichen Chancen, die ich ihm bereits gegeben habe. All die verpassten Gelegenheiten, und trotzdem schafft er es noch immer nicht, die Worte zu äußern, die eine Frau hören will. Nicht nur diese Frau. Jede Frau. Mir ist danach, ihm die Zauberworte ins Ohr zu flüstern, die ihn dazu befähigten, beim nächsten Mal eine Beziehung aufrechtzuerhalten. So wie zum Beispiel: *Ich liebe dich. Willst du mich heiraten? Gut, Seth. Das üben wir jetzt noch einmal gemeinsam.* Trotz allem, er ist kein junger Hüpfer mehr, und ohne ein Bankkonto wie das von Donald Trump sind seine Chancen wahrscheinlich verschwindend gering. Nicht einmal Haarwuchsmittel könnte sie vemehren.

„Arrgh!“ Ich befreie mich aus seinem Griff und laufe zu meinem Büro, wo ich die Tür laut zuknalle. *Seth: genauso ahnungslos wie immer und noch immer untauglich für jegliche Romantik.*

10

Atmen. Atmen. Ich habe das Gefühl, als bräuchte ich eine Papiertüte, um meine Atemfähigkeit wiederherzustellen. Nicht, weil ich so erzürnt bin über Seths Wunsch, dass ich mich wieder in seine Arme flüchte. *Ich brauche eine Pause.* Hauptsächlich, weil er nicht wirklich etwas geboten hat. All meine Emotionen und Empörung, und er versteht es immer noch nicht.

Noch eine Chance? Noch eine Chance wofür? Samstagabende mit Pizza, seinen Kumpels und Science-Fiction-Filmen? Vielleicht meinte er aber auch, dass wir zum Essen ausgehen, mit Gutscheincoupons bezahlen und dann wieder nach Hause gehen, um ein mitreißendes Spiel auf der PlayStation 2 zu spielen. Was auch immer es sein mag, es ist nicht sehr verlockend. Trotzdem habe ich das Gefühl, dass er davon ausgeht, dass ich für seinen Gefühlsausbruch dankbar sein sollte. Er hat ein kleines Stückchen von sich preisgegeben; ich sollte zu seinen Füßen fallen und ein weiteres Jahr ausharren.

„Arrgh!", schreie ich frustriert.

Ich werfe einen kurzen Blick auf meinen Schreibtisch, der so bedeckt ist mit Akten und Post-Its, dass ich überzeugt bin, dass Purvi einen Aktienfond von *Leitz* besitzen muss. Schaubilder und Mappen, wohin das Auge reicht, und alle wollen meine Aufmerksamkeit, aber wo bleibe ich dabei? Ich denke über Seth nach und bin in meinem Büro eingesperrt, während er im Flur Wache hält. An manchen Tagen hasse ich mein Leben. Ich möchte Kevin anrufen, aber er kümmert sich wohl wie üblich gerade um Schockpatienten und kritische Fälle. Meine Krisen könnten da niemals mithalten. Und meine Beschwerden über meine armselige Vergangenheit, die sich nun vehement in der Gegenwart breitmacht, ist kaum eine Unterbrechung wert.

Ich hinterfrage sogar Seths Beweggründe: Hat er diesen bedauernswerten Versuch, mein Herz zu erobern, nur unternommen, um uns in der Firma auf die gleiche Ebene zu hieven? Sodass er als Opfer betrachtet werden kann? Armer, verzweifelter Seth, der ganz alleingelassen wurde. Mein Ärger schwillt an wie ein aufgestautes Erdbeben an der San-Andreas-Verwerfung. Ich schreite in meinem Büro auf und ab wie ein tollwütiger Hund und eine Sache wird klar: Ich muss eine Liste erstellen.

Natürlich. Eine Liste wird mir dabei helfen, Prioritäten zu setzen, die starke Frau zu sein, die ich eigentlich bin, und hey, vielleicht liest Gott ja diese wohldurchdachten Worte und hilft mir aus der Klemme.

Meine feierlichen Versprechen auf dem Weg, eine selbstsichere und in jeder Situation gelassene Frau zu werden

1. Ich werde es *nicht* zulassen, dass meine zukünftige Schwägerin mit ihrer federnden Haarpracht und den Modetipps aus der *Victoria* meine Hochzeit sabotiert.
2. Ich werde Seth nicht erlauben, mich in meinem eigenen Büro gefangenzuhalten. Ich bin der Grund für Gainnets hohen Aktienkurs. Ich bin hier der Patent-Guru, und so werde ich mich auch benehmen. Er wird mein Software-Sklave sein.
3. Ich werde Kay sagen, dass sie bis zu der Hochzeit das Haus entweder verkauft oder vermietet haben muss (Sie hat es mit mir ausgehalten. Sie wird mit Sicherheit jemanden finden, der ihren Ordnungswahn-Kriterien mehr entspricht.).
4. Ich werde Kevin sagen, dass ein Umzug nach Philadelphia eine viel zu große Veränderung ist, als dass sie mit der Hochzeit einhergehen könnte. Es gibt dort Winter. Und ich bin nicht sonderlich begeistert von der Idee, zwei weitere Prüfungen zu machen. Meine Zukunft ist die Frühlingssaison im Stanford-Einkaufszentrum.
5. Ich werde meinem Bruder sagen, dass er seine Schulden zurückzahlen muss. Ich werde es nicht mehr zulassen, dass er weiterhin bei mir schmarotzt (Nein, in Wirklichkeit werde ich das nicht sagen, aber es klingt beeindruckend, oder?).
6. Ich werde Kevin sagen, dass seine Eltern uns kein Haus kaufen werden (Statt an ein Haus denke ich an eine Schwiegermuttereinheit, und das ist nicht schön.).
   Immer daran denken: Eine Müllhalde ohne die Schwiegereltern ist besser als eine Villa, die mit Silikon bezahlt wurde (Ich bin mir sicher, das ist ein Sprichwort, nicht wahr?).

Fertig. Ich habe die Liste in meinen *Blackberry* eingetippt, also ist es nun offiziell. Ich spüre, wie meine Selbstsicherheit mit jeder Sekunde wächst. Ich verspüre außerdem den Wunsch, eine *Vogue*-Pose einzunehmen, um mich später an diesen Augenblick erinnern zu können. Ich schaffe es, mir genau drei Patentschaubilder anzusehen, bevor es leise an meiner Tür klopft. Ich spähe durch das seitliche Fenster und sehe Seth, meinen immer noch gegenwärtigen Exfreund. *Er ist wie die Staubwolke von Pigpen!*

Ich seufze laut, werfe einen letzten Blick auf meine Liste und lege sie auf den Schreibtisch. „Die Tür ist offen."

Seth hat eine Akte in der Hand. „Lassen wir unsere Vergangenheit einen Moment beiseite; ich brauche wirklich Hilfe bei einem Patent."

Du brauchst Hilfe, das ist wahr. Und zwar dabei, einen klaren Blick zu bekommen.

„Gut, aber erst am Montag, okay? Heute muss ich es zu der Party von meinem Bruder schaffen und Kevins Auto steht auf dem Parkplatz. Er könnte es brauchen, um ins Krankenhaus zu kommen. Außerdem wirst du bald merken, dass hier jeder ein Patent braucht, also solltest du dich schon mal daran gewöhnen, dich anzustellen."

„Kevin geht nicht mit dir auf die Party?"

„Habe ich das etwa behauptet?", blaffe ich etwas zu scharf zurück.

„Nein, ich war nur neugierig", sagt Seth. „Du sagtest, er braucht das Auto. Schon gut, vergiss es."

Software-Sklave. Du bist nichts weiter als ein Software-Sklave. „Leg deine Akte auf meinen Schreibtisch. Ich werde sie mir am Montag als Erstes ansehen, und dann können wir uns am Nachmittag zusammensetzen. Du kannst mich nach drei einplanen."

„Danke Ashley. Hey, es tut mir leid, wenn ich dir vorhin zu nahe getreten bin."

Meine Lippen sind fest zusammengekniffen. Ich fühle mich wie Kay. „Das bist du nicht. Es gibt nichts, wodurch du mir zu nahe treten könntest. Wie haben eine gemeinsame Vergangenheit, die ist nun vorbei, und jetzt arbeiten wir hier zusammen in dieser beengenden Branche. Ist keine große Sache." Plötzlich kommt mir ein Gedanke, als ich mich an seine Bitte um eine neue Chance von vorhin erinnere. „Hey, was ist denn eigentlich mit Arin?"

„Wir sind Freunde", sagt er geheimnisvoll. Wahrscheinlich ist es das Gleiche, was er den Leuten gesagt hat, nachdem wir zehn Monate lang miteinander ausgegangen waren. Er will seine Möglichkeiten nicht begrenzen, verstehen Sie?

„Aha, nun ja, fantastisch. Ich muss jetzt arbeiten. Grüß sie von mir." Ich überfliege die Akte, die er mir hingelegt hat, aber ich kann immer noch seine Gegenwart spüren. Er geht einfach nicht weg. *Wie ein Kaugummi am Schuh, das sage ich Ihnen!*

Seth schließt meine Bürotür. *Ähm, du befindest dich auf der falschen Seite der Tür, Kumpel.* „Ich hätte ja nichts über uns gesagt, aber als Kevin hinter dir her war, hat er auch keine Rücksicht auf meine Anwesenheit genommen. Ich dachte mir, ich hätte die gleiche Chance verdient."

„Ah ja, wie war das mit diesem biblischen Prinzip ... die andere Wange auch noch hinhalten? Du hast keinen Grund, auf Kevin wütend zu sein. *Du* bist nach Indien gegangen. *Du* hast mir gesagt, dass du nicht dazu bereit bist, dich fest zu binden. Klingelt's bei dir? Deine eigene Mutter hat sich gefragt, was da eigentlich vor sich geht."

„Ich habe einen Fehler gemacht. Aber heirate deswegen nicht gleich den Falschen."

Oh, glaub mir, das tue ich nicht. An dieser Stelle versuche ich zu lachen, was mir allerdings nicht gelingt. „Warum gehst du davon aus, dass Kevin der Falsche ist? Ich meine, wenn du die Sache zwischen uns für dich endgültig abschließen willst, verstehe ich das, aber weiter als bis hierher kommst du definitiv nicht. Ich liebe Kevin. Vielleicht glaubst du es mir ja nicht, aber das ist irrelevant. Weil es nämlich die Wahrheit ist." Seths Meinung ist null und nichtig für mein Leben.

„Du wirst sowieso das tun, was du willst, Ashley. Ich weiß, dass es nichts nützt, zu versuchen, dich von etwas zu überzeugen. Ich wollte nur sichergehen, dass du dir auch wirklich sicher bist. Wenn du deine Meinung ändern solltest ..." Seth verlässt mein Büro und ich lege meinen Kopf auf dem Schreibtisch nieder. Das ist wie die niemals endende Beziehung. So was von gestern. Bin ich etwa in dem Film *Und täglich grüßt das Murmeltier?*

Ich hebe meinen Kopf und sehe die Bilderrahmen voll mit Babys: das Kind meines Bruders, Davey, und Breas Jungs, Miles und Jonathan. Ich erinnere mich an einen Artikel, den ich neulich gelesen habe, darüber, dass Frauen zu viele persönliche Dinge auf ihrem Schreibtisch stehen haben. Offenbar könnte meine Karriere auf teuflische Weise durch diese grässlichen Abbildungen menschlicher Emotionen ins Stocken geraten. Allem Anschein nach sollte ich in fremde Länder eilen und mir dort ethnische Masken und Fruchtbarkeitsgötter besorgen, um zu beweisen, dass ich eine würdige Kandidatin bin, die Karriereleiter hochzuklettern. Keine Östrogenschau hier. Wie dem auch sei, seit ich Gainnet angefleht habe, Purvi einzustellen, weil ich hoffnungslos überfordert war, bin ich so erfolgreich, wie ich es immer erhofft hatte. Ich bin definitiv eine bessere Patentanwältin als eine Braut.

Als ich mich auf die großen braunen Augen und das zahnlose Lächeln meines Neffen konzentriere, erinnert es mich nur daran, dass ich nicht so bin wie normale Leute. Sie scheinen sich kennen zu lernen, zu heiraten und Kinder zu bekommen; das alles ohne Zwischenfälle. Während für mich schon der einfache Schritt zum Altar eine Lehrstunde in Sachen Durchhaltevermögen ist. Warum verwandelt sich alles, was ich berühre, in grüne Götterspeise?

Im Vergleich dazu weist Kays Singleleben immerhin eine hübsche Granitküche und Garagenregale auf; mit jeder Sekunde, die vergeht, wird die Vorstellung, alleine zu bleiben, reizvoller für mich. Wenn ich Single bliebe, könnte ich das ganze Chaos vermeiden. Und alles, was ich besitze, würde von Kay mit einem Etikett versehen werden und damit den perfekten Aufbewahrungsort erhalten. Das ist genau das, was ich brauche: eine Etikettiermaschine mit gefühlvollen Überschriften, die mich daran erinnern, ätzende Menschen zu meiden. Ich würde ihnen folgende Etiketten auf die Stirn kleben (natürlich samt der Fußnoten):

Etiketten

Seth:	Ein Musterbeispiel für Bindungsphobie *Es sei denn, jemand anderes zeigt Interesse.*
Emily:	Obsessiv-zwanghafte Südstaatenschönheit, die stark und unabhängig sein will / Magnolie aus Stahl *Das Chaos sind wir.*
Purvi:	Verkabelter Workaholic *Motto: Den Stress musst du ausbaden – an meiner Stelle.*
Mrs. Novak:	Straff, durchtrainiert und furchteinflössend *Mein Gehirn ist das einzige Körperteil, das noch Falten hat, und zwar sehr viele!*
Kay:	Cool, gelassen und gefasst – und vom Leben abgekoppelt *Wenn es Tupperware in Menschengestalt geben kann, dann bin ich das – mit einem luftdichten Verschluss.*

Mein Bürotelefon klingelt und entreißt mich diesen äußerst bedeutenden Gedankenspielen. Ich blicke auf die Anzeige und sehe, dass es meine private Leitung ist. Wenn man bedenkt, wie viel Arbeit ich gerade erledige, bin ich für ein privates Telefongespräch zu haben. Es ist Kevin.

„Hi Kevin“, sage ich, so sehr erleichtert, seine Stimme zu hören. Ich möchte mich am liebsten im Klang seiner Stimme einlullen.

„Ashley Stockingdale, hast du mein Auto gestohlen?“ Da ist diese morgendliche Schlaftrunkenheit in seiner Stimme, und sie ist unerträglich sexy.

„Ich HABE dein Auto gestohlen.“

„Hast du es gestohlen, damit ich gezwungen bin, auf dieser ‚Rote-Eier-und-Ingwer-Party‘ aufzutauchen?“

Er kennt mich zu gut. „Das kommt drauf an. Hat es funktioniert?“

Er lacht mit einem schläfrigen Brummen. „Ich habe dir doch gesagt, dass ich sie mir nicht entgehen lassen würde, wenn ich genug geschlafen habe. Und ich lüge nicht. Vor allem lüge ich nicht die Frau meiner Träume an, unabhängig davon, wie manipulativ sie ist.“

„Vergiss nicht, dass du der Frau deiner Träume und deiner Schwester versprochen hast, morgen den Ort, an dem die Hochzeit stattfinden soll, endgültig festzulegen. Überlass es mir und du könntest im NORDSTORM CAFÉ heiraten, inklusive anschließender Shopping-Tour.“

„Ich dachte, wir hätten uns für den Country Club entschieden.“

„Nein, das waren deine Mutter und deine Schwester, die sich dafür entschieden haben. Wir können uns den Country Club mit unserem Budget wirklich nicht leisten, Kevin. Ich möchte wegen des einen Tages in unserem Leben keine Schulden aufnehmen. Es ist viel wichtiger, dass das Geld in mein Kleid investiert wird, damit ich auf den Bildern gut aussehe. Und ich möchte mir einen Haar-Stylisten leisten können. Man muss Prioritäten setzen! Muss ich dich denn ständig daran erinnern? Als ob es mich kümmern würde, dass diese Leute zu essen haben. Es geht nur um mich, Baby.“

Kevin lacht. „In Ordnung, wie auch immer, aber du willst doch, dass genug Leute dich in deinem Kleid sehen, sodass es sich auch lohnt, oder?“

„Oooh, du bist gut.“

„Wir bezahlen die Hochzeit gemeinsam, Ashley. Meine

Eltern werden für den Veranstaltungsort zahlen, vor allem, wenn sie den Club wollen. Für sie ist es eine kleine Summe und du solltest dir das Kleid kaufen, das du willst. Es ist schließlich *unser* Tag."

Sicher. Sag das Emily mit ihren Ausfüllbögen aus Marthas Hochzeitshandbuch.

„Kevin, für mich ist Geld aber ein Thema. Du heiratest in eine Arbeiterfamilie hinein. Und auch, wenn wir Mitglieder im Country Club sind, besitzen wir zumindest noch eine starke Arbeitermoral. Ich will die Hochzeit, die wir uns *leisten* können. Ich habe für die Dinge, die mir gehören, hart gearbeitet. Und ich bin stolz darauf, eine Haushälfte zu besitzen. Auch wenn mich niemand vorgewarnt hat, dass es hinterher immer noch einen Haufen Schweiß und Mühe kostet, wenn man eine halbe Million in einen Haufen Schutt aus dem Jahre 1920 investiert hat. Aber trotzdem bin ich stolz auf meinen Besitz, und ich will bei meiner Hochzeit keine Ausnahme machen." *Und ich will definitiv nicht, dass deine Eltern und deine Schwester davon Besitz ergreifen.*

„Ashley, ich glaube einfach nicht, dass du dir darum Sorgen machst. Ich möchte, dass du genau den Hochzeitstag bekommst, den du dir erträumt hast. Was ist mit den köstlichen Shrimps und den eleganten Kellnern, von denen ich gehört habe? Arbeiteratmosphäre und deine Hochzeit passen einfach nicht zusammen."

„Eine Hypothek hat mich ziemlich schnell aus meinen Träumen erwachen lassen." Wie sage ich ihm bloß, dass es meine momentane Armut ist, die mir zu der Einsicht verholfen hat? „Diese Hochzeit wird erschwinglich stilvoll, weil ich mich hinterher nicht darüber ärgern will, ein Paar Cole-Haan-Schuhe im Ausverkauf gekauft zu haben."

„Ashley Stockingdale, du hörst dich so positivistisch-praktisch an. Streich das mal. Du machst mir Angst. Ich heirate doch nicht Kay."

Aber ich lasse mich nicht beirren. Das Letzte, was ich will, ist bei Kevins Familie in der Schuld zu stehen. „Du bezahlst für deine Wohnung weniger als ich, und wo wir beide nun eine Hypothek in Silicon-Valley-Höhe haben ... Außerdem hast du das unheimliche Talent, immer dann wegzumüssen, wenn die Rechnung auftaucht. Von wegen Piepser."

„Hast du mich gerade knauserig genannt?"

„Ich sagte, du hast ein tadelloses Timing. Ist deine Schwester zu Hause angekommen?", frage ich, um das Thema zu wechseln, in der Hoffnung, dass Matt, der Stalker, kein wirklicher Stalker ist.

„Nein, aber sie hat angerufen. Sie hat sich mit Matt zum Lunch verabredet. Sie sind heute Morgen spazieren gegangen und sie wird heute mit uns auf die Party kommen."

Na super.

„Das ist gut", sage ich mit erzwungenem Enthusiasmus. „Ich muss mit ihr über mein Kleid sprechen."

„Sie sagt, es ist wunderschön, Ashley. Am Montag wird es zum Schneider gebracht. Sie hat monatelang daran gearbeitet und es nur für dich entworfen. Ich habe noch nie erlebt, dass sie sich schon mal so für etwas begeistert hat. Ich glaube, sie hat ihre Nische gefunden. Sie lässt mich nicht mal einen klitzekleinen Blick auf die Entwürfe werfen. Ich kann dir nicht genug dafür danken, dass du ihr geholfen hast. Was ist, wenn das ihre wahre Berufung ist?"

Ich beiße die Zähne zusammen. „Das ist ja lustig. Sie lässt mich das Kleid auch nicht ansehen. Ehrlich gesagt, das wird nicht mein Kleid. Frauen wählen ihr Hochzeitskleid normalerweise selbst aus. Obwohl ich die Hochzeit im bezahlbaren Rahmen halten möchte, will ich trotzdem selbst darüber ... "

„Mist. Mein Piepser geht los", sagt Kevin inmitten eines schrillen Pieptons. „Ich ruf dich gleich zurück." Kevin legt auf und ich entschließe mich dazu, etwas Dampf abzulassen, indem ich die Unterhaltung ohne ihn fortführe.

„Genau, Kevin. Eigentlich ist mein Kleid von Vera Wang, nicht von Scarlett O'Hara. Aber in Wirklichkeit geht es gar nicht um das Kleid. Es ist die Tatsache, dass deine Schwester frei herumläuft. Emily ist ein verrückter Kontroll-Freak, der sich am besten in eine Klinik mit blassgrünen Wänden und ausgedehnten Rasenflächen begeben sollte. Da, wo man mit weicher Stimme spricht und ihr Puzzles gibt, die sie zusammensetzen kann."

An diesem Punkt mag ich mich selbst nicht besonders. Eine Sache, die mir beim Christsein aufgefallen ist: Genau dann, wenn Sie denken, dass Sie etwas gemeistert haben, wie zum Beispiel mit schwierigen Menschen umzugehen, wird Er Sie an Ihre Grenzen führen, um Ihren Stolz niederzuschlagen. Er ist ein Experte darin, Ihnen aufzuzeigen, wie weit Sie gehen müssen, nicht, wie weit Sie schon gegangen sind. *Ich hasse das.*

In einem Anflug von Depression wähle ich Breas Nummer. Mit ihr ist es nicht mehr annähernd so lustig, wie es früher einmal war. Brea und ich, wir sind wie zwei Schiffe, die nachts in aller Stille aneinander vorbeiziehen. Sie hat einen ganz anderen Tagesablauf mit ihren Kindern und meine Hochzeit steht auf ihrer Prioritätenliste nicht gerade weit oben. Ich gebe ihr nicht die Schuld, aber außer für Emily steht sie bei niemandem sonderlich weit oben. Und darin liegt etwas unendlich Trauriges. Nicht, dass ich das persönlich nehmen würde; Silicon Valley ist nun mal nicht der am besten vernetzte Ort auf der Welt. Sie brauchen bei irgendwas Hilfe? Dann müssen Sie jemanden anstellen, denn Ihre Freunde müssen erst mal einen Platz im Terminkalender für Sie finden. Verdammt, sogar bei meiner Mutter muss ich mir einen Termin vormerken lassen!

„Hallo", antwortet Brea. Sie klingt ganz außer Atem.

„Brea, ich bin's. Passt es gerade?"

Sie seufzt lange. „Wusstest du, dass Duplos Toiletten verstopfen?"

„Nein, das ist mir tatsächlich neu. Was ist ein Duplo?"

„Ach, vergiss es. Was ist los?", fragt sie inmitten von Gekreische und Unruhe im Hintergrund.

„Ach, nichts Besonderes. Ich habe nur angerufen, um eine ruhige Stimme der Vernunft zu hören."

„Dann bist du hier an der falschen Adresse. Ich habe eine verstopfte Toilette, zwei bellende Hunde in Käfigen und eine dreckige Windel, deren Details ich dir besser ersparen werde."

„Ich werde dich nicht aufhalten", sage ich. Aber ich bin geknickt, ernsthaft geknickt. „Ich wollte dich nur wissen lassen, dass Emily vor einer Weile dieses Hochzeitskleid für mich bestellt hat. Kevin sagt, dass es am Montag im Geschäft sein sollte. Ich habe mich gefragt, ob du deine Fähigkeiten einsetzen und mir mit Hannah im Brautmodengeschäft helfen könntest. Du kommst mit ihr besser aus als ich, und ich muss dieses Kleid dringend loswerden! Ich muss mein eigenes bestellen, bevor es zu spät ist. Und ich befürchte, dass ich dafür im Moment nicht wirklich das Geld habe".

„Haben sie dir denn nicht die erste Anzahlung gutgeschrieben?", fragt Brea. Ihre Stimme ist vollkommen gleichmäßig, obwohl die Hintergrundgeräusche in ihrem Haus sie so klingen lassen, als würde sie sich gerade einen alten Film über den Zweiten Weltkrieg ansehen.

Die Gutschrift. Wenn sie meine Bestellung storniert haben, dann haben sie meine Anzahlung natürlich gutgeschrieben! Emily kann nicht auf meine Rechnung bestellen. „Brea, du bist ein Genie!"

„Ich weiß. Ich mach mich jetzt mal daran, das Duplo mit einer Pinzette aus der Toilette herauszuziehen. Bete für mich."

11

Für alle, die sich mit der „Rote-Eier-und-Ingwer-Party" nicht auskennen: Es ist eine Tradition, mit der Menschen chinesischer Kultur die Geburt eines Kindes feiern. Es werden rote, hart gekochte Eier ausgeteilt (rot steht für *Viel Glück;* das Ei für ein neues Leben) und Unmengen an Essen auf Kosten der frischgebackenen Eltern vertilgt. Deswegen sind Mei Lings Hände auch rot vom Einfärben der Eier, als sie die bei *Ping's* einströmenden Partygäste mit einem Winken begrüßt. So ein Empfang ist eine große Sache und kostet fast genauso viel wie eine Hochzeit. Die Eltern des Neugeborenen laden jeden ein, den sie kennen, und überhäufen die Gäste dann mit einer Auswahl an asiatischem Essen, die jedes Kasino-Buffet alt aussehen lässt.

Normalerweise geben die Großeltern dem Kind seinen Namen im Rahmen einer traditionellen Zeremonie. Diese Sitte ist in der amerikanischen Kultur allerdings mehr oder weniger ausgestorben und Mei Ling entstammt auch nicht einer typisch chinesischen Familie – ihr Vater ist Amerikaner, auch wenn sie keinen Kontakt mehr zu ihm hat. Ihre Mutter lebt in China und dort herrscht das Prinzip „Frage nichts, sage nichts" vor. Der formale Name von Klein-Davey oder der „Milchname", wie Mei Ling es nennt, lautet Chen Li Stockingdale. Okay, er verliert schon etwas an Ausdruckskraft bei der Übersetzung, aber der Name bedeutet „große Stärke". Mit einem Namen wie diesem wird er sie auch brauchen.

Die meisten Familien feiern diese Party, wenn das Baby einen Monat alt ist, aber Davey ist jetzt schon vier Monate. Und obwohl mein Bruder jeden Penny, den er besitzt, für die Party beiseitegelegt hat, war es nicht annähernd genug. Ich wünschte, es hätte ausgereicht. Nicht, dass ich mir viel aus dem Geld machen würde, das ich ihm geliehen habe. Es ist nur so, dass mein Bruder Dave so hart gearbeitet hat, um Mei Ling ein perfekter Ehemann zu sein. Sie hätte auf die Party auch verzichtet, wenn sie gewusst hätte, was sie ihm damit abverlangt.

Dave dabei zu beobachten, wie er nicht von ihrer Seite weicht, immer darauf achtgibt, ob sie nicht irgendetwas braucht, lässt mich vergessen, wie er mich fortwährend damit gehänselt hat, ich sei eine „Bus-Braut" (was so viel bedeutet, dass meine Chancen, von einem Bus überfahren zu werden, größer sind, als mit über dreißig noch einen Mann zu finden. Ha! Ich schätze, jetzt kann ich es ihm einmal zeigen.) Ich will wirklich, dass Dave sich in seiner Haut wohlfühlt, einfach weil er es verdient. Allein schon dafür, dass er alles Menschenmögliche versucht, um Mei Ling das zu geben, was sie sich wünscht.

Ein Anflug von Schuldgefühl überkommt mich an dieser Stelle. Ich kann mir vorstellen, dass das genau das ist, was Kevin sich auch für seine Schwester wünscht. Kevin, der immerwährende Heilende, will Emily vor sich selbst retten. Sie hat so lange wohlbehütet im Luxus gelebt. Ihre Sinnlichkeit scheint ihr jede Karrierechance zu rauben, weil sie viel mehr Aufmerksamkeit für ihre äußere Erscheinung bekommt als für irgendeine Leistung. Ich sollte solch ein Glück haben.

Wenn ich schon von Emily spreche: Sie ist heute angezogen wie eine 80er-Jahre-Diva. Sie trägt einen aquamarinfarbenen Anzug aus fließender Seide mit großen Schulterpolstern. Sie hat perfekt frisierte Haare, und eigentlich sieht sie sehr hübsch aus, aber gleichzeitig auch so, als hätte man sie aus einer anderen Ära hierher gebeamt. Ein bisschen so wie Krystle Carrington aus dem *Denver-Clan* – allerdings ist sie eindeutig zu jung, um sich an sie zu erinnern. Außerdem trägt Emily hohe Pfennigabsätze, die sie mit ihrer 1,75-Meter-Statur gigantisch und dennoch begehrenswert erscheinen lassen. Sie scheint mit ihrer Kleidung auf allerlei Umstände vorbereitet zu sein; sie hat geplant, sich nach der Party mit Matt zu treffen – allein ihren Ausschnitt hätten Sie sehen müssen. Als sie das Restaurant betritt, erwartet sie, dass alle Blicke auf sie gerichtet sind – und die meisten sind es auch. Das Kind in mir möchte ihr ein Bein stellen, aber dann erinnere ich mich daran, dass ich Mitglied einer Gemeinde bin, und zwinge mich dazu, meine Augen auf die Gastgeber zu richten.

„Ashley scheint nicht zu wissen, was genau sie für die Hochzeit will, Keh-vin. Es ist gut, dass ihr mich hinzugezogen habt", sagt sie affektiert, ergreift seinen Arm, sieht ihren großen „Brudah" an und führt ihm ihren Wimpernaufschlag vor.

Darf ich ihr vielleicht wehtun? Nur ein bisschen?

„Ashley hat viel um die Ohren. Vertrau mir, sie weiß genau, was sie will." Kevin zwinkert mir zu.

Hallo, ich stehe genau hier!

„Vielleicht weiß sie ja, was sie will, aber das dann auch zu realisieren, befindet sich nicht im Rahmen ihrer Möglichkeiten.

Ich habe mir die Füße wund gelaufen, um Dinge zu erledigen. Ich hoffe, sie kann wenigstens gut mit Patenten umgehen, denn Hochzeitsplanung ist nicht gerade ihre Stärke." Emily pflückt etwas Unsichtbares von ihrem Ärmel.

„Ich glaube, wir stehen hier einfach vor kulturellen Unterschieden hinsichtlich dessen, was wir als wesentlich erachten", sage ich, und Emily sieht mich an, als ob die Schlange aus ihrem Loch hinausgeglitten ist und zu ihr gesprochen hat.

Sie gibt ein affektiertes Lachen von sich. „Als ob guter Geschmack eine Frage der Kultur wäre. Oh Keh-vin, sie ist wirklich zu komisch." Sie dreht sich zu ihm und murmelt leise: „Das hier kann nicht dein Ernst sein, Keh-vin."

Ich spüre, wie sich meine Fäuste ballen. Wenn Gott mich in Richtung geistiger Reife drängt, dann bin ich definitiv noch nicht bereit dafür.

Der Oberkellner führt uns in den Raum für geschlossene Gesellschaften, in dem sich eine Menge Leute befinden, die ich noch nie zuvor gesehen habe. Am hinteren Ende des Raumes befindet sich meine Familie. Man kann den Unterschied deutlich sehen, denn Mei Lings Verwandtschaft ist zu großen Teilen asiatisch und sehr konservativ gekleidet. Meine Familie hat gespürt, dass diese Feier, wie alle anderen Feiern auch, Pailletten und frisch gefärbte, burgunderrote Haare verdient hat. Ich sollte wirklich in *Clairol* investieren. Allein meine Leute werden schon dafür sorgen, dass sie im Geschäft bleiben. Sie wissen doch, in der Drogerie gibt es auf der einen Seite die natürlichen Haarfarben, und dann gibt es da noch das Zeug am Ende des Warenregals. Wollen Sie raten, wo meine Familie einkauft?

Meine konservative Mutter, die nicht ans Färben glaubt, es sei denn, es geht um Eier, ist hier, um Davey zu umsorgen (Der Zweck der Party ist, das Baby herumzureichen und mit ihm anzugeben. Aber meine Mutter bringt für diese Tradition keinerlei Verständnis auf, wie sie mit Abscheu in der Stimme lauthals verkündet.). Ihrer Ansicht nach ist die Party dazu da, dass jeder weiß, wer Daveys Großmutter ist.

„Ashley, gut, dass du da bist.“ Mei Ling zieht mich zur Seite und sie macht einen verzweifelten Eindruck, während mein Bruder neben meinem Vater steht und ein Glas Limonade in sich hineinschüttet. „Würdest du deiner Mutter das Baby abnehmen, bitte? Meine Verwandten würden gerne Chen Li begrüßen.“ Mei Lings Mutter und Vater sind zwar nicht hier, aber sie hat noch eine Menge anderer Verwandte, die heute allesamt aus ihren Löchern hervorgekrochen sind. Und obwohl meine Schwägerin meine Mutter liebt und respektiert, handelt es sich hier offensichtlich um eine sehr heikle Angelegenheit.

„Ich werde mein Bestes geben.“ Aber wenn ich meine Mutter so betrachte, wie sie sich an Davey klammert, bin ich nicht allzu hoffnungsvoll. Meine Mutter scheint all die Zeit nur darauf gewartet zu haben, endlich Großmutter zu werden. Und wenn ich sie mit Davey sehe, kann ich ihren Frust über meine mangelnden Aussichten auf eine Heirat viel eher nachvollziehen.

„Ashley“, sagt meine Mutter und umklammert das Baby noch fester, um deutlich zu machen, dass ich ihn nicht in die Hände bekomme. „Hast du gestern alles für die Hochzeit erledigt? Das verwandelt sich langsam doch sicher in eine echte Geduldsprobe.“ Sie lässt Dave auf ihrer Hüfte wippen.

„Das habe ich. Es war ein ganz und gar großartiger Tag“, lüge ich. „Mom ...“, sage ich sanft.

„Nein. Es gibt hier zu viele Keime. Ich werde ihn nicht an all diese Fremden weiterreichen.“

„Es ist Mei Lings und Daves Kind, Mom, und sie wollen ihn der Verwandtschaft vorstellen. Darum geht es bei dieser Party hier. Deswegen haben sie dir auch die Broschüre zur Tradition mit den roten Eiern und dem Ingwer gegeben.“

„Ein Baby sollte nicht von so vielen Menschen umgeben sein, Ashley. Das gehört sich einfach nicht.“

„Wenn sie das in China so machen und die Kinder dort trotzdem überleben, wird Davey auch seine ‚Rote-Eier-und-Ingwer-Party‘ hier bei *Ping’s* überleben. Sie werden ihn sorgfältig baden, wenn er wieder zu Hause ist. Ein Baby-Spa nur für ihn.“

„Du bist keine Mutter, Ashley. Du verstehst das nicht."

Ihr regelmäßiger Hinweis an mich. „Ich bin zwar keine Mutter, aber Mei Ling schon."

„Aber sie ist erst vor Kurzem Mutter geworden. Da gibt es einen Unterschied."

„Mom."

„In Ordnung. Aber du bist verantwortlich, wenn er krank wird."

Ich? Wie sollte ich denn dafür verantwortlich sein? Moms Lippen werden flach, aber sie gibt mir endlich das Baby. Der Kleine gurrt und grinst mich an und ich nehme seinen süßen Babygeruch wahr. Jetzt will ich ihn selbst nicht mehr weggeben. Er ist ein wunderschönes Baby, wie eine Porzellanpuppe mit großen braunen Augen und glattem schwarzen Haar, das über seine Stirn hängt. Er hat Mei Lings Hautfarbe und Daves Streifenhörnchenbacken. Ich atme tief ein und wende mich mit dem nächsten Thema an meine Mutter. „Morgen nach dem Gottesdienst werden wir endgültig den Ort für die Hochzeit festlegen. Meinst du, du könntest mitkommen?"

„Ashley, die Verwandtschaft von der Party ist morgen immer noch bei uns. Also eher nicht. Deine Hochzeit kommt uns zeitlich nicht sehr gelegen. Es ist so schön, dass Kevins Schwester da ist, um dir zu helfen."

Meine Augen werden größer, als ich in Daveys weite unschuldige Augen blicke. „Natürlich. Es tut mir leid. Ich hatte die Verwandten vergessen."

Ich gebe Davey einen Kuss auf seinen Kopf, überreiche ihn seiner Mutter und laufe zurück zu Kevin. Ohne Erklärung lege ich meine Arme um seine Hüfte. Aufsteigende Tränen brennen in meiner Nase. Eine fällt auf meine Wange.

„Ashley", flüstert er mir ins Ohr. „Was ist los?"

Der Restaurant-Manager kommt auf uns zu. „Hier sind mehr Leute als geplant. Pro Person wird das noch mal 32,95 Dollar extra kosten. Ich wollte Sie nur auf dem Laufenden halten, da es ja Ihre Kreditkarte ist, die belastet wird."

Das lässt mich nun ungeniert in Tränen ausbrechen, und heute trage ich kein wasserfestes Make-up.

„Ashley, reiß dich zusammen", faucht Emily. In diesem Moment möchte ich einfach nur vergessen, dass ich eigentlich Christ bin. Ich bin jetzt bereit für einen guten Kampf, wie im *Denver-Clan:* Alexis gegen Krystle, mitsamt all ihrer gut gepolsterten Pracht. Als ich sehe, wie sie ihr Gesicht verzieht, verliere ich endgültig die Fassung.

„Halt dich da raus, Emily. Ich habe dich jetzt lange genug stillschweigend ertragen, und das hier geht dich überhaupt nichts an. Ich weine, wenn ich es will!"

„Emily, das reicht jetzt", flüstert Kevin laut.

„Es reicht? Keh-vin, ich habe noch nicht einmal angefangen. Die Hochzeitsvorbereitungen sind kaum vorangeschritten und wir haben noch einen langen Weg vor uns. Wenn deine Verlobte weinen und so tun möchte, als ob sie nicht die glücklichste Braut der Welt wäre, nun ja, dann weiß ich auch nicht weiter. Wir im Süden tun so etwas einfach nicht."

Ich schließe die Augen und wünsche mir, dass einfach alles vorbei ist. Als Kevin und ich noch miteinander ausgegangen sind, haben uns solche Alpträume nicht geplagt. Ich wusste ja schon lange, dass meine Familie seltsam ist. Die Schwierigkeit bei Kevins Familie liegt darin, sich auf einen gänzlich neuen Grad an Seltsamkeit einzustellen.

„Emily, das besprechen wir morgen."

Sie öffnet ihre Mappe, um eine eindeutige Zustimmung ihres Bruders zu bekommen. „Lass uns mal sehen. Morgen legen wir den Ort fest. Keh-vin, ich muss sicher sein, dass es das ist, was du willst, bevor uns das viele Geld ausgeht." Sie fährt mit ihrem manikürten Finger über die Seite in Martha Stewarts Buch und ich verliere plötzlich die Selbstbeherrschung.

Ich reiße Emily die *Coach*-Mappe aus den Händen und fuchtele damit vor ihrem Gesicht herum. „Warum schleppst du das überall mit hin? Um mich zu verspotten, dass ich zu dumm bin, meine eigene Hochzeit zu planen? Es ist nicht deine Hochzeit,

Emily. Es ist meine. Oh, und vielleicht bin ich ja nicht klug genug für den Mensa-Club, aber ich kann mein eigenes Hochzeitskleid selbst aussuchen. Dann wird es wenigstens keine Reise in die Vergangenheit. Es wird klassisch sein, nicht ein, ein –"

„Ashley!", sagt Kevin ungläubig; seine Augen sind geweitet.

Ich bin nicht stolz auf diesen Augenblick. Es ist nicht gerade einer meiner besten Momente. Ich sehe ihn an, meine Augen noch immer voller Tränen. „Ja, Kevin, du hast recht ..." Ich atme so schwer, dass ich kurz vorm Explodieren bin.

Während meine Aufmerksamkeit auf etwas anderes gerichtet ist, greift Emily nach der Mappe in meiner Hand. Als ich sie fester umklammere, läuft alles in Zeitlupe ab. Ich sehe, wie der Kellner reinkommt. Sein Tablett ist voll beladen mit Schweinefleischtaschen und Shortribs und ich höre mich schreien: „Neeein!". Wie Luke Skywalker in *Star Wars*. Aber da ist es schon zu spät.

Die *Coach*-Mappe kollidiert mit dem Tablett, und als die Zeit wieder wie gewohnt verläuft, liegen da kleine Teigtaschen-Häufchen auf dem Teppich, sodass sich ein Pünktchenmuster ergibt. Emily sieht aus wie eine stolze Siegerin, die *Coach*-Mappe fest umklammert, und ich verberge mein Gesicht in den Händen. „Ich will gar nicht erst daran denken, was mich das kosten wird."

„Ashley Wilkes Stockingdale", schreit meine Mutter, als sie den Raum durchquert. *Oh, großartig. Endlich wird meine Freude hier vollkommen.* „Was glaubst du, was du hier tust? Das ist die Party deines Bruders und du zankst dich hier wie ein gemeiner Straßenrowdy."

„Ich kläre das, Mom", sagt Dave. „Du bleibst hier!" Er drückt seine Finger in Kevins Brustkorb und zieht mich nach draußen zum Vordereingang des Restaurants. „Was bitteschön soll das? Bist du noch bei Sinnen? Das war wohl kaum meine seriöse Anwältinnenschwester da drin. Willst du mir vielleicht erklären, warum du beschlossen hast, ausgerechnet auf Daveys Party komplett durchzudrehen?"

Wie erklärt man bloß sein eigenes verrücktes Benehmen? Es ist schließlich nicht so, dass ich es jedem verständlich machen kann. Wenn ich jetzt beim *Nordstorm*-Halbjahresausverkauf wäre und mir den letzten pinkfarbenen Kaschmir-Pullover schnappen würde, würden die Leute das verstehen. Aber einen chinesischen Kellner mit einer *Coach*-Ledermappe zu attackieren? Schwierig.

Jetzt weine ich wirklich wegen dem Chaos, das ich angerichtet habe, und gleichzeitig bin ich eher wütend als traurig. „Es tut mir leid, Dave. Ich vertrage meine zukünftige Schwiegerfamilie nicht so gut."

„Vermutlich", sagt Dave.

„Ich hätte gar nicht erst hierher kommen sollen. Ich wusste, dass dieser Abend laut *Desaster* schreit, sobald ich Emilys Footballspieler-Schulterpolster gesehen habe. Sie ist wie *Meine liebe Rabenmutter*, die zum Leben erweckt wurde."

„Ashley, Mei Ling hat sich haargenau so benommen, als wir unsere Hochzeit geplant haben. Du bist einfach gestresst."

„Sie hat jemanden angegriffen?", schluchze ich.

„Vielleicht nicht ganz so." Dave lacht.

Ich versuche durch meine Tränen hindurch zu lachen, aber ich weiß, dass es wohl eher wie eine Grimasse aussieht. „Ich bin nicht einfach nur gestresst. Ich bin wütend. Richtig wütend. Diese Frau denkt, es sei *ihre* Hochzeit!"

„Großmutter hat immer gesagt, dass nur Hunde wütend werden; Menschen werden zornig."

„Großmutter hat auch nie Emily Ann Novak kennen gelernt."

„Kannst du dir vorstellen, wie das gewesen wäre? Großmutter hätte ihr gesagt, dass sie sich ihre fixen Ideen abschminken kann." Dave lacht. „Warum geht sie dir überhaupt so auf die Nerven? Ich hätte gedacht, wenn du mit Kay zusammenleben kannst, wäre jemand wie Emily für dich nur wie eine lästige Fliege."

„Ich weiß nicht, warum sie mir auf die Nerven geht. Das ist ein Teil dessen, was mich so frustriert, denke ich. Mir gefällt es nicht, dass ich so auf sie reagiere, sogar wenn ich weiß, dass es genau das ist, was sie will."

„Du musst wohl eine Entscheidung treffen, würde ich sagen. Kevin gibt es nur im Gesamtpaket."

„Emily ist wie ein Gratisgeschenk, das du behalten darfst. Sie ist wie ein schlechter Lippenstift im *Estée-Lauder*-Set. Für mich vollkommen nutzlos."

„Komm, lass uns wieder reingehen. Davey will seine Tante Ashley da haben. Ohne dich würde es keine ‚Rote-Eier-und-Ingwer-Party' geben, auch ohne deine Kreditkarte." Er legt seine Arme um mich. „Was kann denn bloß so traurig an deinem schmucken Anwaltsleben sein? Macht dir der Telekommunikationstechniker Ärger? Hast du Abflussprobleme zu Hause?"

„Das Heiraten ist eine größere psychische Herausforderung als ich gedacht hatte. Vielleicht ist das ja nichts für mich."

Er weicht zurück. „Was?"

„Du sagtest doch eben, dass ich eine Entscheidung treffen muss. Kevins Familie besteht aus Psychopathen."

Dave fängt an zu lachen. „Ich habe Neuigkeiten für dich, Ash. Unsere Familie besteht ebenfalls aus Psychopathen. Es kommt auf die Ausmaße an. Der Vergleich, wessen Familie nun verrückter ist, geht erst los, wenn du verheiratet bist. Dann erst fängt das richtige Feuerwerk an. Du liebst diesen Kerl, richtig?"

„Wie könnte ich ihn denn nicht lieben? Aber Mom will mir nicht einmal bei den Vorbereitungen helfen, und –" Ich versuche den Satz zu beenden, aber meine Emotionen überwältigen mich. „Es fühlt sich so an, als wollte sie damit auf ihre ganz eigene Art und Weise sagen, dass sie nicht daran glaubt, dass ich es durchziehen werde. Sie will sich keine Hoffnungen machen, so wie sie es mit Seth getan hat."

„Dann frag Mei Ling doch, ob sie dir nicht mit der Hochzeit hilft. Sie würde das liebend gern tun, und du weißt, dass sie besser nähen kann als jeder Fashion-Designer auf deiner Liste. Hast du gesehen, was Davey heute Abend trägt?"

„Das habe ich. Er ist entzückend. Mei Ling vollbringt wahre Wunder – die einfache Tatsache, dass sie mit dir verheiratet ist, beweist das."

Er haut mir auf den Arm. „Das sehe ich ähnlich."

„Trotzdem, wie kannst du dich nur für Kevins Familie einsetzen? Das einzige Mal, als du sie getroffen hast, haben sie deine Frau fast auf den OP-Tisch für plastische Chirurgie gelegt und dich als Golfjungen eingestellt, der ihre Golfausrüstung durch die Gegend schleppen sollte."

„Und du? Bevor du Mei Ling kennen gelernt hast, hast du mich gefragt, ob ich sie bei der Ausländerbehörde kennen gelernt hätte. Erinnerst du dich?"

Jetzt schäme ich mich, denn ich habe das wirklich gesagt. Ganz eindeutig nicht einer meiner hellsten Momente.

„Menschen sagen dumme Dinge, wenn sich etwas Neues anbahnt. Menschen mögen nun mal keine Veränderungen, weil sie kein Verständnis für die Unterschiede haben." Er trinkt einen Schluck von seinem Dr Pepper. „Jede Familie ist anders, selbst wenn man in der gleichen Straße aufgewachsen ist. Betrachte das als deinen eigenen persönlichen Turmbau zu Babel."

„Du bist nur ein Busfahrer. Was weißt denn du schon?"

„Es sind Bemerkungen wie diese, Ashley ... aber ich werde sie mal großzügigerweise ignorieren, weil da nur deine Ignoranz aus dir spricht." Er lacht. „In meinem Bus habe ich schon Leute aus so vielen Ländern kennen gelernt, wie du es im Traum nicht tun wirst, trotz all deiner Geschäftsreisen. Dadurch verstehe ich sie ein bisschen besser als du. Du musst der Abschlussballkönigin auch mal eine Pause gönnen. Emily war ihr ganzes Leben lang von Leuten umgeben, die genauso ticken wie sie selbst. Was erwartest du denn, wie sie sich verhält? In ihrer Welt streben die Frauen nun mal danach, irgendwann im *Southern Living* zu erscheinen. Oder danach, Miss Pfirsichbaum zu werden oder so."

„Ich erwarte von ihr, dass sie sich so nur in Georgia benimmt, wo sie hingehört und wo man sich im Country Club Luft zufächelt und dabei süßen Tee trinkt."

Dave und ich sehen einander an und fangen beide an zu lachen. „Du bist böse und gemein."

„Sind wir das nicht alle?"

„Nein, aber wenn du dich dadurch besser fühlst, mach nur weiter so. Ruf am Montag Mei Ling wegen der Hochzeitsvorbereitungen an und hör auf, Schweinefleischtaschen auf den Böden teurer chinesischer Restaurants zu verteilen."

„Mei Ling ist doch mit dem Baby beschäftigt, Dave. Genau wie Brea hat sie keine Zeit, um sich um belanglosen Hochzeitskram zu kümmern. Emily hat nichts anderes als Zeit."

„Das ist doch nur eine Ausrede. Du jammerst! Willst du wissen, was ich darüber denke?", fragt Dave.

„Nicht unbedingt. Können wir uns einfach darauf einigen, dass das Gespräch beendet ist? Das Letzte, was ich jetzt gebrauchen kann, sind Ratschläge von meinem kleinen Bruder."

Dave zuckt mit den Schultern. „Dann soll mir das egal sein. Aber eine Sache muss ich noch loswerden: Jahrelang hast du mir vorgepredigt, ich solle Gott lieben und anderen verzeihen. Und jetzt geh wieder ins Restaurant und richte dich auch selbst danach, hörst du? Beweise mir, dass das alles nicht nur leeres Gefasel war. Sie ist doch nur Kevins harmlose kleine Schwester."

Der Gedanke daran, Emily auch nur einen Funken Gnade zuteilwerden zu lassen, ist mehr als ich im Moment ertragen kann, was mich in meinen eigenen Augen nicht unbedingt liebenswerter erscheinen lässt. Ich bete um eine göttliche Eingebung, denn ich versichere Ihnen, wenn ich die Wahl hätte, würde ich mich für die *Denver-Clan*-Schlägerei entscheiden. Aber mein Bruder hat den Weg des Herrn gewählt. Seine Frau hat ihn zum Glauben geführt, und sie erziehen ihr Kind nach dem Willen Gottes. Ich habe so viel, wofür ich dankbar sein kann, aber trotzdem bleibt da Emily ... Ich konzentriere mich immer nur auf das Negative.

Als ich gerade dabei bin, das Restaurant zu betreten, kommen Emily und Kevin heraus. Ich habe eben erst bemerkt, dass Emily Reste vom gegrillten Schweinefleisch auf ihrem Schulterpolster hat, und ich schäme mich dafür, dass es mich ein bisschen erheitert. *Biete ihr an, für die Reinigung zu bezahlen, Ashley!*

„Wo geht ihr hin?", frage ich so freundlich, wie meine Stimmung es erlaubt.

„Ich weiß, dass du eine werdende Braut bist", sagt Emily. „Meiner Erfahrung nach verhalten sich Bräute nicht entsprechend ihrer üblichen Reife. Im Zweifel für die Angeklagte. Kehvin fährt mich jetzt nach Haus. Ich seh dich dann morgen, um die Suche nach dem passenden Ort für die Hochzeit fortzusetzen. Wir sollten einfach vergessen, dass das heute jemals passiert ist." Sie marschiert zum Auto. „Ich warte im Auto auf dich, großer Brudah", sagt sie über ihr Schulterpolster hinweg.

Vergessen, dass es passiert ist? Ich habe mir gerade gewünscht, es gäbe davon eine Videoaufnahme, sodass ich dem gegrillten Schweinefleisch hätte zusehen können, wie es auf das riesige Schulterpolster geklatscht ist. Argh. *Vergib mir, Herr.*

Kevin sieht mich an und zieht dabei seine Augenbrauen hoch. „Du bist unzurechnungsfähig, weißt du das?"

„Ich bin bei Mensa noch nicht als Mitglied zugelassen worden. Würdest du das für mich übersetzen?"

„Verrückt, Ashley, aber ich liebe dich." Kevin küsst mich auf den Mund. „Ich werde zu einem glücklichen Mann werden, sobald die beiden Frauen, die ich liebe, sich wieder auf den gegenüberliegenden Seiten des Landes befinden."

Vertrau mir, das kann gar nicht schnell genug gehen. Er küsst mich ein weiteres Mal und ich verliere mich in diesem Moment. „Du bist all das wert, weißt du", sage ich verträumt.

„Wenn ich mich nicht mal gegenüber meiner eigenen Familie behaupten könnte, wäre ich wohl kaum bereit, zu heiraten."

Ich versuche zu lachen. „Wir sehen uns dann morgen. Ich liebe dich auch. Und vergiss nicht, dass wir am Montag den Ehevorbereitungskurs bei Brea und John haben."

„Ehevorbereitungskurs." Kevin schüttelt den Kopf. „Wenn es einen Kurs gibt, der einem Mann beibringt, mit dir verheiratet zu sein, dann brauche ich ihn wirklich. Einen Abschluss in ‚Wie heirate ich Ashley Wilkes Stockingdale?‘ Wenn die Uni so einen Kurs mal anbieten würde ...“

„Du bist der Inbegriff des Südstaatencharmes; glaub nicht, dass ich deine Absichten nicht durchschaue“, drohe ich, aber es ist schon beängstigend, wie sehr ich diesen Mann liebe. Seine Schwester ist gar nichts im Vergleich zu der Vorstellung, jeden Tag meines Lebens mit Kevin zu verbringen. Aber in die Golfmafia der Südstaaten einzuheiraten, erscheint mir immer noch als Hürde, die erst mal überwunden werden muss.

12

Nachdem ich eine Rechnung über fast 3.000 Dollar unterzeichnet habe, gehe ich zu der „Begründer“-Party bei uns zu Hause. Die Begründer-Gruppe besteht aus den Mitgliedern der Single-Gruppe unserer Gemeinde. Die meisten von ihnen sind über fünfunddreißig und es gibt bei jedem von ihnen die unterschiedlichsten Gründe dafür, warum sie nicht geheiratet haben.

Heute sind sie bei uns, haben ihre Füße auf dem Tisch geparkt und sehen sich *Shrek 2* an. Vielleicht ist die ganze Sache mit dem Heiraten ja doch nicht so schlimm. Offensichtlich sind die Alternativen nicht so vielzählig, wie ich gedacht hatte.

„Hi“, sagt Kay von der Couch aus. „Hast du Hunger?“ Kay kostet den heutigen Abend richtig aus. Das Haus ist sauber. Die Freunde sind zum Essen hier. Das Leben kann einfach nicht besser werden, solange sie die Kontrolle über alles hat.

„Ich habe keinen Hunger, danke. Hey Tim, Jake, Jim ... Sam“, sage ich wie Rachel bei *Friends.* Sam ist der beste Kumpel von Seth. Wissen Sie noch, wie die Jungs für audio-visuelle Medien immer pärchenweise unterwegs waren? Hier sind sie also, lebendig und erwachsen. Sam scheint immer dort zu sein, wo es kostenloses Essen und einen freien Platz auf dem Sofa gibt. Silicon Valley ist das Zuhause der überaus Ehrgeizigen, sodass Sam heraussticht wie ein bunter Hund. Ich glaube, er ist mittlerweile so etwas wie das Maskottchen der „Begründer“; wenn alle ein

Stück Verantwortung für Sam übernehmen, ist die Arbeit erledigt. Ich weiß, dass das herzlos klingt, aber ich habe Sam damals seinen Platz auf Seths Sofa weggenommen und ich habe nicht die geringste Ahnung, was er dafür getan hat, um mich loszuwerden. Ich traue ihm nicht über den Weg. Vielleicht bin ich ja paranoid, aber die Zufälle sind erschreckend.

„Ashley, wo warst du?", fragt Sam. „Wir dachten, dass du öfter mit uns rumhängen würdest, nachdem Seth dich sitzengelassen hat."

„Ich würde lieber nicht über Seth sprechen, wenn du nichts dagegen hast." Sehr vornehm ausgedrückt, wohlgemerkt.

„Ich habe nur gedacht, dass es lange genug her ist und du inzwischen darüber lachen kannst, weißt du."

Ich habe Seth erst heute Nachmittag zum letzten Mal gesehen und bin nicht wirklich dazu bereit, Witze auf meine Kosten anzuhören. Bin ich überempfindlich, weil wir Schluss gemacht haben? Ganz und gar nicht. Weil er nicht von meinem Radarschirm verschwinden wird? Absolut.

„Seth arbeitet jetzt bei Gainnet, also ist das letzte Treffen mit ihm noch nicht so lange her, wie du denkst."

Ich mache mich gerade den Flur entlang auf den Weg, als ich Kay hinter mir laufen höre.

„Du kennst doch Sam. Er hat das nicht böse gemeint. Ich glaube, als er gesehen hat, wie aufgebracht Seth deinetwegen war, hat er erst verstanden, dass du ihm mehr bedeutet hast als bloß irgendeine Frauengeschichte."

„Also weiß er jetzt, dass ich die Yoko Ono in Seths Leben bin. Welch eine Leistung. Es wäre sicherlich ganz nett, wenn ich in der Sache irgendwann einen Schritt vorwärtskäme. Ich werde das Gefühl nicht los, dass, egal wohin ich gehe, mich die Erinnerungen an Seth verspotten. Berechnen wir Sam eigentlich Kost und Logis für die Chips, die er isst?"

„Ashley. Lass das nicht an Sam aus. Man könnte glatt denken, dass du noch etwas für Seth empfindest."

„Das tue ich nicht!", rufe ich und stampfe mit dem Fuß. *Was hat es nur mit Exfreunden aus der Gemeinde auf sich?* Ich halte mir den Kopf. „Kay, ich hatte heute den schlimmsten Tag, den man sich vorstellen kann. Es tut mir leid, dass ich von Sam so genervt bin. Er ist dein Gast." *Warum das so ist, werde ich allerdings nie verstehen.* „Ich versuche immerzu, mich zu verbessern, aber du kennst mich ja, ich schaffe es einfach nicht, die Dinge besser zu machen. Bei mir blähen sich die Probleme immer nur noch weiter auf, bis sie so gewaltige Ausmaße erreicht haben, dass alle wütend auf mich sind, und dann verliere ich üblicherweise meinen Job und mein Zuhause. Ich bin wie ein amerikanischer Kim Jong-il. Nur dass er seinen Job behalten durfte."

„Du wirst dein Zuhause nicht verlieren, solange ich in der Nähe bin, und du hast selbst dafür gesorgt, dass deine Chefin deinen Job bekommt. Ich würde sagen, du übertreibst gerade ein bisschen. Das tust du immer, weißt du. Ich glaube, dass der Begriff ‚Drama Queen' mehr als nur ein Mal dazu benutzt wurde, dich zu beschreiben, Ashley."

„Ich weiß, dass Sam dein Freund ist, aber deswegen bin ich nicht bereit, eine Party zu schmeißen, nur weil er da ist, okay? Ich habe das Gefühl, nur weil mein Verlobter nicht Teil der Single-Gruppe ist, bin ich es auch nicht mehr. Und die Tatsache, dass er sich in seiner Arbeit vergraben hat und die übrige Zeit mit seiner Schwester verbringt, die gerade zu Besuch ist und mich zur Weißglut treibt, macht mich auch nicht gerade überglücklich. Brea ist mit ihren Kindern beschäftigt, meine Mutter mit Davey, und du hast die Singles –"

„Ich dachte, das ist das, was du wolltest, Ashley. Heiraten und diese samstäglichen Filmabende hinter dir lassen." Kay zeigt mir ihren Frust durch ein Kopfschütteln und verengt ihre ewig gespitzten Lippen zu einer noch dünneren Linie.

„Warum müssen sich alle auf Seths Seite stellen? Oder auf Emilys? Besteht nicht zumindest die Möglichkeit, dass sie falsch liegen?"

„Niemand stellt sich auf Seths Seite. Er ist nicht mal anwesend. Wenn man in Betracht zieht, dass ich gestern mit Emilys

Verabredung ausgegangen bin, stelle ich mich ganz sicher auch nicht auf ihre Seite. Ich verstehe nicht, warum du denkst, dass die Welt sich gegen dich verschworen hat, Ashley." Kay bückt sich, um ein quietschendes Hundespielzeug aufzuheben, und drückt es mir in die Hand.

„Lass mich das genauer erklären. Du hast Seth einen Job besorgt, Kay, in meiner Firma. Purvi scheint ihn für brillant zu halten und ich kann nicht wirklich nach vorn schauen, wenn ich hir im Sumpf der Vergangenheit versinke. Du hast seinen besten Freund auf unserer Couch sitzen! Es fühlt sich so an, als sei Seth überall. Erst war er nicht in meiner Nähe, als ich ihn dahaben wollte, und jetzt geht er nicht mehr weg."

„Das bildest du dir nur ein", sagt sie, als sie Seths Jacke vom Kleiderhaken nimmt.

„Wo kommt die denn her?"

„Er war einfach eine Weile hier, Ashley."

„Argh!" Ich hebe meine Hände in die Höhe. „Das bilde ich mir so was von *nicht* ein."

„Der Hund ist in deinem Zimmer. Er scheint Sam nicht besonders zu mögen."

„Meine Schuhe!" Ich rausche davon und öffne die Tür zu meinem Zimmer. Als ich es tue, kommen mir sämtliche Designer-Perlen, von denen ich jede Einzelne bezahlt habe, entgegengeflogen. „Rhett!" Vorsichtig beuge ich mich herunter und fange an, die Perlen einzusammeln – schon wieder. Bei meiner finanziellen Lage werde ich sie selbst per Hand wieder annähen müssen. Es war sowieso zu früh, die Schuhe ohne das Kleid zu kaufen. Was habe ich mir nur gedacht?

Mein Anrufbeantworter blinkt und ich kann nicht unbedingt behaupten, dass ich vor Vorfreude platze, mir die Nachrichten anzuhören. Vermutlich ist es Kevin, der unsere morgige Verabredung absagen will, oder Seth, der darauf hofft, dass ich mich mit ihm im „Suppenhaus" treffe, um mir seine spätabendliche Rechtfertigungsarie anzuhören. Ich schließe die Augen und drücke auf den Knopf.

„Ashley, hier ist Purvi." *Na super.* „Wir haben eine wichtige Abgabe-Deadline verpasst, weil du zu kindisch warst, um dich mit dem neuen Software-Direktor zu unterhalten. Was ist los mit dir? Dafür gibt es einfach keine Entschuldigung. Du wirst schlampig bei der Arbeit. Das ist nicht so wie du – *Piiiep!*" Der Anrufbeantworter unterbricht sie und ich wünschte mir, ich hätte etwas eingebaut, das es mir erlaubt, alle um mich herum einfach auszuschalten, wann ich will.

„Das wäre doch mal eine tolle Extrafunktion", sage ich zu Rhett, und wir lassen uns aufs Bett fallen.

„Du bist so ziemlich der Einzige, dem ich heute nicht auf die Nerven gegangen bin, Rhett, obwohl du mich königlich verärgert hast mit deinem letzten Schuhfest. Wie fühlt es sich an, als Einziger auf meiner Fan-Liste zu stehen?"

Rhett reibt seine feuchte Nase an meinem Kinn und das Telefon klingelt.

„Hallo."

„Ashley, hier ist Kevin." *Beruhige dich, mein Herz.* Seine Stimme sorgt bei mir noch immer für ein Kribbeln im Bauch, ob ich will oder nicht. Wahrscheinlich hat er über mein Verhalten nachgedacht oder wurde von Emily zusammengestaucht. Die Predigt, die ich verdiene, ist bestimmt schon unterwegs – dafür, dass ich mich nicht wie eine Christin verhalten habe, oder darüber, dass ich ja eigentlich erwachsen bin. Aber wenn jemand an dem Kleid herumstümpert, das man sich schon seit der High School ausgemalt hat ... Momentan spüre ich eine große, bedrohliche Angst in mir.

„Hi Kevin. Wie geht's deiner Schwester?"

„Sie ist mit Matt ausgegangen. Sie gehen in die *Rocky Horror Picture Show* ins Retro-Filmtheater."

„Sag mir bitte, dass sie sich nicht dafür in Schale geworfen hat."

„Ashley, ich glaube, sie hat keine Ahnung, was da auf sie zukommt. Und ich denke, dass die Kostüme eine Überraschung für sie sein werden. Sie denkt, sie sehen sich einen Gruselfilm an."

„In mancherlei Hinsicht könnte sie damit auch recht haben. Nicht annähernd so gruselig zwar wie die Besucher, aber denkst du nicht, dass sie sich auf einen Schock wird gefasst machen müssen?“ Der Gedanke, wie Emily Tim Curry zum ersten Mal in Frauenkleidung sieht, weckt in mir den Wunsch, in meine *Steve-Madden*-Schuhe zu schlüpfen und mir die eigentliche Show anzusehen: den Zusammenbruch der Südstaatenschönheit.

„Emily wusste noch nicht einmal, warum er Toastbrot dabeihatte.“ Kevin lacht über einen von den vielen Insiderwitzen bei diesem Film, der eigentlich vor meiner Zeit lief, aber viele Spinner in der Schule haben ihn sich angesehen. *Ich wünschte, ich könnte das sehen.* „Wenn sie glaubt, dass Ingenieure und *Der Herr der Ringe* merkwürdig sind, wird das für sie ein Abend voller Überraschungen. Sie wird herausfinden, dass eine Verabredung mit jemandem, der einer anderen Generation angehört, auch seine Tücken hat.“

„Warum hast du sie nicht gewarnt?“, frage ich. Ich meine, sogar ich hätte sie gewarnt. „Die *Rocky Horror Picture Show?* Befindet *er* sich etwa in irgendeiner Zeitkrümmung?“

„Oh, ich habe versucht, es ihr zu erklären. Ich habe ihr gesagt, dass es ein modernes Melodrama ist, ein Kunstwerk, ein Kult, wenn man so will. Als sie gegangen sind, dachte sie, sie würden eine kulturelle Veranstaltung aus vergangenen Zeiten besuchen. Aktionskunst aus einer anderen Ära. Zumindest habe ich es so verstanden, als sie rief: ‚Keh-vin, ich bin gut darin, künstlerisches Bestreben zu verstehen.‘ Sie hat ein paar Kunstseminare besucht, bevor sie beschlossen hat, dass das College nichts für sie ist.“

„Hast du ihr denn wenigstens gesagt, dass sie jünger ist als der Film selbst?“

„Emily ist dir in vielem ziemlich ähnlich. Es kommt nichts mehr bei ihr an, sobald sie die Höhle der Verdammnis betreten hat. Sie hat es mit der Fähigkeit verglichen, Gefallen an *Casablanca* zu finden. Was soll‘s, sie wird es selbst herausfinden müssen.“ Er hält kurz inne. „Du hast es ja letztendlich auch herausgefunden. Du willst mich doch wohl immer noch heiraten, stimmt's?"

Ich muss sagen, das Angebot klingt nach meiner Aktion heute Abend besonders gut. „Es tut mir leid, dass es heute so schlecht gelaufen ist. Ich war mit meinen Gedanken an tausend verschiedenen Orten, und als ich diese *Coach*-Mappe gesehen habe ... Eigentlich gibt es dafür keine Entschuldigung. Ich bin einfach ausgerastet." Ich kann kaum glauben, dass ein Qualitätsdesignerprodukt aus Leder so einen negativen Einfluss auf mich haben kann. *Ich sage es Ihnen, dieses Mädchen schadet meiner Psyche.*

„Fühl dich nicht allzu schlecht deswegen. Emily wird es bis morgen, wenn ihr euch wiederseht, vergessen haben."

„Du meinst, wenn *wir* uns wiedersehen? Das heißt, du, ich und sie?"

Er seufzt.

„Kevin?"

„Erinnerst du dich an die Patientin, von der ich dir erzählt habe?"

„Das kleine Mädchen", sage ich mit aller Vorsicht.

„Sie heißt Holly."

In diesem Moment wird mir bewusst, dass ich selbst das Toastbrot bin. Ich kann mit einem kranken Kind nicht mithalten und der Herr weiß, dass ich das auch nicht wollen würde. Ich will, dass Holly die volle Kompetenz des Dr. Kevin Novak zuteilwird. „Emily und ich, wir machen das schon, Kevin. Mach dir nur Gedanken über Holly. Ich werde für sie beten."

„Danke, Liebste. Ich werde es wiedergutmachen."

„Hast du mit deinen Eltern schon über das Haus gesprochen? Dass wir das Angebot zwar zu schätzen wissen, aber ..."

Für einen Moment ist er still. „Wir haben noch nicht darüber gesprochen. Wir müssen ja auch die Sache mit Philadelphia bedenken."

„Ich habe im Internet nachgesehen. Ich müsste definitiv noch mal zwei Prüfungen ablegen, Kevin. Im Grunde genommen wieder ganz von vorne anfangen. Und ich hätte da keine

Freunde, während du arbeitest – wahrscheinlich mehr als ohnehin schon." Nicht, dass ich mich zurzeit vor Freunden kaum retten könnte. Aber das ist erst recht ein Grund, das, was ich habe, nicht aufzugeben, um Ausschau nach Neuem zu halten. „Denk mal daran, wie lange ich brauchen würde, um meinem neuen Barista beizubringen, meinen Kaffee schon bereitzuhaben, wenn ich durch die Tür gehe."

„Das kommt definitiv auf meine Pro-und-Kontra-Liste." Er lacht. „Ich komme morgen Abend vorbei, wenn ich Emily am Flughafen abgesetzt habe, in Ordnung? Wir werden dann alles genau besprechen und anschließend wird es keine weiteren Fragen geben. Du wirst dann wieder die Kontrolle übernehmen und am Steuer sitzen. Abgemacht?"

„Nein, weil ich nicht will, dass du mich mit diesen grünen Augen ansiehst, wenn wir über den Umzug sprechen. Wenn ich dein Hugh-Jackman-Lächeln sähe, sind meine Bedenken Geschichte. Nein, danke."

„Das sagst du immer. Wer um Himmels Willen ist Hugh Jackman?"

„Ein Schauspieler, der genauso aussieht wie du, nur dass er besser aussehende Frauen abbekommt. Aber mach dir nichts draus."

„Unmöglich."

„Nein, er sieht wirklich aus wie du."

„Dass er besser aussehende Frauen abbekommt, Ashley. Das ist das Unmögliche."

„Warum? Hast du gerade eine Schwester neben dir stehen?"

„Vertrau mir, du bist das Beste, was ich kriegen konnte. Du bist diejenige, die vielleicht mehrere potenzielle Ehemänner in Erwägung ziehen sollte: einen zum Shoppen, einen, der deine Angewohnheit, so viel Geld auszugeben, unterstützt, und einen, mit dem du den Rest deines Lebens verbringst. Ich werde dann der Letztere sein."

Ich fange an zu kichern. „Es gibt einen Grund, warum ich dich heirate."

„Ich hoffe, es gibt mehr als nur einen."

Meine Ängste schweben auf einer unsichtbaren Wolke davon. „Da sind noch mehr. Deine Narkolepsie gehört allerdings nicht dazu. Irgendwann einmal werde ich an einen Punkt gelangen, an dem es definitiv meine sorgfältig konstruierte emotionale Balance ins Wanken bringen wird, dass du in meiner Gegenwart immer einschläfst."

„Wo wir gerade davon sprechen: Ich werde jetzt schlafen gehen. Wir sehen uns dann morgen Abend."

„Ich muss sowieso los. Die Begründer-Gruppe ist hier und ich muss Rhett rauslassen, damit er sein Geschäft erledigen kann. Er war den ganzen Abend lang eingesperrt und wir beide haben uns ein bisschen Spaß verdient", sage ich und lache. „Ich mache nur Witze; obwohl ich dazu bereit bin, alle Unfälle zu beseitigen, die Rhett womöglich haben wird."

Als ich mein Zimmer wieder verlasse, steigt mir der Geruch von Orangenlimonade und Barbecue-Kartoffelchips in die Nase. Dieses Haus riecht wie eine schlechte Pyjamaparty von Achtklässlern. Ich habe plötzlich das dringende Bedürfnis, jemandem Rasierschaum auf die Hände zu sprühen und seine Nase zu kitzeln. Ich muss gestehen, dass ich keine guten Absichten hege, als ich mich ins Wohnzimmer wage. Schnell drehe ich wieder um, bevor ich irgendetwas tue, das ich später bereuen würde.

„Ashley?", ruft Kay mir nach. „Du kannst reinkommen. Aber der Film ist schon zu Ende."

„Das ist okay. Ich habe *Shrek 2* schon gesehen." Ich bin mit Seth ausgegangen, schon vergessen? *Er ist besessen von allem, was grün und außerirdisch ist.*

Sam nimmt meine Ausgabe der *Bride* vom Kaffeetisch und blättert durch meine Notizzettel. „Geht's zum Altar, Ashley?"

Ich reiße es aus seinen wurstähnlichen Fingern. Was hat Sam nur an sich, das mich so in Rage bringt?

„Ashleys Tag nähert sich mit großen Schritten." Kay klingt übermäßig fröhlich, um der Tatsache aus dem Weg zu gehen, dass Sam und ich grundsätzlich nicht auf einer Wellenlänge funken.

„Welcher Tag? Ihr Schicksalstag?“

„Ihre Hochzeit, Dummerchen. Mit Kevin?“, sagt Kay, und ich kann sehen, wie sich Sams Gesichtsausdruck verändert.

„Wusstest du nicht, dass ich bald heiraten werde?“, frage ich. *Vermeide das Grinsen, Grinsekatze,* sage ich mir.

Jim, Tim und Jake stehen allesamt auf. „Wir gehen jetzt wohl lieber“, sagt Tim.

„Es ist schon spät“, schließt sich Jake an.

„Geht nicht!“, flehe ich sie an. „Ich verschwinde in mein Zimmer.“ *Obwohl, warum sollte sich Sam in meinem Haus eigent*lich *wohler fühlen als ich?* „Ich bin mir sicher, dass Kay ihren wunderbaren Mitternachtsimbiss vorbereitet hat, und sie musste den ganzen Abend lang Chipsgeruch ertragen. Das Mindeste, was ihr tun könnt, ist etwas von dem gesunden Zeug zu euch zu nehmen, das sie zubereitet hat.“ Ich grinse und die Männer setzen sich alle wieder. Außer Sam, der gar nicht erst daran gedacht hatte zu gehen.

Sam folgt mir den Flur entlang. „Wirst du wirklich heiraten? Den hübschen Doktortypen?“

„Neuigkeiten! Kevin ist nicht einfach nur ‚hübsch‘. Er ist tough, intellektuell, er rettet jeden Tag Kinderleben und er hat gute Manieren. Kein schlechter Fang, wenn du verstehst.“

Sam tritt näher an mich heran, damit die anderen ihn nicht hören. „Aber was ist mit Seth?“

„Seth ist mein Exfreund, Sam. Bemerke das *Ex* in dem Ausdruck. Leute gehen miteinander aus. Leute stellen fest, dass sie nicht zueinander passen. Sogar Christen.“

„Aber Seth mag dich.“ Sam nickt mit dem Kopf, als ob er mit seiner Nase eine Acht malen wollte. „Vielleicht liebt er dich sogar.“

„Ich bin dieses Jahr zweiunddreißig geworden, Sam. Es reicht einfach nicht aus, dass er mich mag.“ Muss ich noch erwähnen, dass ich in einen anderen Mann verliebt bin und seinen Ring trage?

„Du kannst Kevin nicht heiraten." Es ist das erste Mal, dass ich so etwas wie Autorität aus seiner Stimme heraushöre. Okay, vielleicht seine Bestellungen bei *Applebee's* ausgenommen.

„Am 21. August werde ich Kevin heiraten. Morgen werden wir den Ort für die Feierlichkeiten festlegen. Das Kleid ist bestellt. Na ja, das ist eine lange Geschichte, aber wo warst du, Sam? Hat Seth dir nichts davon erzählt? Worüber unterhaltet ihr euch jeden Abend, wenn *Star Trek: Raumschiff Voyager* zu Ende ist?"

Er stellt sich vor mich, um mich aufzuhalten. „Nein, was ich meine ist: Du kannst Kevin nicht heiraten. Du und Seth, ihr wart eine Einheit, und das drei Jahre lang oder so."

„Es waren zehn Monate, um genau zu sein. Es hat sich nur *angefühlt* wie drei Jahre."

„Er war schon lange Zeit davor in dich verknallt. Und wo Arin sich jetzt mit diesem Inder trifft, wird er mit nichts dastehen."

Arin und was für ein Inder? Wie auch immer. Heul doch. „Ich weiß nicht, was ich dir sagen soll, Sam. Ich werde heiraten." Ich verschränke die Arme vor mir. „Außerdem, was geht dich das an? Du hast deine Meinung über mich immer recht deutlich zur Schau gestellt."

„Ich habe eine gute Meinung über dich, Ashley. Ich denke, du bist witzig und gut angezogen und du singst wirklich wie ein Engel. Ich wollte dich nur wissen lassen, dass ich weiterhin auf unsere regelmäßigen Filmabende bestehen würde, wenn du Seth heiratest. Ich wollte nicht, dass ihr beide euch trennt. Ich wollte mich aber auch nicht von meinem Kumpel trennen müssen."

Traurigerweise tut er mir leid. Ich hätte nicht gedacht, dass Sam dazu in der Lage ist, Gefühle zu empfinden, aber da sind sie nun doch. „Ich weiß das zu schätzen, Sam. Ich denke, dass Seth ein toller Kerl ist. Wirklich. Er ist nur nicht der richtige Kerl für mich. Manchen Dingen widmet man sich eine gewisse Zeit, aber irgendwann muss man es Gott überlassen. Ich habe es Ihm überlassen, und dann tauchte Kevin in meinem Leben auf. Er ist die Antwort auf viele meiner Gebete."

Ich glaube ... ich glaube, ich brauche eine Liste. Ich wünsche Sam eine gute Nacht und gehe in mein Zimmer, wo ich mich an das Bett angelehnt auf den Boden setze und anfange zu schreiben:

Wie ich im Leben vorankomme

1. Ich werde für den perfekten Hochzeitstag kämpfen, indem ich lerne, mit meiner zukünftigen Schwägerin zurechtzukommen.
2. Ich werde meine neue Familie mit einer Ehrfurcht in die Arme schließen, die einem guten christlichen Mädchen angemessen ist. Kein *Denver-Clan mehr,* kein *Melrose Place* und keine Zickenkrieg-Fantasien (oder Zickenkrieg-Handlungen, was das betrifft). Keine Seifenopern in Restaurants!
3. Ich werde Seth auf liebevolle Weise sagen, dass ich dankbar bin für unsere gemeinsame Zeit, dass wir das Ganze aber auf sich beruhen lassen müssen. Ich werde so nett und dankerfüllt sein, dass er seine Niederlage akzeptieren und sich einen neuen Job und eine neue Freundin suchen wird. Seine Illusion von der engelsgleichen Ashley wird er ebenfalls aufgeben müssen (Ein schlimmer Kreislauf für christliche Männer, die glauben „die Richtige“ verloren zu haben. Eine überzeugende Entschuldigung, um zukünftige Beziehungen zu vermeiden.).
4. Ich werde mich aktiv auf die Suche nach einer Mitbewohnerin/Mitbesitzerin für Kay machen. Ich werde dieser Person die Vorzüge von fünf Portionen Obst und Gemüse am Tag erläutern. Nicht zu vergessen das vierzehntägliche Staubsaugen mit dem Schwebstofffilter – sehr gut für Menschen, die unter Allergien leiden (Muss jemanden mit Nesselsucht finden.).
5. Ich muss ein Haus für Kevin und mich finden, in dem wir zusammen leben können, bevor seine Eltern eine Anzahlung in Philly abwerfen (Zur Erinnerung: Gute Immobilien und eine gute Handtasche sind immer die richtige Antwort.).

6. Ich werde die besagte finanzielle Krise ignorieren und darauf vertrauen, dass Gott mich versorgen wird. Zugegebenermaßen nicht mit Designerschuhen, aber darüber werde ich hinwegkommen. *Na gut, vielleicht auch nicht.*

Ich sehe die Liste noch einmal durch, während Rhett mir mit seiner Zunge über die Wange fährt. „Ich weiß! Es ist eine tolle Liste, findest du nicht auch?" Ich bin bereit für morgen. Her mit der Kirche. Her mit den Begründern. Her mit meiner zukünftigen Psycho-Schwägerin. „Ich bin Ashley Stockingdale und ich bin kompetent und vorbereitet. Aus dem Weg, Welt, ich schreite voran!"

13

Es ist Sonntagmorgen und sagen wir einfach, dass sich die vollmächtige Stimmung, die ich gestern Abend beim Zusammenstellen der Liste noch empfand, bereits verflüchtigt hat wie der Morgennebel. Im Moment fühle ich mich alles andere als christlich. Mein Verhalten gestern war nicht gerade einer meiner besten Versuche, eine gottesfürchtige Christin zu sein. Um ehrlich zu sein, er war bedauernswert. Meine Haltung zu Emily verfolgt mich heute Morgen wieder und ich bitte um Vergebung. Das Komische daran ist, dass ich es tatsächlich so meine!

„Ich verspreche, ich werde brav sein, Herr." Zugegeben, dasselbe hat er mich schon oft sagen hören, tausend Mal mindestens. Und falls es jemals einen Grund gegeben haben sollte, meine guten Absichten zu hinterfragen, dann an einem Tag, den ich mit Emily verbracht habe. Nach diesem kleinen Stoßgebet fühle ich mich besser. Nennen Sie mich optimistisch, aber ich bin voller Hoffnung für den Tag. Ich ziehe meine Seven-Jeans an, umwerfende Stöckelschuhe und eine Boucle-Jacke, die ich bei einem Bloomingdale's-Ausverkauf ergattert habe. Mein Look sagt: Ich weiß Bescheid in Sachen Mode und bin völlig dazu in der Lage, solide und moderne Entscheidungen zu treffen. Ich brauche niemanden, der für mich ein Hochzeitskleid aussucht. Ich *bin* eine selbstsichere Frau, die nach vorn schaut!

Ich bin eine selbstsichere Frau, die etwas spät dran ist. Ich quetsche mich in die letzte Reihe der großen Highschool-Aula, wo unsere Gottesdienste abgehalten werden. Die Musik ist laut; sie durchflutet mich wie ein gleichmäßiger Herzschlag und lässt mich in Verbindung zu Jesus treten. Eine Verbindung, die ich heute Morgen besonders dringend brauche. Ich lasse sie auf mich hinabregnen und sauge die Erinnerung an sein Opfer für mich auf. Es ist wirklich überwältigend. Gerettet durch die Gnade Gottes. Wenn dieses Wunder nicht für mich erschaffen wurde, nun ja, dann kann ich mir keinen besseren Kandidaten dafür vorstellen.

Nach einer Predigt über „Liebe deinen Nächsten wie dich selbst" bin ich bereit, Emily Novak entgegenzutreten. Ich halte vor Kevins Haustür, meine Schultern sind gestrafft und meine Persönlichkeit ist zusammengestampft wie feiner Espresso. Vor meinem inneren Auge sehe ich mich als Mutter Teresa und klingle an der Tür. Da ist sie, mein Straßenkind aus Kalkutta: Emily.

„Das wirst du tragen?", fragt Emily missbilligend.

Dir auch einen guten Morgen, Emily. Wie geht es dir an diesem schönen Morgen? Nur dass es nicht ganz so aus mir herauskommt. „Das wirst *du* tragen?", erwidere ich, als ich mir ihr Frühlingskleid ansehe, das einer Nachmittagsvorstellung von *Grease* entflohen zu sein scheint. Dem Rock fehlt nur der Pudelaufdruck. Ich möchte mich umdrehen, um ihr mein Seven-Etikett zu zeigen. Ich möchte, dass sie sich die Marc-Jacobs-Stilettos ganz genau ansieht. Das ist Mode, meine Liebe. *Hol dein Notizbuch aus Schweinefleischhintern raus!*

„Du willst dich in Jeans in den schönsten Hotels dieser Gegend blicken lassen?" Emily runzelt vor Empörung die Augenbrauen.

„Ich trage Jeans von Seven", berichtige ich sie und drehe mich herum, um ihr das Etikett zu zeigen. „Wir sind hier in Kalifornien. Wir tragen zwar gern schicke Jeans, aber trotzdem sind wir der lässige Staat, der lässigste nach Hawaii oder vielleicht Florida", sage ich mit der optimistischen Stimme einer Wetterfee. Ich bewege sogar meine Hand über den Himmel, als wäre er ein Bluescreen.

Sie legt sich die Hände auf die Brust. „Ich bin ebenso lässig gekleidet. Aber mein Kleid sagt aus, dass ich mir über meine Erscheinung Gedanken gemacht habe. Und diese Treffen sind sehr wichtig für mich und meine eheliche Zukunft."

Toll. „Okay, also, du bist hier nicht diejenige, die heiraten wird. Und ich werde mich nicht umziehen. Lass uns einfach losfahren, in Ordnung?", sage ich, um jede weitere Diskussion zu vermeiden. *Ein kleiner Schritt für Ashley Stockingdale, ein großer Schritt für alle falschen Frauen, die hinter dem Rücken schlecht über andere reden.*

Wir steigen in mein Cabrio. Ich habe das Verdeck unten, weil heute ein ganz wunderbarer kalifornischer Tag ist. Ich kann jetzt schon sagen, dass das mit Emilys Haaren, die sie mit Haarspray bearbeitet und zu einem Zopf zusammengebunden hat, nicht gut gehen wird. Ohne Kommentar schließe ich das Verdeck wieder. *Ich gehe auf dem schmalen Weg! Siehst du das, Herr?*

„Mein Brudah hat mir erzählt, dass du nicht viel vom Country Club hältst. Also fahren wir zuerst ins Fairmont Hotel", kündigt Emily an, während sie auf das leicht beschmutzte Notizbuch starrt und mir die leere Zeile neben „Ort" zeigt. „Wir haben einen Termin mit dem Catering-Chef."

„Ich würde es eigentlich vorziehen, zuerst den Ort festzulegen, an dem die Trauung stattfinden soll. San Jose ist für die meisten Leute furchtbar weit weg und ich bin mir nicht sicher, ob das Fairmont zu mir passen würde."

„Was stimmt mit dem Fairmont nicht?"

„Na ja, nichts, aber ich würde gern draußen heiraten und nicht in einem Hotel, wenn wir schon nicht die Möglichkeit haben, in unserer Gemeinde zu heiraten." Die Vorstellung, in einer Highschool-Aula zu heiraten, wo Kaugummi unter den

Sitzen klebt und Graffitis von verunsicherten Teenagern an den Wänden prangen, ist keine, die ich als sonderlich romantisch bezeichnen würde. Auch wenn es sich dabei um meine Gemeinde handelt.

„Ihr könnt im Fairmont bei dem Pool heiraten. Der ist im viert 'n Stock und man hat einen Ausblick auf den Park gegenüber."

„Können die Leute darin schwimmen, während wir heiraten? Oder wird der dann abgedeckt?"

„Nun, ihr könntet den Pool auch für die Gäste offen lassen, würde ich sagen."

Ich schüttele den Kopf. „Die Vorstellung gefällt mir nicht. Was ist, wenn ein Kind auf die Idee kommt, mitten in der Zeremonie eine Arschbombe im Pool zu landen? Oder noch schlimmer: Was ist, wenn Pamela Anderson sich gerade dann darin räkelt, während dein Bruder versucht, sich nicht zu sehr davon ablenken zu lassen, um ‚Ja, ich will' zu sagen?"

Sie streicht das Fairmont von ihrer Liste und drückt dabei den Stift zu sehr auf. „Hier, bitteschön. Bist du jetzt glücklich? Du hast so eine fatalistische Einstellung, Ashley. Wie soll dich denn jemand glücklich machen?"

Könntest du einfach verschwinden? Böse Ashley. Verzeih mir, Herr, ich gebe mir hier wirklich Mühe.

„Was kommt als Nächstes?"

„Der ‚Ententeich' in Palo Alto", sagt sie aufgeregt.

„Warst du schon mal dort?", frage ich zaghaft.

„Nein, aber ich habe es auf der Karte gesehen und es hört sich einfach perfekt an, direkt an der Bucht und –"

„Es befindet sich neben der Kläranlage und dort leben viermal so viele Enten, wie man einem Menschen zumuten kann. Es riecht da, als ob etwas gestorben wäre. Und man kann sich kaum fortbewegen vor all dem ... Du verstehst schon."

Emily räuspert sich und kratzt mit ihrem Stift wieder heftig übers Papier. „Also, wo würdest du denn gern hinfahren, Ashley? Mir scheint es, als hättest du die perfekte Hochzeit bereits vor Augen, aber du gibst mir nicht den geringsten Hinweis darauf, wie sie sein sollte. Wärst du vielleicht so nett, dein unendliches Wissen mit mir zu teilen?"

„Na ja, das ist schwer, weil es hier in der Gegend nicht allzu viel gibt. Aber ich möchte trotzdem in der Nähe bleiben, wegen der Leute, mit denen Kevin zusammenarbeitet." Ich denke nach und kaue dabei auf meiner Lippe. Kirchen besitzen hier in der Bay Area echten Seltenheitswert. Es sei denn, sie sind universalistisch, transzendentalistisch oder etwas anderes in der Art, die es den Leuten erlaubt, „spirituell" zu sein, aber keine echte Gottesbeziehung zu haben oder Verantwortung zu übernehmen.

„Die Zeit läuft uns davon, Ashley. Wo sollen wir hinfahren? Mein Flug geht um sieben."

Ich kann einfach nicht anders, als auf meine Uhr zu sehen. Noch acht Stunden. *Ich kann ganz sicher noch acht Stunden rumkriegen.*

„Ich wäre nicht sehr glücklich darüber, wenn ich mein Ticket umtauschen müsste. Ich habe drüben in Atlanta auch ein Leben, verstehst du. Ich bin hierher gekommen und war ständig im Einsatz, aber ich muss wirklich zurück, um ..." An dieser Stelle spricht sie nicht mehr weiter. *Ja, es ist schon schwer, eine Ausrede zu finden, wenn man arbeitslos ist.*

„Nein, nein, du wirst dein Ticket nicht umtauschen müssen", versichere ich ihr. „Wir werden das in kürzester Zeit erledigt haben. Ich bin sehr entscheidungsfreudig. Das zeichnet mich auch bei meiner Arbeit aus. Kein Herumtrödeln."

„Also, wohin?", fragt Emily. „Ich muss die Leute anrufen und die ganzen Termine absagen." Sie nimmt ihr Mobiltelefon heraus und ich fahre einfach weiter. Ich weiß, dass ich gerade gehörig an ihren Nerven zerre und in diesem Augenblick hat sie auch wirklich das Recht, genervt zu sein.

„Ich hab's!" Ich wende das Auto und fahre Richtung Stanford. „Die Stanford Memorial Church. Wie konnte ich je von etwas anderem träumen? Die bemalten Decken, die historische

Architektur, plus: Stanford ist der Ort, an dem wir uns kennengelernt haben!“ Das Café am Brunnen, wo ich Kevin angestarrt und gesabbert habe wie eine übergroße Dogge. *Wer hätte jemals gedacht, dass er eine Schwäche für die jahrgangsbeste Streberin haben würde?* „Das ist es; ich habe mich entschieden. Lass uns die Vorkehrungen treffen. Siehst du? Ich sagte dir doch, ich sei entscheidungsfreudig. Ich habe nur ein bisschen Druck gebraucht.“

„Stanford steht auf meiner Liste, Ashley. Aber laut ihres Koordinators, mit dem ich von Georgia aus telefoniert habe, gibt es dort eine zweijährige Warteliste, um in der Kirche zu heiraten. Ich bezweifle, dass mein Bruder bereit ist, so lange zu warten. Ich weiß, dass meine Eltern es definitiv nicht sind. Sie hoffen, dass sie bis dahin schon Enkelkinder haben.“

Ich schüttele den Kopf. „Stanford. 21. August“, sage ich voller Überzeugung, und so meine ich es auch. Ich sehe mich selbst als Braut vor dem erhöhten, klassischen Altar, umgeben von bunten Glasmosaik-Fenstern. Alles sieht aus, als wäre man in Europa und würde in einer der ältesten Kirchen dort heiraten. *Es ist perfekt.*

Wir fahren ruhig weiter, während sie über das Zweijahresdilemma nachgrübelt. Aber ich ignoriere selig die Fakten und konzentriere mich darauf, wie ich es zustande bringe. Wir erreichen die von Palmen umsäumte Straße, an deren Ende sich die prächtige Kirche befindet. Es fühlt sich an, als befänden wir uns gerade mitten in Rom. Es ist wirklich seltsam, dass man etwas in jeder Woche seines Lebens sieht und seine unvergleichliche Schönheit trotzdem *über*sieht. Bis es irgendwann darauf ankommt.

„Es ist ein bisschen einfacher, wenn du katholisch bist.“ Emily hat sich nun dazu entschieden, mit der Stimme der Vernunft zu sprechen.

„Nun, für die Zeremonie werde ich nicht konvertieren.“ Ich lache. „Wir sollten eine Empfangshalle wählen. Ich denke dabei an das Stanford Park Hotel.“

„Ashley, du kannst keine Empfangshalle auswählen, ohne einen Ort zu haben, an dem du heiraten wirst."

„Aber das sagte ich dir doch schon. Ich werde in der Stanford Memorial Church heiraten."

„Ich bin deine Hochzeitskoordinatorin und ich kann es dir wohl kaum erlauben, dass du die Tatsachen übergehst, die die Verfügbarkeit gewisser Veranstaltungsorte betreffen."

„Natürlich kannst du das. Wir müssen nur das mit dem Veranstaltungsort arrangieren." *Die Aufgabe einer Hochzeitskoordinatorin.* „Du kennst mich noch nicht so lange, Emily, aber ich kann ziemlich hartnäckig sein, wenn ich fest entschlossen bin. Mein Bauchgefühl sagt mir, dass es klappen wird. Es ist genau das Gleiche wie mit Patenten. Man findet immer einen Weg."

„Du musst wirklich hartnäckig sein, wenn mein Brudah bereit ist, dich zu heiraten. Ich hätte nicht gedacht, dass er der Typ zum Heiraten ist, und ich hätte ganz sicher nicht gedacht, dass er einen Yankee heiraten würde."

Ich beschließe, das zu ignorieren. *Gute Ashley!*

Emily fuchtelt mit einem Zettel vor meiner Nase herum, den ich beiseiteschiebe, damit ich mich auf die Straße konzentrieren kann. „Sieh mal, hier steht, dass es für die Kirche nicht ausreicht, eine Doktorarbeit zu schreiben, um als Vollzeitstudent zu gelten. Das macht es Keh-vin unmöglich, dort zu heiraten." Sie stopft den Zettel zurück in ihr Notizbuch. „Und da du nicht an der Stanford studiert hast, kommt es für dich gar nicht erst infrage."

„Wo ein Wille ist, ist auch ein Weg. Weißt du, wie viel Zeit ich über die Jahre im Stanford-Einkaufszentrum verbracht habe? Das muss mir einfach den Zutritt zu einer Art Klub dort verschaffen."

Emily fährt mit ihrem Gelaber über meine Unreife und Verzogenheit noch einige Minuten fort. Sie hört sich dabei an wie der Lehrer von Charlie Brown. *Wah wah wah, wah wah wah, wahhh.* „Das ist einfach lächerlich", höre ich sie ihren Vortrag beenden, als ich mich wieder einklinke.

„Ich stimme dir zu, aber hier will ich nun mal heiraten“, sage ich, während ich die gewaltige bemalte Fassade betrachte. „Du willst eine extravagante Südstaaten-Hochzeit. Ich bin für die kalifornische Version, aber ich kann mir den Olympic Club in San Francisco nicht leisten. Also ist das hier die nächstbeste Möglichkeit. Außerdem“, füge ich verträumt hinzu „ist das hier der Ort, an dem ich deinen Bruder kennengelernt habe. Der Tag war magisch.“ Abgesehen von dem Augenblick, in dem ich herausfand, dass er mit jemand anderem ausging. *Das war ätzend.*

„Ich finde es äußerst merkwürdig, dass deine Eltern nicht für die Hochzeit aufkommen.“ Emily verschränkt die Arme und erwartet eine augenblickliche Antwort, bevor sie in die nächste Phase ihres Angriffes übergeht. „Dein Budget grenzt an Bedürftigkeit. Ich weiß, dass du glaubst, über einen guten Geschmack zu verfügen, Ashley, aber ...“

„Viele Leute kommen für ihre Hochzeit selbst auf, wenn sie etwas, ähm, älter sind“, sage ich zögerlich. „Ich glaube, meine Eltern haben ihre Hoffnung, was mich angeht, aufgegeben und dafür jetzt einen schönen Anbau, an dem sie sich jeden Tag erfreuen, und ich freue mich für sie.“

„Ich kann verstehen, warum sie die Hoffnung aufgegeben haben“, murmelt Emily vor sich hin.

Ich parke das Auto, wir steigen aus und betreten den im spanischen Stil gestalteten Hof, der sich am Fuß der Kirche befindet. Die einfache Tatsache, dass ich hier bin, weckt in mir den Wunsch zu tanzen und ich hüpfe über die Pflastersteine. „The hills are alive ...“ singe ich im Falsett.

Emily schämt sich furchtbar für mich und kehrt zurück zum Auto, damit niemand bemerkt, dass wir zusammengehören.

„With the sound of muuu-sic ...“, singe ich weiter, jage ihr dabei mehr oder weniger hinterher und versuche, ihre Hände zu greifen. Aber sie bedeckt ihr Gesicht damit. Sie schlüpft zurück ins Auto und ich stelle mich ans Fenster. „Emily, du bist in Kalifornien! Es gibt nichts, wofür man sich hier schämen muss. Es ist ja nicht so, dass wir ein Familienauto fahren oder etwas wirklich Demütigendes. Steig aus und sing mit mir! Das hier ist eine Stadt, die eine provisorische Gedenkstätte für einen Berglöwen hat. Der arme Berglöwe, der drei Schulen stillgelegt hat! Meinst du wirklich, sie bemerken, dass wir singen?“

„Wir haben etwas zu erledigen. Ich werde jetzt meinen Bruder anrufen und ihm sagen, dass du nicht mit mir kooperierst.“

„Bruder? Nicht ‚Brudah‘?“, versuche ich die Sache aufzuklären.

Sie tippt mit dem Finger auf die Fensterleiste. „Ashley, steig ins Auto.“

Ich grinse sie an, begebe mich aber zum Fahrersitz. „Ich werde hier heiraten“, sage ich, als ich auf den Sitz gleite.

„Natürlich wirst du das, Schätzchen.“ Emily klappt ihr Notizbuch auf. „Das Stanford Park Hotel. Der Termin dort ist erst für morgen angesetzt. Ich hätte nicht gedacht, dass das wirklich eine Möglichkeit sein würde.“

Ich lasse den Motor an. „Emily, ich weiß zu schätzen, dass du zu helfen versuchst, aber wir werden nichts auf die Beine stellen können, wenn wir so tun, als liefe hier nichts schief. Du willst nicht, dass ich deinen Bruder heirate. Ich kann das verstehen, aber es ist nicht deine Entscheidung. Du hättest Einwände gegen jede Frau, die er sich aussuchen würde. Also überlasse es dem Herrn, denn du kannst die Dinge nicht ändern. Du musst mich einfach akzeptieren.“

„Ich gebe mein Allerbestes“, sagt sie durch ihre zusammengepressten Zähne.

Nun, das ist immerhin etwas. Ich fahre von dem Traumschauplatz für meine Hochzeit. „Wirst du bei der Kirche anrufen, oder soll ich?“

„Ich werde sie anrufen, aber Ashley, aber was du da verlangst ...“

„Es ist meine Hochzeit. Tu‘s für mich. Wenn sie Nein sagen, schreiten wir zu Plan B, okay? Wenn wir beim Ententeich landen, tragen wir eben nur wadenlange Kleider.“

Wir kommen beim Hotel an. Wir sind etwas zu früh dran,

etwa einen Tag zu früh. Außerdem ist heute Sonntag. Muss ich noch mehr sagen? Sie sehen uns an, als seien wir vom Roten Planeten auf die Erde gestiegen, stecken uns eine Visitenkarte zu und schicken uns wieder weg.

„Das war effektiv“, sage ich, als wir wieder im Auto sitzen.

„Das ist der Grund, warum ich mich schon vorab um das Hochzeitskleid gekümmert habe, Ashley. Ich wollte, dass sich deine Träume ganz sicher erfüllen. Dein Terminkalender und die Tatsache, dass du ständig in unbekannte Länder reist, helfen uns nicht wirklich weiter. Ich habe noch nie mit einer Braut gearbeitet, die so einen unmöglichen Terminkalender hatte.“

Ich könnte erwähnen, dass sie noch nie zuvor mit irgendeiner Braut gearbeitet hat. Oder dass ihre kurzzeitige Anstellung in einem Blumengeschäft noch lange keine Hochzeitskoordinatorin aus ihr macht. Ich beiße mir aber auf die Zunge.

„Spul mal zum letzten Teil zurück. Meine Träume? Emily, ich weiß ja noch nicht einmal, wie dieses Kleid aussehen soll. Und wie viele Bräute haben bis jetzt ihre Kleider nicht selbst ausgesucht? Das ist ... Das ist einfach etwas komisch, Emily. Ich kann einfach nicht glauben, dass ihr im Süden das so macht. Ich mag mich mit euren Traditionen ja nicht auskennen, aber auf diese kann ich gut verzichten, denke ich.“

„Ich wollte dich überraschen, aber ich denke, es wird Zeit, dass du den Grund dafür siehst, dass ich deine Bestellung storniert habe. Ich weiß, dass es dir gefallen wird.“

Ich mustere ihren Gesichtsausdruck und versuche darin zu erkennen, ob sie mir wirklich einen Gefallen tun wollte oder ob es nur eine ihrer Maschen ist, mir ihre Überlegenheit zu demonstrieren. Ich kann es nicht beurteilen. Mein Herz pocht. „Du wirst mich einen Blick darauf werfen lassen?“ *Du weißt aber schon, dass das nicht bedeutet, dass ich es auch tragen werde, füge ich stumm hinzu.*

„Du hast es schon gesehen“, sagt sie wie Willy Wonka, der vor Freude fast platzt. *Bekomme ich einen Dauerlutscher?*

Mein Atem verlangsamt sich und ich schließe die Augen, als

würde ich gleich Bilder aus dem Leichenschauhaus oder Ähnliches zu sehen bekommen. „Ich bin bereit."

Sie hält mir ein Farbfoto unter die Nase. Zunächst bin ich einfach nur sprachlos. Ich öffne den Mund, aber ich bin wie ein schrottreifes Auto: Es kommt nichts aus mir heraus als heiße Luft. Ich blinzle ein paar Mal, um zu sehen, ob sich das Bild dadurch verändert. Leider nicht. Das Kleid ist ... Es ist überdimensional. Ich glaube, ich würde da dreimal reinpassen. Vorsichtig wäge ich ab, was ich von meinen Gedanken laut sagen kann.

„Erkennst du es?", fragt Emily. „Es ist das Kleid, das Scarlett O'Hara getragen hat, als sie Charles Hamilton geheiratet hat! Ich habe eine exakte Kopie davon nur für dich anfertigen lassen. In dem Augenblick, als mein Brudah eure anstehende Vermählung verkündet hat, habe ich ihn dazu angehalten, deine Größe herauszufinden. Natürlich werden wir es von der Schneiderin im Brautmodengeschäft perfekt für dich anpassen lassen.".

Ich starre sie immer noch an in der Erwartung, dass Worte aus mir herauskommen.

„Ich habe frische Magnolien, Pfingstrosen und blaue Hortensien – die Kennzeichen eines guten Süd-Straußes. Wir werden noch Sonnenschirme für die Brautjungfern besorgen, Einladungen auf antikem Papier, weiße Tauben. Es wird einfach perfekt, Ashley!"

„Für wen? Perfekt für wen? Und warum ist das Kleid gelb?"

„Es ist nicht gelb, Ashley. Es ist aus französischer, mit Tee eingefärbter Seide. Achtundzwanzig Meter davon, die handgemachten Seidenblätter nicht mitgezählt."

„Da sind Blätter dran", sage ich, als ich es näher betrachte.

„Sind sie nicht sagenhaft?"

„Ich weiß nicht, was ich sagen soll. Ich kann es mir nicht leisten, Emily, und das würde ich auch gar nicht wollen. Es könnte meinem Stil nicht weniger entsprechen. Vielleicht hebst du es lieber für deine eigene Hochzeit auf." Ich reiche ihr das Foto. „Außerdem ist Charles Hamilton gestorben. Ich glaube, das ist kein gutes Omen für eine Hochzeit."

„Charles Hamilton war nicht real."

„Eilmeldung! Scarlett O'Hara genauso wenig." *Das war anscheinend nicht das, was ich hätte sagen sollen.*

Sie schnappt sich das Bild und steckt es wieder zurück in ihr Notizbuch. „Diese ganze Veranstaltung hier ist sinnlos. Fahr mich wieder nach Hause. Es ist unmöglich, mit dir als Braut zu arbeiten, und ich sollte diesen Job nie wiedah annehmen. Ich habe zahllose Stunden in eure Hochzeit investiert, und alles, was ich dafür zu hören bekomme, ist, wie du undankbarer Tropf mich runtermachst. Ich kenne meinen Brudah, Ashley. Er liebt die Südstaaten. Er liebt sein kulturelles Erbe und das Mindeste, was du für ihn tun könntest, wäre, ihm zu erlauben, die Hochzeit zu feiern, von der wir all die Jahre gesprochen haben. Du bist unmöglich!"

„Scarlett war auch nicht gerade ein Sonnenschein", sage ich, um die Stimmung ein bisschen zu heben. *Ähm, nein. Das funktioniert nicht.*

„Morgen ist die erste Anprobe im Brautmodengeschäft. Wenn du dich dafür entscheiden solltest, nicht hinzugehen, werde ich meinem Brudah sagen, dass ich mich aus diesem Fiasko zurückziehen werde."

„Ehrlich?", frage ich etwas zu enthusiastisch.

„Fahr mich nach Hause, Ashley Stockingdale." Oh-oh. Emily laufen gerade echte Tränen über die Wangen. Ich lese es in ihrem Gesicht, dass sie womöglich wirklich gedacht hat, dass ich ihre Hilfe zu schätzen wüsste. Vielleicht liegt es an ihrer Erziehung, dass sie glaubt, dass alle Frauen Scarlett O'Hara sein wollen – dass wir alle in der roten Erde von Tara erblühen, dass uns diese Vorstellung erfüllt. Ich weiß es nicht.

„Emily, das meinst du nicht so. Es tut mir leid. Wir haben viel zu erledigen. Dein Bruder liebt mich. Ich liebe ihn. Wir wollen nur nicht auf die Weise heiraten, wie sie es 1861 getan hätten." Ich rümpfe die Nase. „Das *ist* doch das Jahr, in dem der Krieg begonnen hat, oder?"

Sie seufzt. „Es ist so, als würde er seine Wurzeln vollkommen vergessen. Ausgerechnet für Kalifornien!"

Wurzeln. Ich denke nicht an Sklavenbesitzer aus den Südstaaten bei diesem Begriff. „Ganz gewiss haben nicht alle Südstaatler ein *Vom-Winde-verweht-Motiv* auf ihrer Hochzeit. Es muss doch einen Grund geben, warum du das als die perfekte Hochzeit betrachtest."

„Ashley, das habe ich dir doch schon gesagt. Wir stammen aus Atlanta, dein Name lautet Ashley Wilkes Stockingdale und dein Hund heißt Rhett. Es steht doch in den Sternen geschrieben, siehst du das denn nicht? Das würde meiner Familie erlauben, ein Teil eurer Hochzeit zu sein. Und zu sehen, dass sie einen Sohn mit kulturellem Erbe erzogen haben, das er liebt und ehrt."

Ich halte meinen Kopf aus dem Fenster, sehe mir den Sonnenschein an und dann wieder sie. „Ich sehe nichts in den Sternen", scherze ich. „Kevin und ich sind zuallererst Christen. Wir wünschen uns eine christliche Eheschließung an einem weltlichen Ort. Wir wollen keine Lachnummern darstellen. Er ist Chirurg. Ich bin Anwältin. Wir haben einen Ruf zu verlieren. Und ich befürchte, es kommt nicht gut bei unseren Kollegen an, wenn wir uns verkleiden."

„Dein Ruf? Du bist singend im Hof von Stanford umhergesprungen. Was könnte ich dir denn antun, das peinlicher wäre?", fragt Emily.

Ich atme tief ein und setze meine Erklärungen fort: „Ich will bei der Hochzeit mein eigenes Kleid tragen. Ich will kein nobles Streichquartett mit sanften Zupfinstrumenten im Hintergrund. Ich hätte lieber eine Swing-Band, die möglichst viele Songs von Glenn Miller spielt. Vielleicht habe ich eher die Zeit des Zweiten Weltkriegs im Kopf als den Bürgerkrieg."

„Ich nehme an, es zählt nicht, was ich will!", tobt Emily.

Bingo!

„Ich wünsche mir, dass beide Familien glücklich sind und sich mit der Trauung wohlfühlen, Emily. Das musst du mir einfach glauben."

Etwas in Emilys Gesichtsausdruck verändert sich. Er verdunkelt sich wie eine Gewitterwolke. „Wir werden damit nicht glücklich, Ashley Stockingdale. Das ist unmöglich. Weil wir nämlich nicht mit weiten glitzernden Dekolletés auf dem Campingplatz heiraten, was wahrscheinlich deinen Tanten gut gefallen würde!“

Oooh, das war unter der Gürtellinie. Ich bin in der Tat so fassungslos, dass jemand es wagt, so eine hässliche Anschuldigung öffentlich zu äußern, dass ich nicht einmal antworten kann. Zugegeben, ich will nicht, dass die Leute hinter meinem Rücken über mich sprechen. Aber wenn sie so etwas sagen, dann wäre mir das doch lieber. *Bitte sprecht hinter meinem Rücken über mich.*

Wir fahren eine Weile schweigend weiter. Ich kann Emily schniefen hören, aber mir fällt einfach nichts ein, was ich tun könnte, damit es ihr besser geht. Ich meine, wenn ich nachgebe, dann wird das ihre Macht über mich nur noch steigern. Über uns – und das kann ich nicht zulassen. Wenn ich das nämlich jetzt tue, wird das ein Leben lang so bleiben. Ich halte vor Kevins Haus und Emily schnieft ein letztes Mal.

„Morgen ist deine Anprobe. Wenn du nicht hingehst, dann schlage ich vor, dass du Hannah anrufst und es ihr selbst erklärst.“ Sie schlägt die Tür zu, dreht sich aber noch einmal um. „Und sag deiner Mitbewohnerin, dass sie sich von Matt Callaway fernhalten soll. Er gehört mir!“ Sie stampft die Stufen rauf und schlägt die Haustür zu.

Ich hoffe, dass Kevin nicht geschlafen hat.

„Ich werde ihr nicht nachlaufen“, rufe ich Gott nach oben zu. „Ich habe versucht, lieb zu sein. Ich habe ihr alles gesagt, was ich sagen kann.“

Aber da ist es, dieses Schuldgefühl. In Ordnung, Herr. Ich zwinge mich selbst, aus dem Auto auszusteigen, gehe rauf zur Tür und klopfe. Emily öffnet sichtlich aufgewühlt. „Was ist hier eigentlich los, Emily? Wärst du auch damit einverstanden, mir dieselben Freiheiten bei deinen Hochzeitsvorbereitungen einzuräumen? Eine uneingeschränkte Vollmacht, mit allem Drum und Dran?“

„Keh-vin sollte eigentlich *Amy* heiraten und das weiß er auch ganz genau." Emily knallt mir die Tür vor der Nase zu und ich bleibe auf der Veranda stehen und frage mich, wie das alles nun weitergehen soll. Amy? Plötzlich steht da ein Name im Raum, den ich noch nie zuvor gehört habe. Vielleicht ist Amy ja eine hinreißende Südstaatenschönheit, die weiß, wie man süßen Tee trinkt und gebratenes Hähnchen auf elegante Art isst. Amy. Arin. Ashley. Hmm. Ich sehe da ein Muster bei meinem Verlobten, und damit gehe ich nicht d'accord. Ich drehe mich um und gehe langsam zum Auto zurück. Dabei beschließe ich, dass ich mich morgen definitiv mit dem Thema Amy auseinandersetzen werde. Wenn Emily schon längst weg ist. Schließlich ist morgen ein neuer Tag!

14

Es ist offiziell: Ein neuer Tag ist angebrochen und Purvi ist noch nicht da, als ich das Gainnet-Gebäude an diesem wunderschönen Montagmorgen betrete. Jedenfalls sehe ich sie nirgends. Aber normalerweise taucht sie aus dem Nichts auf und erschreckt mich, wenn ich es am wenigsten erwarte – wie der Bösewicht aus einem Horrorfilm. Ich sehe mich in den Gängen um wie Elmer Fudd, der diesen verfluchten Hasen sucht, und schleiche mich in mein Büro. Aber Purvi und meine Assistentin Tracy sind mir schon dicht auf den Fersen, folgen mir ins Büro und schließen die Tür hinter sich.

„Wie machst du das bloß?", frage ich Purvi.

„Wir können dich sehen, wenn du aus dem Auto steigst, Ashley. Entspann dich, ich habe keine Augen am Hinterkopf. Noch nicht." Purvi lacht.

„Was habe ich da über dich und den neuen Software-Typen gehört?", fragt Tracy.

Ich durchstöbere die Papiere auf meinem Schreibtisch. „Es ist in der Tat ziemlich skandalös", flüstere ich. „Wir waren eine Zeit lang wirklich eng befreundet und wir teilen uns das Sorgerecht für einen Hund. Ich füttere den Hund, räume hinter ihm her, schlafe neben diesem haarigen, schnarchenden Etwas auf meinem Boden und er ... Er ..." Ich zucke mit den Schultern. „Nun ja, er tut gar nichts. Ich schätze, man kann sagen, dass ich das alleinige Sorgerecht habe – ohne Besuchsrecht und auch definitiv ohne finanzielle Unterstützung für die Welpen."

„Es ist der Glatzkopf, richtig?" Sie zeigt mit dem Daumen hinter sich und hofft immer noch auf blutige Details, die es nicht gibt.

„Ich sprach über den Hund", sage ich.

Wissen Sie, es gibt Momente, in denen ich denke, dass ich nicht ganz richtig im Kopf bin. Ich würde ihnen am liebsten eine tolle Geschichte erzählen. Eine, in der Seth mir gegenüber vor dem Altar stand. Ein Blick und er ist schreiend aus der Kirche gestürmt. Einige Tage später wurde er in die Anstalt eingewiesen. Für einen kurzen Moment stelle ich mir Seth in einer Zwangsjacke vor. Ich blicke Tracy an, schaue in Purvis prüfende Augen und male mir aus, dass ich ansetzen und ihnen erzählen könnte, dass Seth und ich vorgehabt hatten zu heiraten, aber er bereits eine schwangere Freundin hatte, was ich dann vor den Augen des Pastors herausgefunden habe. Hinterher gab es viele Tränen und knirschende Zähne.

Das alles ist natürlich frei erfunden, aber es ist so viel interessanter als die Tatsache, dass wir ein Jahr lang miteinander ausgegangen sind, er sich aber nicht fest binden wollte und nach Indien gegangen ist. Hinterher kehrte er dann in ein Leben voller Videospiele und Pizzaabende mit seinen Kumpels zurück. Ich kann nicht einmal auf interessante Weise sitzen gelassen werden.

„Okay, ja, der Glatzkopf", antworte ich.

„Du weißt doch, was sie über glatzköpfige Männer sagen!" Tracy zwinkert mir zu und schnalzt mit der Zunge.

„Nein, um ehrlich zu sein, weiß ich es nicht." Ich hebe die Hände. „Aber weißt du, ich glaube, dass ich es auch gar nicht wissen will."

Sie setzt sich hin und reibt sich die Hände. „Erzähl mir, warum ihr euch getrennt habt."

„Wird das deine Zusammenarbeit mit ihm beeinträchtigen?“, fragt Purvi.

Ich lege einige der Akten in die Schublade. „Er ist nach Indien gezogen. Deswegen haben wir uns getrennt.“

„Komm schon, Ashley, sag die Wahrheit“, sagt Purvi.

„Es ist die Wahrheit. Er ist wegen seiner Arbeit nach Indien gezogen. Er sollte dort eine neue Abteilung aufbauen. Ich schätze, es hat nicht funktioniert.“

Tracy sieht enttäuscht aus. „Und das ist alles?“

Ich bin eine 32 Jahre alte Jungfrau. Wie viel Aufregendes erwartet sie denn hier?

„Das ist alles.“

Sie steht auf und grinst Purvi an. „Das ist keine große Sache. Ich habe das Wort ‚Exfreund‘ gehört und gedacht, dass meine Ashley heimlich so was wie ein gesellschaftliches Leben hätte, endlich. Etwas, das sie ausmacht, außer den Patenten.“ Tracy senkt ihr Kinn zur Brust hinab. „Du hast mich enttäuscht, Ashley.“

„Es tut mir leid, das zu hören“, antworte ich.

Sie hebt ihren Kopf wieder. „Er hat tolle Augen. Hast du das schon mal bemerkt?“

Ich habe sie einst an meinen zukünftigen Kindern gesehen. „Das habe ich. Seth hat tolle Augen“, stimme ich ihr zu.

„Er kommt in fünf Minuten für ein Meeting hierher“, sagt Purvi, als sie sich erhebt. „Sag alle deine Termine ab, bis du die Details seines Patentes geklärt hast. Wenn du selbst keine Prioritäten setzt, Ashley, werde ich das für dich übernehmen.“ Purvi geht raus und schließt die Tür.

Tracy setzt sich wieder auf den Stuhl. „Ich werde mitschreiben.“

Ich verschränke die Arme. „Du brauchst nicht mitzuschreiben, aber trotzdem danke.“

Sie grunzt mich an. „Mit dir hat man wirklich keinen Spaß. Ich will sehen, ob er immer noch Gefühle für dich hat. Ich bin wirklich gut darin, das zu erkennen. Als ob ich übersinnliche Kräfte hätte!“

Ich lache laut, aber ich könnte es gerade nicht ertragen, ihr alles zu erklären.

„Vertrau mir, du wirst dich furchtbar langweilen, während wir die Feinheiten von Software-Prozessen diskutieren."

„Mich interessiert nicht, was ihr miteinander redet. Ich will die Funken fliegen sehen."

Ich hebe meine linke Hand. „Dies sind die einzigen Funken, die in meinem Büro fliegen, und sie gehören zum Diamanten am Ring von Kevins Großmutter."

„Ja, aber ich habe Kevin noch nicht kennengelernt. Ich bin mir sicher, dass er traumhaft ist, aber ich bin begeistert davon, dass dein Ex hier arbeitet. Es ist wie *bei Zeit der Sehnsucht.* Außerdem passiert hier nie etwas Spannendes. Ich meine, die Männer gehen nicht mal mit irgendjemandem aus. Es scheint, als würde ich hier mit Robotern zusammenarbeiten, die über keine sozialen Kompetenzen verfügen. Die Männer von Stepford." Sie schlägt die Beine übereinander. „Es wäre eine tolle Realityshow, weißt du. Sie sollten eine Mischung aus *Queer Eye* und *Der Bachelor* senden und den Frauen im Silicon Valley damit ein bisschen mehr Hoffnung geben."

„So interessant diese Träumereien auch sind, hast du nicht etwas für Purvi zu erledigen?"

Tracy zuckt mit den Schultern. „Nein, nichts. Warum?" Es klopft an der Tür. „Er ist da!", trällert sie, als ob es sich um ein Date handeln würde. Sie öffnet die Tür weit, sodass alle anderen Assistentinnen meinen Gesichtsausdruck gut sehen können. „Seth, willkommen in Ashleys Büro. Sie ist bereit für euer Meeting. Hättest du gern einen Kaffee?" *Kaffee? Normalerweise würde Tracy niemandem einen Kaffee anbieten, selbst wenn sie gerade auf dem Weg zu Starbucks wäre, mit acht Becherhaltern in der Hand.*

„Danke Tracy", sage ich mit hochgezogenen Augenbrauen. Sie schnappt sich einen Notizblock und setzt sich wieder. „Schon in Ordnung, Tracy. Ich habe hier alles im Griff. Wenn ich dich für Notizen brauche, melde ich mich." Ich nehme ihr den

Block aus der Hand und sie formt mit den Lippen: *Mit dir hat man echt keinen Spaß!*

Seth setzt sich bei mir im Büro hin und sieht sich die Fotos an. Er schaut sich Breas Kinder an, meinen Neffen. Als er das Foto von Kevin sieht, zuckt er zusammen. Jedenfalls glaube ich das, aber vielleicht ist hier ja auch mein hyperaktives Ego in Aktion. Im Silicon Valley braucht eine Frau ihr Ego.

„Ashley, du siehst heute Morgen gut aus. Oder gilt es schon als sexuelle Belästigung, das zu sagen?" Er zwinkert mir zu.

„Es könnte als Belästigung durchgehen, vor allem, wenn man in Betracht zieht, dass hier jeder weiß, dass du mein Ex bist. Würdest du mir vielleicht verraten, wie das öffentlich wurde?"

„Im Interesse vollständiger Offenlegung der Tatsachen habe ich das der Personalabteilung mitgeteilt, bevor sie mich eingestellt haben."

Vollständige Offenlegung oder anstößige Entblößung? „Fantastisch. Sind das die Papiere für mich?"

„Hör zu, das, was ich da letztens gesagt habe ..."

„Mach dir darüber keine Gedanken, Seth. Ich bin mir bewusst, dass du wohl etwas neben dir gestanden haben musst, als du auf diese Beziehungsfrage eingegangen bist." Ich betrachte die Papiere, die vor mir liegen, und lasse dabei meinen Verlobungsring vor ihm aufblitzen. „Was macht diesen Prozess besonders? Gib mir ein paar Stichpunkte."

„Es handelt sich um eine neue Benutzeroberfläche für das Sunflower-Projekt. Sie reduziert die Anzahl der Mausklicks auf einen."

„Einen?", frage ich ungläubig.

Er schiebt die Akte zu mir rüber. „Einen. Wir haben da einen talentierten und ehrgeizigen Ingenieur. Bis jetzt hatte niemand auf ihn gehört." Seth sieht mich mit seinen edelsteinartigen Augen an.

Nun gehe ich in die Defensive: „Wenn sein Direktor mir nicht davon berichtet, bin ich wohl kaum dafür verantwortlich, Patente aus heiterem Himmel heraus zu entwerfen. Das ist ja auch der Grund, warum dein Vorgänger nicht mehr hier arbeitet und du seinen Job übernommen hast." *Nur zu, mach mich auch noch für den Welthunger und die Massenvernichtungswaffen verantwortlich, wenn du schon dabei bist.*

Seth lehnt sich über meinen Schreibtisch und umfasst ihn dabei mit seinen Händen. „Zickig, zickig. Du warst letztes Jahr so schrecklich beschäftigt damit, deinem ausländischen Chef nach Taiwan zu folgen. Woher soll ich wissen, dass nicht du den letzten Software-Typen vergrault hast, so wie du es am Samstag mit mir versucht hast?"

„Seth." Ich beiße vor lauter Frust die Zähne zusammen und rolle mich auf dem Stuhl nach hinten.

„Ach, vergiss es. Bis heute Abend werde ich es mir durchsehen und auf Ähnlichkeiten mit anderen Abläufen prüfen. Wenn ich ein Prozess-Patent für dich bekommen kann, werde ich es tun. Auf jeden Fall wirst du im Laufe des Tages erfahren, wie meine weiteren Pläne aussehen."

Seths Gesichtsausdruck wird etwas weicher. Der sanftmütige Mann, als den ich ihn kenne, kehrt zurück. Ich wünschte, ich könnte die Zeit zurückdrehen und den Schmerz für uns beide auslöschen. Aber das kann ich nicht. Und das ist auch nicht mein Problem. *Dem Himmel sei Dank!*

Als ich in diese Augen sehe, die einst mein Herz zum Schmelzen brachten, glaube ich nicht daran, dass er jemals heiraten wird. Er wird sich so sehr darum sorgen, dass alles perfekt wird, dass es einfach nicht dazu kommt. Die Technikabteilung ist genau der richtige Ort für ihn. Seth kann dort in regelmäßigen Abständen die nächste Stufe der Technologie-Entwicklung besteigen. Außerdem hat er dort nicht so viel Kontakt zu seinen Mitmenschen. Natürlich ist das ein Verlust für ihn und es macht mich traurig. Dieser Kerl ist mir immer noch nicht gleichgültig. Nicht auf *diese* Art, sondern so, wie ich allen meinen Freunden Erfolg im Leben wünsche.

„Ich weiß, du denkst, dass ich einen an der Klatsche habe und vielleicht habe ich mich ja auch so verhalten", sagt Seth. „Aber ich mache mir Sorgen um dich, Ash. Du wolltest schon so lange heiraten und ich denke, dass Kevin einfach nicht der Richtige für dich ist. Er stammt aus einer völlig anderen Welt. Zum Beispiel ist er lange Zeit kein Christ gewesen. Woher willst du denn überhaupt wissen, dass es ihm damit wirklich ernst ist?"

Ich klopfe mit einem Stapel Papier auf meinen Schreibtisch, um die Ecken in eine gleichmäßige Form zu bringen. „Können wir uns darauf einigen, dass wir nicht mehr darüber diskutieren, okay? Lass uns einen großen Bogen um das Thema Heiraten machen. So wie damals, als wir miteinander ausgegangen sind."

„Ich hätte dich geheiratet, wenn es das war, was du wirklich wolltest."

Ich kann einfach nicht anders; als er das sagt, muss ich lachen. „Seth, so romantisch das auch sein mag, aber das hättest du nicht! Du hättest irgendeine größere Krise bekommen, die dich nach Indien oder auf das Missionsfeld auf den Philippinen gebracht hätte. Ich weiß deine Besorgnis zu schätzen, aber ich bin nicht so verzweifelt darum bemüht, endlich zu heiraten, wie du denkst. Und du warst auch nie so eifrig, wie du glaubst. Aber ich weiß deine Opferbereitschaft zu schätzen. Du bist ein guter Freund."

Ich glaube, er atmet auf vor Erleichterung. Zwar leise, aber tief.

„Das Sunflower-Projekt." Er sieht auf den Schreibtisch. „Wir kriegen das durch."

„Das werden wir", stimme ich ihm zu. Und Seth verlässt mein Büro auf dem gleichen jämmerlichen Gaul, auf dem er hineingeritten ist.

Tracy streckt ihren Kopf zur Tür hinein. „Purvi ist für den Rest des Tages gegangen."

„Warum?" Purvi kommt sogar dann zur Arbeit, wenn sie gerade aus China zurückgekommen ist und sie eigentlich Jetlag hat.

„Das hat sie nicht gesagt. Hat irgendwas mit ihrem Mann zu tun."

„Ihrem Mann in Indien?"

„Er ist wieder zurückgekommen."

Ich weiß nicht genau, warum, aber ein kalter Schauer überkommt mich. „In Ordnung. Sie hat einige Patente auf ihrem Schreibtisch liegen, die noch von ihren Vorgesetzten unterzeichnet werden müssen. Hat sie irgendwelche Anweisungen hinterlassen?"

„Nein. Aber Hannah aus dem Brautmodenladen ist auf Leitung eins", fügt Tracy noch hinzu.

Ich gehe ran und höre Hannah am anderen Ende der Leitung summen. „Ashley Stockingdale hier."

„Ashley, hier ist Hannah. FedEx war gerade hier und dein Hochzeitskleid ist jetzt da!" Sie macht eine Pause, damit ich die Information aufnehmen kann. „Wann können wir die Anprobe machen? Es ist unglaublich. Ich kann es kaum erwarten, es an dir zu sehen!"

Ich schüttele den Kopf. „Das ist nicht mein Hochzeitskleid. Ich habe eins von Vera Wang bestellt, erinnerst du dich? Du hast mir beim Aussuchen geholfen."

„Deine Hochzeitskoordinatorin hat es storniert. Emily hat mir versichert, dass es das ist, was du willst, und sie hat auch angeboten, dafür zu bezahlen. Deine Anzahlung nehme ich dann für den Schleier, wenn du nichts dagegen hast. Ich kann dir sonst innerhalb einer Woche einen Rückerstattungsscheck ausstellen." Hannah klingt angespannt. Ich gebe ihr keine Schuld. Emily ist sehr hartnäckig und Hannah hatte gerade mal so viele Chancen, Emilys Meinung zu ändern, wie ein Flugzeugträger, der auf einem 10-Cent-Stück wenden soll.

Ich bin sogar ruhig. *Ich schwebe auf einer Espresso-Wolke davon. Auf, auf und davon.* „Ja, ich weiß, dass sie es storniert hat", sage ich sanft. „Was ist so toll an dem neuen Kleid?"

„Nun", sagt sie zögerlich.

„Wenn du nicht gerade auf eine Kostüm-Hochzeitsparty eingeladen wärst, würdest du es dann tragen?"

„Es ist ausgezeichnet gemacht, Ashley. Ich denke, du solltest vorbeikommen und es dir selbst ansehen. Die Nähte sind unglaublich."

„Ich werde es mir ansehen, aber nur aus Höflichkeit. Wie lange wird es dauern, bis das Kleid von Vera Wang da ist, wenn ich es jetzt erneut bestelle?"

„Mindestens drei Monate, damit man es ordentlich nach Maß anfertigen kann. Sechs wären ideal."

Ich habe einen Monat verloren, vielleicht sogar zwei. Aber Geld kann alles beschleunigen. *Zu blöd, dass ich keins mehr habe.* „Ich bin gleich da."

In dem Moment, als ich das sage, weiß ich schon, dass ich für diesen Ausflug teuer bezahlen werde. Ich muss mich so schnell wie möglich um das Sunflower-Projekt kümmern. Außerdem habe ich eine verärgerte Chefin und einen Ex, dem es viel Freude bereiten würde, ihr davon zu berichten, dass ich wie Elvis das Gebäude verlassen habe. Aber Ashley Stockingdale im Hochzeitskleid von Scarlett O'Hara? Das kann ich mir einfach nicht vorstellen. Es zählt als ein Hochzeitsnotfall! Ich trage immerhin Designermode, obwohl ich hier jeden Tag von Technikern in T-Shirts und Jeans umgeben bin. Ich kann jetzt wohl kaum mit gutem Beispiel vorangehen, wenn ich etwas trage, das an ein Hirngespinst aus den 1860ern erinnert, oder?

„Ich hab noch etwas zu erledigen", sage ich schnell zu Tracy, als ich an ihrem Schreibtisch vorbeigehe. Ich versuche, es so klingen zu lassen, als ginge es um Leben und Tod. Natürlich weiß sie, dass ich gerade mit dem Brautmodengeschäft telefoniert habe, aber zum Glück bin ich ihre Vorgesetzte. Vor allem, wenn Purvi den ganzen Tag nicht da ist.

„Deine Mutter hat angerufen, als du noch telefoniert hast. Sie hat gesagt, dass die kandierten Mandeln da sind und man sie nur noch in Tüll einwickeln muss."

„Kandierte Mandeln?" Das ist es, was meine Mutter zu meiner Hochzeit beitragen will? Vielleicht könnte sie noch mit Schleifen umwickelte Twinkies dazulegen, wo sie schon dabei ist. „Es sind noch vier Monate bis zur Hochzeit. Igitt."

„Den Tüll musst du aber selbst besorgen." Tracy liest sich ihre Notizen durch und ich bin mir sicher, dass meine Mutter sie ihr langsam und systematisch diktiert hat. „Sie wusste nicht, ob du grünen oder pinkfarbenen haben wolltest. Es gibt beides im Ein-Dollar-Laden, du musst dich also nur entscheiden."

Der Ein-Dollar-Laden. Das sollte für Emily ein gefundenes Fressen sein. „Danke Tracy. Ich bin noch vor der Mittagspause zurück." Ich werfe noch einen Blick ins Büro und frage mich, ob ich das Sunflower-Projekt nicht mitnehmen sollte. Aber ich komme ja bald zurück.

Als ich durch die Stadt fahre, klingelt mein Telefon. Halleluja, es ist Kevin.

„Kevin, hi." Ich entspanne mich, während ich mit ihm spreche. Vielleicht ist „dahinschmelzen" der passendere Ausdruck. Er ist es sogar wert, dass ich den Scarlett-O'Hara-Fimmel seiner Schwester ertrage.

„Hi, Liebling. Erinnerst du dich noch an mich? Hast du meine Schwester überlebt? Sie macht sich Sorgen um dich."

„Emily macht sich Sorgen um mich?"

„Sie sagte, du hast dir in Stanford selbst etwas vorgesungen und dabei getanzt. Sie dachte, dass dir der Stress vielleicht zusetzt. Und sie meinte, dass wir eine psychologische Beratungsstelle aufsuchen sollten, bevor wir heiraten." Kevin lacht.

„Lass mal sehen. Nun, Schatz, du hast wohl den größten Teil der großen amerikanischen Hochzeitssaga verpasst, also lass mich dich auf den neusten Stand bringen. Ich habe kein Kleid. Wir haben keine Torte. Wir haben keinen Ort, an dem wir heiraten können und auch keinen für den Empfang. Ich lebe in einer der dichtbesiedeltesten Städte des Landes, aber meine Hochzeitskoordinatorin kommt aus Atlanta. Nein, Liebling, ich bin kein bisschen gestresst, sonst hätte ich auf dem Hof Tai-Chi-Übungen gemacht anstatt zu singen."

„Natürlich, genau das habe ich ihr auch gesagt." Kevin lacht. „Sie meinte, du willst in der Stanforder Kirche heiraten. Ist das wahr? Es ist ein wunderschöner Ort für die Hochzeit, aber es scheint unmöglich zu sein, dort einen Heiratstermin zu bekommen."

„Nicht unmöglich, sondern nur schwieriger als anderswo. Denkst du etwa, ich will auf die gleiche Art und Weise heiraten wie das gemeine Volk?" Ich lache. „Wo würdest du denn gern heiraten?"

„Wenn es nach mir ginge, könnten wir auch in meinem Hinterhof heiraten. Ich bin eher auf die Flitterwochen aus."

„Kevin!", schelte ich ihn. „Wir können nicht in deinem Hinterhof heiraten. Zu deiner Wohnung gehört doch nicht mal einer! Und meiner ist übersät mit Hundeexkrementen. Ich habe da eher an so etwas wie den Duft von Geißblättern oder vielleicht Jasminkerzen gedacht."

„Dein Hinterhof ist wunderbar, Ashley. Du lebst mit Kay zusammen und erwartest dann von mir, dass ich allen Ernstes glauben soll, dass sie Rhett ohne Konsequenzen sein Geschäft dort verrichten lässt? Für wie naiv hältst du mich?"

Ich gebe ein kleines Winseln von mir. Da ist gerade etwas im Gange. Irgendein sonderbarer, mit Dunkelheit behafteter Wind wirbelt umher und hält mich davon ab, irgendetwas festzulegen.

„Ich bin die schlimmste Braut der Welt", sage ich schließlich. „Ich war mal gut darin, Entscheidungen zu treffen und realistisch zu sein, aber irgendwie bin ich raus."

„Du bist ganz sicher *nicht* die schlimmste Braut der Welt. Wieso bist du denn davon ausgegangen, dass du vom Stress ausgenommen wärst? Ich habe am Wochenende frei. Plane alles ein, was wir brauchen: die Torte, den Smoking, das Porzellan, die Flitterwochen-Suite für die Hochzeitsnacht. Ich bin bereit, alles mit auszusuchen."

„Du denkst immer nur an das Eine, Kevin. Wir müssen zuerst heiraten, das weißt du doch."

„Ich bin doch nur ein Mann mit einer hinreißenden Verlobten. Als ob ich da an die blöde Torte denken könnte."

„Werde ich dich denn jemals zu Gesicht bekommen?", frage ich. „Ich habe das Gefühl, als sei ich vollkommen allein, als würde ich all die Vorbereitungen treffen, um einen Bräutigam zu heiraten, der gar nicht existiert. Dich gibt es wirklich, oder? Ich mein ja nur, man sagt, dass mit der Hochzeit auch die Romantik stirbt."

„Das ist der Grund, warum Emily hierher gekommen ist: um zu helfen. Sie wusste, dass ich während der Ausbildung voll und ganz mit meiner Arbeit beschäftigt sein würde. Wenn wir erst verheiratet sind, wird die ganze Hektik ein Ende haben. Ich werde jeden Abend zu dir nach Hause zurückkehren."

„In einer weit, weit entfernten Galaxie. In der Zwischenzeit werde ich mein Dasein im Zustand der fortwährenden unsichtbaren Monogamie fristen. Ich bin dann nicht mehr wirklich Single. Aber auch noch nicht verheiratet. Nur ein armer Tropf zwischen zwei Stühlen", sage ich und höre kurz darauf seinen Piepser. „Du musst los, ich weiß."

„Ich liebe dich! Und wenn wir nach Reno fahren müssen, ich werde dich am 21. August heiraten. Es ist mir egal, wo oder wie. Ich mache mir nichts aus all diesen Sachen, in Ordnung? Überlass das alles einfach Emily. Sie wird dafür sorgen, dass wir alles bekommen, was wir brauchen."

Ja, so wird es sein.

„Ich ruf dich heute Abend an." Er legt genau in dem Moment auf, als ich mit dem Auto vor dem Brautmodengeschäft zum Stehen komme.

Das Geschäft ist sehr exklusiv und Hannah ist ein langjähriges Mitglied unserer Single-Gruppe. Ich fühle mich also sehr wohl, als ich den Laden betrete. Das kleine Glöckchen bimmelt, um meine Ankunft zu signalisieren. Ich verliere mich in dem ganzen Tüll und Satin und etwas an diesem reinen Weiß beruhigt mich. *Ich werde heiraten!* Es ist nicht nur ein Hirngespinst, das meiner wilden Fantasie entsprungen ist. In diesem Mobiltelefon versteckt sich ein fantastischer Mann, der mich wirklich heiraten will!

Als ich auf die Ladentheke zugehe, sehe ich es schon: mein Kleid. Es besteht keinerlei Verwechslungsgefahr. Es hat die

Farbe eines gelben französischen Aktenschrankes aus einem vergangenen Jahrhundert. Winzigkleine Blätter stechen auf dem unteren Teil des Kleides hervor, die wie seidener Stacheldraht darumgewickelt sind. Und diese Keulenärmel erst ... Sie sehen aus wie ein Lamm mit großen Oberschenkelproblemen. Ein Lamm, das eine Fettabsaugung benötigt! *Das ist nicht real.*

„Ist das nicht exquisit?“ Hannah kommt aus dem Hinterzimmer und berührt das Kleid ehrfürchtig.

Mein Kiefer klappt herunter und ich schüttele den Kopf, immer noch auf der Suche nach Worten.

„Sieh dir die Nähte an, Ashley. Es ist unglaublich. Die Details sind so schön gearbeitet. Es ist das Werk eines Genies. Deine Schwägerin muss dich wirklich sehr gern haben.“

„Wie groß war Scarlett?“, frage ich, als ich das Kleid mustere.

Hannah zuckt mit den Schultern.

„Sie war winzig, wenn ich mich recht entsinne. Ich werde in diesem Ding aussehen wie das Michelinmännchen.“

Hannahs Miene verdunkelt sich und lässt mich meine eigene Oberflächlichkeit spüren. „Du musst es wenigstens einmal anprobieren, Ashley. Ich glaube, du wirst angenehm überrascht sein.“

Zögerlich gehe ich um das Kleid herum. Es ist wie eine Spinne, die mitten im Raum an ihren Spinnweben hängt. „Es ist einfach nicht mein Stil, Hannah. Es ist schön, aber ich bin immerhin schon zweiunddreißig und nicht achtzehn. Das hier ist ein Kleid für eine achtzehnjährige Braut mit einer 45-Zentimeter-Taille, Mieder inklusive.“

„Es ist so viel schöner als das, was du bestellt hast, Ashley. Es ist von einwandfreier Qualität. Deine Schwägerin hat ihre Pflicht mehr als erfüllt. Ich wünschte, du würdest dem Kleid eine Chance geben.“

„Wie kannst du dich nur auf ihre Seite stellen? Sie hat mein Hochzeitskleid storniert! Das hat dich Geld gekostet. Das hat Vera Wang Geld gekostet!“

„Ich weiß wahre Kunst sehr zu schätzen. Dieses Kleid ist unvergesslich, Ashley. Niemand wird deinen Anblick in diesem Kleid je vergessen."

„Das ist genau das, wovor ich Angst habe."

Hannah nimmt es herunter. „Probier es einfach mal an."

Wir gehen in die Umkleidekabine, und da ist auch schon mein liebster Freund: der dreiteilige Spiegel. *Ja, das muss ich wirklich in 3D sehen.* Ich schäle mich aus dem schwarzen Schleifenkleid, dass ich beim letzten großen Bloomingdale's-Ausverkauf ergattert habe, und befreie mich dann aus meinen Stöckelschuhen. Ich schlüpfe in das Kleid, während Hannah es festhält.

Sie schließt noch nicht einmal die Knöpfe. „Es ist ... Es ist ... grässlich. Ich sehe aus wie eine der Klopapierkreationen meiner Tanten bei den Geschenkpartys für angehende Bräute. Der Stoff ist überall!"

Hannah geht einen Schritt zurück und begutachtet mich. Ihr Zeigefinger ist an ihrem Kinn, als ob sie darüber nachdenken würde, wie sie am besten sagt: *Ja, es ist in der Tat grässlich.* „Nun, vielleicht ist es nicht das Richtige für dich. Aber das Kleid an sich ist tadellos. Ich könnte ohne Weiteres ein Vermögen dafür bekommen."

„Wie viel?", frage ich erwartungsvoll.

„Wenn man die Ärmel ein bisschen enger macht, weißt du, dann ..."

„Dann würde es immer noch lächerlich aussehen. Was denkst du, was du dafür bekommen würdest?"

„Ich weiß es nicht, Ashley. Aber es ist bereits für alles bezahlt. Deine Schwägerin hat es in Atlanta anfertigen lassen. Ich mache nur die Anpassung."

„Kann ich es mitnehmen?"

„Ich will es erst meiner Chefin zeigen. Und sie hat es noch nicht katalogisiert, also kann ich es noch nicht weggeben. Die Arbeit ist vorzüglich und wir könnten diese Schneiderin für einige unserer Maßanfertigungen engagieren. Wir können es wunderbar für dich anpassen, Ashley."

„Kann ich es nach der Arbeit abholen?"

Hannah seufzt. „Ich habe heute Abend eine Verabredung. Warum brauchst du es denn unbedingt heute Abend schon?"

„Ich habe da so eine Idee. Bitte, Hannah."

„Ich gebe dir einen Schlüssel. Aber mach keinen Ärger, ja? Du bringst es morgen wieder zurück, damit Carol es sich ansehen kann, und dann bestellen wir dir ein neues."

Ich hebe zwei Finger. „Pfadfinderehrenwort."

„Bist du jemals eine Pfadfinderin gewesen, Ashley?"

„Ähm, nein. Aber ich wäre gern eine geworden."

Hannah nickt. „Ich bin mir zwar sicher, dass ich das hier bereuen werde, aber technisch gesehen ist es dein Kleid."

„Du wirst es nicht bereuen. Mit wem bist du verabredet?"

„Malcolm Waterhouse. Kennst du ihn?"

Ich schüttele den Kopf.

„Er ist neu. Er hält die Webseiten von Sun am Laufen. Er sieht zwar aus wie zwölf, aber in Wirklichkeit ist er vierunddreißig. Und bekommt eine Glatze."

„Wo kommt er denn her? Ist irgendwo eine andere Single-Gruppe implodiert?"

Sie schüttelt den Kopf. „Atlanta."

„Dann lauf!"

Sie lacht. „Willst du dich wieder umziehen? Du siehst darin umwerfend aus. Ich denke wirklich, dass du dieses Kleid tragen solltest. Dazu Kevin, angezogen wie Rhett, das wäre fantastisch. Wie Hugh Jackman in diesem Film – wie hieß der noch mal? Der mit Meg Ryan?"

„Kate und Leopold." Das hält uns einen Moment lang auf, da wir noch Hugh Jackman in viktorianischer Manier bewundern müssen. „Hast du nicht ein paar Nachahmungen von dem Kleid, das ich mir ausgesucht habe, da? Ich glaube, ich kann mir das Original nicht mehr leisten."

„Du fragst nach einer Nachahmung? Was ist nur aus dieser Welt geworden?"

„Hey, ich bin eine praktisch veranlagte Frau ... manchmal."

„Wenn du praktisch veranlagt wärst, dann würdest du dieses hier tragen."

Ich betrachte noch einmal das Kleid. Ich bin absolut nicht imstande, die Schönheit darin zu entdecken. „Ja, schon gut, ich bin vielleicht doch nicht so praktisch veranlagt."

„Ich hole dir ein paar Kleider zum Anprobieren. Willst du vorher noch deine Trauzeugin anrufen? Oder deine Mutter?"

Ah ja, noch mehr Ablehnung. Das brauche ich in meinem Leben. „Nein, ich komme zurecht." Als sie gerade den Raum verlässt, sehe ich eine Vase mit Sonnenblumen, die mich daran erinnert, dass das Sunflower-Projekt auf mich wartet, mich gar verfolgt wie Purvi höchstpersönlich.

„Ich habe noch mal drüber nachgedacht und komme morgen wieder her. Ich muss jetzt zurück zur Arbeit, aber morgen müssen wir unbedingt das Kleid bestellen!"

Früher habe ich Sonnenblumen geliebt. Es waren die ersten Blumen, die ich von Kevin bekommen hatte. Aber jetzt ruinieren sie gerade mein Leben.

15

Ich sehe mich in den Gängen von Gainnet um, bevor ich mich zurück in mein Büro schleiche. Ich fühle mich wie ein nächtlicher Einbrecher.

„Hey!"

„Ahh!", schreie ich, als ich mich umdrehe und Tracy erkenne.

„Was schleichst du denn hier so rum?", fragt sie.

„Ich schleiche nicht", sage ich in dem Versuch, meine Fassung zu wahren. Mein Herz rast wie ein NASCAR-Fahrer. „Was durchstreifst du denn hier die Gänge wie in einem schlechten Spionagefilm? Meine Güte, als Nächstes hüpfst du wahrscheinlich von einem Seil, das über die Decke gespannt ist."

„Das sagst du nur, weil du dich schuldig fühlst. Wie war dein Hochzeitskleid?", fragt sie mit verschränkten Armen.

„Entsetzlich. Danke der Nachfrage."

„Purvi hat angerufen, als du nicht da warst. Um sicherzugehen, dass du an dem Sunflower-Projekt arbeitest, nehme ich an."

„Was hast du ihr gesagt?" Eigentlich will ich nicht, dass jemand anderes für mich lügen muss, aber andererseits war ich in letzter Zeit auch nicht die vorbildlichste Mitarbeiterin hier. Eine kleine Flunkerei könnte mir nicht schaden.

„Dass du darum gebeten hast, nicht gestört zu werden. Was ja zum Teil auch der Wahrheit entspricht, da du ja gar nicht anwesend warst, um gestört werden zu können."

Ich atme auf. „Die Chefin, die ich quasi eingestellt habe, wird mich entlassen. Und das alles nur, weil ich in die Welt hinausgehen und so tun musste, als sei ich eine Südstaatenschönheit. Das könnte interessant werden. Aber wenn es jemanden geben kann, der trotz völligen Versagens noch Erfolg hat, dann setze ich auf mich."

„Purvi schert sich nicht im Geringsten um deine Hochzeit. Sie ist schwer angeschlagen. Sie hatte kaum die Kraft, sich nach den Patenten zu erkundigen. Als sie nach dem Sunflower-Projekt gefragt hat, schien es so, als hätte sie keine Ahnung, was das überhaupt sein soll."

„Wie meinst du das?"

„Lass uns in dein Büro gehen." Tracy schiebt mich hinein und schließt die Tür. „Purvis Ehemann Sagar ist hier. Er will ihren gemeinsamen Sohn nach Indien mitnehmen."

Ich schnappe nach Luft. „Der Junge bedeutet Purvi alles. Er kann ihn nicht einfach so mit zurücknehmen."

Tracy lacht. „Er will, dass Purvi auch mitkommt. Sie ist schließlich seine Frau. Er hat es satt, ohne seine Familie leben zu müssen, aber hier leben will er auch nicht. Er sagt, es sei Zeit, Amerika jetzt erst mal hinter sich zu lassen, damit ihr Sohn seine Kultur kennenlernen kann. Fürs College könnte er dann wieder hierher kommen."

Ich lasse diese Information erst einmal sacken. „Wie hast du das alles aus Purvi herausbekommen?" Sie ist eher nicht der Typ, der gern persönliche Sachen von sich preisgibt.

„Ich habe mit ihrer Schwiegermutter gesprochen, als ich Purvi zurückrufen wollte, um ein Patent zu besprechen. Ich hätte nicht gedacht, dass sie Englisch spricht. Aber das tut sie. Ziemlich gut sogar.“

„Nun, Purvi wird nicht nach Indien zurückkehren“, behaupte ich, obwohl ich weiß, dass sie wahrscheinlich doch gehen wird. Ich weiß, dass Purvi diesen Mann liebt, den wir hier noch nie gesehen haben, und dass sie ihre Familie in Indien vermisst. Seine Familie, sollte ich besser sagen. Purvi hat ihre eigene zurückgelassen, als die Hochzeit arrangiert worden ist. Es fällt mir so schwer, diesen Teil ihrer Kultur zu verstehen. Purvi ist die Frau, die mich intellektuell am meisten inspiriert. Sie leitet ihre Rechtsabteilung so, als wäre alles von so großer Bedeutung wie im Weißen Haus, und ihr Wunsch ist uns Befehl. Von daher ist es schon ziemlich schwierig zu verstehen, dass sie sich diesem Mann, der am anderen Ende der Welt lebt, so völlig unterwirft.

Aber wer bin ich schon, um darüber zu urteilen? Die Statistiken von arrangierten Hochzeiten sind viel besser als unsere amerikanischen. Traurigerweise auch besser als die der christlichen Ehen. Purvi ist eine Frau mit Prinzipien. Sie wird tun, was sie tun muss. Und vielleicht ist es ja auch genau das, worum es geht: Man muss seinen Verpflichtungen verpflichtet sein. Wenn ich an Philadelphia und das relativ kleine Opfer denke, das von mir verlangt wird, läuft mir ein Schauder über den Rücken. Wenn ein Nichtchrist viel eher dazu in der Lage ist, etwas zu opfern, als ich, der alles gegeben worden ist, sagt das nichts Gutes über mein Ego.

Tracy beginnt, mein Büro aufzuräumen. „Stell dich darauf ein, dass Purvi nicht zu Späßen aufgelegt sein wird, bis die Sache geregelt ist. Du könntest vielleicht mal dieses Gebetsding durchziehen, das du immer machst.“

Ich hole ein Bild aus meiner Tasche. Ich bin nicht bereit dazu, noch mal meinen Job zu wechseln. Verdrängung ist die beste Strategie in solchen Situationen. „Das ist mein eigentliches Kleid. Ich werde mal sehen, ob meine Schwägerin Mei Ling Zeit hat, es zu nähen, bevor ich es morgen erneut bestelle.“

Tracy sieht sich das Bild an und gibt angemessene Oohs und Aahs von sich. „Ich dachte, du wärst losgegangen, um dir dein Hochzeitskleid anzusehen."

Ich schüttele den Kopf. „Das war nur ein Ablenkungsmanöver. Für das Kleid, das ich mir vorhin angesehen habe, habe ich heute Abend andere Pläne." Finstere Gedanken tauchen in meinem Kopf auf. *Ich werde es heute Abend loswerden.* Ich werde diesen aufgeblasenen gelben Ballon nämlich nicht tragen. Darin würde ich aussehen wie das Sofa aus *Die wilden 70er.* Das Letzte, was eine Braut will, ist, mit einem Retro-Möbelstück verwechselt zu werden. Und es ist ja noch nicht einmal gutes Retro-Design. Nein, es stammt aus einer Ära, die uns schwarzen Lack und Messingschmuck beschert hat.

Mein Telefon klingelt und Tracy, professionell und neugierig wie sie ist, hebt ab. „Ashley Stockingdales Büro. Tracy am Apparat." Langsam bewegt sie den Hörer von ihrem Ohr weg. „Entzückend", sagt sie mit hochgezogenen Augenbrauen. „Es ist Emily aus Atlanta." Sie reicht mir den Hörer, während sie mit ihren Lippen etwas Unanständiges formt.

„Ashley, warst du bei deinah Anprobe?"

„Ja, war ich und es ist eine wunderbare Arbeit", sage ich in meiner besten Diplomatenstimme. Beim Verhandeln habe ich gelernt, dass man zuerst eine positive Bemerkung fallen lässt, bevor man die Bombe abwirft. „Aber Emily, dieses Kleid ist einfach nichts für mich. Es ist unglaublich gut gemacht und ich weiß deine Mühe sehr zu schätzen, aber ich sehe darin aus wie ein Michelin-Männchen. Ich hätte gern ein enger anliegendes Kleid für meinen besonderen Tag."

„Du hast vor der Hochzeit ja noch Zeit abzunehmen. Bist du Mitglied im Sportstudio? Kann Keh-vin dich vielleicht im Krankenhaus trainieren lassen? Vielleicht kann ich im Internet einen Pilates-Trainer für dich finden."

Ich balle die Fäuste, um bloß nichts zu sagen, was ich später bereuen könnte.

„Vielleicht einen Personal-Trainer?", schlägt sie vor. „Würdest du dich unter Umständen rechtzeitig von einer Bauchstraffung erholen?"

„Mein Gewicht ist hier nicht das Thema", sage ich mit zusammengepressten Zähnen. Ich bin nun mal kein schlaksiges Model, aber das werde ich auch niemals sein – selbst wenn ich hungern würde. Und da ich mit Emily fertig werden muss, sehen die Chancen, ohne Schokolade auszukommen, eher mager aus (beziehungsweise eben nicht so mager). Also würde ich sagen, dass mein Gewicht so bleibt, wie es gerade ist. „Du weißt doch, wie sehr Scarlett ihre 47-Zentimeter-Taille zurückhaben wollte? Ich selbst hatte, seit ich vier war, keine 47 Zentimeter-Taille mehr. Und ich denke, dass dieses Kleid einfach fabelhaft aussehen würde an einer Braut, die etwas jünger und anorektischer ist." *Letzteres hätte ich nicht sagen sollen.*

Emily hört sich jetzt an wie mein Psychologie-Professor vom College. „Hör zu, für mich ist es vollkommen in Ordnung, wenn du deine Augen weiterhin vor der Wahrheit verschließen willst, aber der Spiegel lügt nicht, auch wenn mein Brudah es tut. Du wirst mit den Fotos leben müssen, die dir diese Wahrheit dein ganzes Leben lang unter die Nase reiben werden, und alle hiesigen Society-Blätter werden voll davon sein. Ich will nicht grob sein, Ashley; ich wollte nur, dass du es weißt. Ich wäre entsetzt, wenn man es mir nicht sagen würde."

„Gibt es einen Grund für deinen Anruf, Emily? Ich muss hier wirklich wieder an die Arbeit."

„Ja, dein Hochzeitsablaufplan muss genauestens eingehalten werden, wenn wir alles rechtzeitig erledigt haben wollen. Nächsten Monat hast du einen Termin im Stanford Park Hotel, am 2. Juli um 11:00 Uhr – um das Menü zu testen. Ich hoffe, dass Muttah und ich auch kommen können, und du musst unbedingt auch deine Muttah einladen. Mit Keh-vin würde ich nicht rechnen, bei seinem Terminkalender. Für nächsten Samstag um 10:00 Uhr habe ich mit Bloomingdale's vereinbart, dass ihr dort eure Hochzeitsgeschenke aussuchen könnt. Und ich bin an der Sache mit der Kirche dran. Und wenn ihr die Geschenke aussucht, geht bitte sicher, dass es genauso viele Auswahlmöglichkeiten gibt wie Einladungen. Ihr braucht Bettbezüge, Tischdecken, Porzellan, Kristallgläser, ordentliches Besteck, Silber ... Die Abteilungsleiterin wird euch eine Checkliste geben, sodass ihr alles nachvollziehen und ein angemessenes Hochzeitsregister aufstellen könnt. Du musst dich auch noch entscheiden, ob du für das Monogramm einen Doppelnamen haben willst oder ob du Keh-vins Nachnamen annimmst. Ich würde dir zu Letzterem raten, den Südstaatlern zuliebe. Ich faxe dir den Zeitplan. Wenn du irgendwelche Fragen hast, wende dich so schnell wie möglich an mich."

Tatsächlich fängt auch das Fax gleich an zu piepen und ich sehe diese endlose Liste nutzloser Dinge – lauter Gegenstücke zum Straußhalter, nur für die Küche –, die da aus dem Gerät kommt. Ich lese die ersten paar Punkte auf dem Register durch.

Kaffeezubereiter-Varianten. Ähm, die Straße runter, zum nächsten Espresso-Café. Dort befinden sich meine Kaffeezubereitungsvarianten.

Besteckvarianten. Ähm, Silberbesteck. Vielleicht noch einen schönen Satz Essstäbchen für das chinesische Essen aus der Box.

Essenzielle Weißwaren. Ein Wollbettbezug. Es wird hier kaum kälter als + 10°. Keine Ente sollte für mein Bettzeug sterben müssen.

Kristall-Stielgläser. Wenn sie nicht in die Spülmaschine dürfen, dürfen sie auch nicht in meine Küche.

Sushi-Teller für Bewirtung mit Meeresfrüchten oder japanischem Essen. Es gibt hier vier Sushi-Restaurants, die man zu Fuß erreichen kann. Man muss sie nur zur Kenntnis nehmen. Ich bin mir sicher, dass sie bereits Fischteller erworben haben.

„Emily, ich sehe mir gerade deine Liste an. Kevin und ich haben beide schon seit einiger Zeit eine eigene Wohnung. Ich bezweifle, dass wir das alles brauchen. Meine Mutter hat ihr Porzellan noch nie benutzt. Und was soll ich mit den Kristallgläsern machen, wenn Kay nicht mehr da ist? Ich hätte lieber etwas Alltagstaugliches, das ich jeden Tag benutzen kann."

„Ashley, du wirst die Frau eines Chirurgen. Ihr werdet regelmäßig Gäste empfangen. Und du kannst dem Chefchirurgen und seiner Frau wohl kaum Pappteller und Plastikgabeln auftischen. Meine Muttah war immer auf unangekündigte Gäste vorbereitet und ich will doch hoffen, dass du dasselbe für unseren liebsten Keh-vin tun wirst. Die Frau eines Chirurgen zu sein ist an sich schon ein Vollzeitjob. Ich hoffe doch sehr, dass du das auch so siehst."

Das Fax spuckt immer noch Blätter aus. Das Lustige daran ist, dass ich Listen eigentlich mag und auch das Einkaufen. Man könnte glatt denken, dass mir dieser Teil gefallen sollte. Aber irgendwie verdirbt mir Emily den Spaß daran.

„Kevin und ich, wir arbeiten beide zu irrwitzigen Zeiten. Ich bin einfach nicht der Typ dafür, Silber zu polieren, Emily. Ich glaube auch nicht, dass das der Grund ist, warum er mich heiratet." *Wenn es doch so sein sollte, hab Erbarmen mit mir, Herr!*

„Dann werdet ihr jemanden einstellen. Meine Muttah hat gesagt, dass euer neues Haus ein Zimmer für das Dienstmädchen haben wird."

„Ein Zimmer für das Dienstmädchen?" Hallo? Als ob ich ein hübsches junges Ding in meinem Haus haben will, das besser sauber machen kann als ich. „Wir haben noch gar kein Haus. Wir haben noch nicht einmal mit der Suche begonnen, und ich hätte gedacht, dass ich dann schon wüsste, ob es ein Zimmer für das Dienstmädchen haben wird oder nicht. Wird es übrigens nicht."

Tracys Augenbrauen kräuseln sich und ich kann ihr ansehen, dass sie schrecklich gern hören würde, was Emily sagt.

„Schau dir Seite drei in der Liste an, Ashley."

Da steht „Haussuche", und es sind drei Adressen und der Name eines Maklers aufgelistet. „Hat dein Bruder dir gesagt, dass er Philadelphia in Erwägung zieht?" *Ich ziehe Philadelphia zwar nicht in Erwägung, aber wenn es mir die Immobilientour mit der Schwiegerfamilie erspart, dann nur her damit.*

„Mein Vatah hat sich dazu bereit erklärt, eine Treuhandvereinbarung für eins dieser drei Häuser zu treffen."

„Lass mich diese Listen durchsehen und dann werde ich mich wegen der Änderungen an dich wenden, Emily."

„Nein, nein, nein, nein, nein. Keine Änderungen. Das ist der Plan, an den wir uns halten müssen, wenn wir eine Hochzeit – welchen Kalibers auch immer – auf die Beine stellen wollen. Die Einladungen müssen im Juli verschickt werden. Das bedeutet, dass du bis dahin eine Kirche zum Heiraten brauchst und einen Ort, an dem du die Gäste empfängst. Außerdem muss die Liste der Geschenke fertig sein, damit die Leute sie besorgen können."

Brautzilla hat nichts gegen die Hochzeitskoordinatorin in der Hand.

Seth betritt mein Büro und ignoriert den unbedeutenden Umstand, dass ich gerade am Telefonieren bin. „Bist du meine Akten schon durchgegangen, Ashley?"

Ich kann einfach nicht anders. Ich fange an zu schreien und Tracy und Seth sehen mich beide an, als wäre ich verrückt.

Emily bellt immer noch Befehle ins Telefon.

„Ich muss gehen." Ich lege auf, ohne ein weiteres Wort. Seth und Tracy schauen fasziniert zu mir. „Was ist?"

„Du hast geschrien", sagt Seth.

„Habe ich das?"

„Ja, das hast du", stimmt Tracy ihm zu.

„Und mir ist immer noch danach, zu schreien. ‚Raus aus meinem Büro' zum Beispiel."

Seth setzt sein entwaffnendes Lächeln auf. „Lass uns einen Kaffee trinken gehen."

„Ich will keinen Kaffee, ich will arbeiten."

Mein Bürotelefon klingelt schon wieder. Ich gehe ran und scheuche das merkwürdige Pärchen hinaus. „Ashley Stockingdale."

„Ashley, hier ist deine Mutter."

Freude. „Hi, Mom."

„Tante Babe würde gern eine Brautparty für dich veranstalten, bevor sie in die Ferien nach Las Vegas fährt. Sie hatte diese tolle Idee, eine Dessous-Party daraus zu machen! Ich muss zwar zugeben, dass das nicht meine erste Wahl war, aber nachdem sie die Party beschrieben hat, denke ich, dass es uns Spaß machen wird."

Das gibt dem Tag den Rest – die Vorstellung, dass meine Großtanten mich mit einer String-Tanga-Auswahl ausstatten werden. „Mom, ich glaube nicht, dass das besonders angebracht ist. Wir kennen Kevins Familie kaum. Sie könnten glauben, dass ihr Sohn ein leichtes Mädchen heiraten wird, wenn sie so eine Brautparty feiert. Unterwäsche ist doch ein persönliches Einkaufserlebnis." *Oder sollte es zumindest sein.*

„Unsinn. Das wird lustig. Eines Tages wirst du daran zurückdenken und darüber lachen. An dem Tag, an dem du da nicht mehr hineinpasst, wirst du dich kugeln vor Lachen."

Das glaube ich nicht. Wissen Sie, Sie können mich als naiv bezeichnen, aber ich bin voller Hoffnung, dass ich mein Leben lang in so ein Flitterwochen-Etwas hineinpassen werde. „Was hält Mei Ling von dieser Idee?"

„Ihr gefällt sie auch nicht. Ich gebe ja zu, dass es nichts Traditionelles ist, aber ich dachte, ihr jungen Mädchen seid heutzutage etwas lässiger."

„Offensichtlich nicht. Mom, ich kann einfach nicht glauben, dass du damit einverstanden bist. Als ich noch in der Schule war, hast du mich nicht mal ein George-Michael-Shirt tragen lassen, weil er dieses Lied über Sex gesungen hatte."

Meine Mutter räuspert sich. „Ich bin mir sicher, dass es sehr geschmackvoll sein wird, Ashley. Du bist bald eine verheiratete Frau. Es ist ja nicht so, dass sie zu deiner Kriminalisierung beitragen würden. Du kannst dich glücklich schätzen, Großtanten zu haben, die sich so sehr um dich bemühen."

„Mom, Tante Babe denkt, dass es geschmackvoll sei, Diamantenimitationen beim Teleshopping-Kanal zu bestellen. Was ist, wenn ich ein Büschel Marabufedern und bunte Spitze geschenkt bekomme?"

Ich hasse bunte Spitze.

„Du musst nicht frech werden, Ashley. Es ist sehr nett von deinen Tanten, dass sie das für dich tun wollen. Was sie sagen, stimmt: Einem geschenkten Kaninchen schaut man nicht ins Maul."

„Gaul, Mom. Das Kaninchen kommt aus diesem komischen englischen Film, der dir so gut gefällt."

Sie fängt an zu lachen. „Ach ja, stimmt, *Die Ritter der Kokosnuss.* Na ja, du verstehst, was ich meine."

„Ja, ich verstehe dich, und das macht mir Angst."

„Also passt es dir am 7. August?"

„Das Wochenende ist mir recht. Die Dessous dagegen nicht so sehr. Was ist, wenn Kevin denkt, dass er dabei ist, eine Puffmutter zu heiraten?"

„Ashley, wenn man ein Geschenk bekommt, heißt es nicht, dass man es auch anziehen muss. Setz einfach ein nettes Lächeln auf und sag ‚Dankeschön'. Sieh es als eine Art Julklappparty, nur mit Unterwäsche. Du kannst dein Geschenk immer noch weiterverschenken."

„Meinst du? Mom, Kevins Familie ist schrecklich darum besorgt, dass ich das richtige Porzellan und die Monogramme auf die Handtücher bekomme. Ich befürchte, dass die Einladung zu einer Dessous-Party sie verärgern könnte."

„Ich werde dir mal etwas sagen, Ashley. Von Dessous wird deine Ehe mehr profitieren als von Porzellan."

Autsch. „Wie dem auch sei, Mom. Ich habe verstanden. Ich habe am siebten Zeit für die Brautparty." *Trotz allem kann ich es kaum erwarten, zu sehen, was meine blinkenden Tanten für sexy Unterwäsche halten.* „Und Kevins Familie bleibt dann lieber am anderen Ende des Landes. Das wäre das Beste, glaube ich."

„Lade zur Sicherheit ein paar Leute von der Arbeit ein, Ashley. Es wäre doch nett, wenn sie dich von deiner persönlichen Seite kennenlernen."

„Mom, ich werde ganz sicher keine Leute von der Arbeit einladen, damit sie mir Unterwäsche kaufen. Das ist unprofessionell. Wir müssen nicht so persönlich miteinander werden."

Außerdem jagt mir der Gedanke an Tracy, die um meinetwillen Victoria's Secret betritt, gelinde ausgedrückt Angst ein.

„Na gut, in Ordnung. Du kennst dich da bestimmt am besten aus. Du hast in deiner beruflichen Laufbahn viel erreicht. Ich kann dir an diesem Wochenende helfen, wenn du die kandierten Mandeln verpacken willst."

„Ich glaube, es ist noch zu früh dafür. Der Zuckerüberzug wird bestimmt schlecht."

„Die isst doch sowieso keiner. Sie sind doch nicht wirklich zum Essen gedacht."

„Ich esse sie! Mom, danke für deine Hilfe und dass du mir von der Brautparty erzählt hast. Ich muss jetzt zurück an die Arbeit." *Verflixt, ich höre mich undankbar an.* „Du bist die Beste, Mom."

„Alles klar, mein Schatz. Gib Seth, ich meine Kevin ... ich vergesse immer wieder den Namen des Jungen. Gib Kevin einen Kuss von uns."

Es ist schon dunkel, als ich die Arbeit verlasse, aber das Sunflower-Projekt ist wohlauf und unterwegs nach Patenthausen. Ich fahre zum Brautmodengeschäft, das komplett verdunkelt ist. Ein Starbucks ist an der Ecke, aber einen halben Block entfernt und sein grünes Leuchten lässt den Laden nur noch dunkler erscheinen. Ich linse durch das Fenster, um einen zweiten Blick auf das Scarlett-Kleid zu erhaschen, das da hängt: ein neonbeleuchteter, teefarbener Leuchtturm historischer Mode. Es verhöhnt mich von seinem Platz in der Mitte des Geschäfts aus. Ich keuche vor Vorfreude. Ich kann es kaum erwarten, das Kleid in meine Hände zu bekommen. Um Kevin zu zeigen, dass es nicht funktionieren wird mit seiner Schwester als unserer Hochzeitskoordinatorin. Ein fassbarer Beweis dafür, dass ich weder verrückt bin noch in einer Raum-Zeit-Verkrümmung lebe. Und dass Emilys Coach-Mappe ihre Traumhochzeit enthält und nicht meine.

Ich klammere mich an das Foto von meinem wahren Kleid in meiner Tasche. „Vera Wang, im Stil von Mei Ling", sage ich laut. Wenn Mei Ling mein Kleid sieht, wird sie es als einen modischen Notfall anerkennen, denn das ist nicht zu übersehen. Ihre Nähmaschine wird mit Leidenschaft zum Leben erwachen. Außerdem habe ich Mei Ling ihr rotes Hochzeitskleid für den Empfang gekauft. Sie schuldet mir was.

Ich nehme den Schlüssel aus meiner Tasche. Er funkelt im grünen Licht des Starbucks-Schilds. Der Schlüssel geht leicht hinein und ich mache das Licht an, als ich das Geschäft betrete. Ich bin wie ein Kind in einem Süßigkeitenladen: *Schleier, Strumpfhalter, Kleider! Ach, du meine Güte!* Der einzige Ort, an dem ich mich abends noch lieber aufhalten würde, ist das New Yorker Diamantenviertel, mit der besten Auswahl an Platin-Schmuck; dort könnte ich mein umfangreiches Wissen über Edelsteine einsetzen!

Damit ich Hannah nicht in Schwierigkeiten bringe, schließe ich die Tür hinter mir ab und gehe direkt zu meinem Kleid. Okay, ich muss zugeben, dass es wirklich reizend ist, aber es lässt mich an ein kleines Mädchen denken, das Verkleiden spielt, nicht an etwas, dass eine Braut bei ihrer Hochzeit wirklich tragen würde. Aber dennoch ... Hannah hat gesagt, dass die Arbeit vorzüglich ist. Und darin ist auch etwas Anrührendes, das mir sagt, dass ich dem Kleid vielleicht doch noch einmal eine Chance geben sollte, wenn ich keine so aufmerksamen Zuschauer um mich herum stehen habe.

Ich schleife es in die Umkleidekabine und probiere es an. Der dreiteilige Spiegel ist nicht annähernd so schlimm, wenn niemand mich anstarrt. Ich kann die Knöpfe nicht schließen, also halte ich den Ausschnitt mit der Hand zu. Ich bestaune mich eine Zeit lang, als mir blinkende rote Lichter auffallen. „Was zum ...?“, sage ich laut, als ich zum vorderen Teil des Geschäfts laufe. Da steht ein Polizist mit seinem Funkgerät. Gut, dass ich hier drin bin. Mitten in einen Polizeieinsatz zu geraten wäre jetzt das Letzte, was ich gebrauchen könnte.

Ich laufe zurück zum Spiegel, als ich das Klopfen höre. „*Polizei!* Aufmachen!“

„Oh Mann, sie sind hier in der Nähe." Ich riskiere einen weiteren Blick aus dem Fenster.

„Sie, die Braut, öffnen Sie die Tür."

Mein Herz schlägt mir bis zum Hals. „Ich?", sage ich mit einer Hand auf der Brust.

„Ja, Sie, Prinzessin. Öffnen Sie die Tür."

Ich trage gerade ein Scarlett-O'Hara-Kleid. Ich habe das Gefühl, aus einer Traumwelt geweckt worden zu sein, nur dass dieser Traum eher ein Albtraum ist, denn ich bin überaus unpassend angezogen. Sonst bin ich eigentlich stolz darauf, jederzeit und zu jeder Gelegenheit passend angezogen zu sein. Aber wenn es darum geht, einem Polizisten gegenüberzutreten, bin ich mir nicht sicher, was angemessen sein könnte.

„Machen Sie diese Tür auf!", ruft er erneut.

Ich schlurfe zur Tür und entriegele sie. Der Polizist wirft einen Blick auf das Kleid und kann sich das Lachen kaum verkneifen. Schließlich platzt es aus ihm heraus und er bedeckt sein Gesicht mit der Hand. Er sieht gut aus, wenn auch ein bisschen zu klein. Sein Gelächter macht ihn mir nicht unbedingt sympathischer.

„Was ist so lustig?", frage ich mit einer Hand auf der Hüfte. *Als ob hierin Platz zum Posieren wäre.*

„Nichts. Darf ich fragen, was Sie nach Ladenschluss hier machen? Angezogen wie ... na ja, so."

Ich werfe den Rock des Kleides zurück und straffe die Schultern, in dem Versuch, einen Hauch Würde zu bewahren. „Ich wollte hier mein Hochzeitskleid abholen. Es wurde heute aus Atlanta eingeflogen", sage ich mit falschem Stolz und ebenso falscher Autorität. „Sehen Sie? Ich habe einen Schlüssel." Natürlich gerade nicht hier. „Geben Sie mir nur eine Minute. Ich finde ihn gleich."

„Sie haben ja vielleicht einen Schlüssel, Fräulein, aber Sie haben den stillen Alarm ausgelöst. Wenn Sie nicht den Code haben, um ihn auszustellen, werden Sie mit mir mitkommen müssen."

„Rufen Sie die Besitzerin an. Ich bin mir sicher, dass das alles auf einfache Weise aufgeklärt werden kann. Sehen Sie, Hannah hat heute Abend ein Date, und ..."

„Upps, ihre Nummer ist nicht in meinem PDA." Er hat seine Arme verschränkt.

„Sarkasmus ist keine positive Eigenschaft an einem Polizisten", ermahne ich ihn. Natürlich habe ich nicht die Nummer der Besitzerin. Ich habe noch nicht einmal Hannahs Handynummer. Außerdem ist sie gerade bei ihrem Date. Das ist nicht gut.

„Ich warte."

„Das ist ein kleines Missverständnis. Meine Freundin Hannah arbeitet hier. Sie hat mir den Schlüssel gegeben, und ..."

„Ich bin mir sicher, dass Ihre Geschichte der Wahrheit entspricht, weil ich mir einfach nicht vorstellen kann, dass jemand hier einbrechen würde, um sich dieses Kleid anzuziehen. Aber ich muss Sie trotzdem mit aufs Revier nehmen. Da werden wir Ihre Geschichte überprüfen und ich kann zurück auf die Straße, um die wirklich bösen Jungs zu bekämpfen."

„Aufs Revier? Nein, nein. Ich kann nicht mit aufs Revier. Denken Sie nur an all den Papierkram, der dadurch für Sie entsteht. Letztes Jahr wurde ich dafür verhaftet, dass ich einen Polizisten mit meiner Prada-Handtasche angegriffen habe, und ich bin Anwältin, und ..." Sein Kiefer ist heruntergeklappt. „Das ist für meinen Fall keine Hilfe, oder?"

„Sie haben das Recht, die Aussage zu verweigern. Alles, was Sie sagen, kann bei Gericht gegen Sie verwendet werden."

„Nein, das hier ist doch kein Gerichtsverfahren. Es ist nur ein Missverständnis. Sehen Sie, hier ist der Schlüssel! Hannah muss vergessen haben, ihrer Chefin davon zu erzählen."

„Gut. Einbruch und gewaltsam verschaffter Eintritt wird von der Anklage gestrichen." Er nimmt mir den Schlüssel aus der Hand. „Den nehme ich, danke."

„Ich werde noch kurz das Kleid ausziehen. Geben Sie mir nur eine Minute ..." Als ich mich auf den Weg zur Umkleidekabine mache, bin ich wie von einem Nebel umhüllt, der mir Schwindel bereitet. Der Polizist schüttelt seinen Kopf und packt mich am Ellbogen, um mich zurückzuhalten.

„Sie haben das Recht auf einen Anwalt – jetzt, und auch bei

jeder zukünftigen Befragung. Wenn Sie sich keinen Anwalt leisten können ..."

„Hören Sie auf, mir meine Rechte vorzutragen. Ich bin Anwältin. Warum sollte ich in ein Brautmodengeschäft einbrechen?"

„Vielleicht ist es ja eine Fantasiegeschichte, die Sie sich ausgemalt haben. Wer weiß schon, was die Leute für Vorlieben haben? Ich habe schon viel gesehen." Er packt mich wieder am Ellbogen und führt mich zu den blinkenden roten Lichtern. Die Leute auf dem Gehweg vor dem Starbucks haben ihren Spaß. „In Ordnung, ich werde Sie nicht verhaften, bis wir Ihre Geschichte überprüft haben. Sie müssen aber trotzdem mit mir mitkommen."

„Hey, seht mal! Prinzessin Fiona wird gerade verhaftet", höre ich jemanden rufen.

Ich bin unterwegs zum Polizeirevier. In Gewahrsam genommen. Angezogen wie Scarlett O'Hara. Und ich habe mir Sorgen um die Dessous-Brautparty gemacht. Ich würde jederzeit das hier gegen einen Marabu-Body tauschen.

16

Eine Stunde lang bin ich die Zelle auf und ab gewandert, aus Furcht, mich hinzusetzen und dieses überaus teure, wenn auch gewaltige Kleid zu zerstören. Kay lässt sich bestimmt viel von ihrer kostbaren Zeit, bevor sie hierher kommt. Zunächst konnte die Polizei meine Geschichte nicht nachprüfen, weil Hannah bei ihrem Date nicht zu erreichen war und die Besitzerin ebenfalls nicht an ihr Telefon ging. Aber hier hatten alle was zu Lachen an diesem Abend. Ohne Zweifel waren sie nicht um meinen sich verhärtenden kriminellen Hintergrund besorgt, als sie die anderen Insassen einluden, an diesem Vergnügen teilzuhaben. *Sie sind auf jeden Fall leicht zu unterhalten.*

Man hat mir gesagt, dass es vor einem Jahr einen Einbruch in diesen Laden gegeben habe, also wollten sie nichts riskieren. Ich könnte ja schließlich die Brautkleidbanditin sein. Ich könnte mich jetzt schon wieder auf freiem Fuß befinden, wenn da nicht noch meine Akte wäre. Aber die Festnahme war nicht meine Schuld. Ich war wie betrunken vom Jetlag. Pff. Da versucht man, tagelang in Taiwan durchzuarbeiten und muss dann hinterher achtzehn Stunden im Flugzeug sitzen. Gibt es irgendjemanden, der im Flugzeug schlafen kann? Oder nach dieser Tortur klar bei Verstand ist?

Kay kommt rein und muss ein Kichern unterdrücken. „Jetzt sehe ich, warum du nicht Kevin angerufen hast."

„Hast du die Kaution hinterlegt?"

„Du brauchst keine Kaution. Sie wissen, wo du wohnst, und du stehst auch nicht unter Arrest. Sie wollten dich nur befragen. Sie haben Hannah erreicht. Sie hat deine Aussage bestätigt. Also kannst du gehen; du brauchst nur jemanden, der dich zum Auto begleitet – und deine eigene Kleidung. Wessen Kleid ist das überhaupt?"

„Das von Vivien Leigh."

„Ich glaube, die Polizisten wollten einfach nur etwas Unterhaltung haben. Und ich muss zugeben, mich unterhältst du auch prächtig."

Ich sammle meine Sachen ein, unterschreibe einige Formulare und wir machen uns auf den Weg. Ich gehe davon aus, dass die Polizisten mich vermissen werden.

Erst jetzt bemerke ich, dass Kay nicht so angezogen ist wie sonst. Sie trägt ein entzückendes Kleid mit einem bunten Rock und richtige High Heels. Es ist mein Kleid, um genau zu sein. Ich nicke ihr zu. „Was hast du damit vor?"

„Am Samstag ist unser großes Wiedersehen, erinnerst du dich? Ich habe gerade Kleider anprobiert, als du angerufen hast."

„Es scheint, als hätten wir gerade beide eine Modenschau mit den Kleidern anderer Leute hinter uns."

„Außer dass ich freien Zugang zu deinen Sachen hatte und dafür nicht einbrechen musste."

„Ich bin da nicht eingebrochen. Fahr mich einfach zurück zum Laden, damit ich dieses Ungetüm wieder an seinen Platz hängen und mein Auto abholen kann." Ich hole das zerknüllte Bild aus meiner Tasche. „Das hier ist das Kleid, das ich eigentlich tragen werde. Ich hoffe, dass Mei Ling es für mich nähen kann."

Kay nimmt das Kleid unter die Lupe und gibt mir das Stück Papier wieder zurück. „Es ist schön."

„Das ist alles? Das ist alles, was du dazu zu sagen hast?"

„Tut mir leid. In meinem Kopf ist gerade nichts außer ‚Jailhouse Rock' zu hören. Es hat mich wohl ein bisschen überrumpelt, nehme ich an." Jetzt wirft Kay ihren Kopf zurück und lacht. „Was soll ich sagen, Ashley? Hilf mir auf die Sprünge."

„Es ist viel einfacher, von der Polizei verhaftet zu werden, als ich damals gedacht habe, als ich noch an der juristischen Fakultät war. Man sieht sich im Fernsehen *Cops* an, weißt du, und dann denkt man nur noch an Männer mit freiem Oberkörper, die in Autobahn-Motels leben. Aber es ist wirklich viel einfacher, als sie einem weismachen wollen."

Kay rollt mit den Augen. „Nein, das ist es nicht wirklich, Ashley. Du scheinst da, glaub ich, im Leben besonderes Glück zu haben. Verhaftet zu werden ist so was wie eine Spezialität von dir. Eine interessante Spezialität übrigens für eine junge Christin, muss ich sagen." Kay hält auf dem Parkplatz vor dem Brautmodengeschäft. Glücklicherweise hat sich die neugierige Truppe vor dem Starbucks bereits aufgelöst.

„Alles klar, Kay, du bleibst draußen stehen und bist meine Zeugin, dass ich dieses Kleid zurückbringe und *nicht* irgendetwas stehle", sage ich, als ich mich erneut daranmache, die Tür mit Hannahs Schlüssel zu öffnen.

Da bleibt mir vor Schreck fast das Herz stehen. Kevin steht nicht weit von mir auf dem Parkplatz und sieht mich in voller Scarlett O'Hara-Montur.

„Ashley?"

„Kevin, was machst du hier?" Ich fühle mich nackt. Nein, nackt wäre eher eine Verbesserung meiner Lage.

„Kay hat mich angepiepst. Die Nachricht lautete ‚A braucht moralische Unterstützung. Komm zum Brautladen.' Ich wollte mir ohnehin eine 30-Minuten-Pause zum Essen nehmen, also hier bin ich. Die wichtigere Frage ist, was du hier machst und warum du das da trägst. Ist das dein Kleid?“ Kevins eindrucksvolle grüne Augen sehen gebannt auf das Kleid, seine Angst ist offenkundig.

„Das ist das Kleid, das deine Schwester für mich hat anfertigen lassen.“ *Können wir uns jetzt auf ein durchstrukturiertes Programm für sie einigen?*

Ein Funken Verständnis flackert in seinen Augen auf. „Weißt du was, Liebling? Ich muss gehen. Liebe dich!“ Er kommt auf mich zu, küsst mich auf die Wange und sieht mich von oben bis unten an. Dabei schüttelt er den Kopf und muss ebenfalls ein Kichern unterdrücken. Aber seine Augen strahlen Zärtlichkeit aus. Er liebt mich; er liebt mich wirklich. „Ich kümmere mich darum, Ash“, sagt er mit sanfter Stimme, mein ganz persönlicher Leopold. Dann ist er weg, wie der unsichtbare Wind, der ihn in mein Leben geweht hat.

„Warum kaufst du nicht einfach ein anderes Kleid?“, unterbricht Kay meine romantische Träumerei. „Ich habe noch nie erlebt, dass du dich davor gedrückt hättest, etwas zu kaufen, damit es dir besser geht.“

„Ich weiß nicht, ob dafür noch genug Zeit ist. Außerdem bin ich diese Woche etwas knapp bei Kasse. Diese Bücherregale, die wir im Wohnzimmer aufgestellt haben, haben mich zurückgeworfen. Dann waren da noch die Steuern und die ganzen Dinge, die ich für die Hochzeit gekauft habe.“ Ich mache die Tür auf, eile in den Laden und ziehe mir mit einem großen Seufzer der Erleichterung wieder mein schwarzes Schleifenkleid an. Ich hänge die Kreation aus der Bürgerkriegsära zurück an ihren Platz und steuere auf die Tür zu.

„Warum suchst du dir denn keine Hochzeitssponsoren?“, fragt Kay, als ich aus der Tür trete.

„Wie bitte?“

„Ich habe im Fernsehen dieses Pärchen gesehen. Ihre Hochzeit wurde von ein paar Unternehmen gesponsert, die für alles aufgekommen sind. Sogar für die Flitterwochen", sagt Kay mit gehobenen Augenbrauen.

Mein Mund steht offen. „Es ist meine Hochzeit und keine Werbeveranstaltung. Kommt *nicht* infrage."

Kay zuckt mit den Schultern. „War nur eine Idee. Besser, als wenn du die Hälfte der Hypothek nicht bezahlst. Aber wahrscheinlich ist das eher meine Angelegenheit. Du könntest Kevin fragen."

„Ich werde das Geld auftreiben, Kay."

„Warum kannst du Kevin nicht um das Geld bitten? Was hast du denn davon, reich zu heiraten, wenn du so tust, als seist du arm?"

„Kevin hat gar kein Geld. Das heißt, dass das Geld von seinen Eltern kommen würde. Keiner von uns beiden möchte irgendetwas von ihnen annehmen. Und ich brauche ja wohl kaum zu erwähnen, dass mein zerbrechliches Selbstwertgefühl es gerade nicht ertragen könnte, Emily von meiner Armut zu erzählen."

„Dann wirst du dich entscheiden müssen, was dir wichtiger ist: eine Hochzeit in der Stanford Church mit allem Drum und Dran oder alles selbst zu machen. Du kannst die schöne Torte nicht gleichzeitig in die Vitrine stellen und aufessen. Bei Safeway machen sie schöne Hochzeitstorten."

Als wir in unsere Autos steigen, fällt mein Blick auf Kevins Ring an meinem Finger. „Safeway?"

„Siehst du, du bist ein Snob", sagt sie durchs Fenster. „Niemand würde bemerken, dass die Torte von Safeway kommt."

Ich würde es merken! Wir fahren beide vom Parkplatz und machen uns auf den Heimweg. Aber ich weiß, dass dieses Gespräch noch nicht beendet ist. Natürlich klingelt auch schon mein Telefon. Kay ist dran.

„Da hast du es: Du bist ein Snob."

„Vielleicht bin ich ja einer", sage ich, als ich mir den Kopfhörer ins Ohr stecke, damit ich mit beiden Händen am Steuer fahren kann. „Ich bin arm. Ich hasse es *so* sehr, arm zu sein. Es ist in meinen Genen nicht angelegt, dass ich arm sein könnte. Als

Gott mich für diese Rolle hat vorsprechen lassen, hat er nichts von Armut erwähnt, das weiß ich ganz genau."

„Armut? Oh bitte, du könntest deine Hälfte des Hauses verkaufen und könntest in einer Villa überall in diesem Land leben. Außerdem gibt es Schlimmeres, als arm zu sein, Ashley."

„Nenn mir eine Sache."

„Krankheit."

„Nenn mir zwei."

„Den Mann deiner Träume nicht zu heiraten und den Rest deiner Tage allein zu verbringen. Mit mir und den ‚Begründern', wie du sie nennst."

„Du hast nie geheiratet. Ich dachte, du hättest gesagt, so lebt es sich gut."

„Ich bin dem Mann meiner Träume nie begegnet. Außerdem spreche ich gerade nicht von mir. Ich spreche über dich, meine geliebte Mitbewohnerin. Du bist verrückt nach Männern. Ich glaube, du würdest einen emotionalen Hungertod sterben, wenn du keinen Freund hättest."

„Verrückt nach Männern? Zugegeben, ich bin nicht gern allein, aber nur deshalb, weil ich mich so orientierungslos fühle. Du bist in meinen Augen eine große Ausnahme, Kay. Du bist wunderschön. Du hast einen Körper, für den andere töten würden ... Und du kannst kochen. Dass du Single bist, ergibt für mich keinen Sinn, das muss ich zugeben."

„Weil du das Singledasein als Scheitern empfindest. Das tue ich nicht."

Da hat sie wohl ins Schwarze getroffen. Ein Leben, wie sie es führt, ist für mich nicht akzeptabel und ich weiß nicht, woher ich diese Meinung habe. Vielleicht habe ich zu viel mit Barbies gespielt. Vielleicht bin ich auf meine Art ein bisschen wie Elaine Novak. Und wenn ich dann irgendwann dieses gruselige Skelettgesicht habe, weil ich mir zu oft die Augenbrauen habe liften lassen, werde ich endlich Klarheit haben. *Ohhh, jetzt verstehe ich. Du meinst also, es ging gar nicht um straffe Haut und gute Schuhe.* Dieser Witz ging jetzt auf meine Kosten.

„Wolltest du denn noch nie Kinder haben?“, frage ich sie. Ich denke, wenn Kay vorhat, sich mir zu öffnen, dann werde ich meine Nase so weit es nur geht durch die Tür stecken. Wie oft bekomme ich schon eine solche Gelegenheit.

„Das mit den Kindern weiß ich nicht. Ich kann mich nicht daran erinnern, mir jemals welche gewünscht zu haben. Ich schätze, ich habe immer gedacht, ich würde welche bekommen. Aber als die Zeit verging, war es auch kein großes Problem, keine zu haben. Das Leben ist einfach voller Drehungen und Wendungen. Wir können unseren Lebensweg nicht planen. Wir meinen bloß, dass wir es könnten. Und am Ende sind wir mit dem zufrieden, was Gott uns gibt. Oder wir vermasseln es noch mehr.“

„Das ist doch gut, Kay. Du bereust nichts. Jeder Tag meines Lebens ist voll von Gewissensbissen, weil ich im Nachhinein alles anzweifle. Das ist der Grund dafür, dass ich diese Hochzeit scheinbar beim besten Willen nicht organisieren kann. Der Grund dafür, dass ich Emilys Druck zum Opfer falle. Sie erscheint einfach so selbstbewusst.“

„Oh, ich bereue durchaus so einiges. Ich habe viele Fehler gemacht, die ich wieder zurücknehmen würde, wenn ich das Ganze hier noch einmal machen müsste. Aber selbstverständlich kann ich das nicht. Also schaue ich nach vorne.“

„Wirklich? Was bereust du zum Beispiel? Corian statt Granit in der Küche? Was würdest du ändern?“

Für eine Minute wird es totenstill, dann sagt sie mit ernsthafter Stimme: „Ich hätte es nicht zugelassen, dass Simon mich zugrunde richtet.“

Ich winde mich vor lauter Unbehaglichkeit. Etwas über Kays wahre Gefühle zu erfahren, geht mir wirklich an die Nieren.

„Simon hat dich nicht zugrunde gerichtet, Kay. Sieh dir nur deinen Erfolg an, ganz zu schweigen davon, wie du dich um alle um dich herum kümmerst. Du bist schließlich die Mutter der Single-Gruppe.“

„Ich mache zwar Witze darüber, dass du besessen von Männern bist, aber du weißt immerhin, was du willst, Ashley. Vielleicht bist du dir noch nicht ganz im Klaren darüber, wie du es bekommen sollst, aber du weißt zumindest, wonach du sich sehnst. Als Seth dich nicht heiraten wollte, warst du mutig genug, weiterzugehen und noch einmal neu anzufangen. Ich muss das einfach bewundern, auch wenn ich es dir nicht nachmachen kann."

„Als ob ich eine Wahl hatte, Kay. Entweder nach Punjab in Indien ziehen, ohne einen Verlobungsring oder jegliche Verbindlichkeit, oder zurückbleiben und abwarten, ob er wieder angekrochen kommt. Sieht das für dich nach einer Wahl aus?"

„Du hattest eine Wahl. Du hättest den Männern gänzlich abschwören können, so wie ich das getan habe."

„Bereust du das?" An dieser Stelle kann ich nicht verbergen, wie geschockt ich bin.

„Versteh mich nicht falsch. Ich bereue es nicht, Single zu sein. Ich mag mein Leben. Mir gefällt es, die Kontrolle über mein Schicksal und mein Haus zu haben, aber ich frage mich ständig ‚Was wäre, wenn?' Was wäre, wenn ich nicht zugelassen hätte, dass es mich so hart werden lässt? Was wäre, wenn mein Herz immer noch sanft und nachgiebig wäre, anstatt kalt und verschlossen? Was wäre, wenn ich mir selbst erlaubt hätte, wieder verwundbar zu werden? Wäre es dann passiert und hätte mich zerbrochen? Oder hätte ich es überstanden und wäre daraus gestärkt hervorgegangen? Hat Gott mich vor etwas Schlimmerem bewahrt? Oder habe ich ihm nicht die Chance dazu gegeben? Das ist etwas, das ich niemals erfahren werde."

„Warum willst du also Simon wiedersehen? Ich könnte nicht behaupten, dass es mir sehr viel bringt, Seth jeden Tag bei der Arbeit zu begegnen."

„Wenn ich ihm gegenübertrete, muss ich mich auch meinen Ängsten stellen, das ist der Grund. Es ist ein wichtiger Teil davon, weiterzugehen."

„Ich hoffe, dass er eine Glatze hat", sage ich und fange an zu kichern. „Und dass ihm Haare aus den Ohren wachsen. Oh, und auf dem Rücken. Ihm sollte definitiv ein ganzer Teppich an Rückenhaaren wachsen."

„Ashley, du solltest wirklich daran arbeiten, die Gedanken erst mal gären zu lassen, bevor sie aus dir gesprudelt kommen. Gibt es eigentlich eine Auszeit zwischen der Idee in deinem Kopf und dem, was du dann wirklich aussprichst?"

„Nicht wirklich, nein. Deswegen sind Gerichtsverfahren nichts für mich."

„Ich weiß nicht, ob er Rückenhaare haben wird oder nicht. Ich habe nicht vor, ihm jemals mit freiem Oberkörper zu begegnen."

„Umso besser. Du kannst dir einfach diesen verfilzten Haarteppich in Gedanken ausmalen. Oh ja, und jetzt versuch mal, ihn ernst zu nehmen."

„Du bist so geistesgestört."

„Ich wurde gerade dafür verhaftet, dass ich angezogen war wie Scarlett O'Hara. Welcher Teil von geistesgestört ist dir dabei entgangen?" Ich denke an Kevins flüchtiges Auftauchen und sein noch schnelleres Verschwinden. Ich bin froh, dass Kay ihm Bescheid gesagt hat und dass er aufgetaucht ist. Aber wohin ist er bloß verschwunden?

„Bevor du bei mir eingezogen bist", setzt Kay an, und ich konzentriere mich wieder auf sie, „hätte ich gedacht, dass du viel näher am Abgrund stehst, als du es in Wirklichkeit tust. Aber ich weiß jetzt auch, dass dein Verstand genauso schnell arbeitet wie dein Mundwerk. Und deshalb teilst du alles mit, was die meisten von uns für sich behalten. Und du bist sehr großzügig damit. Aber du bist nicht annähernd so verrückt, wie du aufgeschlossen bist. Gott hätte dich nur mit einem Reißverschluss ausstatten sollen."

„Warum hast du mich überhaupt einziehen lassen? In der Single-Gruppe haben wir uns nie richtig nahegestanden und wir haben ganz eindeutig einander entgegengesetzte Lebensstrategien. Ich meine, erinnerst du dich noch an das Klemmbrett? Es war dein Leben, Kay. Du hast es überallhin mitgenommen, hast es konsultiert, bevor du angefangen hast zu sprechen. Du warst wie Linus van Pelt mit seiner harten Schmusedecke. Oder noch schlimmer: wie Emily mit ihrer Coach-Mappe."

Noch mal Stille. Aber dann spricht sie endlich: „Ich wollte nicht, dass du einziehst. Ich dachte, du seist unreif, schlampig, egozentrisch ..."

„Ähm, Kay. Vergiss es. Ich glaube nicht, dass mein Selbstbewusstsein diese Art Gespräch vertragen kann. Ich komme gerade aus dem Gefängnis."

„Ich hatte eigentlich vor, Nein zu sagen, aber ich habe darüber gebetet und Gott hat mir klar und deutlich gesagt, dass ich nur eine klingende Schelle wäre, wenn ich meine Schwester nicht in mein Haus lasse, obwohl sie einen Ort braucht, an dem sie bleiben kann. Bloß das Symbol eines Christen, keine lebendige Version, die Liebe zu geben hat. Das zum einen, und außerdem hat Seth mich angefleht, dass du bei mir bleiben darfst. Als du diesen Köter mit nach Hause gebracht hast und ich anfing, über deine Schuhe zu stolpern und das Geschirr in der Spüle abzuwaschen, da wusste ich, dass ich einen großen Fehler gemacht hatte."

Jetzt fängt Kay an zu kichern.

„Du hast mich gebraucht, Kay. Sonst hättest du dieses Klemmbrett noch jahrzehntelang mit dir herumgeschleppt, bis du die Seniorengruppe hättest organisieren müssen. Und bis dahin hättest du vielleicht schon eine Mikrochip-Version des Klemmbretts in dein Handgelenk implantiert bekommen. Oh ja, ich habe dich davor bewahrt." Ich lehne mich in meinen Sitz zurück, während Kay am Telefon immer noch lacht.

„Um ehrlich zu sein, Ashley, dass du eingezogen bist, war eins der besten Dinge, die mir hätten passieren können. Weil es mich dazu gezwungen hat, meinen Horizont zu erweitern und Menschen auch dann zu lieben, wenn sie mir auf die Nerven gehen. Und vielleicht auch ihre Hunde."

„Ich gehe dir auf die Nerven?" Das erschüttert mich.

„Und wie."

„Wirklich? Ich sehe mich selbst gern als eine komplexe und intellektuelle Person. Die Art Mensch, die einen Raum betritt und Gespräche anregt, weißt du."

„Intellektuelle sehen sich aber nicht so viele Realityshows im Fernsehen an, Ashley."

„Woher weißt du das? Sogar Intellektuelle müssen ab und zu mal vom geistigen Hoch runterkommen. Wer sagt denn, dass sie nicht hin und wieder mal vor einer guten Episode der *Joe Schmo Show* sitzen."

„Natürlich tun sie das, Ashley."

„Ich wette, du wärst überrascht."

„Aha." Wir biegen rechts ab und in der Ferne sehe ich eine rote Ampel auf uns zukommen.

„Hey, du siehst toll aus, Kay. Lass es uns feiern, dass ich aus dem Gefängnis gekommen bin, und auch Simons Rückenhaarmähne. Wir machen nie etwas, was Single-Frauen eigentlich machen sollten. Lass uns einen Abstecher ins Abenteuerland machen."

„War der Ausflug ins Gefängnis nicht wild genug?"

„Ha, ha. Ich habe da eher an das Dana-Street-Roasting-Company-Café gedacht. Es ist direkt vor uns und ich bin in der Stimmung für einen eisgekühlten Mokka mit echter Schlagsahne. Nicht dieses künstliche Zeug, das die billigen Kaffeehäuser immer benutzen, sondern die reine Kalorienbombe."

Kay mustert mich eine Weile lang, während wir an der roten Ampel halten, und zuckt mit den Schultern. „Sicher. Wie viel Ärger kannst du schon anrichten, wenn du einfach nur ein Kaffeehaus betrittst?"

„Da stimme ich dir zu. Was ist schon eine Ashley, die einen doppelten Espresso intus hat?", frage ich.

„Obwohl ... Wenn ich genauer drüber nachdenke." Kay winkt und legt auf, als sie nochmals abbiegt, um nach Hause zu fahren.

So viel zu Kay, dem Party-Girl. Ihre Flamme ist erloschen, noch bevor sie überhaupt angefangen hat zu brennen. Wo war noch mal dieses Klemmbrett?

17

Seit dem kleinen Zwischenfall mit der Polizei ist meine Woche relativ ruhig verlaufen. Purvi war nicht oft da, sodass vielen Post-its ein früher Tod erspart wurde. Seth ist nach Taiwan geflogen – und da er auf frische (vor seinen Augen getötete und auf den Tisch geklatschte) Meeresfrüchte steht, kann ich daraus nur schließen, dass das für uns beide gut ist. Entweder das oder es ist die Ruhe vor dem Sturm.

Ich habe meinen Verlobten seit seinem plötzlichen Verschwinden auf dem Parkplatz nicht mehr gesehen. Das ist bezeichnend für uns und wird mit der Zeit immer schlimmer. Ich frage mich, ob ich auch in Zukunft so einsam sein werde. Ich habe früher allein gelebt, aber nun stelle ich fest, wie sehr ich von Gesellschaft abhängig geworden bin, seit ich Kay zur Mitbewohnerin habe. Ich meine, es gab da diese Gelegenheit, da bin ich zum Yoga aufgebrochen und hatte meine Hose verkehrt herum an. Das Etikett hing hinten raus wie ein kurzer weißer Schweif. Wer hätte mich denn sonst vor einer Erniedrigung in der Sporthalle gerettet, wenn Kay nicht da gewesen wäre? Sicherlich hätte Rhett es versucht, aber das ist nicht das Gleiche. Kevin ist immer so übernächtigt, weil er zu wenig Schlaf bekommt – selbst wenn er zu Hause wäre, würde er es bemerken?

An diesem schönen Samstagmorgen sitzt Kay auf dem Sofa. Lassen Sie mich das wiederholen: Kay sitzt gerade auf dem Sofa. Irgendetwas stimmt nicht im Staate Kalifornien.

„Kay?“ Sie rührt sich nicht. „Kay?“, sage ich etwas lauter.

„Ja?“, sagt sie ausdruckslos. Ihr Kinn ruht auf ihren geballten Fäusten.

„Was ist los? Warum sitzt du hier einfach so rum? Muss nicht irgendetwas desinfiziert werden?“

„Das kann warten.“

„Was?“ Ich stürme zu ihrem Stuhl und schüttele sie. „Komm wieder zu dir. Was ist los?“

„Ich muss Simon nicht wiedersehen.“

„Nein, das musst du nicht. Das ist wohl wahr. Aber was ist mit dem Rückenteppich? Bist du nicht im Entferntesten daran interessiert?“

Sie überhört meinen Witz und nicht mal das leiseste Anzeichen eines Lächelns macht sich auf ihrem Gesicht bemerkbar. „Was ist, wenn er sich gar nicht dafür entschuldigen will, was er getan hat, Ashley? Ich habe ihm vergeben und mich weiterentwickelt. Aber wenn ich diese Wunden nun wieder aufreißen muss und er sich nicht einmal entschuldigt, weiß ich nicht, ob ich ihm jemals vergeben kann. Er hat seine Schuld niemals eingesehen, genau genommen hat er die Schuld sogar auf meine Mutter abgewälzt. Und wieder wird es mich belasten.“

„Was hat er getan, Kay?“ Sie macht mich wahnsinnig damit. Ernsthaft. Kay ist nicht der weinerliche, sentimentale Typ und ich bin mir auch nicht sicher, warum sie diesem Treffen zugestimmt hat.

„Das willst du gar nicht wissen. Ich habe darüber gebetet. Ich will ihn nicht sehen, aber ich spüre in mir dieses Ziehen. Ich kann dir nicht sagen, ob es von Gott kommt oder nicht, aber vielleicht sollte ich ihn nicht wiedersehen.“

Ich sehe mir ihr Gesicht an – vollkommen weiß und ohne jegliche Emotion –, und denke, dass das kein gutes Zeichen ist. „Gib mir seine Nummer. Ich rufe ihn an und sage euer Treffen ab. Ich sehe keinen Sinn darin, dass du dich selbst unglücklich machst.“

Kay sieht mich nicht einmal an. „Sie ist in meinem Handy gespeichert. Er hat letztens angerufen und eine Nachricht hinterlassen. Ich dachte, ich sei darüber hinweg. Was stimmt nur nicht mit mir? Christen vergeben und gehen voran.“

„Theoretisch ja. Aber manchmal ist dieses Vorangehen eher ein Weggehen. Wie ist sein Nachname?“

„Jameston. Es ist eine Nummer in New Orleans. Die Vorwahl ist 504.“

Ich finde seine Nummer und rufe an. „Simon Jameston. Womit kann ich Sie heute segnen?“, antwortet er. Lustigerweise hört er sich gar nicht Furcht einflößend an. Wenn überhaupt, dann hört er sich an wie jemand mit einem schwachen Willen, ein Angsthase. Ich stelle mir Matthew Broderick vor. Sie denken bestimmt, dass ich das gar nicht so genau wissen kann, weil ich ihn nur einen Satz habe sagen hören, aber vertrauen Sie mir, es war ein sehr willensschwacher Satz.

„Simon, Sie kennen mich zwar nicht, aber ich bin eine Freundin von Kay Harding. Sie wird sich heute Abend doch nicht mit Ihnen treffen können." Ich bin vollkommen sachlich und lasse keine Emotionen durchklingen, damit er nicht denkt, dass Kay es sich womöglich anders überlegt hat.

Er schnappt nach Luft. „Sie wird sich nicht mit uns treffen?"

„Gibt es einen Grund, warum sie es tun sollte?", bohre ich nach.

„Ist sie da? Kann ich vielleicht mit ihr sprechen?"

Ich sehe zu Kay und sie ist immer noch kreidebleich. Ich kann die Lüge, die mir dann über die Lippen kommt, nicht verhindern. „Nein." Nun, es ist nur dann eine echte Lüge, solange er denkt, dass ich damit seine erste Frage beantworte. Ich antworte eindeutig auf die zweite.

„Können Sie ihr etwas ausrichten?"

„Ja, sicher." *Wenn mir gefällt, was du sagst.*

„Ich bin Pastor. Demnächst wird im Fernsehen über meinen Dienst berichtet. Ich wollte sie nur vorwarnen, dass sie in mein Zeugnis darüber involviert ist, wie ich zu meinem Dienst gekommen bin. Nur für den Fall, dass sie mich sieht. Ich werde ihren Namen natürlich nicht nennen. Aber sie wird darin erwähnt und sie wird wissen, dass es sich um sie handelt. Also wollte ich sie im Voraus warnen, bevor sie es womöglich von den falschen Leuten erfährt. Es wird morgen in zwei Wochen bei *Bless You* gesendet, um 16:00 Uhr Eastern Time."

„Ich danke Ihnen. Wenn sie Fragen hat, wird sie Sie zurückrufen." Ich muss zugeben, dass ich nicht gedacht hätte, dass Kay so ein stilles, aber tiefes Wasser ist. Vor allem, wenn es nicht zum Teil aus Essigessenz besteht, um etwas damit zu reinigen.

„Würden Sie ihr auch ausrichten, dass es Ruth sehr leidtut, dass das alles Kay so sehr mitgenommen hat? Wir hatten ja keine Ahnung, dass sie auf unser Handeln damals so empfindlich reagieren würde. Ruth wird mit mir zusammen im Fernsehen auftreten. Ich danke Ihnen“, fügt er noch hinzu, bevor er auflegt.

Kay hat ihr gesamtes Leben damit verbracht, ihre Umgebung zu kontrollieren. Offensichtlich ist diese alte Geschichte etwas, das sie nicht kontrollieren konnte. Ich sehe ihre Sicherheit in eindeutiger Gefahr und will sie um alles in der Welt beschützen. Fernsehen? Natürlich wird niemand erfahren, dass es um sie gehen wird. Der liebenswürdige Mr. Rückenhaar hat mir das versichert, aber Kay würde es wissen. Sie starrt gebannt auf den schwarzen Fernsehbildschirm. Ich habe meinen Tagesplan für den heutigen Samstag in der Hand, der mit der Geschenkliste für die Hochzeit beginnt, aber ich werfe ihn weg auf den Kaffeetisch.

„Er ist immer noch Pastor.“

Kay nickt nur. „Das weiß ich. Er hat sich jahrelang dem Predigtdienst gewidmet. Die Menschen hören ihm tatsächlich zu.“ Sie lacht halbherzig.

„Er wird im Fernsehen auftreten, um über sein Leben zu sprechen, über sein Zeugnis.“

Kays Augen werden groß und rund.

„Er wird deinen Namen nicht nennen.“

„Das wird er auch nicht müssen, Ashley.“ Sie steht auf und fängt an, die Bücher auf dem Kaffeetisch zurechtzurücken. *Als ob sie vorher schief angeordnet gewesen wären.* „Sein Dienst. Wenn er sich um seinen Dienst scheren würde, dann hätte er ...“ Sie bricht ab und wird wieder still.

„Ich habe eine Idee, oder vielmehr eine Theorie“, sage ich, denn es herrscht eine bedrückende Stille, die ich mit meinen irrationalen Gedanken füllen möchte. Alles ist im Moment besser als Kays Schweigen.

„Wann hast du denn mal *keine* Theorie, Ashley? Und falls du es nicht bemerkt haben solltest, ist dein Leben nicht gerade ein

Beispiel für perfektes Verhalten. Behalte erst mal ein Jahr lang deinen Job, dann kannst du anderen Ratschläge erteilen, okay? Oder noch besser: Lass erst mal ein Jahr verstreichen, ohne dass du wegen irgendeiner Modekrise verhaftet wirst." Sie rollt mit den Augen. „Einen Polizisten mit einer Prada-Handtasche angreifen, also bitte."

Das ist ein bisschen brutal. Mit Sicherheit nicht die Kay, die ich kenne und liebe. „Nein, diese Theorie ist wirklich gut, Kay. Ich habe sie schon früher angewandt. Wenn wir unsere Sünde für uns behalten, dann wird der Feind sie für seine Zwecke nutzen. Wenn wir aber reinen Tisch machen, wird Gott sie nutzen. Du magst diesem Kerl ja vergeben haben, aber für mich sieht es nicht so aus, als seist du vorwärtsgekommen."

„Und er ist es? Indem er als Redner auftritt, damit er über seinen großartigen Dienst sprechen kann, bis er blau anläuft?"

„Also bist du vor Jahren Opfer deiner ... deiner Sehnsüchte geworden? Es war ein Fehler; es ist vorbei."

„Ich spreche nicht darüber, Ashley. Versuch bitte nicht, die Lücken selbst zu schließen. Du liegst total daneben. Es ist nicht so einfach, wie du es gern hättest, also lass uns nach vorn schauen. Ich werde einfach zu dem zurückkehren, was du mein ‚zwanghaftes Leben' nennst, und du wirst heiraten und vorangehen. Siehst du? Jetzt sind alle glücklich."

„Ich verstehe einfach nicht, wie diese Geschichte so dunkel und hoffnungslos sein kann, Kay. Erstens geht es dabei um dich, also erwarte ich kein außergewöhnliches Drama. Zweitens gibt es nichts Neues unter der Sonne; warum denkst du also, dass du dich so sehr von uns anderen unterscheidest? Ich kann mir vorstellen, dass Gott auch dich zu den Sündern zählt. Genauso wie den Rest von uns Sterblichen."

„Lass das, Ashley. Geh einkaufen oder so. Du brauchst eine Geschenkliste vor der ersten Brautparty, also geh einfach. Du hättest das eigentlich schon erledigt haben müssen. Ich komm schon klar. Ich muss Simon nicht sehen und das ist gut so. Du hast dich darum gekümmert und das weiß ich zu schätzen."

„Ich werde dich in dieser Verfassung nicht allein lassen. Erzähl es mir einfach, rede es dir von der Seele, okay? Du bist nicht aus Stahl. Warum musst du denn bloß so tun als ob? Das ist nur eine Erscheinungsform des Narzissmus. Stolz in seiner schlimmsten Form, weil du davon überzeugt bist, dass du viel zu gut bist, um zu sündigen." *Oooh, das war gut. Das muss ich mir merken.*

„Das ist lächerlich. Du weißt ja gar nicht, wie lächerlich." Sie steht auf und ich vermute, dass sie sich auf den Weg macht, um etwas zu putzen.

„Dann rede es dir von der Seele, um Himmels willen!", rufe ich ihr hinterher.

Das Telefon klingelt und ich gehe ran, während Kay um Worte ringt. *Herrje, ich sollte solche Schwierigkeiten haben, mir Dinge von der Seele zu reden.*

„Hallo", sage ich.

„Ashley?"

Ach, du Schreck. Es ist Emily.

„Ich bin auf dem Weg, meine Geschenkliste abzuarbeiten", sage ich heiter.

„Ich rufe an, um einen neuen Namen zu der Gästeliste hinzuzufügen. Amy Carmichael wird in der Gegend sein! Sie ist eine alte Freundin von Keh-vin und ich bin überzeugt, dass er sehr überrascht sein wird. Lass mich dir die Adresse geben."

Amy. Ohne Zweifel die Amy, die Emily erwähnt hat. Sie hat auch gesagt, dass Kevin besser sie heiraten sollte. Daran kann ich mich noch ganz genau erinnern. Also, ähm, nein. Sie wird erst dann auf die Liste kommen, wenn ich Seth darum bitte, mich zum Altar zu führen.

Emily rattert die Adresse dieser Frau herunter und wie ein bedauernswerter Lemming schreibe ich sie mir auf. Habe ich erwartet, dass Kevin keine Vergangenheit hat? Nein. Ich habe doch erwähnt, dass er aussieht wie Hugh Jackman, oder? Ich wusste bereits, dass er und Größe-32-Arin eine kurze, aber verdrehte Romanze hatten, aber Amy ... Ich kann nicht behaupten, dass ich davon begeistert bin, dass Amy nun die Bühne betritt. Hauptsächlich deswegen, weil ich ihre Geschichte nicht kenne und ihren Namen von Emily zu hören, behagt mir nicht sonderlich.

„Wer war das?“, fragt Kay, immer noch versteckt unter einer Maske aus pergamentfarbener Haut.

„Emily hat angerufen, um mir die Adresse von Kevins Exfreundin zu diktieren, für die Hochzeit. Ich nehme an, ich sollte mich darüber freuen. Sie hätte ja auch meine neue Trauzeugin sein können, komplett mit einem lavendelfarbenen Sonnenschirm. Vielleicht legt sie einen Gesichtsschleier an, wie Lea und Rahel in der Bibel, und steckt sich ein Brecheisen in ihren Strumpfhalter.“

Kay nickt abwesend. „Das wäre schön.“

„Ich denke, du solltest mit uns kommen, Kay. Ich kenne mich mit Küchenutensilien sowieso nicht aus. Kevin hat tausend andere Dinge im Kopf, wegen seiner Arbeit. Komm schon, tu es für uns. Ich meine, mit uns.“

Rhett folgt ihr überallhin. Er spürt auch, dass etwas nicht stimmt. „Nein. Du und Kevin, ihr verbringt kaum Zeit miteinander. Das ist ein wichtiger Tag, und was wäre das Schlimmste, was passieren könnte? Du wählst die falsche Salatschleuder.“

Salatschleuder? „Gibt es so ein Ding wirklich?“

Sie seufzt. „Ja, Ashley, es gibt den Weihnachtsmann und die Salatschleuder.“

„Ich will nicht dumm klingen, aber wozu braucht man die?“

„Sie schleudert Salatblätter, damit sie für den Salat wieder trocken sind.“

Ich zucke mit den Schultern. „Gibt es dafür nicht die Küchenrolle? Oder noch besser: die Salatbar bei Whole Foods?“

„Es kann auch einen Kaschmirpullover trocknen, ohne ihn zu beschädigen.“

„Hey, das könnte ich gebrauchen!“

„Ashley, geh einkaufen.“

Ich habe Kay nichts über die Sache mit Ruth erzählt. Ich kann nur annehmen, dass sie Simons Frau ist. Irgendetwas sagt mir, dass jetzt nicht der richtige Augenblick dafür ist. Simon sagte, morgen in zwei Wochen. Ich habe zwei Wochen lang Zeit abzuwarten, dass Kay wieder in gute Laune verfällt. Vielleicht braucht die Single-Gruppe ja ein Ablaufdiagramm und damit wäre sie wieder zurück im Spiel.

„Bist du sicher, dass es dir gut geht?“, frage ich.

„Ashley!“

„Ich geh ja schon. Ich wollte dich nur aufmuntern.“

„Im Moment stehen deine Chancen mich aufzumuntern genauso gut wie meine, dir einen Schrank zu besorgen, der groß genug ist für deine Schuhsammlung.“

Ich mache einen Schritt auf die Veranda und spüre den Luftstoß, als Kay die Tür hinter mir zuschlägt. „Schlag mir mit der Tür nicht auf den Hintern, während ich rausgehe!“, brülle ich durch die Tür.

„Geh weg!“, brüllt Kay zurück.

Als ich die Ahornbäume betrachte, die ihre Schatten auf die Straße werfen, sehe ich Kevins Auto am Straßenrand und mein Herzschlag setzt für einen Moment aus. Ich laufe die Treppen herunter und klopfe fest an sein Fenster, wovon er aufwacht.

„Bist du überhaupt zu Hause gewesen?“, frage ich.

Er startet den Motor und lässt das Fenster runter. „Wie bitte?“

„Warst du zu Hause? Hast du geschlafen?“

„Ich hatte gerade ein tolles Nickerchen. Ich bin seit sieben hier.“ Er lächelt.

„Das sind noch nicht mal drei Stunden.“

„Wir suchen doch nur Teller aus. Ich muss nicht operieren. Das wird schon klappen.“

„Die Facharztausbildung ist legale Ausbeutung. Ist dir das bewusst? Nein, warte, eine Facharztausbildung in Kombination mit Arbeitssucht sorgt für eine masochistische Existenz.“

„Sei nicht wütend auf mich. Du hast mich die ganze Woche über nicht gesehen. Ich vermisse dein Lächeln. Den nörglerischen Teil von dir vermisse ich dagegen nicht allzu sehr." Er lacht sich selbst an, steigt aus dem Auto aus und geht auf die andere Seite, um mir die Tür zu öffnen. Er steht neben mir und in seiner Nähe wird es ganz warm in meinem Bauch. „Hast du einen Kuss für deinen Verlobten?"

Ich verschränke die Arme vor mir. Ich will eigentlich wütend sein, aber schon ein Hauch seines sauberen, antiseptischen Geruchs macht mich weich wie Butter in der Mikrowelle. Wir fallen uns in die Arme und er gibt mir einen atemberaubenden Kuss, der meinen ganzen Körper kribbelig macht. *Das Leben ist schön.*

„Wie geht's Holly?", frage ich, während ich einsteige und den Sicherheitsgurt schließe.

„Es geht ihr besser, was eine gute und gleichzeitig eine schlechte Nachricht ist. Sie muss das Krankenhaus bald verlassen."

„Es tut mir leid."

„Das weiß ich."

Alle Mädchen träumen von ihrer Hochzeitsgeschenkliste. Es liegt etwas Romantisches in der Luft, wenn man die ersten gemeinsamen Sachen aussucht. Aber im Moment sieht Kevin eher aus wie ein lebender Toter. Nach meiner Unterhaltung mit Kay bereitet mir sein Zustand noch schlechtere Laune. „Merk dir diesen Augenblick", warne ich ihn. „Es könnte keinen zweiten dieser Art geben. Ich habe keine Lust, einkaufen zu gehen."

„Auch wenn es die Chance für dich ist, mir zu zeigen, wie es funktioniert? Und du dabei das Geld anderer Leute ausgeben darfst?"

„Hast du denn wenigstens geduscht? Deine Hände riechen nach Krankenhausseife", sage ich anklagend, obwohl ich heimlich eine Vorliebe für diesen Duft entwickelt habe. Ich werde die einzige Frau auf dieser Welt sein, die ein Krankenhaus betritt und einen Pawlowschen Reflex an den Tag legt.

Er legt seine Arme um mich, bevor er losfährt. „Ich brauche nicht zu duschen. Das sind Pheromone, die mit dir kommunizieren. Irgendwie sexy, oder?"

„Nein!“ Ich schlängle mich aus seiner Umarmung.

„Alles klar. Eine Dusche würde dich also glücklich machen. Ich habe saubere Kleidung im Kofferraum. Lass mich bei dir duschen. Ist Kay zu Hause? Ich möchte die arme Frau nicht erschrecken.“

„Du kannst da nicht reingehen. Kay ist zu Hause, und wenn du nicht die Duschszene aus *Psycho* erleben willst, würde ich vorschlagen, dass du dich von unserem Haus fernhältst.“

Kevin küsst mich auf die Wange und meine Wut löst sich langsam auf.

„Hör auf damit.“ Ich boxe mit der Faust gegen meine Handfläche. „Ich will wütend auf dich sein.“

„Nein, das willst du nicht. Sag mir, dass dein Jurastudium einfacher war als meine Facharztausbildung. Das ist einfach ein Teil meines Lernprozesses, Ashley. Und ich bin langsamer als du.“

„Du wirst mich heute nicht mit deinem Charme beeindrucken können.“

„Ashley, du gehst gleich einkaufen. Den ganzen Tag lang. Du kannst dir einen Haufen Zeug kaufen, ohne dafür bezahlen zu müssen. Warum hast du bloß so schlechte Laune?“

Erwartungen. Es sind wieder diese hässlichen Erwartungen. „Ich hatte gedacht, dass du dich mehr darauf freuen würdest. Dass du vielleicht sogar richtig wach wärst und geduscht hättest zur Feier des Tages.“

„Ashley, wir werden Tischdecken aussuchen. Wenn wir uns Stereoanlagen oder Flachbildfernseher aussuchen würden, wäre ich vielleicht mit etwas mehr Enthusiasmus dabei.“ Er gibt mir einen flüchtigen Kuss auf den Mund. „Hab dich. Heute bist du irgendwie schwer zu fassen. Lass uns den ganzen Ramsch einkaufen gehen, den ich niemals benutzen werde.“

„Wer ist Amy Carmichael?“

Da ist er, der Gesprächskiller. Kevin scheint sich nicht mehr in derselben Plauderstimmung zu befinden wie noch vor einer Minute.

18

Ich will ja nicht behaupten, dass Kevin der Amy-Frage aus dem Weg ging, aber auf unserem Weg zum Einkaufszentrum hat er sich sehr leicht davon ablenken lassen. An seinem müden Anblick kann ich erkennen, dass er seinen Arztkittel erst vor Kurzem abgelegt hat. Er hat sich die Jeans und das zerknitterte T-Shirt angezogen, die er in seinem Spind für diese seltenen Gelegenheiten aufbewahrt, bei denen er tatsächlich richtige Kleidung braucht und nicht diese jadegrüne Uniform, die er normalerweise trägt.

Als ich einen Blick auf meinen gut aussehenden, wenn auch erschöpften Verlobten werfe, wird mir bewusst, in was für einer in sich abgeschlossenen Welt ich eigentlich lebe. Denn sein Filmstar-Aussehen ist hier nicht sehr gefragt. Dies ist wahrscheinlich der einzige Ort auf der Welt, wo Männer von 1,70 Metern (und alles was darunter liegt) tatsächlich heiß begehrt sind. Je mehr sie wie Streber aussehen, je mehr Musikinstrumente sie in der Schule gespielt haben, je höher sie in der Technik-Branche aufgestiegen sind, desto beeindruckender ist die Liste ihrer Verabredungen. Der Grund dafür ist, dass ihr streberhaftes Vorgehen ihnen meistens zu einer unerhört erfolgreichen beruflichen Laufbahn hier im Silicon Valley verholfen hat. Da, wo die Metallbaukasten- und Lego-Mentalität direkt in einen genialen Ingenieursverstand und in aussichtsreiche Möglichkeiten an der Börse mündet.

Ich kenne Männer, die in der Schule keine einzige Verabredung hatten und jetzt zu den begehrtesten Junggesellen der Stadt zählen. Aber es gibt auch eine Schattenseite bei all diesen Aktienzockern: Das Geld verändert sie nicht. Sie waren knauserig, als sie noch einfache Ingenieure waren, und sind es auch geblieben, nachdem aus ihnen Millionäre wurden. Zugegeben, man lebt in einer Villa, weil man das von der Steuer absetzen kann. Aber der Himmel soll ihnen zu Hilfe eilen, falls sie sich etwas Unvernünftiges kaufen wollen, wie zum Beispiel einen

Regenschirm für den Fall, dass es regnet. Falls sie ihn nicht für den Preis bekommen, den sie für angemessen halten oder sogar noch darunter, bleibt er im Laden.

Ich habe Chefs gesehen, die Acht-Millionen-Dollar-Häuser besaßen und die Pfannkuchenbackmischung zurück zu Costco brachten, weil ihre Liebste sie nicht für den besten Preis pro Gramm gekauft hat. Wie sie zu sagen pflegen: Qualität muss nicht teuer sein. Es sei denn, sie können es von der Steuer absetzen. In diesem Fall ist nur der Himmel die Grenze.

Der Punkt ist, dass ich gelernt habe, Ingenieurisch zu sprechen. Also kann ich auch lernen, Südstaatlerisch zu sprechen. *Gebratene Okraschoten, süßer Tee, Tomatensandwiches, Kehvin.* Sehen Sie, ich kann es bereits. Und ich bin unterwegs Richtung Bloomingdale's, Hand in Hand mit meinem Verlobten, gewappnet mit dem Wissen, dass die Salatschleuder mein Freund ist.

„Worüber denkst du gerade nach, Ashley?"

„Über Tomatensandwiches und deine Bräutigamstorte."

„Ich bekomme eine Bräutigamstorte?"

„Du klingst überrascht, aber das ist mal eine Tradition aus dem Süden, die großartig ist. Früher wurde gesagt, wenn man ein Stück davon mit nach Hause nimmt und es isst, träumt man hinterher von seinem zukünftigen Ehemann." Ich halte kurz inne. „Wie cool ist das denn bitte? Wenn ich die Torte mit zwanzig gehabt hätte, wäre ich nicht so verbissen gewesen, wenn es ums Heiraten geht. Ich weiß, dass sie der Single-Gruppe gut gefallen wird. Ich werde bei der Hochzeit von der Tradition erzählen und damit alle Ingenieure in eine durch Bindungsangst verursachte Schlaflosigkeit schicken."

Kevin hebt eine Augenbraue.

„Dass wir ins Stanford-Einkaufszentrum zurückkehren, ist so ein wunderbares Déjà-vu. Das ist der Ort, an dem wir uns kennengelernt haben. Erinnerst du dich noch?"

„Natürlich erinnere ich mich. Zu der Zeit war ich politisch korrekt. Ich habe versucht, Arin loszuwerden, um mit ihrer

Freundin auszugehen. Weißt du, ich habe den Männerkodex für dich gebrochen. Wenn das nicht Liebe ist, dann ..."

„Warum solltest du denn so etwas tun?" Ich habe seine Erklärung dafür schon gehört. Aber ich werde diese Frage noch stellen, wenn ich achtzig bin, weil mir ganz warm und kribbelig wird, wenn er es mir erzählt.

„Als ich dein Gesicht sah, wurde mir mit einem Schlag bewusst, wonach ich die ganze Zeit gesucht hatte: Eine Frau, die ich meiner Familie vorstellen könnte. Zugegeben, du magst ja vielleicht ein bisschen über diese ersten Worte gestolpert sein, aber ich wusste, dass der Funke übergesprungen ist. Ich habe dich singen gehört, weißt du, und deine Stimme hat mich in einer Weise berührt, die ich noch immer nicht erklären kann."

„Wusstest du, dass man sagt, dass Frauen eine gewisse Symmetrie in ihren Gesichtern haben, die Männer sie schön finden lässt? Je symmetrischer das Gesicht, desto schöner wirkt die Frau auf einen Mann."

„Woher hast du dieses Zeug? Kann ich jetzt wieder zur Romantik zurückkehren? Weil ich dir nämlich noch sagen will, als du mich angesehen hast, da hat es sich angefühlt, als hättest du direkt in mein Inneres gesehen. Ich habe noch nie solche Augen gesehen. Sie haben mich tatsächlich etwas spüren lassen. Mit nur einem Blick, der noch nicht einmal lange andauerte. Und du hast mich damals nicht oft angesehen."

Ich kichere. „Ich erinnere mich, dass es sich so angefühlt hat, als würde ich direkt in die Sonne schauen, als ich dein Lächeln gesehen habe. Jedes Mal wenn ich dich ansehe, Kevin, fühle ich mich deiner vollkommen unwürdig und ich weiß, dass Gott mich wirklich lieben muss, dass er dich zu mir gebracht hat."

Er nickt. „An diesem Tag hat ein Zahnarztfreund Zahnweißer an mir ausprobiert. Meine Zähne waren hinterher ziemlich hell."

Ich hebe den Kopf. „Das ist nicht wahr."

„Doch."

„Du meinst, all die Zeit habe ich gedacht, dass ich dir verfallen bin, aber in Wirklichkeit wurde ich nur vom Peroxid geblendet?"

„Es gibt durchaus weniger bedeutende Dinge, auf denen Ehen aufgebaut worden sind."

„Stimmt."

„Hey, hast du dein richtiges Kleid eigentlich schon? Ich hatte eine Diskussion mit meiner Schwester. Sie weiß jetzt, dass du dich nicht wie Scarlett anziehen wirst. Ich wünschte, du wärst damit schon eher zu mir gekommen. Wie steht es um den Rest?"

„Na ja, ich habe einen Fotografen gefunden. Deine Schwester hat die Einladungskarten ausgesucht und du weißt ja, in welcher Kirche ich heiraten will. Ich warte nur noch auf die Bestätigung. Ich wollte eigentlich Mei Ling darum bitten, mein Kleid zu nähen, aber ich glaube, dass ich es mit etwas von der Stange aus dem Einkaufsviertel von San Francisco probieren werde."

„Hast du gerade ‚von der Stange' über dein Hochzeitskleid gesagt? Alles klar, was ist los?"

Da ist er. Das ist der Moment, in dem ich ihm sagen muss, dass ich kein Geld habe.

„Emily hat etwas andere Vorstellungen von unserer Hochzeit und Südstaaten-Hochzeiten im Allgemeinen. Sie hat die Bestellung von meinem Kleid storniert, um mir das vorzuführen, was ich mal das ‚Scarlett-Fiasko' nennen würde. Ich muss mir auf die Schnelle etwas einfallen lassen, um jetzt noch etwas anderes zu bekommen."

Kevin schließt die Augen, um das alles zu verarbeiten. Eine Sache, die ich an ihm bemerkt habe, ist, dass er die Menschen nicht nach dem ersten Eindruck beurteilt. Er will immer das Beste in ihnen sehen, was eine gute Eigenschaft ist. Ich meine, er heiratet schließlich mich, richtig? Es ist nur manchmal ärgerlich, dass er eher sanft wie eine Taube ist als weise wie eine Schlange. Es sollte ein Gleichgewicht herrschen. Ich schätze, das ist der Grund dafür, dass wir so gut zusammenpassen. Eine positive und eine negative Ladung, die sich anziehen.

„Meine Schwester hat die Bestellung für dein Hochzeitskleid storniert?", wiederholt er langsam.

„Ja."

„Aber wieso?" Er sagt es gedehnt, sodass ich den echten Südstaatengentleman heraushören kann.

„Weil sie das andere für mich hat anfertigen lassen."

Er verschränkt die Arme. „Als ich an dem Abend so schnell verschwunden bin, nachdem ich dich in diesem Kleid gesehen hatte, hatte ich mit Emily ein langes Gespräch. Ich wusste, dass etwas nicht stimmt. Aber Ashley, warum hast du mir nicht gesagt, was los ist?"

„Ich weiß nicht, ob du es bemerkt hast, aber es handelt sich dabei um eine exakte Nachbildung des Kleides von Scarlett O'Hara, in dem sie in dem Film Charles Hamilton geheiratet hat."

Kevin hebt wieder seine Augenbraue. Als ich nicke, um damit zu bestätigen, dass das wahr ist, kann er sich vor Lachen kaum einkriegen, bis er buchstäblich platzt. „Meine Schwester dachte, dass du dich wie Scarlett anziehen würdest? Ich wusste doch, dass sie etwas mit diesem Kleid zu tun hat."

„Es ist ein schönes Kleid", sage ich zu Emilys Verteidigung. „Es ist nur nicht für mich gemacht."

„Nein, ich hätte wirklich nie geglaubt, dass es dein Kleid ist, Ashley."

„Was meinst du damit?"

„*Willst* du denn aussehen wie diese Frauen, die Scarletts Kleid tragen würden, Ashley? Ist das eine von diesen Fragen à la ‚Sieht mein Hintern darin fett aus?'; ich bin nämlich nicht besonders gut darin, sie korrekt zu beantworten. Du musst mit mir üben, bis ich den Code verinnerlicht habe, in Ordnung?"

„Ich will es nicht tragen, aber ich will auch nicht, dass du denkst, dass ich darin nicht gut aussehe."

„Du siehst darin fantastisch aus. Es hat einfach nur wie eine Verkleidung ausgesehen. Also nehme ich an, dass Emily sich mich als Rhett Butler vorgestellt hat?"

Ich zucke mit den Schultern. „Das müsstest du sie selbst fragen, aber höchstwahrscheinlich ja, du hättest Rhett Butler spielen müssen." *Du und der Hund.*

„Ich habe meine gesamte Jugend in Atlanta verbracht und ich habe noch niemanden getroffen, der eine *Vom-Winde-verweht*-Hochzeit gefeiert hat. Obwohl ich mir ziemlich sicher bin, dass es so was trotzdem gibt, sind höchstwahrscheinlich keine Einheimischen darin involviert. Es sind wohl eher Touristen, die mit falschen Vorstellungen von unserem Leben zu uns gezogen sind.“

Ich atme erleichtert auf. „Ich bin ein bisschen spät dran mit einigen Dingen, und das ist der Grund dafür. Emily will dich glücklich machen, Kevin. Das ist das Wichtigste, und das musst du dir unbedingt merken. Sie dachte, dass dich das stolz machen würde.“

„Meine Mutter würde einen hysterischen Anfall bekommen, wenn sie ihre Freunde zu einer solchen Hochzeit einladen müsste. Es wäre eine Erniedrigung wie sie im Buche steht.“ Ein Ausdruck von Verständnis erscheint auf Kevins Gesicht und er atmet tief aus. „Ich glaube, ich verstehe jetzt die Motive unserer kleinen Prinzessin.“

Jetzt fühle ich mich schlecht. Emily hat versucht, ihre Familie zu beeindrucken, und ich fühle mich schuldig. Ich weiß, es ist nicht berechtigt, aber das Gefühl ist da. Als Kevin auf den Parkplatz einbiegt, sind wir genau rechtzeitig für unseren Zehn-Uhr-Termin im Kaufhaus. Wir halten uns an den Händen, als wir den Gang an den Geschäften entlanglaufen. Ich erwische Kevin dabei, dass er sich bedauernd in dem Kaufhaus umsieht, als ob er einen weiteren Männer-Kodex verletzt hätte, der besagt, dass Männer nicht shoppen gehen dürfen. Aber es muss nun mal erledigt werden.

„Es wird nicht lange dauern“, sage ich begeisternd.

„Es wird ewig dauern. Ich habe das schon mal gemacht.“

Ich halte an der Tür an. „Du hast was?“

Kevins grüne Augen trüben sich und er starrt konzentriert auf den Springbrunnen, der in der Mitte des Kaufhauses steht. „Ich war bereits verlobt.“

„Hallo? Das ist eine relevante Information! Wann wolltest du mir davon erzählen? Und gibt es da noch andere dunkle Geheimnisse, die du mir verraten willst, bevor ich die vertrauliche Aufgabe angehe, mit dir zusammen Porzellan auszusuchen?"

„Ich war neunzehn, Ashley. Es war noch bevor ich aufs College gegangen bin. Ich glaube, in Kalifornien nennt man es ‚Liebelei', aber mit meinen Südstaatenwurzeln war ich dazu bereit, sie zu heiraten. Ich habe sie *geliebt!*", sagt er mit dem Pathos vom Broadway und fällt auf die Knie, was mich natürlich zum Lachen bringt.

„Steh auf. Das ist also die geheimnisumwobene Amy Carmichael?"

„Was? Nein, Amy ist eine Freundin von Emily. Sie war schon immer verknallt in mich, den großen Bruder. Sie ist einfach ein bisschen verwirrt und glaubt, dass wir füreinander bestimmt seien. Ungefähr so wie du und George Michael. Ich habe das Gefühl, dass sie in der Hoffnung auf eine romantische Wiedervereinigung zur Hochzeit kommen wird. Sie hat zu viele Filme mit Meg Ryan gesehen."

„Wo hast du diese Leute bloß her?"

„Du hast doch meine Familie kennengelernt, oder Ashley? Wir scheinen Menschen der etwas anderen Art anzuziehen. Sind Sie psychisch inkompetent? Komm, setzen Sie sich zu uns. Abgesehen davon gibt es nichts, worüber du dir Sorgen machen solltest. Amy würde den Mensa-Test nicht bestehen, selbst wenn er aus Multiple-Choice-Aufgaben mit nur einer Antwortmöglichkeit bestehen würde."

„Ich weiß, dass das ein Scherz sein sollte, aber du machst mir Angst, Kevin. Erinnerst du dich noch an die Zeit, als du ein Gentleman warst, der sich zu benehmen wusste und mich in noble Restaurants zum Essen ausgeführt hat?"

Kevin legt seine Hand auf meinen Rücken und versucht, mich ins Bloomingdale's zu führen. „Die Phase des Umwerbens ist vorbei, Süße. Ich hab dich jetzt. Jetzt kann ich mich benehmen wie immer." Er zwinkert mir zu, hält dann an und sieht mir tief in die Augen. Plötzlich wird er ganz ernst. „Vertraust du mir, Ashley?"

Natürlich vertraue ich ihm. Ich drehe mich zu ihm, nicke, und mein Magen macht einen Salto.

„Ich war zwei Monate lang verlobt, als ich neunzehn war. Als ihr Vater davon Wind bekommen hat, war es aus. Es hat sich herausgestellt, dass sie erst siebzehn war. Sie hatte die Highschool früh abgeschlossen."

„Du meinst also, Mensa wurde schon früh zur Pflicht?"

„Sie ist dann nach Yale gegangen und ich habe sie nie wiedergesehen."

„Gleich muss ich weinen. Das Ganze hört sich an wie eine Geschichte von Nicholas Sparks. Oder wie der Fernsehfilm der Woche. Wo sind die Taschentücher, wenn man sie braucht?"

„Geh jetzt hier rein." Er schiebt mich durch die Tür und damit ist unser Gespräch über seine kurz andauernde Verlobung und Amy Carmichael beendet.

Kevin legt mir seinen Arm um die Taille, als wir Bloomingdale's betreten und durch die Make-up-Abteilung laufen. Zu meiner Rechten sind die Schuhe, die Kleider sind zu meiner Linken. Ich spüre diesen äußerst starken Traktorstrahl, der mich in alle möglichen Richtungen zerrt. Man kann in diese schicken Boutiquen gehen, wissen Sie. Aber ich bin ein Kaufhaus-Mädchen. Dann bin ich wie ein Kind in Disneyland. Ich kann mich einfach nicht entscheiden, wo ich zuerst hinschauen soll. *Soll ich über die Schuhe herfallen? Mit dem Outfit anfangen? Einer Handtasche? Oooh, Lippenstift, Lippenstift!* Genauso war ich auch bei der Hochzeit meines Bruders in Las Vegas. Ich bin keine Spielerin, aber ich konnte den Lichtern und den Klängen einfach nicht widerstehen. Es appelliert wohl an meine Liebe für glänzende, schimmernde Dinge.

„Können wir uns nicht ein bisschen hier umsehen?", frage ich mit einem Hauch von Wimmern in der Stimme.

Ich spüre, wie seine Hand mich fester vorwärtsdrückt. „Geh."

„Viktorianische Frauen hatten es leicht. Sie durften für ihre Aussteuer einkaufen gehen. Den Kauf von Tellern und Bettwäsche haben sie einfach ihren Müttern überlassen. Ich glaube, ich brauche eine Aussteuer. Ich werde viel eher davon Gebrauch machen können als von Tellern. Meine Lieblingsrestaurants haben ohnehin schon Teller, weißt du."

„Ich glaube, das Scarlett-Kleid zeigt schon die ersten Auswirkungen." Er klopft leicht auf meine Stirn. „Komm zurück, Ashley!"

Jocelyn holt uns oben an der Rolltreppe ab. *Meine Güte, ist die geschäftstüchtig.* „Sie müssen Kevin und Ashley sein. Willkommen bei Bloomingdale's." Jocelyn ist zum Umfallen hübsch, mit dunklen, glatten Haaren und dem glänzenden Gesichts eines Models. Wie bekommen die das nur hin? Gibt es ein Schönheitsgeheimnis, das einem diese perfekte Plastikgesichtshaut à la Barbie zaubert? Weil ich die nämlich auch will. Ich würde sie gern fragen, wie sich die entsprechende Prozedur nennt. Aber der Austausch von Informationen über Schönheitsoperationen ist wahrscheinlich verpönt, wenn bei Bloomingdale's der Verlobte danebensteht.

„Wir *sind* Kevin und Ashley!", sage ich viel zu enthusiastisch. So sehr, dass Kevin mich ansieht, als ob er mir sagen wollte: *Beruhig dich, Mädchen.*

Jocelyn klatscht in ihre perfekt manikürten Hände. „Wir werden gemeinsam einen spannenden Tag erleben. Da Ihre Liste zu großen Teilen bereits komplett ist, fangen wir mit der Wäsche an."

Wie kommt es, dass sie bei Bloomingdale's genug Gehalt bekommt, um so auszusehen? Ich bin anscheinend in der falschen Branche tätig.

„Warten Sie mal. Was haben Sie gesagt?"

„Ihre Liste. Da das meiste schon erledigt ist, fangen wir mit der Wäsche an und den Töpfen."

„Aber wir haben noch gar nichts eingetragen."

Jocelyn macht einen verwirrten Eindruck – so verwirrt eben, wie es ihr glattes Gesicht erlaubt. Ich glaube, Botox verhindert es, große Gefühle zu zeigen. „Ihre Hochzeitskoordinatorin hat uns die Liste gefaxt und ich habe die Artikel in unseren Computer eingetragen.“ Sie holt einen langen Computerausdruck aus ihrer Mappe. „Sehen Sie, hier. Wir können mit Ihrem Platingeschirr anfangen.“

„Platin?“, frage ich nach.

„Genau hier.“ Jocelyn führt uns zu dem schlichtesten Teller, den ich jemals gesehen habe. Es ist aus weißem Porzellan mit einem silberfarbenen Ring drum herum. *Punkt. Mehr ist nicht zu sehen. Gar nichts, Null, nada.* Oh, warten Sie. Es ist ein *Platin*ring, wenn man der Bezeichnung Glauben schenkt. Wie déclassé von mir.

„Ja?“, sage ich erwartungsvoll. „Das ist ein schöner Teller.“ *Für meine Großmutter!* „Aber ich würde mir gern etwas mit mehr Farbe ansehen. Ein bisschen moderner, wissen Sie.“

„Das ist der Teller von Ihrer Liste.“ Sie hält ihn hoch, damit ich ihn näher begutachten kann. Aber es ist nun wirklich nicht so, dass ich das Design genauestens überprüfen muss. *Platin. Ring. Verstanden.*

Ich drehe mich um zu den pinkfarbenen Tellern von Kate Spade und der Vera-Wang-Kollektion, die mir zuzurufen scheint: *Ashley, nimm uns mit. Du liebst Farbe. Wir setzen ein Statement! Überlass das Banale den Ingenieuren.*

Ich lege den Teller vorsichtig wieder weg. „Er ist schön, aber nicht das, was ich mir aussuchen würde. Und ich glaube, diese Liste können Sie wegwerfen. Ich habe mir noch nichts ausgesucht. Haben Sie etwas mit mehr ... mehr Persönlichkeit?“

„Das ist das, was Ihre Hochzeitskoordinatorin uns gefaxt hat. Wollen Sie es ändern? Das ist kein Problem. Ich will nur sichergehen, dass ich Sie richtig verstehe, denn der Großteil der Utensilien auf der Liste entspricht eben diesem schlichten Motiv.“

Ich sehe rüber zu Kevin, der die Beleuchtung an der Decke anstarrt. „Kevin? Wir wollen die Liste ändern, richtig?“

„Meine Mutter besitzt das gleiche Porzellan, glaube ich.“ Kevin kneift die Augen zusammen und sieht es sich genauer an.

„Großartig, dann können wir es uns ja ausleihen, falls du

Sehnsucht danach bekommst.“ Ich fange an, mit dem Fuß zu wippen.

„Emily hat mir auch bei meiner letzten Liste geholfen. Vielleicht hatte sie sie noch irgendwo herumliegen.“

„Lass mich das noch einmal wiederholen. Ich bekomme nicht nur eine fertige Liste vorgesetzt, es ist auch noch die Liste von jemand anderem? Ich bekomme eine Liste aus zweiter Hand? Warum hinterlegen wir sie nicht einfach bei der Heilsarmee?“

Jocelyn räuspert sich. „Okay, ich werde Sie zwei allein lassen, damit Sie sich auf Ihren nächsten Schritt einigen können.“

„Ashley?“, sagt Kevin mit sanfter Stimme, die mich meinen schrecklichen Gedanken entreißt. Ich sollte weniger Poe lesen.

Als ich auf Kevins schuldbewussten Gesichtsausdruck starre, überfällt mich plötzlich das dringende Bedürfnis, nach Hause zu gehen und alles mit Etiketten zu versehen, wie Kay. Vielleicht ja meine Unterwäsche-Schublade zuerst:

Große weiße Unterhosen
Minimizer-BHs
Shaper

Verstehen Sie die Richtung? Ich brauche Kontrolle. Wenn sie in Form von ultrastarkem Elasthan daherkommt, dann ist das für mich in Ordnung.

„Werfen Sie die Liste weg“, sagt Kevin zu Jocelyn. „Wir werden ganz von vorn anfangen.“

Ich stürme auf ihn zu und falle in seine Arme. „Und ich dachte schon, dass dir das alles egal ist“, sage ich vergnügt. „Habe ich dir in letzter Zeit schon gesagt, dass ich dich liebe?“

„Lass uns die Kate-Spade-Teller ansehen“, sagt er und ich weiß einmal mehr, dass ich *so* verliebt in ihn bin. Er kennt Kate Spade! Er ist mein fehlendes Puzzleteil. Mein Seelenverwandter, mein Fenster in die Zukunft.

„Oh, können wir uns auch die Bettwäsche von Sheridan ansehen?“

„Alles, was dein Herz begehrt, Ashley."

Ich umarme ihn ganz fest. „Ich habe bereits alles, was mein Herz begehrt." Und das stimmt. *Und jetzt zeigen Sie mir bitte diese Oneida-Kollektion!*

19

Es ist Dienstag und Purvi ist wieder einmal nicht da; also schleiche ich mich früh (wenn man 18:00 Uhr als früh bezeichnen will!) weg von der Arbeit und eile zu dem Pediküre-Termin, den ich vereinbart hatte. Als ich mich im Stuhl zurücklehne und das Mädchen seine Arbeit tun lasse, denke ich zurück an das herrliche Einkaufserlebnis am letzten Wochenende (Als Zugabe habe ich von Kevin sogar ein Ausgehoutfit von Ann Taylor bekommen, nachdem er mich darin gesehen hatte.). Dann denke ich an Jocelyns Gesicht, als wir Emilys gesamte Auswahl in die Tonne getreten haben.

Eine Sache, die ich über das Heiraten gelernt habe, ist, dass es keine langweilige Angelegenheit ist, die mit simplen Anrufen und gemächlichem Katalogblättern zu erledigen wäre. Es wird ein Kampf um Alles oder Nichts, wie bei den beiden Finalistinnen des *Bachelors*. Sie geben zwar vor, Freundinnen zu sein, aber sie würden sich die Augen auskratzen, wenn sie die Gelegenheit dazu bekämen. Einfach ausgedrückt: Mein Leben ist kompliziert. Und da Gott den Menschen nicht mehr zumutet, als sie ertragen können, bin ich davon überzeugt, dass es eine Fehlkommunikation darüber gegeben haben muss, wie viel ich in Wirklichkeit ertragen kann. Vor allem, wenn ich an Emily denke. Vielleicht sehe ich von oben betrachtet ja muskulöser aus.

Da sitze ich nun in diesem vibrierenden Sessel, während dieses junge Mädchen, das kein bisschen Englisch spricht, meine Beine und Füße mit Pfefferminzsalz einreibt. Sie ist jemand, der alles aufgegeben hat, um in dieses Land zu kommen und ihr Geld mit dem Waschen der Füße anderer Leute zu verdienen.

Sie lächelt mich an, und da ist ein kleiner Funke in ihren Augen, der ein wenig finster scheint. Vielleicht ist sie ja froh darüber, dass sie nicht mit mir reden kann. Ich habe schon zahllose Versuche hinter mir, mit ihr zu sprechen, aber damit mache ich sie nur nervös, weil sie mir nicht antworten kann. Also sitze ich hier und lese einen Patententwurf und ignoriere sie. Am Ende werde ich ihr aber ein großes Trinkgeld geben, in der Hoffnung, dass sie sich dadurch besser fühlt.

Dieses Erlebnis zeigt mir deutlich, dass das Jammern über den richtigen Teller auf meiner Hochzeitsgeschenkliste lächerlich ist. Kevin erschien mir wie ein Traum, als ich ihn kennengelernt habe. Ich erinnere mich, dass in meinem Kopf mächtige Balladen geschmettert wurden, sobald er den Raum betrat. Er war die Art Mann, mit der man eigentlich nicht ausgeht, sondern die man nur aus weiter Entfernung bewundert. Dann hat Gott ihn mir näher gebracht und ich sehe jetzt ein, dass trotz der äußeren Erscheinung jeder seine Achillesferse hat. Die von Kevin ist seine Familie und seine Unsicherheit ihretwegen. Ja, er ist ein hervorragender Chirurg, aber nichts ist ihm jemals gut genug.

Anstatt nach Hause zu kommen, erfüllt von Freude darüber, dass er ein Leben gerettet hat, ist er voller Angst, dass er es am nächsten Tag vielleicht nicht schaffen wird, eins zu retten. Ich glaube, er hat sich mich ausgesucht, weil ich so wenig von ihm erwartet habe.

„Fah-be?“, reißt mich das Mädchen aus meinem Tagtraum, als sie den zähen Pfefferminzfilm abspült.

Ich schüttele den Kopf. *Was um Himmels willen?*

„Fah-be? Pik-fah-be?“

„Ah, Farbe“, sage ich. „Ja, ich nehme den hier“, sage ich und drücke ihr den pinkfarbenen Perlmuttnagellack in die Hand. Sie sieht mir direkt in die Augen und nimmt den Nagellack mit einem missbilligenden Blick entgegen. Ich glaube, das ist das Einzige, was Fußpflegerinnen ein Gefühl von Macht verleiht: wenn sie angewidert sind von der Farbe, die man sich aussucht.

Das Leben ist ungerecht. Ich weiß nicht, warum die Leute denken, es sei gerecht. Es sollte gerecht sein, das will ich ja einräumen. Wenn man ein Verbrechen begeht, sollte man seine Zeit absitzen und nicht „gerettet" werden von einem Superstaranwalt, der sich nicht weniger darum scheren könnte, ob man nun schuldig ist oder nicht. Der nur daran interessiert ist, mit seinen kunstvollen Rechtsmanövern anzugeben und nebenbei ein paar Millionen zu machen. Aber nochmals, das Leben ist ungerecht. Aus mir hätte auch eine Nagelpflegerin werden können, die an der Tür mit dem Nagelhändler verhandeln muss, anstelle einer Anwältin, die mit Purvi verhandelt.

Ich könnte gezwungen sein, den Bus zu nehmen (Gott bewahre, dass mein Bruder ihn fährt) anstatt meinen Audi. Ich könnte einen Müllmann anstelle eines Chirurgen heiraten. In den meisten Fällen ziehe ich im Leben wirklich nicht den Kürzeren.

Mein Telefon klingelt und meine beste Freundin ist dran. „Hi, Brea."

„Was machst du gerade?"

„Ich sitze bei der Pediküre und frage mich, ob es mir bestimmt ist, einen Müllmann zu heiraten."

„Du bist so merkwürdig. Hör mal, deine Mutter hat mich wegen einer Dessous-Brautparty angerufen." Brea hat eine unverwechselbare Fragemelodie in ihrer Stimme, gemischt mit einem Schuss Abscheu.

„Es tut mir leid, Brea. Ich hatte meiner Mutter gesagt, dass es keine Dessous-Party geben wird."

„Sie muss sich *so* was von in den Griff bekommen, Ash. Kannst du dir vorstellen, dass deine Tanten da auftauchen, mit ... vergiss es, ich mag nicht mal daran denken. Also, was willst du, dass ich ihr sage? Sie glauben tatsächlich, dass sie dich damit davor bewahren, die Scheidungsrate weiter in die Höhe zu treiben. Das ist dir doch klar, oder?"

„Lass uns ihnen erzählen, dass ich zusammen mit Arin in die Wildnis von Costa Rica gefahren bin und dort von einem südamerikanischen Krokodil gefressen wurde. Möge ich in Frieden ruhen. Und wage es ja nicht, ‚Sie war niemals verheiratet' auf meinen Grabstein zu schreiben."

„Bist du fertig?" Brea macht eine Pause. „Gibt es wirklich Krokodile in Costa Rica?"

„Das weiß ich nicht. Was bin ich denn, Redakteurin beim *National Geographic*? Autsch!" Ich werfe einen Blick auf meinen Fuß und sehe Blut, das aus meinem großen Zeh sickert. „Ich hatte einen Pediküre-Unfall! Da ist Blut." Die Pediküre läuft nicht gut. Das Mädchen versucht krampfhaft, meinen Zeh zu betätscheln und so zu tun, als sei nichts geschehen, während sie Handschuhe zu ihrer eigenen Sicherheit trägt. *In was für einer Welt wir leben.*

„Sie werden es wieder beseitigen", sagt Brea unbeeindruckt. „Hör auf, dich wie ein Baby zu benehmen. Deine Mutter hat gesagt, dass jetzt alle Bräute diese Art von Brautparty feiern. Und dass sie den Fehler, keine solche Brautparty zu schmeißen, bereits ein Mal bei Mei Ling gemacht hat und nicht vorhat, ihn bei dir zu wiederholen."

„Dave." Ich lasse einfach nur den Kopf sinken. „Ich habe ihr gesagt, dass das nicht angemessen ist, also gibt es nur eine Lösung für diese Gleichung."

„Das habe ich auch gedacht", bekräftigt Brea meine Annahme. „Der Humor deines Bruders hat sich seit der zweiten Klasse nicht verändert, Ashley!"

Mein Bruder ist Christ. Er ist ein fantastischer Ehemann und Vater, aber er liebt es nun mal, einen guten Streich zu spielen. Ich kann ihn vor mir sehen, wie er meiner Mutter völlig ernsthaft erzählt, dass die Großtanten recht haben. Ashley *sollte*, nein, sie *muss* eine Dessous-Party feiern. Dass man einfach nicht heiraten kann, ohne dass einem praktisch Fremde intime Bekleidung kaufen. Angesichts der Tatsache, dass meine Mutter sich für einen Anbau entschieden hat, statt meine Hochzeit zu finanzieren, nehme ich an, dass sie das wahrscheinlich als eine Möglichkeit betrachtet, es wiedergutzumachen. Argh.

„Ich werde diese Idee ein für alle Mal schlafen legen, Brea. Entschuldige den schlechten Wortwitz.“

„Das ist nicht der einzige Grund für meinen Anruf. Obwohl ich wirklich zugeben muss, dass deine Familie ein zu großes Interesse an der Auswahl deiner Unterwäsche zeigt. Ich musste ihr gerade erklären, warum die meisten Dessous heutzutage aus String-Tangas bestehen. Sie einer anderen Generation zu erklären ist einfach nicht richtig. Ich sollte ihnen lieber von der guten alten – und riesengroßen – Omaunterwäsche erzählen, die du trägst. Oh Mann, du bist da schlimmer als meine Mutter. Du könntest die Dinger bügeln wie Bettlaken.“

„Ich mag eben bequeme Unterwäsche“, sage ich und die Fußpflegerin sieht zu mir hoch. *Ganz klar, sie hat es verstanden.* „Ich werde heiraten“, füge ich dem noch flüsternd hinzu. Als ob das irgendetwas mit Gesprächen über Unterwäsche zu tun hätte.

„Eigentlich rufe ich an, weil Emily mich angerufen hat.“

„Meine Emily?“

„Bitte beanspruch sie nicht für dich allein. Sie ist eine Laune der Natur; niemand sollte Anspruch auf sie erheben. Oder sieh sie als Teil des O’Hara-Clans, okay?“

„Was wollte sie denn?“

„Sie ist nächsten Monat wieder in der Stadt und denkt, dass du noch mehr Hilfe brauchst. Und sie bringt mir ein Muster für mein Kleid als Trauzeugin mit. Das Kleid, von dem du ihr unmissverständlich gesagt hast, dass ich es nicht tragen werde. Das *hast* du ihr doch gesagt, oder?“

„Habe ich. Wirklich! Kurz bevor ich das Scarlett-Kleid gestohlen habe.“

„Weiß Kay schon, dass man von ihr erwartet, dass sie Rüschen trägt? Weil ich sie mir nämlich nicht in einem Kleid vorstellen kann, und noch weniger in einem mit Rüschen.“

„Niemand wird Rüschen tragen. Ich werde mich darum kümmern.“

„So wie du dich letztens um das Patent für Purvi gekümmert hast? Indem du einkaufen gehst und einen doppelten Espresso in dich hineinschüttest? Oder indem du im Knast landest, weil du dich um das Problem mit dem Hochzeitskleid kümmern wolltest? Und was ist damit, dass du deine beste Freundin dazu zwingst, deiner Mutter die steigende Beliebtheit von String-Tangas zu erklären? Die wahnsinnige Ashley wird dieses Problem nicht lösen.“

„Ich werde mich darum kümmern“, sage ich kurz angebunden und klappe mein Handy zu.

„Du heiraten?“, fragt die Fußpflegerin.

„Ja.“

„Du alt zu heiraten.“

„Danke sehr.“ *Verabschiede dich von deinem Trinkgeld.*

„Er auch alt?“

„Uralt.“

Sie ist fertig mit dem Lackieren und ich hole das Geld raus. Ich lasse ihr trotzdem ein happiges Trinkgeld da, obwohl ich auf die Erinnerung, dass ich zum Heiraten viel zu alt bin, auch hätte verzichten können. Wenn es nach den amerikanischen Statistiken geht, bin ich es nicht. Aber erzählen Sie das mal meiner Mutter.

Mein Telefon meldet sich schon wieder. „Du belit“, sagt die Fußpflegerin, und alle lachen mich aus, als ich rausgehe.

„Hallo Liebling.“ Kevins Stimme erfüllt meine Sinne.

„Ist es wahr, dass Emily in drei Wochen wieder in der Stadt ist?“, frage ich und versuche, dabei ungezwungen zu klingen.

„Das ist der Grund, warum ich anrufe. Sie kommt und ich gehe.“

„Wohin?“

„Auswärts. Ich muss zum Vorstellungsgespräch für den Job in Philly. Ich weiß, dass wir bis jetzt keine Gelegenheit hatten, das zu besprechen, aber ich möchte es einfach hinter mich bringen. Vielleicht eine Bestätigung, dass ich mich hier in Stanford am richtigen Ort befinde.“

„Kevin!“

„Ich werde nur mit ihnen reden, das ist alles. Ich werde bis dahin so viel Zeit wie nur möglich mit dir verbringen. Und dann bist du mit meiner Mom und Emily beschäftigt, während ich nicht da bin. Ihr müsst dann zum Probe-Essen und der Tortenverkostung."

„Deine Mom?"

„Sie wird auch da sein. Sie begleitet Emily. Ich habe ihr erzählt, dass sich deine Mom nicht besonders an den Vorbereitungen beteiligt und ich denke, sie will helfen."

„Natürlich will sie das."

„Mach dir keine Sorgen. Sie werden bei mir wohnen und sie haben eine Menge zu tun. Ich vermute, sie suchen nach einem Quartett. Und sie haben die Tortenverkostungen für uns arrangiert."

„*Für uns?* Kannst du von Philadelphia aus verkosten?"

„Es ist nur Zucker und Mehl, Ashley. Wie unterschiedlich können sie schon schmecken? Ich gehe sowieso davon aus, dass du Schokolade wählen wirst, ohne Rücksicht auf meine Meinung dazu."

„Willst du überhaupt heiraten, Kevin?"

„Mehr als du dir vorstellen kannst. Vielleicht hätten wir das Ende meiner Ausbildung abwarten sollen, aber, Ashley, ich möchte verheiratet sein, nicht verlobt."

Das ist auch das, was ich will, aber wir gehen es definitiv unterschiedlich an.

„Wir haben nicht wirklich über Philly gesprochen, Kevin. Und ich werde mir ganz sicher kein Quartett suchen. Ich bin doch nicht Marie Antoinette."

„Ashley, du kannst alles haben, was dein Herz begehrt. Sag es einfach nur meiner Mutter und Emily. Ich habe mit Emily geredet und ihr gesagt, wie du über alles denkst. Sie wird ab jetzt viel zugänglicher sein. Als ich dich in Scarletts Kleid gesehen habe, wusste ich, dass ich etwas unternehmen muss. Ich will das Päckchen sehen, das ich an meinem Hochzeitstag bekommen werde, und nicht Unmengen an antik aussehendem Stoff."
Darüber muss er lachen.

„Ich habe gerade mit Brea telefoniert. Sie hat über die Rüschen gejammert. Deine Schwester wird erst dann zugänglich, wenn man sie zu Boden drückt und festbindet!"

„Ashley, meine Liebe, du bist so witzig."

„Nein, das bin ich wirklich nicht."

„Ich werde dich bei allem unterstützen, was meine Familie angeht. Sag ihnen einfach, was du willst, Ashley. Seit wann wartest du auf jemanden, der dein Leben für dich organisiert? Ich muss das Vorstellungsgespräch einfach hinter mich bringen. Was ist, wenn Gott will, dass ich mich der neonatalen Chirurgie widme und ich dieser Richtung nicht folge?"

Ich seufze laut. „Sag es ihnen. Das ist also deine Antwort. Du tust so, als würden sie auf jemandem hören, deine Mutter und deine Schwester. Hören sie auf dich?"

Für einen Moment ist er still. „Nein."

„Und warum denkst du, werden sie dann auf mich hören?"

„Weil du Anwältin bist. Du solltest wissen, wie man mit Leuten redet. Wenn du vernünftig mit Seth Greenwood umgehen kannst, dann ist meine Schwester für dich ein leichtes Spiel."

„Kevin."

„Ich werde es wiedergutmachen, versprochen."

„Was wäre, wenn ich nach Taiwan ziehen wollte?"

„Dann wüsste ich, dass du getrunken hast. Du hasst Taiwan."

„Ich trinke nicht."

„Ashley, du machst es gerade sehr kompliziert."

„Ich lasse dich nicht mit meinen Eltern zurück und nehme mir eine schöne Auszeit von der Arbeit und dem Hochzeitsstress. Was wäre, wenn ich dir sagen würde, dass du eine Woche lang mit *meiner* Mutter verbringen musst?"

„Es ist erst in drei Wochen, Ash. Und ich werde eine Operation an einem Neugeborenen beaufsichtigen. Das ist kein Spaziergang."

„Oh, sicher, wie soll ich dagegen nur ankommen? Mach mir ruhig Schuldgefühle, nur zu. Das nenne ich fair, das ‚kranke Baby' ins Spiel zu bringen."

„Ich weiß, dass du nicht nach Philadelphia ziehen willst, das will ich auch nicht. Denkst du etwa, dass ich das Wetter und die Kultur hier nicht vermissen werde? Aber ich wünsche mir die Stelle dort für meine weitere Facharztausbildung von ganzem Herzen, damit ich mit Neugeborenen arbeiten kann. Und ich will es nicht einfach so abschütteln, indem ich leugne, dass der Wunsch da ist. Wir müssen diese Möglichkeit für unsere Zukunft doch wenigstens in Erwägung ziehen, findest du nicht?"

„Was du mir also sagen willst, ist, dass du auf zwei Hochzeiten gleichzeitig tanzen willst."

„Ich werde nicht fluchtartig die Stadt verlassen oder erwarten, dass du mir einfach so folgst. Ich teste nur eine Möglichkeit für die Zukunft aus, weil ich es mir nicht leisten kann, sie zu ignorieren. Das bedeutet aber nicht, dass ich diese Entscheidung allein treffen werde – ohne deine Zustimmung oder die Zustimmung Gottes. Oh, und ich habe meinem Vater gesagt, dass er mit dem Haus noch warten soll. Wir würden ihm dann später mitteilen, wo wir leben werden."

„Warum musst du bloß immer das Richtige sagen? Kannst du nicht einfach fünf Minuten lang ein Idiot sein? Ein Idiot, der dahin ziehen will, wo es schneit. Es schneit da doch, oder?"

„Es hat auch eine gute Seite. Du wirst deine riesige Mantelkollektion erweitern müssen und dort wirst du die Mäntel auch wirklich brauchen."

„Ach, bitte." Obwohl ich zugeben muss, dass mir das ein Gefühl von Wärme in den Bauch zaubert. Ich liebe Mäntel!

„Engagiere die Swing-Band, die du möchtest. Kauf die Torte. Besorg all die Sachen, die für dich wichtig sind. In Ordnung?"

„In Ordnung", sage ich mit vernehmbarem Schmollen in der Stimme. „Die Südstaatenschönheiten werden mit Südstaaten-Gastfreundschaft empfangen, Sir. Die Maisgrütze bekommen sie allerdings nicht."

„Das ist mein Mädchen. Ich liebe dich und wir werden unser ganzes Leben miteinander verbringen, stimmt's? Was ist da schon ein Wochenende?"

Ich öffne den Mund, um eine Reihe von Gründen aufzuzählen, aber der Gedanke an ein Baby, das operiert wird, während es sich noch im Bauch befindet, lässt mich schweigen. *Seien wir ehrlich, dem kann ich nicht das Wasser reichen.* „Schau mal in den Aschenbecher in deinem Auto."

„Was?", frage ich, als ich die Autotür aufschließe.

„Der Aschenbecher."

Ich öffne das Fach, das mit Kleingeld gefüllt ist, und entdecke eine kleine Schachtel. Als ich sie öffne, sehe ich darin ein Paar Diamantohrringe, perfekt geschliffen. „Kevin, was hast du getan?"

„Das ist mein Friedensangebot, um die Sache mit meiner Mutter und meiner Schwester wiedergutzumachen. Ich habe sie bei Gleim Jewelers gekauft, als du am Samstag noch dabei warst, die Geschirrtücher auszusuchen. Ich hatte gehofft, dass du sie zufällig findest."

Als ich die funkelnden Juwelen betrachte, spielen mir meine Worte einen Streich. „Für dich würde ich nach Alaska ziehen."

„Sie haben ganz schreckliche Einkaufsmöglichkeiten dort. Schau mal, ich bitte dich gar nicht darum, alles zu opfern."

Während ich mir die Ohrringe ansehe, füllt sich mein Herz mit Liebe. Ich habe Kevin nicht verdient. Emily habe ich wahrscheinlich wirklich verdient, aber ich zähle auf Gott, dass er mir da durchhilft. „Ich liebe dich, Kev. Ruf mich später wieder an."

„Tschüss, Ashley."

20

Okay, ich habe zwei Wochen damit verbracht, mich hinter meinem Schreibtisch zu verstecken. Ich habe versucht, mich auf die Patententwürfe zu konzentrieren und ein bisschen Zeit für Kevin dazwischenzuquetschen. Aber die meiste Zeit habe ich damit zugebracht, mich vor Emilys erneutem Auftauchen zu fürchten, diesmal mit Elaine im Schlepptau. Also habe ich eine Liste erstellt.

Gründe, warum mich meine zukünftige Schwiegermutter lieben wird

1. Ich bin klug. Manchmal. Ich war Jahrgangsbeste. Das zählt doch, oder?
2. Ich bin mit zweiunddreißig noch botoxfrei, Tendenz steigend! Hier gibt es kein vom Botulismus befallenes Gehirn (Obwohl das in dieser Familie auch von Nachteil sein könnte.)!
3. Ich lasse ihre Tochter meine Hochzeit organisieren (Also mehr oder weniger. Und ich habe zugesagt, noch bevor ich über ihre geistige Verfassung Bescheid wusste.)!
4. Ich werde nicht zulassen, dass sie mir ein Haus kauft (Mit Händen und Füßen werde ich mich dagegen wehren, aber auch an das gesparte Geld denken.).
5. Ich kann Spaghetti kochen. Und ich brauche dafür keinen Koch, der mir hilft (Emeril wäre stolz auf mich. Zack! Ein bisschen Knoblauch dazu, um sie etwas aufzupeppen!)!

„Da." Ich zeige Rhett meine Liste. „Das sollte mein Selbstbewusstsein etwas heben. Erinnerst du dich noch an meine Liste ‚Meine feierlichen Versprechen auf dem Weg, eine selbstsichere Frau zu werden'?"

Der Hund jault und legt sein Kinn in meinen Schoß. Meine Beine sind gerade in einer Yoga-Position verknotet, als es an der Tür klingelt. „Wir bekommen Gesellschaft, Rhett."

Ich springe auf, um die Tür zu öffnen. Ich denke, dass vielleicht meine Bücherbestellung angekommen ist oder womöglich ein Hochzeitsgeschenk. Aber es ist Samstag und meine Hoffnungen lösen sich schnell wieder auf, als ich an von Tür zu Tür wandernde religiöse Gruppierungen denke.

Als ich aufmache, sehe ich einen kleinen Mann, nahezu kahl, mit Weihnachtsmann-Koteletten und runden, rötlichen Wangen. Eine unscheinbare Frau steht neben ihm. „Hallo." Er räuspert sich. „Ich bin Simon Jameston und das ist meine Frau Ruth."

Tausend Gedanken wirbeln durch meinen Kopf. Das ist der Mann, der Kays Leben „ruiniert" hat, wie sie sagt. Aber dieser Mann sieht nicht mal so aus, als könnte er das Leben eines Katzenbabys ruinieren. Er ist stämmig und macht einen aufrichtigen Eindruck. Seine Frau ist mausgrau und lächelt, während sie spricht. Sie sehen aus, als seien sie gerade aus dem Teebus ausgestiegen.

„Bitte entschuldigen Sie die Störung, aber mein Mann und ich müssen mit Kay Harding sprechen. Möglicherweise will sie uns nicht sehen, aber es ist sehr wichtig für uns. Wir lieben sie und wollen sie daran erinnern."

Das Pärchen sieht aus, als würde es den Kirchenflohmarkt organisieren. An ihnen ist absolut nichts, das mir sagt, ich sollte Angst vor ihnen haben. Ich spüre den Heiligen Geist, der sie umgibt. Irgendetwas sagt mir, dass sie einfach nur gute Menschen sind, aber ich weiß auch, dass Kay nicht der hysterische Typ ist. Diese Bezeichnung ist für mich reserviert. Meine Nackenhaare stellen sich auf, wenn ich über Kays Schwierigkeiten nachdenke, sich ihr eigenes perfektes Leben zu schaffen. Und diese Menschen sind die Wurzel des Problems, egal was für einen Eindruck sie machen.

„Es tut mir leid, wenn ich unhöflich bin, aber Kay will Sie nicht sehen. Ich denke, es ist sehr wichtig, dass wir ihre Wünsche respektieren. Und ich habe wirklich keine Möglichkeit, sie dazu zu bewegen, ihre Meinung zu ändern." Ich will die Tür schon zumachen, obwohl ich darauf brenne, die Wahrheit zu erfahren. Ich glaube nicht mehr länger daran, dass Kay eine leidenschaftliche Affäre mit diesem Kerl haben könnte. Er ist wie ein Großvater. Und *igitt.*

„Bitte", fleht Ruth und ich muss zugeben, ich bin ein wehrloses Opfer. „Wir werden nicht viel von ihrer Zeit in Anspruch nehmen."

„Sie ist nicht da."

„Wissen Sie, wann sie zurück sein wird?"

„Ich weiß es wirklich nicht. Ich richte ihr aber gern etwas aus." *Und jetzt geht endlich.*

Sie nicken beide und laufen auf ihren Buick zu, der vorne vor dem Haus steht. Kein schöner Buick, sondern ein altes, heruntergekommenes Modell mit von der Sonneneinstrahlung ausgeblichenen Sitzen. *Keine Garage,* denke ich bei mir. Auf den Innenseiten der Fenster ist überall Hundesabber verteilt; ein kleiner Hund hüpft auf dem Beifahrersitz auf und ab und bellt jedes Mal vergnügt, wenn er im Fenster auftaucht.

Ich fühle mich wie der letzte Dreck, weil ich sie abweise, aber ich schließe die Tür dennoch langsam und beobachte sie dabei, wie sie den Weg hinunterlaufen. Manchmal ist es eine schwierige Angelegenheit, jemandem ein Freund zu sein. Außer der Tatsache, dass wir diese Leute gar nicht sehen wollten, müssten wir uns auch mit der Tatsache befassen, dass sie ohne Einladung aufgetaucht sind. Ein wahres Tabu bei Kay, die alles gern geplant und geordnet hat, wenn Gäste eintreffen. Sie hat immer Gourmet-Snacks und erfrischende Getränke bereitstehen. Wenn ich manchmal darüber nachdenke, wie hart andere mit ihr ins Gericht gehen, weiß ich, dass das gar nichts ist im Vergleich zu ihren eigenen Dämonen. Sie ist sich selbst die schlimmste Kritikerin.

Rhett steht an meiner Seite und in diesem Moment wird mir bewusst, dass er nicht ein einziges Mal gebellt hat, als die Fremden vor unserer Tür standen. „Ein toller Wachhund bist du."

Jetzt bellt er.

Ich zerknülle die Liste mit den Dingen, warum mich meine zukünftige Schwiegermutter lieben wird. Sie wird mich hassen. Ich habe nicht debütiert. Ich bin keine Südstaatlerin. Ich bin noch nicht einmal dazu in der Lage, eine reizende Dinnerparty zu veranstalten. Und ohne Kays Kochkünste sowieso nicht.

Es klingelt wieder an der Tür und ich bin verärgert. *Diese Leute akzeptieren einfach kein Nein als Antwort!* Ich laufe zur Tür und bereite mich schon mal darauf vor, es dem netten kleinen Pärchen mit dem Buick so richtig zu geben. Aber dann sehe ich, dass es Matt ist. Was ist heute bloß los? Ist heute der Ich-habe-Kay-Unrecht-getan-Tag? Es muss ein nationaler Feiertag sein oder so etwas. Ich weiß aber, dass sie keinen dekorativen Schnickschnack für diesen Anlass besitzt.

„Emily ist wieder zurück in Atlanta", teile ich ihm mit, ohne ihn vorher begrüßt zu haben. Rhett knurrt kämpferisch. *Guter Hund.*

„Ich bin hergekommen, um Kay zu sehen."

„Stellen Sie sich hinten an. Sie ist nicht da. Haben Sie denn kein Mobiltelefon? Was soll dieser Besuch? Kay kann das nicht leiden."

„Ich denke nicht, dass sie meinen Anruf annehmen würde."

„Wahrscheinlich haben Sie recht damit. Sie sollten mit dieser Art übersinnlicher Wahrnehmung Ihr Glück bei *Jeopardy* versuchen."

„Sehen Sie, ich weiß, dass ich nicht zu Ihren Lieblingsmenschen zähle, aber das ist für mich im Augenblick nicht von großer Bedeutung. Bei Kay und mir hat es einfach Klick gemacht. Ich würde wirklich gern noch einmal mit ihr sprechen, und da Sie nicht ihr Kindermädchen sind ..."

„Würden Sie das immer noch wollen, wenn Sie wüssten, dass meine zukünftige Schwägerin nächste Woche wieder in der Stadt ist? Würden Sie sich dann immer noch mit Kay treffen wollen?"

Er hält inne. Zu lange, wenn ich ehrlich sein darf.

„Ich würde mich noch immer mit Kay treffen wollen. Wie wäre es, wenn wir sie selbst entscheiden lassen, ob sie mich sehen will oder nicht?"

Wie wäre es, wenn wir das sein lassen, aber so tun als ob?

„Ich würde sie an ihrem Geburtstag gern ausführen."

Mist! „Heute ist ihr Geburtstag?" Der war gut, narzisstische Ashley; du hast den Geburtstag deiner Mitbewohnerin vergessen.

„Richten Sie es ihr einfach aus, ja?"

Ich zucke mit den Schultern. *Nicht schlecht. Und ich dachte, ich würde nur einen Nullachtfünfzehn-Sektenhausierer bekommen.* Jetzt muss ich ein Geschenk besorgen gehen. Nicht einfach nur irgendein Geschenk, sondern das perfekte Geschenk für meine Mitbewohnerin, die erst aufblüht, wenn sie von absoluter Perfektion umgeben ist.

Ich gehe in mein Schlafzimmer, mit Rhett an meinen Fersen, und hole mein Brautbuch heraus. Ich sehe alle Punkte auf der To-do-Liste durch, um herauszufinden, ob ich davon nicht irgendetwas erledigen könnte, während ich nach einem Geschenk für Kay suche. Ich habe mich selbst satt, weil ich noch nicht annähernd das erledigt habe, was ich bis jetzt erledigt haben sollte. Laut der Liste müsste ich jetzt Zimmer für die Gäste von außerhalb reservieren. Ich habe nicht die leiseste Ahnung, wer diese Gäste sein sollen, und wenn ich jetzt nicht einen Zahn zulege, werden sie ihre Zelte neben Dads Bierflaschensammlung auf dem Familienfuton aufschlagen müssen.

Es klingelt schon wieder an der Tür und dieses Mal bin ich vorbereitet, der Kay-Brigade ordentlich die Meinung zu geigen. Ich stampfe über den Hartholzfußboden im Flur, öffne die Tür, und da steht – Kevin. Mit einem Strauß pfirsichfarbener Rosen.

„Kevin!“ Ich falle in seine Arme, ziemlich überschwänglich, sodass ich uns beide fast zu Fall bringe. Ich dachte, er befände sich auf dem Weg nach Philly. Ich ziehe mit der Hand die Linien seines Kiefers nach, um sicherzustellen, dass er echt ist.

„Ich habe ein kleines Geschenk für dich, bevor mein Flieger geht“, sagt er.

„Zusätzlich zu den Diamanten?“, necke ich ihn und meine Augen werden schmaler. „Hast du nicht gesagt, dass die Phase des Umwerbens vorbei ist?“ Ich weigere mich, ihn loszulassen, und klammere mich an ihn wie Miles sich an seinen Spielzeug-Glühwurm. Kevin ist wie der schönste wahrgewordene Traum, den es gibt. „Ich habe mein Geschenk bereits“, sage ich, als ich ihn noch fester umarme.

„Nein, dieses hier ist noch besser.“

Ich nehme die Blumen, die er mir mitgebracht hat. „Komm, lass uns reingehen. Hier ging es heute zu wie auf dem Hauptbahnhof. Ich stell die Blumen mal ins Wasser.“ Ich werfe einen Blick auf seine andere Hand. „Hast du mir auch die Trüffel von See’s besorgt?“

„Nein, du gieriges Etwas, habe ich nicht."
„Es war einen Versuch wert. Also, was ist nun meine Überraschung?"
„Was wünschst du dir mehr als alles andere auf dieser Welt?"
„Das Kleid von Vera Wang, das ich mir eigentlich ausgesucht hatte?"
„Ich bin nicht Houdini, Ashley. Du machst es einem Mann aber auch nicht gerade leicht."
„Ich will den Mann heiraten, den ich liebe", sprudelt es aus mir hervor.
„In ..." Er macht es spannend.
„Der Stanford Memorial Church."
„Ta da!" Er überreicht mir eine Karte. Darin ist das Datum unserer Hochzeit eingraviert!
„Was ist das?" *Junge, Junge, Junge!*
„Das ist unsere Reservierung für die Kirche."
„Das hast du nicht getan!"
„Doch, habe ich. Der Chefchirurg besucht dort den Gottesdienst und war damit einverstanden, für uns zu bürgen. Wir haben's geschafft, Ashley!"
„Oh, Kevin!" Ich umarme ihn erneut.
„Wirst du mir jetzt endlich glauben, dass ich rechtzeitig aus Philly wieder zurückkommen werde, um dir eine ganze Woche mit meiner Familie zu ersparen? Und dass wir nicht umziehen werden, solange du damit nicht einverstanden bist?"
„Ich vertraue dir." Und das tue ich wirklich.
„Wo du mir jetzt vertraust, wer war dieser Kerl, der gerade dein Haus verlassen hat?"
Einen Moment lang habe ich einen Blackout. „Oh, das war Matt. Die Pseudoverabredung deiner Schwester, während sie hier war. Ich schätze, ihre Abwesenheit hat sein Interesse an Kay wiederentfacht."
„Gut. Ich weiß, dass Kay für sich selbst sorgen kann. Aber bei Emily bin ich mir nicht so sicher."
Ich schüttele den Kopf. „Was Kay angeht, wäre ich mir auch

nicht so sicher, Kevin. Letzte Woche hat sie mir noch gesagt, dass dieser alte Pastor ihr Leben ruiniert hätte, weißt du. Heute waren er und seine Frau hier und es ist nicht so, dass ich denke, dass Pastoren nicht dazu in der Lage wären, zu sündigen; aber der Mann sah aus wie der Weihnachtsmann und seine Frau war eine Doppelgängerin von Mrs. Cunningham, nur ohne Make-up."

„Das Äußere kann täuschen."

„Das weiß ich. Da war ich schon immer deiner Meinung, oder? Aber irgendetwas sagt mir, dass sich in Kay eine Menge Wut angestaut hat, die sie irgendwann rauslassen muss. Und diese Leute wollen anscheinend, dass da endlich Gras drüber wächst."

„Kay?"

„Das hätte ich auch nicht gedacht, aber die ganze Sache riecht nach einem großen Geheimnis." Ich stelle mich in Pose und richte eine imaginäre Pistole nach vorne. Meine Arme sind zielsicher ausgestreckt.

„Sie werden es nicht bereuen, mich für diesen Fall engagiert zu haben, Charlie."

„Gute Arbeit, Engel. Sie wären mit dieser Sache davongekommen, wenn ihr euch nicht eingemischt hättet!" Wir brechen in Gelächter aus und mir wird bewusst, dass in diesem umwerfenden Geschöpf auch ein Streber wohnt. So wie ich. Ist Gott nicht gut?

21

Seit ich verlobt bin, hat der Sonntagmorgen für mich eine neue Bedeutung. In der Single-Gruppe bin ich nicht mehr länger „eine von ihnen" und werde dort behandelt wie eine Leprakranke. Blicke werden vermieden. Gespräche sind verboten. Ich bin die Pest in Form einer Frau über dreißig, die bald heiraten wird. Man könnte denken, es würde Jubel und Aufregung geben. Aber nein, nichts dergleichen. Das hier ist Silicon Valley und es gibt nur eine Sache, die besser ist als Erfolg: dem anderen dabei zuzusehen, wie er in Flammen aufgeht.

Bei Männern löse ich Angst und Zittern aus, weil ich einen von ihnen „eingefangen" habe. Wäre Kevin auch hier, wäre er der baumelnde Fisch am Angelhaken, den die anderen mit zitternden Kiemen anstarren würden. Ich bin gefährlich, finster und im Besitz geheimer Fähigkeiten, die sie nicht sehen dürfen. Ich bin das glänzende Etwas im Wasser, das verführerisch gut aussieht. Womöglich könnte ich sie auch umgarnen und ihrem Leben voller Freiheit und Videospielen entreißen.

Für die Frauen bin ich nichts weiter als Durchschnitt und sie können sich im Leben nicht vorstellen, was Dr. Kevin Novak an mir findet. Ich sollte hübscher sein (weil ich ganz eindeutig nicht noch besser angezogen sein könnte). Also meiden sie mich, weil es anscheinend der einfachste Weg ist. Das überrascht mich sogar. Ich hätte eigentlich gedacht, dass sie mich um Ratschläge bitten würden. Nicht, dass ich welche zu erteilen hätte, aber trotzdem.

„Er hätte doch jede haben können", höre ich jemanden flüstern. Nicht, dass Sie denken, ich sei einfach nur paranoid.

„Er hätte Arin haben können", höre ich eine männliche Stimme sagen.

Ist es denn da noch verwunderlich, dass Frauen immer so unsicher sind? Man kann nicht einmal den Fernseher einschalten, ohne damit konfrontiert zu werden, wie standardisiert wir alle sind, wie sich unsere Taillen zu unnatürlichen Proportionen verzogen haben. Selbst Barbies Figur ist nichts mehr dagegen. Ich meine, wenn wir alles, was wir im Fernsehen sehen, glauben würden, dann hätten Frauen überhaupt keine Hüften. Wir würden aussehen wie neunjährige Jungs mit überfüllten Wasserballons als Vorbau. Wir wären so außer Form, dass wir jederzeit nach vorne fallen könnten, sodass die Silikonauswüchse platzen würden. Und unsere Lippen, immer zu einer verführerischen Schnute geformt, würden die Hälfte unseres Gesichts beanspruchen.

Selbstverständlich würden wir alle um die Aufmerksamkeit eines Mannes buhlen, um ihm das Gefühl zu geben, er wäre

Bond. James Bond. Unsere weibliche Kommunikation wäre subversiv, so als ob das Leben ein einziges großes Spiel ist, das darin besteht, die eigenen Gefühle gut unter Verschluss zu halten – bis es Zeit ist für die Nahaufnahme. Dann müssen Tränen fließen. Wir sind nämlich Weinschläuche, bis zum Rand gefüllt mit aufgestauten Emotionen, die aus uns heraussprudeln, wenn die Zeit dafür reif ist.

Fairerweise muss ich sagen, ich war auch nicht die Beliebteste von allen, bevor ich mich verlobt habe. Offensichtlich habe ich zu viele eigene Ansichten, um beliebt zu sein.

„Ashley, was machen Sie denn hier?" *Nicht der typische Willkommensgruß in der Gemeinde.* Pastor Max hat sich immer mehr auf seinen Charme als auf seine kommunikativen Fähigkeiten verlassen. Er sieht extrem gut aus und ist noch immer davon überzeugt, dass seine Quarterback-Position in der Highschool ihm für den Rest seines Lebens den Anspruch auf eine Führungsposition gesichert hat. Außerdem ist er verheiratet mit einer Frau, die früher mal die Anführerin der Cheerleader gewesen sein könnte und heute seine Prahlereien und seine Autorität nicht hinterfragt. Sie sieht ihn einfach nur bewundernd an, während er andere in seinen Bann zieht. Zu seiner Verteidigung muss ich hinzufügen, dass er nur ein Zehntel der Bildung der restlichen Menschen im Silicon Valley besitzt, also muss Coolness bei ihm die Oberhand behalten. Seine Macht über die Streber ist immer noch stark. Pastoren haben hier im Silicon Valley nämlich einen recht undankbaren Job, denn hier verdient selbst ein einfacher Verwaltungsangestellter mehr als sie und bekommt zudem noch Respekt entgegengebracht. *Kirche? Gott? Wie kannst du nur so unaufgeklärt sein?*

„Noch bin ich nicht verheiratet, Pastor Max. Kevin ist außerhalb unterwegs, also wollte ich mal sehen, wie es der Single-Gruppe ohne mich ergeht." *Als wäre ich ein so großer Verlust.* „Es ist immer gut zu sehen, dass sich nichts verändert hat. Ich war zwar in der Gemeinde, aber ich hatte nicht die Zeit, um bei der Gruppe vorbeizuschauen. Haben Sie mich vermisst?"

„Nun, es war ziemlich ruhig hier. Kein Aufruf zu Dankesbekundungen", sagt er mit Bezug auf meinen damaligen Ausbruch, als Kays Mühen zu Thanksgiving nicht gewürdigt worden waren. Ich hatte die Gruppe einfach darum gebeten, anständig zu sein und Dankeskarten zu schicken. Sie sind dem zwar nachgekommen, aber ich denke, seitdem habe ich den Ruf einer Feministin weg. „Ist Kay nicht mit Ihnen gekommen?" Er sieht sich um in der Hoffnung, Kay, die zur Not in der Lage wäre, mich zu besänftigen, irgendwo hinter mir zu entdecken.

„Sie ist gestern Abend ihre Mutter besuchen gefahren und hat eine Nachricht dagelassen, dass sie über Nacht dort bleiben wird."

Ich habe noch nie in diese Gruppe gepasst, was wahrscheinlich gar nicht so schlecht ist. Ich habe mich hier schon immer am Rande des Wahnsinns befunden. Jetzt, wo ich den Raum genauer betrachte, frage ich mich, ob es überhaupt jemanden gibt, der hier wirklich reinpasst. Es ist nämlich eine ziemlich unsoziale Gruppe. Nicht weil sie Christen sind, sondern hauptsächlich, weil Silicon Valley ein unsozialer Ort ist. Gott stehe Ihnen bei, sollten Sie zu jemandem persönlichen Kontakt aufnehmen, anstatt eine SMS oder E-Mail zu schreiben. Gespräche von Angesicht zu Angesicht gelten in dieser Gegend als *Intimität* und das ist etwas, das man zu fürchten hat. Ich erinnere mich noch daran, als wir innerhalb der Gruppe gebetet haben und wie dabei vorsichtig kleine Scheibchen wahrer Gefühlen dargeboten wurden – als kleine Opfer sozusagen. So würde sich niemand in Verlegenheit bringen, oder noch schlimmer: durchschaubar werden.

Ich bilde mir nichts darauf ein, dass ich heirate und sie nicht. Sie wollen ja gar nicht heiraten. Und was noch viel wichtiger ist: Sie wollen für niemanden etwas ändern. Sie haben ihr Leben völlig unter Kontrolle. Es macht zwar keinen Spaß, spielt sich aber innerhalb gewisser Grenzen ab. Sie tun mir leid, weil sie keine Lebensfreude kennen ohne das Gefühl der Beklemmung und sorgfältiger Planung. Es ist wie ein großartiges Erwachen, wenn einem bewusst wird, dass man das Leben nicht kontrollieren kann. Ich frage mich, ob einer von ihnen jemals darauf kommen wird. Ich frage mich, ob es Kay bewusst wird, bevor sie jeden Artikel besitzt, den man bei *Organized Living* kaufen kann.

Außerdem besteht die Freude am Leben doch zur Hälfte daraus, dass man sich zum Affen macht. In einem Hochzeitskleid verhaftet zu werden, mag für die meisten zwar etwas zu gewagt sein, aber ich wünsche mir einfach, dass sie echte Freude erfahren könnten. Vielleicht ist genau das ja meine Berufung. Den Verbitterten dieser Welt die Freude näherzubringen. *Ich werde es versuchen.*

Es gibt da dieses eine christliche Lied, das wir immer singen. Darin geht es um die Frage, ob unsere Glieder wirklich frei tanzen, wenn wir Freude empfinden. Ich frage mich, ob es einen Unterschied macht, wenn man sich das zu Herzen nimmt. Ich richte meinen Blick auf den Pastor, der gerade seine Zettel auf den Notenständer stapelt.

„Sie kennen doch dieses eine Lied, Pastor Max? Darüber, dass die Glieder wirklich frei tanzen?"

„Ja, Ashley. Kevin Marks hat es geschrieben. Er ist jetzt Mitglied der Highway-Gemeinde. Wollen Sie es für uns singen?", fragt er ängstlich.

„Nein, ich habe nur darauf gehofft, dass wir es heute gemeinsam singen. Sie wissen schon", sage ich mit einer kleinen Tanzbewegung, „als Teil des Lobpreises."

„Danke für Ihren Vorschlag." *Und jetzt gehen Sie.* Ich könnte schwören, dass er das stumm hinzugefügt hat. „Ähem." Er ruft die Gruppe mit seinem gekünstelten Husten zur Ordnung. „Lassen Sie mich mit den Ankündigungen beginnen. Kay ist heute Morgen leider nicht anwesend, aber sie hat einen wundervollen Spieletag im Rinconada Park organisiert; außerdem ein Sommerpicknick, zu dem jeder etwas mitbringen darf.

Ein Picknick. Und Kay geht also davon aus, dass es noch jemanden außer ihr geben wird, der etwas zu essen mitbringt. Das liegt ja schon jenseits von Optimismus.

„Kay hat eine Anmeldeliste dagelassen." Ich sehe ihn das Klemmbrett hochhalten. *Ah! Das Klemmbrett ist also noch am Leben. Ich dachte, ich wäre es ein für alle Mal losgeworden! Sie versteckt es aber nur vor mir, um sich ihren Schuss Organisation zu verpassen!* „Zögern Sie bitte nicht, sie weiterzureichen." *Damit ihr euch alle die leeren Zeilen darauf ansehen könnt, die Kay dann selbst ausfüllen muss.*

„Es ist jetzt Zeit für den Lobpreis. Ashley Stockingdale hat darum gebeten, einen alten Klassiker zu singen." Er schnappt sich seine Gitarre, wirklich ein wahres Multitalent, und lässt die wohlbekannten Akkorde erklingen.

Langsam beginnt das Klagelied.

„Freude, Leute!", rufe ich mit einem Händeklatschen hinein und stimme meinen Gesang voller Elan an. Es gibt ein paar Leute, die mir dabei helfen, Gott segne sie. Aber recht schnell verkommt das Lied zu einem Solo, was eigentlich nicht mein Plan war. Aber ich spiele mit. Ich habe statt Jennifer Garners Körper eine anständige Stimme.

„Mein Kind, tanze mit mir ... Du bist meiner Seele Wonne.
Nirgends mehr Schmerz ... Die Nacht ist gewichen der Sonne.
Du weißt, dass ich für dich starb,
aber tanzen deine Glieder wirklich ungezwungen und frei?"

Wie in einem schlechten Musikvideo spüre ich, wie sich mein Körper zum Rhythmus der Musik bewegt. Ich hüpfe durch den Gang im Raum, manche klatschen sogar mit mir mit, aber einige vermuten wohl, dass ich zu viel Koffein zu mir genommen habe. Ist Lobpreis ohne Emotionen immer noch Lobpreis? Im Silicon Valley vielleicht. Da bin ich mir nicht sicher. Ich hebe meine Arme zum Himmel empor und spüre Gottes Gegenwart mit meinem ganzen Sein.

„Leg deine Ängste ab, in mir haben sie keinen Platz."

Der Raum dreht sich. Nein, warten Sie, das bin ja ich. Zu meinem Entsetzen unterbricht Pastor Max das Lied und alle Anwesenden starren mich an. Ein Solo ist eine Sache. Aber a cappella? Schließlich hat alles seine Grenzen.

„Tanzen deine Glieder wirklich ungezwungen und frei?", frage ich kleinlaut ohne den Beistand der Musik. *Okay. Offensichtlich nicht. Auf einmal ist es mucksmäuschenstill.*

„Ähem", versucht Pastor Max den hartnäckigen Frosch in seinem Hals loszuwerden. „Ashley ist momentan sehr enthusiastisch, da sie bald heiraten wird. Und warum sollte sie es auch nicht sein?"

Ich glaube, ich fühle mich angegriffen.

Unbehagliches Lachen ist zu hören, doch Jake, einer der älteren Singles, stellt sich neben mich und legt seinen Arm um meine Schultern.

„Ich weiß, dass wir Ashleys Art wahrscheinlich nicht nachvollziehen können", sagt Max „allerdings bewundern wir ganz sicher ihren Enthusiasmus. Womöglich tut Gott das ja auch."

Wieder Schweigen im Walde.

„Ihr wisst ja, was die Leute in seiner Heimatstadt über den Propheten gesagt haben." Ich bewege mich in Richtung Ausgang. „Es tut mir leid, wenn ich jemandem zu nahe getreten bin. Jake, ich danke dir."

Diese Single-Gruppe macht mich verrückt. Sie sind mehr um ihre eigene Bequemlichkeit besorgt, als darum, dass andere vielleicht in der Hölle landen. Nun, ich wünsche ihnen trotzdem das Beste, aber ich glaube, es ist Zeit, dass ich das hinter mir lasse.

„Ich aber und mein Haus, wir wollen dem Herrn dienen", murmle ich, als ich aus der Tür trete.

Ich glaube, Applaus zu hören, als ich den Raum verlasse. Es ist wirklich gut, dass ich das Ganze nicht persönlich nehme.

Ich muss „eine neue Gemeinde finden" zu meiner Liste hinzufügen.

„Ashley?" Kay kommt mir im Flur entgegen. „Was machst du denn bei der Single-Gruppe?"

„Noch bin ich nicht verheiratet." Ich sehe sie eindringlich an. „Und glaub ja nicht, dass ich das Klemmbrett nicht bemerkt habe."

Sie pustet ihren Pony Richtung Himmel. „Warum gehst du so früh wieder?"

„Weißt du, ich bin vorbeigekommen, um mich von allen zu verabschieden." Ich nicke. „Das habe ich getan. Habe ein bisschen gesungen. Meine Arbeit hier ist erledigt."

Sie sieht mich mit schmalen Augen an. „Was hast du getan?"

„Nichts. Ein Lied gesungen." Ich zucke mit den Schultern. „Ein Solo. Hab Tschüss gesagt, das ist alles."

„Ashley, ich kenne dich. Du siehst sogar schuldbewusst aus."

„Du hattest gestern eine Reihe von Besuchern. Alles Gute zum Geburtstag übrigens!", sage ich, um das Thema zu umgehen. Ein ganz besonderer Anwaltstrick.

„Danke. Werden sie über dich sprechen, wenn ich da reingehe?"

„Woher soll ich denn das wissen? Ich meine, vielleicht, falls ihnen mein Gesang nicht gefallen hat. Kunst ist so subjektiv, weißt du? Was für den einen Shakespeare ist, ist für den anderen eine dunkle, stürmische Nacht."

Kay schürzt die Lippen. „Wer war da, um mich zu sehen?"

„Wer nicht, ist wohl die bessere Frage. Herr und Frau Weihnachtsmann haben dir einen Besuch abstatten wollen. Oh, und Matt Callaway."

„Wie bitte?"

„Simon und seine Frau sind vorbeigekommen. Sie schienen ganz verzweifelt, so dringend wollten sie mit dir sprechen."

„Hast du eben gesagt, dass Matt auch da war?"

Ich glaube, dass Kay tatsächlich rot wird. Ist das denn überhaupt möglich? Als sie Matts Namen ausgesprochen hat, wurde sie weich wie warme Butter. Aber muss ich sie denn daran erinnern, dass Matt ein Ungläubiger ist? Ich glaube nicht mal, dass er offiziell zu haben ist, aber da könnte ich auch falsch liegen. Und unsere Gefühle entsprechen nicht immer unseren Taten, richtig? Richtig.

„Er wollte dich zu deinem Geburtstag ausführen. Einfach nur anzurufen schien ihm zu riskant."

Sie muss ein Kichern unterdrücken. *Kay Harding unterdrückt tatsächlich ein Kichern.* Das steht nicht auf ihrem Klemmbrett und es verblüfft mich. Sie sollte es eigentlich besser wissen. Obwohl Matt attraktiv ist, ist er gleichzeitig auch schmierig. Zuerst ist er mit ihr ausgegangen und hinterher hat er sie sitzen lassen. Warum registriert sie das nicht mal, hegt aber gleichzeitig offensichtlich Groll auf Menschen, die ihr im Jahr 1977 vermeintlich etwas angetan haben?

Kay entspannt ihren Mund. „Ich muss zwar erst in meinem Terminkalender nachsehen, aber ein Geburtstagsessen klingt annehmbar."

„Nach allem, was er dir mit Emily angetan hat?", frage ich entrüstet.

Kay schnalzt mit der Zunge. „Ashley, sei nicht lächerlich. Er wollte sich doch nur wieder wie ein Mann fühlen und ihre mädchenhafte Art hat ihn angezogen. Sie reizt die meisten Männer, bis sie merken, was sie wirklich wollen."

„Und wenn ihm dann das nächste Mädchen begegnet? Und ich meine wirklich *Mädchen.* "

„Ashley, ich wünschte mir wirklich, dass du etwas mehr Toleranz für andere an den Tag legen würdest. Du bist manchmal so voreingenommen. Du kennst Matt ja noch nicht mal."

„Ich weiß genug. Die Bibel sagt, dass man sich nicht auf einen Ungläubigen einlassen soll, fremdes Joch und so weiter. Aber vergiss es lieber, das ist zu geistlich für diese Situation. Wir sollten uns einfach auf die Tatsache konzentrieren, dass er ein mieser Hund ist. Reicht dir das?"

„Ich brauche keine Moralpredigt, Ashley."

„Entschuldige, ich wollte nicht predigen."

„Was hat Matt gesagt, als er da war?", fragt sie und lechzt praktisch nach der Antwort.

„Dass er dich zum Essen ausführen will." *Haben wir das etwa überhört?*

„Sah es so aus, als meinte er ein echtes Date oder eher ein freundschaftliches?"

„Das fragst du ausgerechnet mich?“

„Du durchschaust die Leute, Ashley. Du schienst es ja auch verstanden zu haben, dass es für mich in diesem Kleid an dem Abend gut laufen würde.“

Ich gebe auf. „Er schien auf ein echtes Date aus zu sein“, beantworte ich ihre Frage widerwillig. „Kommst du nach der Gemeinde nach Hause? Ich habe dein Geschenk ganz weit oben hingelegt, damit Rhett es nicht zerstört. Und ich freue mich sehr darauf, es dir zu geben.“

„Du hast mir ein Geschenk gekauft?“, fragt Kay überrascht.

„Natürlich habe ich das. Du bist meine Mitbewohnerin und eine meiner engsten Freundinnen, oder?“

„Nicht mal meine Mom hat mir etwas geschenkt.“ Kay hat Tränen in den Augen. Aber da sie natürlich keine Mascara aufgelegt hat, gibt es an der Make-up-Front nichts, worüber man sich Sorgen machen müsste. „Hat Simon gesagt, dass er noch einmal vorbeikommt?“

„Ich habe ihnen gesagt, dass du sie nicht sehen willst. Ich hoffe, das hat er sich zu Herzen genommen. Er schien mir ein vernünftiger Mensch zu sein.“

„Das habe ich auch mal geglaubt. Jetzt weiß ich es besser.“

„Was wäre das Schlimmste, was sie dir jetzt noch antun könnten? Sich entschuldigen?“

„Du verstehst das nicht, Ashley. Das erwarte ich auch nicht. Sei einfach froh darüber, dass du dich niemals in einer derartigen Situation wiederfinden wirst. Das ist alles, was ich dazu zu sagen habe. Ich hasse es nur, mich in meinem eigenen Haus wie eine Gefangene zu fühlen.“

„Mir scheint, es wäre das Beste, es einfach hinter sich zu bringen.“

„Warum kommst du nicht mit mir zu den Singles?“

Ich fange an zu kichern und schüttele den Kopf. „Vertrau mir einfach.“ Ich hebe die Arme und hüpfe durch den Flur davon *„Mein Kind, tanze mit mir. Du bist meiner Seele Wonne. Nirgends mehr Schmerz. Die Nacht ist gewichen der Sonne.“*

Ich höre, wie sie entsetzt nach Luft schnappt, und lächle, als ich mein Ständchen fortsetze. Warum musste ich mich erst verloben, damit diese Gruppe endlich aufwacht. *Hallo?* Ich habe dieses Gen, das mir den naheliegendsten Weg weisen würde, wohl eindeutig nicht mitbekommen. Gott war schon seit geraumer Zeit dabei, mich aus dieser Gruppe hinauszuführen. Wie Moses aus der Wüste; ich hatte mich nur dafür entschieden, lieber im Kreis zu laufen.

22

Die Arbeit mit Patenten ist wie das Leben in einem Schnellkochtopf (Nicht dass ich jemals einen benutzt hätte – ich erinnere mich lediglich an die Unheil verkündenden Warnungen meiner Mutter. Ich glaube trotzdem nicht, dass das Dünsten von Artischocken ein Sicherheitsrisiko darstellt.). In der High-Tech-Patentarena wird alles so behandelt, als habe es die Wichtigkeit von Daten, die Spione im Ausland gesammelt haben. Vielleicht ist es ja auch die Art, wie Ingenieure sich an 007 anzugleichen versuchen. Ich weiß ja nicht, aber nach ein paar Jahren desselben Spiels ist es höchst amüsant. Als ob man flüstern würde: *Vertraue niemandem.*

Es macht wirklich den Eindruck, als würden wir uns alle abhetzen, um zu verhindern, dass die Welt explodiert, während wir in Wirklichkeit einfach nur neue Software-Patente entwerfen, um das Leben eines technikbegeisterten Jungen ein Stückchen leichter zu machen. Das Schlimmste, was passieren könnte, wäre, wenn jemand anderes unser Verfahren für sich beansprucht und damit Geld macht, das eigentlich uns zusteht. Was aber sowieso passieren wird, sobald wir den Auftrag nach China schicken. Damit würde dann auch unser Aktienpreis in den Keller sinken. Aber mit jeder Aussicht auf ein neues Patent verhalten wir uns wie die Kabel einer Wasserstoffbombe. Und anstatt einander einzugestehen, dass wir dabei dämlich aussehen, spielen wir weiter unsere Rollen.

Ich habe Seths Patententwurf abgeschlossen und habe ihn zur Bearbeitung weitergereicht. Das sollte ihm doch genügen, oder? Muss ich ihm wirklich begegnen? Er begrüßt mich an der Eingangstür von Gainnet und ich rechne fast damit, dass er sich einen Kopfhörer von der CIA ins Ohr steckt.

„Wie lange wird es dauern, bis wir etwas erfahren?", flüstert er verzweifelt. „Über das Patent", klärt er mich auf, als sei ich schwer von Begriff.

„Ich weiß jetzt schon *etwas*. Der halbjährliche Ausverkauf bei Nordstorm geht bald wieder los", sage ich leise. „Oh, und *ich* war diejenige, die den Keks aus der Keksdose gestohlen hat."

Er macht jetzt den verwirrten Eindruck eines Ingenieurs. „Ashley, ist dir klar, wie oft das, was du sagst, absolut keinen Sinn ergibt?"

„Das war kein Geheimcode, Seth, sondern nur ein Witz. Für euch Ingenieure: Ein Vorgang witziger Natur, der Lachen erzeugt."

Er sieht mich wieder so an, als sei ich schwer von Begriff.

„Das Büro des Prüfers wird sich mit uns in Verbindung setzen, wenn sie etwas Neues wissen. Werd locker, Seth. Du kannst dir sicher sein, dass ich jedes Verfahren überprüft habe, das mit unserem in Zusammenhang steht. Und dass ihr euch auf der sicheren Seite befindet, wenn ihr das Produkt herstellt. Du hattest recht. Es ist ein bis dato unbekanntes Verfahren. Fühlst du dich jetzt besser?"

„Bist du dir da sicher?", fragt er wie ein Arzt aus einer Seifenoper, der sagt: „Ist sie aus ihrem Koma erwacht?"

„Ich bin mir sicher", sage ich mit einem Salut.

„Ich habe gehört, dass du gestern die Single-Gruppe besucht hast."

„Ja, das habe ich." Neuigkeiten machen schnell die Runde, nicht wahr?

„Und du hast getanzt." Armer Seth, er wird für immer den Makel tragen, mit der kranken Ashley ausgegangen zu sein.

„Ja, das habe ich. Genauso wie König David. Wirst du mir

jetzt einen Vortrag über Würdelosigkeit à la Königin Michal halten?" Ich verschränke die Arme und er blinzelt einfach nur mit den Augen. *Ich denke, er wollte mir diesen Vortrag halten.* Hassen Sie es nicht auch, wenn jemand Ihnen einfach so den Wind aus den Segeln nimmt? Hihi.

„Jetzt werde ich zu meinem Büro tanzen und nachsehen, was Purvi heute so in petto hat. Es war nett, dich zu sehen, Seth!" Ich summe auf dem Weg zu meinem Schreibtisch und ziehe die allgemeine Aufmerksamkeit auf mich. Überrascht ist allerdings niemand. *Es ist großartig, ein schräger Vogel zu sein, nicht wahr?* Die Leute zucken nicht einmal mehr mit der Wimper.

Als ich in meinem Büro eintreffe, sehe ich Kisten an der Wand aufgereiht stehen. Tracy hat einen völlig entsetzten Gesichtsausdruck und huscht umher wie ein hyperaktiver Kolibri. Das Telefon klingelt, doch sie geht nicht ran.

„Was ist hier los?"

Sie schüttelt nur den Kopf und geht weg; die Telefone beachtet sie noch immer nicht. Ich gehe an eines ran: „Gainnet, das Büro des Chefsyndikus."

„Ich brauche Purvi. Schaffen Sie sie sofort hierher." Die offensichtliche Grobheit lässt mich darauf schließen, dass der Generaldirektor dran ist.

„Ich bin nicht sicher, ob sie im Büro ist, aber ich werde es ihr so schnell wie möglich ausrichten." Ich lasse den Hörer auf die Station krachen, um ihm keine Gelegenheit für die Erteilung weiterer Anweisungen zu geben, die ich sowieso nicht befolgen kann. Ich bin Anwältin und keine Verwaltungsfachangestellte oder Sekretärin. Sie wollen vernünftige Hilfe am Telefon? Dann sollten Sie Sprachmitteilungssysteme vermeiden, die den Großteil Ihres Kundenservices übernehmen.

Ich schaue in Purvis Büro und dort stapeln sich noch mehr Pappkisten als in meinem. Purvi, die mal wieder ihren indischen Salwar trägt, schwirrt in dem Büro umher. Dabei wühlt sie durch die Papiere, als handle es sich um Konfetti von einem Festzug. Das ist nicht annähernd die Purvi, wie man sie kennt, die sich üblicherweise lediglich kleinen stimmlichen Übungen (mich anschreien) widmet, wenn sie etwas bewerkstelligen will.

„Was tust du da?“, frage ich sie.

„Ich packe meine Sachen. Ich kehre nach Indien zurück.“ Sie knallt ein Buch auf ihren Tisch. „Wo habe ich nur diese Akten hingelegt?“

„Halt die Klappe. Was tust du wirklich?“

Sie sieht auf und fragt sich offensichtlich, ob ich gerade wirklich das gesagt habe, was sie denkt, dass ich gesagt habe. „Mein Mann ist bereit für unseren Aufbruch nach Indien. Ich versuche, vorher noch so viel wie möglich zu erledigen. Und ich werde ein Gespräch mit deinem neuen Chef führen und ihn einarbeiten, bevor ich gehe. Aber es könnte sein, dass eine Zeit lang zusätzliche Arbeit auf dich zukommt. Das tut mir leid.“ Mit beiden Händen streicht sie sich die Haare aus dem Gesicht. „Auch noch kurz vor deiner Hochzeit. Es tut mir leid, Ashley.“

„Zusätzliche Arbeit? Purvi, ich werde nicht hier sein. Meine Flitterwochen, weißt du noch? Du kannst nirgendwo hingehen. Du hast doch gerade erst hier angefangen. Ich mache deine Arbeit ganz furchtbar, erinnerst du dich? Das war der Grund, warum sie dich eingestellt haben.“

„Ashley, was soll ich dir sagen? Ich gehe. Du wirst es schon hinbekommen. Du bist zu viel mehr in der Lage, als du dir selbst eingestehst. Hinter der Powershopping-Fassade steckt ein helles Köpfchen. Setz es einfach geschickt ein.“

„Du kannst nicht einfach so gehen. Wenn ich deine Arbeit gut gemacht hätte, wärst du jetzt nicht hier. Ich bin eine routinierte Patentanwältin. Sie werden sich davor hüten, mir die Aufgaben des Managements zu überlassen.“

„Das musst du nur übergangsweise. Du bist nicht schlecht darin. Du bist einfach nur zu sozial und dir gefallen die Überstunden nicht. Wenn du mehr Zeit im Büro verbringen würdest als in deinem Cabrio auf dem Weg zu Shoppingtouren und entspannenden Spa-Behandlungen, würdest du wirklich gut zurechtkommen.“

Da hat sie wohl recht.

„*Willst* du denn wieder zurück?“ Ich kann einfach nicht anders. Ich fühle mich sitzen gelassen. Alle, die mir etwas bedeuten, scheinen nach Indien zu flüchten. Was auch Sinn ergibt, schätze ich, denn Indien ist definitiv eine Ashley-freie Zone. Taiwan andererseits ... Aber ich schweife ab. Purvi ist die einzige Chefin, die ich jemals wirklich geliebt habe, sogar trotz ihres Geschreis. „Hör auf, mich auf den Arm zu nehmen, Purvi. Ich höre ja schon auf mit den Hochzeitsvorbereitungen. Du hast deinen Standpunkt deutlich gemacht.“

„Ashley, das ist kein Scherz. Ich werde das Land verlassen.“

„Du kannst nicht gehen, Purvi. Du blühst und gedeihst in der Hektik vom Silicon Valley. Was wirst du denn in Indien stattdessen tun?“

Purvi lässt sich auf ihrem Stuhl nieder. „Ich werde dir jetzt etwas sagen. Es wird dir nicht gefallen, aber eines Tages wirst du dir selbst eingestehen: *Purvi hatte vollkommen recht.* An diesem Tag, Ashley, wirst du mich verstehen.“

„Das bezweifle ich. Vor allem, wenn du mich wirklich verlässt. Ich neige dazu, nachtragend zu sein.“

„Die Ehe ist keine ewige Herrschaft der Prinzessin. In der Ehe geht es darum, Opfer zu bringen. Und manchmal bist du am Zug. Manchmal er. Aber weißt du was? Es ist immer einer von beiden am Zug. Was euch verbindet, ist, dass ihr nicht wollt, dass euer *Kind* Opfer bringen muss. Also geht man vor und zurück im Leben und wechselt sich ab. Oder man endet vor dem Scheidungsgericht, aber dann haben alle verloren.“

Ich hatte sie eigentlich nach Indien gefragt, wo kommt auf einmal diese Traupredigt her? Ich habe noch nie erlebt, dass Purvi über Persönliches spricht. Ich weiß, dass es sie beschäftigt, obwohl sie es wahrscheinlich niemals zugeben würde. Sie ist eine Märtyrerin durch und durch. Als Seth mich damals gefragt hatte, ob ich ihn nach Indien begleiten würde, habe ich es höchstens für zwei Sekunden in Erwägung gezogen. Aber was wäre, wenn wir verheiratet gewesen wären? Die Anweisung aus der Bibel,

Vater und Mutter zu verlassen, um sich an den Ehepartner zu binden, hätte sich mir definitiv in den Weg gestellt.

„Also bist du denn wütend darüber, dass du gehst? Traurig? Oder ...?", frage ich.

„Im Leben geht es nicht immer nur um Gefühle. Amerikaner denken, dass alles dadurch definiert sein sollte, wie sie sich *fühlen.* Der Rest der Welt verfügt nicht über diese Art Luxus. Ich bin offen für das, was vor mir liegt. Jetzt bin ich an der Reihe. Sagar hat die letzten zwei Jahre darunter gelitten, ohne seine Familie leben zu müssen. Ein Junge braucht seinen Vater und es ist einfach Zeit, dass wir zurückkehren. Wir wollen, dass Pushpan seine Ausbildung in Indien erhält, bevor er seine eigene Kultur völlig vergisst." Sie macht sich daran, Papiere abzuheften, und ignoriert mich dabei, spricht aber weiter. „Es geht vor allem um Kompromisse."

Wessen Kompromisse? Mein eigenes Dilemma tritt mir gerade schmerzhaft ins Bewusstsein. „Wenn Sagar also nach Philadelphia ziehen wollte, weil er dort ein tolles Jobangebot bekommen hat, würdest du einwilligen? Auch wenn du wüsstest, dass du mit deinem Abschluss dort nicht arbeiten kannst und dir stattdessen den ganzen Tag lang *Jerry Springer* ansehen müsstest?"

Purvi hält inne und sieht mir direkt in die Augen. „Wenn das die richtige Entscheidung für unsere Familie wäre, so wie Indien es ist, dann kannst du dir sicher sein, dass ich nach Philadelphia ziehen würde. Ich kann dir jedoch versichern, dass ich meine Zeit nicht mit *Jerry Springer* verschwenden würde. Das ist nämlich Amerikas großes Ungemach."

Das lässt mich wiederum innehalten. Nicht *Jerry Springer,* aber ihre Bereitwilligkeit, ihrem Mann zu folgen. Wie kann jemand sich selbst einfach so hingeben, ohne Gottes Willen für sein Leben zu hinterfragen? Wo endet so etwas? Sie hat bereits ihren Schlaf und Unmengen an Freizeit aufgegeben. Und was jetzt? „Wirst du da überhaupt arbeiten können, Purvi?"

„Ich werde eine Zeit lang nicht arbeiten. Aber ich werde

meinen Mann bei seinen Geschäften unterstützen. Die Auszeit wird mir gefallen."

Auszeit? Purvi wüsste selbst dann nicht, wie man eine Auszeit nimmt, wenn sie in Form eines Oberschenkelbruchs auftauchen würde.

„Das kann einfach nicht dein Ernst sein. Du liebst diese Arbeit, Purvi. Ich kann einfach nicht glauben, dass du uns einfach so sitzen lassen wirst." Ich verschränke die Arme.

„Du hast keine eigene Familie, Ashley. Du verstehst das nicht."

„Was hat denn eine Familie damit zu tun, dass du deine Träume aufgibst?"

Sie lacht. „Es hat alles damit zu tun. Die Zeit für meine Träume wird schon noch kommen, Ashley. Aber ich werde niemals eine zweite Chance bekommen, meinen Sohn in Indien aufzuziehen, wie sein Vater es sich wünscht. Man muss mit seinen Entscheidungen leben, und das ist eine, die ich nicht wieder rückgängig machen könnte. Die Kindheit von Pushpan."

„Aber was ist, wenn es die falsche Entscheidung ist?"

„Dann werde ich das Beste daraus machen, Ashley."

„Wenn es irgendetwas gibt, das ich tun kann, dann lass es mich wissen, Purvi." Ich gehe mit hängendem Kopf zurück in mein Büro. Tracy schwirrt immer noch umher und wir tauschen traurige Blicke aus. Jetzt ist es offiziell. Ich bin ein Unglücksbringer. Genau dann, wenn ich glaube, dass mein Leben komplett in Ordnung ist, muss ich anderen dabei zusehen, wie sie scheitern oder das Gebäude verlassen. Lassen Sie uns die Beweise anschauen:

Beweise dafür, dass ich ein Unglücksbringer bin

1. Die hartherzige Kay hat Angst davor, mit dem Weihnachtsmann zu sprechen.
2. Die feministisch gesinnte Kay geht bereitwillig mit dem Trottel aus, den Emily vorher abgeschüttelt hat.
3. Purvi ist dabei, ihre Sachen zu packen, um in ein fremdes Land

zu ziehen. Und das alles für einen Ehemann, für dessen Existenz ich bis heute nicht den geringsten Beweis erhalten habe.
4. Seth, der jetzt *keine* Angst mehr vor mir hat, mir aber immer noch genauso auf die Nerven geht.
5. Meine zukünftige Schwägerin ist dabei, meine Hochzeit zu sabotieren, während ich untätig danebensitze.
6. Mein Verlobter ist bei einem Vorstellungsgespräch in einer Stadt, in der ich noch nie gewesen bin. In einem Staat, in dem ich noch nie gewesen bin, verdammt.
7. Meine Traumhochzeit ist dabei, sich in eine Schlacht zu verwandeln, die dem Bürgerkrieg durchaus ähnelt.
8. Meine erste Brautparty hat sich in eine zwielichtige Peepshow verwandelt.

All diese Punkte haben einen gemeinsamen Nenner: Ashley Wilkes Stockingdale. Ich bin wie ein Mensch gewordener Swiffer-Staubmagnet: Ich sammle all den Staub und Dreck auf, der sich in der Welt so ansammelt, um ihn hinterher stolz vor mir herzutragen. Ich muss ganz dringend einkaufen gehen. Ich sehne mich nach irgendetwas von Origins mit natürlichen Ölen und Peelings. *Wenn ich nach Hause komme, werde ich alle meine Sorgen abstreifen – mithilfe einer beruhigenden Duftkerze,* träume ich vor mich hin, während ich unverwandt auf die Stapel auf meinem Schreibtisch starre.

„Ashley." Tracy steckt ihren Kopf in mein Büro. „Heather aus dem Brautmodengeschäft ist für dich am Telefon."

„Du meinst Hannah?"

Tracy schlägt sich auf den Kopf. „Ja, das war's."

Ich hebe den Hörer ab. Anscheinend gibt es noch etwas, das ich meiner Der-Himmel-stürzt-ein-Liste hinzufügen muss. „Ashley Stockingdale, Desastermagnet."

„Oh, Ashley, das ist ja witzig. Hier ist Hannah. Hey, ich habe ein Brautkleid für dich hier."

„Ich werde nicht das Kleid von Scarlett O'Hara tragen, Hannah. Darin verhaftet zu werden war für mich schon zu viel des Guten."

„Ja, das tut mir sehr leid. Ich hatte den Alarm vergessen. Hör zu, es ist nicht dieses Kleid. Es ist das von Vera Wang. Die Bestellung, die wir storniert hatten. Ich weiß zwar nicht, wo es hergekommen ist, aber es ist hier und dein Name steht drauf."

Plötzlich taucht die Sonne hinter sehr dunklen Wolken auf. „Das Kleid, das ich bestellt hatte, ist da?"

„Bezahlt und direkt aus den Ateliers von Vera Wang. Da ist keine Visitenkarte und auch keine Erklärung, sondern einfach nur das Kleid."

Wenn ich jetzt Nancy Drew wäre, würde ich losziehen, um nach dem Absender zu suchen. Aber ich hatte noch nie viel Interesse an Mysterien. Ich war immer erstaunt über die Mädchen, die diese dunklen Orte betraten, um nach Hinweisen zu suchen. *Hallo? Schließt einfach die Tür und lauft weg. Es gibt die Straße hoch gute Einkaufsmöglichkeiten.*

Schantungseide von Vera Wang ... Ich sehe hier einfach keine Notwendigkeit, die Dinge zu hinterfragen. Plötzlich hat sich meine Stimmung drastisch verbessert.

23

Offensichtlich hat sich die Arbeit heute in die Länge gezogen. Die im Gang gestapelten Kisten hatten mir das eigentlich schon angekündigt, bevor ich überhaupt angefangen hatte. Obwohl es noch eine ganze Woche hin ist bis zu Purvis Abreise, kann ich bereits spüren, wie die Arbeit sich anhäuft. Ein unsichtbares Gummiband, das mich zurückschleift, sich bis zu seiner Belastungsgrenze ausdehnt, bevor es reißt und ich unkontrollierbar in Purvis Arbeitssessel fliege.

Um zu etwas Erfreulicherem überzugehen, es ist schon so spät geworden, dass ich feststellen muss, dass das Brautmodengeschäft bereits geschlossen hat. Also bin ich einfach nur vorbeigefahren, um einen Blick durch das Schaufenster zu riskieren, bevor ich nach Hause gefahren bin. Ich mag zwar im Moment kleidlos sein, aber ich weiß, dass am Ende Seide meinen Weg säumen wird. Vera Wang und ich werden am Ende endlich zusammen sein.

Als ich das Haus betrete, ist Kay dabei, sich auf den Juli vorzubereiten und holt gerade sommerliche Festtagsdekorationen heraus. Wir haben Seidenblumen, Picknick-Tische aus Keramik, und nicht zu vergessen die Salz- und Pfefferstreuer in Form von Sonnenblumen. Dann gibt es noch die ganzen antiken Flaggen, die den Anschein erwecken, als würden wir uns auf eine nationale politische Tagung vorbereiten. Rhett folgt ihr winselnd überallhin in der Hoffnung, die Dahlienstiele zwischen die Zähne zu bekommen.

„Hi", begrüßt mich Kay, als sie die Seidenblumen aufstellt. „Leg deine Aktentasche bloß nicht da ab." Sie zeigt auf den Korb, in dem ich üblicherweise die wenigen Relikte ablegen darf, die beweisen, dass ich tatsächlich existiere. „Ich habe den Landepunkt umgebaut. Ab jetzt werden wir unsere Sachen für den Eingang in diesem neuen Schrank hier ablegen." Sie stellt sich davor und öffnet ihn wie eine von Bobs Schönheiten bei *Der Preis ist heiß*. „Ashleys Seite", sagt sie, begleitet von einer schwenkenden Handbewegung. „Kays Seite."

„Ich glaube, du solltest besser nach einem neuen Kredit Ausschau halten als nach einer neuen Mitbewohnerin", schlage ich vor. „Denkst du wirklich, dass jemand die Hälfte dieses Hauses kaufen will? Und dass jemand das *Landepunkt-Verfahren* verstehen würde? Oder den Unterschied zwischen dem Steakmesser- und dem Küchenmesserschärfer? Ich glaube nicht, dass du mir auch nur annähernd genügend Anerkennung dafür zollst, dass ich es mit dir aushalte."

„Ich? Ein gut organisiertes Leben ist das, was die meisten Leute hier im Silicon Valley führen, Ashley. Wir sind Erwachsene. Du bist hier die Ausnahme."

„Ich weigere mich, zu glauben, dass ich die Spinnerin bin. Ich verbringe nämlich keine Zeit damit, meine Blusen auf dem Kleiderbügel zuzuknöpfen, damit sich der Kleiderbügel wohl in seiner Haut fühlt, weißt du."

„Ich glaube, wenn jemand hier hereinkommen und sehen würde, wie ich lebe, und es mit dem Schweinestall vergleichen würde, den du Kleiderschrank nennst, kämen wohl kaum Fragen darüber auf, wer hier die Probleme hat.“

„Oh nein, wenn sie deine Michelinmännchen-Jacke zu Gesicht bekommen, bin ich fein raus. Das Ding hätte schon 1979 weggeworfen werden müssen. Dabei hätte man sich noch vielmals bei den Enten entschuldigen müssen. Oder brauchst du ein anderes Beispiel? Ich besitze Schuhe für alle möglichen Gelegenheiten, was so viel bedeutet, wie dass man mich zum Abendessen einladen und sicher davon ausgehen kann, dass ich im angemessenen Aufzug erscheine. Du dagegen besitzt nur Schuhe für verschiedene Außenaktivitäten. Punkt. Und wir leben nicht in Seattle, Kay. Hier regnet es kaum, aber du verfügst über Superwanderstiefel für alle Gelegenheiten, die Goretex sich nur vorstellen kann. Und Laufschuhe, die grasgrün sind? Deine kombinierte *Vintage*-Kleidung ist bei eBay 75 Cent wert.“

„Was ist mit den CDs von Adam Ant?“, feuert Kay zurück und hebt dabei eine Augenbraue. „Glaub ja nicht, dass ich nicht mitbekommen habe, wie du in deinem Zimmer gesungen und getanzt hast wie auf einem alten, schlechten MTV-Video.“

Okay, da hat sie mich erwischt. Ich möchte meine Vorliebe für die 80er-Jahre-Musik definitiv nicht zugeben. Aber Mädchen wollen einfach ihren Spaß. Oder liege ich da falsch? Dann aber dämmert es mir und ich zeige mit dem Finger auf sie. „Alben von Ambrosia. Ich habe dich ‚You're the Biggest Part of Me‘ öfter summen gehört, als ich an einer Hand abzählen kann.“

„Zumindest stammt diese Musik aus meiner Zeit, sodass ich sie niemandem stehlen musste. Adam Ant?“

„Das war nur wenige Jahre vor meiner Zeit, okay? Ich war also frühreif . Erschieß mich dafür.“

„Du bist für keine Ära reif genug, Ashley.“

„Jimmy Buffet!“, lande ich einen erneuten Treffer. Rhett fängt an zu bellen.

„Du bringst den Hund durcheinander“, beschuldigt mich Kay.

„Er dachte nur, dass wir uns wieder ‚Margaritaville' anhören müssten, und Rhett weiß, wann er uns zu beschützen hat. Nicht wahr, Baby?", sage ich und klopfe sanft auf seinen Kopf.

„Gibt es einen Grund für deine interessante Stimmung?"

„Den gibt es, ja. Purvi hat heute gekündigt. In einer Woche werde ich ihren Job übernehmen. Dabei wäre ich momentan nicht mal in der Lage, Rhetts Job zu übernehmen. Aber mein Kleid ist da. Mein richtiges und wirkliches Kleid von Vera Wang. Meine Gefühle fahren Achterbahn, mal hoch, mal runter, wirklich. Es kommt auf den Moment an."

„Muss ich dich daran erinnern, dass du schon mal Purvis Job gemacht hast? Und zwar schlecht."

„Oh, und meine Schwiegermutter und Schwägerin sind in ein paar Tagen hier in der Stadt, um Himmel weiß was bei den Hochzeitsvorbereitungen auszuarbeiten."

„Nun, Kevin wird sich schon um sie kümmern, richtig? Du musst dir jetzt nur Gedanken um Purvi machen."

„Falsch. Kevin ist in Philadelphia bei einem Vorstellungsgespräch."

Kay schüttelt den Kopf und steckt die letzte Seidenblume ins Styropor. „Du musst wohl wirklich ein ‚Tritt mich'-Schild tragen. Ist es übrigens wahr, dass du bei der Single-Gruppe getanzt hast, bevor ich dazugekommen bin?"

„Kann mir bitte jemand sagen, warum das so skandalös ist? Ich habe getanzt. Ich habe mich nicht ausgezogen, um Himmels willen. Ihr alle müsst euch ma-ahl entspannen, wie meine verrückte Schwägerin sagen würde."

„Das ist, weil die Single-Gruppe immer in einer gewissen Art und Weise funktioniert hat. Und du versuchst immer wieder, sie alle aus ihrer Wohlfühlzone zu reißen. Ihnen gefällt diese Zone, Ashley. Kannst du das nicht einfach respektieren? Wir respektieren ja auch, dass du anders tickst."

„Nein, ich schätze, das kann ich nicht. Sie sind wie eine schlechte Happy Hour ohne Alkohol. Sie sitzen da und essen."

„Du richtest schon wieder."

„Vielleicht tue ich das, aber ich sage nichts, was der Rest der Welt nicht ohnehin schon denkt. Seit wann geht es in der Gemeinde darum, sich auf seinem Allerwertesten auszuruhen und darauf zu warten, dass sich irgendetwas Tolles ereignet?“

„Ashley, du bist wohl kaum die große Kirchenhistorikerin, weißt du. Deine systematische Theologie hinkt an dieser Stelle. Lass es einfach dabei.“

„Was ist denn das?“ Ich nehme einen Pergamentumschlag vom neuen Eingangstisch.

„Es ist eine Einladung zu deiner Brautparty. Eine richtige Brautparty, kein Dessoushandel.“

„Wo kommt sie her?“

„Brea hat mit deinen Tanten gesprochen. Es ist alles eingefädelt. Du darfst eine Braut mit richtigen Küchenutensilien sein. Obwohl du wahrscheinlich mehr Nutzen aus den Dessous ziehen würdest, bei deinen Kochkünsten.“

„Du bist gerade keine große Hilfe!“

„Ich wollte es nur mal gesagt haben.“ Kay hebt die Hände, um ihre Unschuld zu demonstrieren.

„Hat deine Mutter dir denn niemals beigebracht, wenn du nichts Nettes zu sagen hast ...“

„Meine Mutter hat mir nur beigebracht, mich bei meinen Verabredungen zu ‚schützen‘. Also nein, sie muss das mit den netten Sachen wohl vergessen haben. Sie war eher darum besorgt, dass ich sie nicht schon frühzeitig zur Großmutter mache. Und das nicht, weil ich in ihren Augen als alleinerziehende Mutter eine Schande gewesen wäre, sondern weil es sie zu früh hätte alt aussehen lassen.“

„Wo wir von deiner Mutter sprechen, hast du diesen Simon zurückgerufen?“

„Ich habe es dir doch gesagt. Ich habe ihm nichts zu sagen“, blafft Kay.

„Zuerst dachte ich, dass die Frau vielleicht deine Tochter ist. Aber als ich sie gesehen habe, wusste ich, dass sie seine Frau sein muss. Hattest du eine Affäre mit ihm?“

„Ashley! Du hast eine schmutzige Fantasie."

„Was? Du sagtest doch, dass es ein tiefes, dunkles Geheimnis ist. Ich nehme an, dass es sehr hässlich sein muss, sonst wäre es nicht eine so große Sache. Ich habe *Beverly Hills, 90210* gesehen; ich bin nicht vollkommen naiv."

Sie hält ihre Hände still und setzt sich. „Du dachtest, ich hätte eine Tochter? Unehelich?"

„Es ist mir in den Sinn gekommen", gebe ich zu. „Ich meine, der Kerl schien nett zu sein. Ich muss dazu sagen, dass ich es mir nicht mehr vorstellen konnte, nachdem ich ihm begegnet war, aber du bist deswegen so ausgeflippt. Und das mit dem Fernsehauftritt hat dich zu Tode erschreckt. Was könnte es denn sonst sein? Es muss sich um etwas wirklich Übles handeln, also bin ich im Kopf ein paar Möglichkeiten durchgegangen."

Kays Mund steht immer noch offen. Anscheinend habe ich sie wirklich schockiert. Aber bin ich denn allein damit? Das bezweifle ich. Die Welt geht immer vom Schlimmsten aus. Immerhin haben wir ein Jahrzehnt der Serie *Friends* miterlebt, wo Freundinnen mit dem Freund der anderen ins Bett gehen und alle damit prima zurechtkommen. *Ja, das kann passieren.*

„Es ist nichts Derartiges! Hast du mit irgendjemandem über deine Vermutungen gesprochen?"

„Selbstverständlich nicht. Ich habe nur dafür gebetet, dass ihr beide das aus der Welt schafft und du darüber hinwegkommst. Du könntest es mir auch genauso gut sagen. Ich kann es mir im Fernsehen anschauen, wenn ich will."

Sie starrt mich eine lange Zeit an und ich glaube, dass es fast so weit ist, dass sie es mir sagt. Aber nein, Kay schweigt und lässt stattdessen lieber einen Hotdog aus Keramik auf das Regal in der Eingangshalle plumpsen. Die Menschen verhalten sich so merkwürdig, wenn es um ihre Sünden geht. Ich meine, lass es los, wissen Sie. Sie hat es gebeichtet. Sie ist weitergegangen ... Nun, das ist sie vielleicht nicht, aber sie sollte es tun.

„Ich gehe mit Rhett raus. Es könnte etwas Schlimmeres sein, als ich dachte, du verstehst. Was wäre, wenn du seine erste Ehefrau ermordet und sie unter dem Haus vergraben hättest?" Ich zwinkere ihr zu, als ich nach Rhetts Leine greife. „Oder was wäre, wenn du damals eine Krankenschwester gewesen bist und seine Frau in eine Klinik eingewiesen hättest, um ihr eine Überdosis Morphium zu verabreichen?"

„Ashley!"

Sehen Sie? Wenn ich mit Kay durch bin, wird sie sich selbst die abscheuliche Tat vergeben, die sie mit vierzehn begangen hat. Meine Güte, Rhett hat nur eine Leine. Kay dagegen hat eine Eisenkette mit schwerer Metallkugel am Fuß. Es ist dreißig Jahre her. Zu dieser Zeit hatte ich mir noch nicht einmal Röcke auf den Kopf aufgesetzt und laut Donna-Summer-Songs vor dem Spiegel gesungen. Kann es denn wirklich etwas Schlimmeres geben als das?

24

Heute ist der Tag, an dem meine Schwiegermutter und Schwägerin hier ankommen. *Zukünftige Schwiegermutter und Schwägerin.* Mein Scarlett-Kleid befindet sich im Kleiderschrank. Es hängt direkt neben dem Kleid, das ich tatsächlich tragen werde, aber ich denke, dass weder das eine noch das andere zur Sprache kommen muss. Wenn Emily sich dazu verleiten lässt, zu glauben, dass ich mich wie eine Schönheit aus dem neunzehnten Jahrhundert kleiden würde, dann ist das ihr Problem, wissen Sie. Ich konzentriere mich auf die Straße und auf Kevins Altherrenfahrzeug, den Dodge. Wie er plötzlich auf den Gedanken gekommen ist, einen Viertürer zu fahren, ist mir unbegreiflich, aber vielleicht bin ich eines Tages auch so weit. Es sind schon seltsamere Dinge passiert. Ich kann Emily und Elaine Novak vom Flughafen abholen, ohne mir dafür den Buick meiner Mutter ausleihen zu müssen, also ist das Leben in Ordnung. Mal abgesehen von seiner schrottreifen Stereoanlage. David Crowder klingt blechern und das ist einfach nicht richtig so. Für mich ist das fast schon Blasphemie.

Der Flughafen ist wie immer brechend voll und ich weiß, dass ich mich zur Gepäckausgabe durchdrängeln muss, weil es nicht von guten Manieren zeugt, wenn man seine zukünftige Schwiegermutter am Straßenrand abholt. Sogar in Kalifornien. Obwohl wir Zwanglosigkeit salonfähig gemacht haben. Ich glaube, in den meisten Staaten nennt man es noch immer Unhöflichkeit.

Als ich ankomme, sitzen Mrs. Novak und Emily auf zwei Designer-Reisekoffern. Ich muss zugeben, dass ich eine Truhe erwartet hätte – oder zwei. (Sie kennen doch diese Szene aus *Titanic* an den englischen Hafenanlagen?) Mrs. Novak ist wahrlich eine schöne Frau mit einem blonden Bob und großen blauen Augen. Ihre Haut ist nahezu makellos, ohne sichtbare Falten oder Anzeichen von jahrelangem Kummer.

Im Vergleich dazu sieht meine Mutter aus wie eine Mutter: graue Haare, die sie nicht färbt, feine Lachfältchen um Augen und Mund und natürlich auch die Falte auf der Stirn (von meinem Bruder Dave, versteht sich). Kevins Mutter sieht aus wie eine gealterte Schönheitskönigin, die letztendlich doch erwachsen geworden ist – wie die Großmutter von Barbie. Sie und Emily sehen sich sehr ähnlich, aber die Spannung zwischen ihnen ist nicht zu übersehen. Das ist keine von Liebe geprägte Verbindung.

„Ashley, Liebes." Mrs. Novak kommt auf mich zu und es sieht so aus, als würde sie mich umarmen wollen, aber dann bleibt sie kurz vorher stehen. „Eine Hose? Wir haben doch heute unser Probe-Essen, nicht wahr, Emily?" Sie sieht ihre Tochter an. Ich denke: *Sie findet es unangemessen, dass ich eine Hose trage. Was werden sie nun von mir verlangen? Erwarten sie, dass ich nach Hause fahre und mich umziehe, um ihr einen Gefallen zu tun? Oder sollte ich sie vor vollendete Tatsachen stellen: Ich kann dort mit einer Hose auftauchen, ohne dass auch nur ein Ober mit der Wimper zuckt.*

„Wir sind für den Mittag eingeplant, also sollten wir uns jetzt bewegen." Emily sieht auf ihre Uhr und zieht ihren Koffer hinter sich her. Ich steuere auf Mrs. Novaks Koffer zu und sie macht keine Anstalten, mich davon abzuhalten. Also rolle ich ihren Koffer, als ich sie zum Auto führe. Elaine schüttelt den

Kopf beim Anblick von Kevins Auto. Anscheinend ist sie noch nicht darüber hinweggekommen, dass er häuslich geworden ist. *Oha, etwas, worüber wir uns einig sind.*

„Wie war euer Flug?", frage ich und ignoriere das Hosengespräch. Und ich meine Shelli Segal, meine Damen! Etwas mehr Respekt, bitte! Ich hätte auch eine Hüftjeans tragen können, eine, bei der der String-Tanga hervorschaut. Also sollten sie dankbar sein für das, was sie bekommen. Nicht wirklich, aber wen kümmert's! Wir leben im 21. Jahrhundert. Soweit ich unterrichtet bin, ist Kleidung frei wählbar. Dasselbe gilt auch für Korsetts.

„Für die Economy-Class war's ganz nett. Aber, Ashley, Liebes, Emily hat mir von der *Vom-Winde-verweht-Thematik* für die Hochzeit erzählt und ich muss sagen, es scheint ... Nun, es erscheint mir ein bisschen kitschig, Liebling. Ich weiß, dass viele von euch Yankees eine genauestens ausgearbeitete Vorstellung von unserem südstaatlichen Lebensstil haben. Aber ein Kleid, wie Scarlett es getragen hat, scheint mir zu viel des Guten zu sein, wenn ich das so sagen darf."

Elaine steigt nicht ins Auto ein, sondern sieht mir direkt in die Augen. „Ich möchte dir einfach unnötige Scham ersparen. Und Liebes, Vivien Leigh war eine sehr zierliche Frau." Sie wirft einen Blick auf meine Hüfte und hebt die Augenbrauen, was eine äußerst befremdliche Bewegung in ihrem Gesicht verursacht. Ich starre sie einen Moment lang an und bin fasziniert. Ich kann einfach nicht anders. Es sieht so aus, als wäre ihr gesamtes Gesicht an ihre Augenbrauen geheftet, sodass sie keinen Bereich separat bewegen kann. „Ich werde mich für dich einsetzen, wenn es das ist, was du wirklich willst. Aber ich nehme an, dem ist nicht so." *Übersetzung: Wenn du dich komplett zum Idioten machen willst, dann ist das deine Angelegenheit. Aber du wirst meine Familie da nicht mit hineinziehen, du unbedeutendes Ungeziefer aus der Unterschicht.*

Meine Augen sind weit aufgerissen und ich muss mich selbst daran erinnern, zu blinzeln. Wenn ich mir Emily so ansehe, wird mir klar, dass sie ihre Mutter tatsächlich glauben gemacht hat, dass ich für das Südstaatenmotiv verantwortlich sei. Nach Emilys Unfähigkeit, mich anzusehen, zu urteilen, würde ich sagen, dass Mrs. Novak sogar dazu tendiert, zu glauben, dass man von ihr erwartet, einen Reifrock zu tragen. Tatsache ist: Emily hat Angst. Ihre Hände zittern tatsächlich. Ich sehe wieder zu Mrs. Novak, die fröhlich weiterzwitschert, als ob ich ihre Worte so aufnehmen würde, als seien es echte Perlen der Weisheit.

Plötzlich fühlt sich das Auto sehr klein an. Ich kann Emily nicht vor ihrer Mutter in die Enge treiben, obwohl ich, ehrlich gesagt, äußerst versucht bin, es zu tun. Ich meine, wie oft soll ich mir noch anhören, dass ich in dem Kleid von Scarlett wie eine Kuh aussehe?

„Das Mittagessen findet in Palo Alto statt, Ashley. Werden wir es rechtzeitig schaffen?", fragt Emily.

„Wir haben reichlich Zeit, Emily. Warum erzählst du deiner Mutter nicht alles über meine südstaatlichen Hochzeitspläne, während wir fahren?" Das war jetzt nicht nett.

„Wie kommt es, dass du heute nicht arbeiten musst, Ashley?", fragt Emily, meine Worte ignorierend.

Wie kommt es, dass ich überhaupt einen Job habe?, wäre die bessere Frage. „Ich werde später zur Arbeit gehen, wenn wir fertig sind. Und ich habe heute Morgen bereits um fünf angefangen."

„Ich werde niemals die Leute verstehen, die sich bis auf die Knochen abarbeiten. Bei meinem Mann war das eine andere Sache. Er hat Leben gerettet. Aber eine Frau sollte ihren Platz kennen, Ashley. Du solltest besser Buchhaltungsstunden nehmen und lernen, wie man einen Haushalt verwaltet."

Ich fange an zu kichern. „Ich kann ja nicht einmal meinen eigenen Kleiderschrank verwalten!" *Okay, das war wahrscheinlich nicht die richtige Antwort.*

Merke: Lass zu, dass Mrs. Novaks Träume von mir als Hausfrau ihr behagen. Wie eine Tasse starker Earl Grey ihren sanften Gaumen. Die Energie eines doppelten Espressos muss ich vorerst gut verstecken.

Mrs. Novak ist immer noch in ihre Ausführungen vertieft und ich klinke mich mitten in ihren Wortstrom ein. „Da ist noch eine Menge Zeit für weltliches Streben, wenn du deine Kinder aufgezogen hast. Golf, Reisen ..."

„Das Streben nach der perfekten Tasche von Michael Kors", füge ich hinzu.

„Du hast einen herzlichen Sinn für Humor, meine Liebe. Ich bin mir sicher, dass dies eins der Dinge ist, die Kevin an dir attraktiv findet. Aber dass er in ein unordentliches Zuhause zurückkehren muss, wird ihn in Zukunft nicht zum Lachen bringen. Eine Ehefrau sollte stolz auf ihr Heim sein."

„Ich bin berufstätig; deswegen werde ich jemanden einstellen müssen." *Schon wieder. Es ist nicht der richtige Zeitpunkt für humorvolle Bemerkungen. Ich lerne sehr langsam.* „Ich hätte Sie nicht als den Typ Hausfrau eingeschätzt, Mrs. Novak." Diese glückselige Häuslichkeit macht mich wahnsinnig. Nach reiflicher Überlegung rufen der Golfplatz und das Schrubben von Toiletten nicht so sehr nach mir.

„Eine Heimmanagerin ist keine Hausfrau, Ashley. Sie ist vielmehr jemand, der das Unternehmen Zuhause und die gesellschaftlichen Verpflichtungen verwaltet, damit ihr Ehemann noch erfolgreicher in seinem Beruf arbeiten kann. Das macht euch zu einem Team und es verbindet euch in der Ehe miteinander. Außerdem macht es dich zu einem begehrten Gast bei allen Junior-League-Veranstaltungen."

Ich bin mir sicher, dass das irgendwo der Wahrheit entspricht, aber ich werde ganz bestimmt nicht mit Perlenketten behangen staubsaugen, okay? Kevins Haus ist vollgestellt mit Modellen: Flugzeugmodelle, Bootmodelle, Raumschiffmodelle. Ich denke, für ihn bestünde die Organisation eines Haushaltes vielleicht daraus, seine Hobbyobjekte vorsichtig abzustauben und hübsch anzuordnen. Oder meint sie etwa, dass ich dem Ganzen einen Deckenventilator mit einem Propeller zu seiner persönlichen Unterhaltung hinzufügen soll? Ich bin mir unsicher, ob ich das klarstellen soll. Oh, warum denn eigentlich nicht?

„Emily, hast du das Design für die Torte abgesegnet, das wir ausgesucht hatten?“, frage ich. Im Stillen denke ich, wenn sie auch nur einer Sache nicht zustimmt, wird es vorbei sein mit dem Decken ihrer Südstaatengeschichte!

„Du hast eine entzückende Entscheidung getroffen, Ashley.“

„Was für eine Torte hast du geordert? Und die Bräutigamstorte? Es wird doch eine geben, oder?“

„Mutter, wir sind doch Südstaatler. Selbstverständlich habe ich mich darum gekümmert. Keine Bräutigamstorte? Ich muss doch bitten. Ashley hat nur bestimmt, wie sie aussehen soll. Wir werden heute die unterschiedlichen Torten verkosten.“

Ich habe erst fünf Minuten mit diesen Frauen verbracht und ich bin jetzt schon gänzlich erschöpft. Keine sagt, was sie wirklich denkt. Alles ist wie eine große Matrix, die darauf wartet, mich in ihrer dunklen Höhle einzufangen, falls mir die falschen Worte entwischen sollten. Jetzt verstehe ich auch, warum diese Menschen Mensa brauchen. Dort lernen sie, das zu übersetzen, was sie einander in Wirklichkeit sagen.

Mein Telefon klingelt und ja, ich bin dankbar dafür. „Hallo, Ashley Stockingdale.“

„Hey Baby, hast du meiner Mom die Ohrringe gezeigt? Lass uns diese Hochzeit überspringen und direkt zu den Flitterwochen übergehen. Was sagst du dazu?“

„Ja, deine Mutter sitzt direkt neben mir und deine Schwester ebenfalls. Ihr Flugzeug ist pünktlich angekommen.“

„Hast du ihnen gesagt, dass sie all ihre Bemühungen in die Flitterwochen-Suite investieren sollen? Einfach ein paar Rosenblätter streuen und dann verschwinden“, knurrt Kevin.

„Ja, du solltest dir darüber keine Sorgen machen. Wir haben uns um die Bräutigamstorte bereits gekümmert. Ich weiß, wie wichtig dir das ist.“

„Ist das nicht süß von ihm, dass er sich darüber Gedanken macht?“, sagt Mrs. Novak zu Emily.

„Hast du vor, aus dieser Bräutigamstorte zu hüpfen?“

„Kevin!“

Er fängt an zu lachen. „Entschuldige. Ich dachte nur, wenn du schon so eine gute Zeit mit der Familie Novak verbringst, warum sollte ich da nicht mitspielen können? Ich meine, dir den ganzen Spaß zu überlassen, klingt für mich nicht ganz so fair."

„Wie ist Philadelphia?"

„Ich habe nicht wirklich viel davon zu sehen bekommen. Das Krankenhaus ist aber sehr schön."

„Aber servieren sie in der Cafeteria dort auch Espresso? Ist da überhaupt ein Starbucks in der Nähe?"

„Meine Eltern haben gesagt, dass sie uns ein Haus hier kaufen würden. Sie waren sogar froh darüber, denn hier sind Immobilien günstiger. Mein Dad hat gesagt, hier gäbe es einen soliden, wachsenden Immobilienmarkt."

„Nein, danke", sage ich höflich durch die Zähne. Was ich natürlich eigentlich sagen will, ist: *Wenn du deine Eltern auch nur einen Cent für unser Haus hinlegen lässt, werde ich dich zerquetschen wie eine Getränkedose nach dem Picknick.* Aber ich denke darüber nach, ob ich letztendlich nicht doch Südstaatlerin bin oder zumindest auf dem guten Weg, eine Novak zu werden. Gruseliger Gedanke. Vielleicht sollte ich meinen Namen behalten. „Ich würde das lieber persönlich mit dir besprechen, nachdem wir über den Job gesprochen haben."

„Was sie eigentlich meinte: ‚Bevor wir uns einig sind, was wir uns tatsächlich leisten können.‘ "

„Wir sind doch Arzt und Anwältin."

„Einspruch: ein Arzt in Ausbildung. Und wenn du mir zustimmst, eine arbeitslose kalifornische Anwältin im Rechtssystem von Pennsylvania. Übersetzt bedeutet das: eine schäbige Einzimmerwohnung in einer schlechten Gegend mit einem dreckigen Badezimmer, das ich dich zwingen werde zu schrubben, weil du das Geld meiner Eltern ausgeschlagen hast. Bis du Blasen an den Händen hast, Ash. Ich habe viel ertragen müssen für diese Anzahlung, Baby, und du wirst heute einen Vorgeschmack darauf bekommen. Nimm das Geld, und lauf."

„Versuchst du gerade, mich zu deprimieren?"

„Hier gibt es weniger Golfplätze, also haben meine Eltern einen Grund weniger, uns zu besuchen."

Er wirft mir einen Brocken hin. Einen sehr kleinen Brocken. „Gibt es dort eine Junior-League?"

„Weißt du, ich wette, die gibt es!", sagt Kevin überaus enthusiastisch. „Und wenn du Kästchen Nummer drei wählst, dann verbirgt sich dahinter wahrscheinlich auch ein Debütantinnenball für unsere zukünftige Tochter." Er lacht. „Ich werde ein Haus für dich finden, von dem aus du eine Starbucks-Filiale zu Fuß erreichen kannst. Bist du nun bereit, darüber zu reden? Ich bin sicher, dass es dort auch eine echte Rösterei geben wird."

Als er das Wort „reden" ausspricht, dreht sich mir der Magen zweimal um. Ich bin die glücklichste Frau der Welt und das weiß ich auch. Und die Sache mit dem „Opfer-bringen-in-einer-Ehe" verfolgt mich erneut. Wo habe ich das bloß schon einmal gehört? „Wir werden darüber reden", willige ich ein. *Na los, zieh mich an den Haaren zurück in deine Höhle.*

„Ich muss jetzt los. Der Chefchirurg ist wieder da. Ertrage die Damen Novak mit einem Lächeln auf deinem Gesicht. Wenn sie dich zu Fall bringen, dann denk immer daran, dass – ja – du die Normale bist. Ich bete für dich."

„Okay."

„Oh, und Ashley?"

„Ja?"

„Ich liebe dich mit einer Leidenschaft, die ich gar nicht erst beschreiben kann." Klick.

Wie macht er das bloß? Die Sache mit seiner Mutter ist es wert, ihm zuliebe.

„Ich muss mit meinem Sohn ein ernstes Wort darüber reden, dass er mit seinen Anrufen auf dem Handy andere wichtige Gespräche unterbricht", sagt Mrs. Novak. Für einen kurzen Moment höre ich, wie Norman Bates' Mutter ihn anschreit, aber einen Augenblick später bin ich wieder in der Realität angekommen.

„Wir sind da", sage ich ohne jegliche Intonation. Elaine Novak steigt graziös aus dem Auto aus. Die Fußknöchel hält sie zusammen wie Lady Di. Ich rechne damit, dass sie den Portier mit dem für Prinzessinnen typischen Winken herbeizitiert.

„Ich gehe mal eben schnell hinein, um mir die Nase zu pudern." Mrs. Novak betritt die elegante Lobby und verschwindet kurz darauf aus unserem Blickfeld. Emily atmet erleichtert auf.

„Danke, dass du ihr nichts gesagt hast." Sie legt ihre flache Hand an die Wand, um sich abzustützen.

„Warum hast du dieses Kleid anfertigen lassen? Du wusstest doch, dass es niemandem gefallen würde. Und mir am allerwenigsten. Und weil es *euch allen* unzählige Gelegenheiten bietet, mich als riesig zu bezeichnen, fange ich an zu glauben, dass es dir Freude bereitet, mich niederzumachen."

Emily blickt starr auf die Tür der Damentoilette. „Ich wollte, dass meine Eltern sich zum Gespött von Atlanta machen. Ich wusste, dass Kevin nichts dagegen haben würde. Seine Freunde würden es umwerfend komisch finden. Außerdem dachte ich, dass du alles, was mit *Vom Winde verweht* zu tun hat, lieben würdest. Also habe ich geglaubt, dass ich damit durchkomme. Ich hätte nicht gedacht, dass du dich so sehr an dein Vera-Wang-Kleid klammern würdest."

Kennen Sie das Gedicht von Dorothy Law Nolte? Es geht so: „Wenn Kinder Feindseligkeit erleben, werden sie lernen, zu schlagen."

Zugegeben, ich müsste es ändern in „sie werden eher passiv-aggressive Verhaltensweisen an den Tag legen als sich schlagen". Aber die Kriterien für die Einteilung in bestimmte psychische Störungskategorien bieten sich nicht wirklich für die Dichtkunst an.

„Du hättest meine Hochzeit ruiniert, nur um es deiner Mutter heimzuzahlen?" Das kann ich einfach nicht glauben. *„Die Rache ist mein,* spricht der Herr, und so weiter."

„Es wäre schön geworden, Ashley. Nur nicht das, was meine Mutter als schön empfindet."

In diesem Augenblick fällt mir auf, dass Emily eine Hose

trägt. Die Beanstandung ihrer Mutter bezüglich meines Aufzugs war höchstwahrscheinlich ebenso an Emily gerichtet.

„Und was ist mit den Rüschen? Niemand würde Rüschen als schön bezeichnen, Emily. Ich sage es dir jetzt ein für alle Mal: Wenn du auch nur ein weiteres Mal etwas tust, um diese Hochzeit zu sabotieren oder mir erzählst, ich sei fett, dumm und keine Südstaatlerin, dann werde ich deiner Mutter davon berichten, dass das alles auf deinem Mist gewachsen ist. Und Kevin wird mir dabei den Rücken stärken. Verstanden?"

„Vielleicht habe ich es ein wenig zu weit getrieben. Ich habe mir mal wieder *Vom Winde verweht* angesehen und da kam mir diese Idee. Mit den Sonnenschirmen. Ich dachte, es wäre ein bisschen wie in einer Seifenoper. Und Übertreibungen scheinen dich ansonsten nicht allzu sehr zu stören. Du hast einen gewissen Hang zur Dramatik."

Ich zeige mit dem Finger auf sie. „Ab jetzt ist es dir verboten, diesen Film anzusehen, hast du mich verstanden? Oder du wirst an meinem Hochzeitstag Gegrilltes in *Twelve Oaks* essen."

Emily nickt. „Mein Brudah hat mit mir schon darüber gesprochen. Kein *Vom Winde verweht.* Ich habe verstanden."

Mrs. Novak öffnet die Tür der Damentoilette. „Emily, hast du ihnen etwa noch nicht Bescheid gesagt, dass wir schon da sind?"

„Wir haben uns unterhalten, Mrs. Novak. Ich werde es sie wissen lassen", sage ich.

„Wir haben einen Termin. Und die Novaks halten ihre Termine ein."

„Die *meisten* Menschen halten ihre Termine ein, Elaine. Wir sind nur wenige Minuten zu spät. Das werden sie schon verstehen." Nur die Ruhe.

Angesichts meines tollkühnen Widerstandes presst sie ihre Lippen zusammen. Alle Achtung, der Schönheitschirurg hat wirklich ganze Arbeit geleistet.

„Emily, kündige unsere Ankunft an." Mrs. Novak zerrt an ihrer Anzugjacke. Wieder einmal etwas von St. John. Ich habe sie noch nie etwas anderes tragen sehen. Vielfalt ist anscheinend nicht das Salz in der Suppe eines Country-Club-Lebens.

Emily flitzt davon, um den Catering-Manager zu finden. Und ich bin völlig perplex von Mrs. Novas scharfen Tönen und ihrem eisigen Blick, den sie immerzu auf ihre Tochter richtet.

„Emily hat bei den Hochzeitsvorbereitungen großartige Arbeit geleistet. Sie hat jeden Stein umgedreht. Sie hat mir sogar dabei geholfen, ein Hochzeitskleid zu finden."

„Es wurde ja auch Zeit, dass sie etwas macht. Sie ist fünfundzwanzig Jahre alt, unverheiratet, unterbeschäftigt und gibt vor, sich im Hochzeitsgeschäft zu bewegen – für jemanden, der unfähig dazu ist, das selbst zu erledigen." Elaine fängt sich wieder. „Das ist nicht böse gemeint, Liebes."

Wenn mein Kiefer noch weiter herunterklappen würde, würde mein eigener Speichel an mir hinunterlaufen „Ich bin nicht unfähig, Elaine. Nur beschäftigt, wenn man es genau nimmt."

„Es ist offensichtlich, dass du dazu erzogen worden bist, für dich selbst zu sorgen. Sie ist dazu erzogen worden, für andere zu sorgen, Ashley. Und obwohl sie sich größte Mühe gibt, ist es zuweilen schmerzlich, es mit anzusehen."

So schmerzlich wie diese Konversation vielleicht? Wenn das so weitergeht, dann werde ich nach diesem Tag einen Starbucks in meinem Schlafzimmer brauchen.

25

Ich stehe nicht so auf Hochzeitsbuffets. Egal wie elegant die Auswahl ist, es läuft alles darauf hinaus, dass die Gäste sich darum scharen wie um einen Schweinetrog. Außerdem gibt es bei Buffets immer nur mikroskopisch kleine Teller, sodass die Gäste zurückhinken müssen wie Oliver Twist: „Bitte, ich möchte noch etwas mehr."

„Ein Buffet ist eine ausgezeichnete Wahl für Hochzeiten", nörgelt Elaine, als sie mäkelig an ihrer Suppe nippt. „Es erscheint mir sehr unvernünftig, das zusätzliche Personal für ein

Menü zu engagieren. Im Süden ist dies nur sehr formellen Anlässen vorbehalten."

Ähm, wie die Hochzeit Ihres einzigen Sohnes vielleicht?

„Es wäre wohl *einigermaßen* vernünftig, Mutter. Ashley will es so." Emily eilt zu meiner Verteidigung herbei – meine Güte, ist das nicht herzerwärmend? Vor allem, wenn man in Betracht zieht, dass sie meine Hochzeit für ihren persönlichen *Carrie*-Abschlussball-Moment missbrauchen wollte. Bis ihr Bruder davon Wind bekommen hatte. Meine negative Einstellung überwältigt mich bei diesem schönen Anlass endgültig. Der Genuss meiner Suppe beschränkt sich lediglich auf ein Schlürfen.

„Es gibt eine Million Dinge, die bei einem Menü schiefgehen können", fährt Elaine fort. „Man bekommt unerfahrenes Personal, das unvermeidlich von der falschen Seite aus servieren wird. Man hat Gäste, die nicht wissen, welche Gabel sie zu welcher Zeit zu benutzen haben. Oder noch schlimmer: welchen Brotteller sie verwenden müssen. Das führt dazu, dass sie sich der falschen Seite des Gedecks zuwenden. Und bevor man sich versieht, steht da ein einsamer Brotteller herum und einer Person auf der anderen Seite des Tisches fehlt eben dieser. Chaos. Pures Chaos. Wenn hingegen Messer und Gabel eingewickelt in einer Stoffserviette auf dem Teller serviert werden, sind keine Erklärungen mehr nötig." Den letzten Teil sagt sie so, wie die Leute beim Teleshopping sagen würden: *Rufen Sie noch heute an. Vollkommen unverbindlich!*

Nun lebe ich ja im Silicon Valley. Wir gelten als eine Gemeinschaft von Millionären. Ich glaube, wenn wir Aktiengeschäfte sogar unter Wasser abwickeln können, sind wir sicher auch dazu in der Lage, mit Silberbesteck umzugehen. Korrigieren Sie mich, wenn ich falsch liege, aber wenn dem Typen gegenüber der Brotteller fehlt, dann kann ich ihn ihm doch herüberreichen, richtig? Wir passen uns eben an.

„Ist das nicht entzückend?", sage ich, als uns der nächste Gang vorgesetzt wird. „Mmm. Gegrillte Zucht-Champignons. Seht ihr, wir haben einen eigenen Teller vor uns stehen." Dem

Gesagten füge ich eine schwungvolle Vanna-White-Handbewegung hinzu. „Man kann sein Brot direkt von *diesem* Teller hier essen, wenn man verwirrt ist. Außerdem habe ich eine gute Freundin, die im Rollstuhl sitzt. Und es wäre mir lieber, wenn sie bedient wird."

Elaine fällt der Mund zu.

„Ich finde es entzückend, Ashley", sagt Emily.

An diesem Punkt bin ich mir nicht mehr sicher, ob ich Emilys Unterstützung wirklich ihrer Feindseligkeit vorziehe. Tatsache ist, man kann ihr nicht trauen. Sie scheint ständig von etwas Verborgenem angetrieben zu werden und das veranlasst mich dazu, ständig neue Manöver zu fahren, um aus ihr schlau zu werden. Was das Essen angeht: Wenn ich mich für das Buffet entscheide, wird Mrs. Novak auf das Menü bestehen. Da ich einen vegetarischen Teller für meine vegetarischen Freunde ausgesucht habe, habe ich so ein ungutes Gefühl, dass sie an der Eingangstür Umerziehungskurse anbieten könnte, um auf die Vorzüge des Fleischkonsums hinzuweisen.

„Ich habe nun mal ein Menü für die Hochzeit ausgewählt und so weit war alles köstlich. Findet ihr nicht auch?", frage ich. „Meine Mutter wird zum Hauptgang hier sein. Sie musste heute Morgen auf meinen Neffen Davey aufpassen."

Elaine und Emily rühren die Champignons nicht an. Offensichtlich stellen Pilze von Spitzenqualität keine Delikatesse für sie dar. Uns wird ein Grapefruit-Sorbet serviert, um unsere Gaumen zu reinigen. Im gleichen Augenblick kommt meine Mutter zur Tür herein. Sie trägt einen Pullover, auf dem „Die beste Oma der Welt" steht und legt ihre fleckige Leinentasche auf dem Boden ab. Meine Mutter hat noch nie eine Handtasche getragen. Keine einzige Kuh musste ihr Leben für die Schuh- oder Taschenkollektion meiner Mutter lassen.

Meine Mom sieht zuerst mich an und dann Emily und Elaine in ihren teuren Klamotten. „Oh, Liebes, es sieht so aus, als sei ich nicht dem Anlass entsprechend gekleidet. Aber Sie werden dafür Verständnis haben, Elaine. Ich hatte den ganzen Morgen mein Enkelkind bei mir und dieses Kind ist wie ein Geschenk des Himmels hier auf Erden. Er hat ein engelsgleiches Lächeln und schwarzes Haar, das nach oben absteht. Ich sage Ihnen, er ist das gescheiteste Kind, das Sie jemals gesehen haben. Er kann fast schon sprechen mit seinen noch nicht mal sechs Monaten und gluckst vor sich hin, was das Zeug hält. Der Kleine ist einfach brillant."

Glücklicherweise geht Elaine nur mit jedem *meiner* Schritte so kritisch um. Meine Mutter scheint davon ausgenommen. „Mary, ich bin so froh, dass Sie sich uns anschließen konnten. Wir haben gerade eben darüber gesprochen, wie sehr Sie doch in unsere Runde gehören. Nicht wahr, Ashley?"

Wie bitte? „Oh, ja, Mom. Danke, dass du gekommen bist."

„Wir waren gerade dabei, ein interessantes Mahl zu genießen, und ich möchte alles über Ihre Ansicht zu Gänge-Menüs auf Hochzeiten wissen." Elaine tätschelt die Hand meiner Mutter. „Es erscheint mir so entsetzlich formell."

Meine Mom sieht mich an. „Ashley mag keine Buffets, Elaine. Hat sie Ihnen das etwa nicht gesagt?" Sie lacht. „Ich schätze, das rührt daher, dass ich sie früher verwöhnt habe. Ich habe das Frühstück serviert, das Mittagessen, das Abendessen, und das an jedem Tag ihres Lebens, bis sie aufs College gegangen ist. Sie erwartet es, bedient zu werden. Ich frage mich wirklich, wie sie es zustande gebracht hat, zu lernen, ihre eigene Wäsche zu waschen. Du weißt doch, wie man Wäsche wäscht, oder, Ashley?"

Du bist keine große Hilfe, Mom. Ich schiebe mir einen Löffel voll Grapefruit-Eis in den Mund.

„Natürlich wollen wir, dass es eine elegante Hochzeit wird. Aber wir wollen auch, dass Ihre Gäste sich wohlfühlen", sagt Elaine mit sanfter Stimme. In Alltagssprache übersetzt heißt das: *Wir befürchten, dass das zu Ihnen gehörige Gesindel von Verwandtschaft sich unter unsere High-Society-Gäste mischt und ihnen die Brotteller klaut.* Ehrlich gesagt, glaube ich, dass ihr das sehr recht wäre, wenn sie ihre Gäste in einem Raum und unsere in einem anderen empfangen könnte. Ségrégation à la Novak.

„Wir sind keine Hinterwäldler, Elaine!" *Habe ich das gerade wirklich gesagt?* Um mich herum erblicke ich fassungslose Gesichter. Also ja, anscheinend habe ich das gerade gesagt.

„Ashley, Mrs. Novak versucht doch nur zu helfen. Beruhige dich", sagt meine Mutter und wendet sich anschließend mit sanfter Stimme an Elaine. „Ashley hat schon immer gewusst, was sie will. Ich habe meine Zweifel daran, dass Sie Erfolg haben werden, sie von etwas anderem zu überzeugen, wenn sie ihre Entscheidung bereits gefällt hat. Wir haben auch schon versucht, sie zu einem praktischen Auto zu überreden. Und Sie können ja selbst sehen, wie weit wir damit gekommen sind. Und diese Handtaschen, die sie immer trägt. Mit dem Geld, das sie dafür ausgibt, könnte man ein Dritte-Welt-Land ernähren." Meine Mom lacht. „Man könnte glatt denken, dass wir in der Antarktis leben, wenn man ihre Mantelkollektion sieht."

„Sie wird dieses Cabriolet loswerden müssen, wenn sie nach Philadelphia zieht. Dort wird es ihr nicht viel nützen."

Meine Augen werden groß. „Woher wissen Sie von Philadelphia?", frage ich.

„Ashley, Kevin ist unser Sohn. Er brauchte eine Empfehlung seines Vaters, um ein Vorstellungsgespräch zu bekommen. Philadelphia ist eine reizende Stadt. Und da er uns vor ein paar Tagen angerufen hat, um uns mitzuteilen, wie sehr ihm das Krankenhaus dort gefällt, haben wir es uns erlaubt, das perfekte Zuhause für euch zu finden."

„Ein Zuhause? Mein Zuhause ist in Palo Alto. Ich habe das noch nicht einmal mit Kevin besprochen."

Mrs. Novak berührt leicht meine Hand. „Es ist immer eine harte Zeit, bis sie ihre eigene Praxis eröffnen, Ashley. Aber dann wirst du deine Zeit mit Wohltätigkeitsveranstaltungen verbringen und deine anfänglichen Einwände ganz schnell vergessen."

„Nein, ich meine, dass wir uns noch nicht endgültig dafür entschieden haben umzuziehen. Kevin und ich, wir wissen zu diesem Zeitpunkt noch nicht, wo es in Zukunft hingeht."

„Euch erwartet ein Kolonialhaus mit vier Schlafzimmern und

zweieinhalb Badezimmern auf einem 2000 Quadratmeter großen Grundstück in Philly." Sie holt ein Foto hervor, auf dem das hässlichste Haus abgebildet ist, das ich je in meinem Leben gesehen habe.

„Das ist *so* eindeutig kein Kolonialhaus." Stellen Sie sich eher ein Reihenhaus mit durchhängendem Dach vor.

„Das mag der Wahrheit entsprechen, aber es gehört euch. Das Angebot von Mr. Novak ist sofort akzeptiert worden und wir werden den Treuhandbetrag bald hinterlegen. Es befindet sich in einer der besten Gegenden und das Haus kann jederzeit umgestaltet werden. Es wird genau das Richtige für dich sein, während Kevin bei der Arbeit ist."

Ich schiebe meinen Teller von mir weg. „Nein. Kein Haus, kein Treuhandbetrag. Kevin und ich sind uns noch nicht einmal wirklich einig in Bezug auf Pennsylvania."

„Wir überreichen euch ein Haus als Hochzeitsgeschenk, Ashley. Da erwarte ich etwas mehr Dankbarkeit."

„Sie machen wohl Witze!" Ich höre, wie meine eigene schrille Stimme meine zukünftige Schwiegermutter ankreischt. *Herr, bitte brems mich jetzt!* „Ich habe nicht vor, Ihr Leben zu leben, Mrs. Novak. Das ist keine Kritik an Ihren Entscheidungen, aber es waren eben Ihre. Ich werde meine eigenen treffen. Meine eigenen Entscheidungen zu meiner Hochzeit und meinem Leben ..."

„Ashley, das ist auch die Hochzeit meines Sohns und auch seine Zukunft. Du glaubst doch nicht ernsthaft, dass deine Patente wichtiger sind als seine Karriere. Da Kevin hier nicht anwesend ist, handle ich in seinem Interesse und in dem seiner Erziehung. Und mit diesen Entscheidungen bezüglich der Hochzeit kann ich einfach nicht warm werden."

Dann treten Sie näher an das Licht heran!

„Ich glaube, ich kann mit meinen Entscheidungen bezüglich meiner Hochzeit sehr warm werden", sage ich, als das Sorbet abgeräumt wird. „Die Kirche ist überladen mit Verzierungen, das gebe ich zu. Aber unsere Verbundenheit mit Stanford ist Kevin und mir sehr wichtig. Wir haben uns dort kennengelernt. Wir haben uns allen Widrigkeiten zum Trotz ineinander verliebt, wenn man so will. Die Romantik des Ganzen macht alles, was Sie als zu formell erachten, wieder wett. Außerdem ist der Campus in Stanford an sich ein sehr warmer Ort. Er ist umgeben von Rotholz- und Eukalyptusbäumen; dort herrscht ein Duft wie im Wellness-Center, der die Sinne beruhigt. Man bekommt nahezu das Gefühl, dass gleich die Hot Stone Massage beginnt!“ Okay, mittlerweile bin ich aufgestanden und nicht mehr weit davon entfernt, zu schreien. *Das klingt aber ganz und gar nicht nach Zen.*

„Kevin hat eine bedeutende Zukunft vor sich. Es ist deine Entscheidung, ihn dabei zu begleiten.“

„Das ist richtig. Es ist meine Entscheidung. Eigentlich ist es unsere Entscheidung. Meine und Kevins. Nicht Ihre.“ Ich bin außer mir vor Wut darüber, dass diese Frau denkt, sie könne nicht nur meine Hochzeit sabotieren, sondern auch mein gesamtes Leben. Ganz abgesehen davon, dass ich stocksauer auf meinen wundervollen Verlobten bin, weil er mich hier alleingelassen und mir nichts von diesem Haus erzählt hat.

„Ashley!“, bellt meine Mutter. „Setz dich. Du machst hier gerade eine Szene.“

Ich schnappe mir meine Handtasche. „Ich will mich nicht setzen und ich will diese Hochzeit nicht mehr organisieren. Niemanden interessiert es, was Kevin und ich wollen. Ich fühle mich wie in einer schlechten Reality-Show im Fernsehen. Und ihr denkt dabei die ganze Zeit, dass wir nur unsere Rollen zu spielen haben und ihr uns an der passenden Stelle ins Bild einfügen könnt. Ich wusste nicht, was ich da rede, als ich gesagt habe, dass ich heiraten will. Ich will nicht heiraten. Mom, es tut mir leid.“ Ich gehe hinaus und lasse sie dort zurück mit der kaltherzigen, aus den Südstaaten eingeflogenen Bienenkönigin von Atlanta und ihrem Sprössling, der Arbeiterbiene.

Ich fasse mir an den Kopf, als mir bewusst wird, dass ich kein Auto oder eine andere Transportmöglichkeit zur Verfügung habe, um wieder zur Arbeit zu kommen. Kevins Auto muss ich den Novaks überlassen, da sich ihr Gepäck darin befindet. Ich werde sie auch die Parkgebühr bezahlen lassen.

Ich kann die Familie meines Verlobten nicht ausstehen. Ich liebe Kevin, aber wenn ich ihn heirate, werde ich den Rest meines Lebens im totalen Chaos verbringen, jedes Mal, wenn wir Zeit mit seiner Familie verbringen. Ich sehe hinauf in den blauen Sommerhimmel und ich spüre, wie mir Tränen die Schläfen hinunterlaufen.

„Kannst du mir nicht ein einziges Mal das geben, was ich will, ohne eine schwere Eisenkugel daran zu ketten?", stöhne ich. Mein Handy klingelt; Brea ist dran. „Hallo", sage ich mit einem Schniefen.

„John hat gesagt, er würde heimkommen, wenn du mich noch immer bei dem Mittagessen dabeihaben willst."

„Das Mittagessen ist vorbei, Brea. Und es wird auch keine Tortenverkostung geben. Ich werde nicht heiraten."

„Und ob du heiraten wirst! Worin besteht denn diesmal das Drama?" Brea seufzt laut.

Etwas Mitgefühl könnte an dieser Stelle nicht schaden. „Seine Familie ist wahnsinnig, Brea."

„Also kann ich annehmen, dass du davon ausgehst, der Inbegriff des Normalen zu sein?"

„Sie wollen ein Buffet anstelle eines Menüs."

„Ach, du meine Güte, Ashley, sie sind ja, wie soll ich sagen, bösartig! Ein Buffet? Bevor du dich versiehst, werden sie deine Gäste mit der Zahl des Tieres versehen!"

Brea bringt mich nur noch mehr zum Weinen. Es ist nicht lustig und auch nicht so simpel, wie sie es darstellt. Vielleicht bin ich ja zu dramatisch, aber der Gedanke daran, dass mein Leben daraus bestehen würde, mit den Novaks um Kevin zu kämpfen, jagt mir eine Riesenangst ein.

„Sie haben uns ein Haus gekauft, Brea. In Philadelphia. Und wir wissen noch nicht mal, ob Kevin den Job bekommen wird!"

„Ashley, sie haben euch ein Haus gekauft?"

„Ach, schon gut. Vergiss es! Du verstehst das einfach nicht.

Das erwarte ich auch nicht von dir. Es ist mir sogar egal, ob du mich verstehst oder nicht. Lass mich einfach nur meine eigenen Gefühle haben, in Ordnung?“ Ich streife meine High Heels ab und mache mich über den El Camino auf den Weg zur Arbeit. Ich habe nur noch meine neuen Netzstrümpfe an den Füßen, die reif für die Mülltonne sein werden, wenn ich dort angekommen bin. Aber das Leben geht weiter.

„Wo bist du, Ashley?“

„Ich bin auf dem El Camino“, schreie ich, um das Dröhnen der BMWs und Mercedes zu übertönen. „Gegenüber vom Einkaufszentrum.“

„Ich komme dich abholen.“

„Nein. Ich gehe jetzt zur Arbeit und dann werde ich nach Hause zu Rhett gehen. Da, wo ich hingehöre. Der einzige Mann auf der Welt, der kein überschüssiges Gepäck mit sich herumträgt.“

„Weißt du, Heiraten ist kein leichter, romantischer Spaziergang zum Altar. Du musst um jeden Schritt kämpfen, der dich in Richtung Ehe führt. Gott will dich nur auf die Zukunft vorbereiten. Warum solltest du denn von Konflikten ausgenommen sein? Wer bist du, dass du niemals kämpfen müsstest?“

„Lass mich in Ruhe, Brea.“

„Nein, ich werde dich nicht in Ruhe lassen. Bei Seth habe ich dich in Ruhe gelassen, weil er ein Trottel war, aber Kevin liebt dich. Und du liebst ihn. Aber wenn das alles ist, was ihr vorzuweisen habt, dann werdet ihr es nicht weit bringen, das sage ich dir jetzt klar und deutlich. Wenn du dich der Ehe nicht verpflichtet fühlst, ist es gut, dass du jetzt gehst. Denn dann wirst du das erste Ehejahr nicht überstehen. Eine Ehe kann ungemütlich werden, also solltest du besser bei deinem Hund bleiben. Ich hätte nicht gedacht, dass du so ein Feigling bist!“

Klick.

Sie hat aufgelegt. Brea hat einfach so aufgelegt.

Ich kann das Stanford-Einkaufszentrum auf der anderen Seite des breiten El Camino sehen. Und das erste Mal in meinem

Leben fühlt es sich so an, als könnte ein Paar Schuhe dieses Problem nicht lösen. Obwohl mir jetzt ein Paar DKNY-Sneaker doch sehr gelegen kämen.

26

In meinem Büro ist eine ganze Schar mit allen möglichen Arbeiten beschäftigt. Sie erlauben sich nur einen flüchtigen Blick auf meine schuhlosen Füße und auf das, was von meinen 18-Dollar-Netzstrümpfen übrig geblieben ist. So viel dazu, dass die Arbeit im Silicon Valley etwas mit echter Beschäftigung zu tun hat. Ich frage mich wirklich, was diese Menschen eigentlich tun. Sie alle machen den Anschein, wie Roboter ununterbrochen zu arbeiten, mit der Computermaus permanent im eisernen Griff.

Sobald ich mich auf der Damentoilette befinde, hangle ich mich aus den Strümpfen, streife mir meine Hose wieder über und schlüpfe in meine High Heels. Eine Weile betrachte ich mich im Spiegel, bestrebt, mein Büro zu meiden, um Fragen zum „Probe"-Essen aus dem Weg zu gehen. Wenn es nur eine Probe war, dann will ich gar nicht erst wissen, wie der echte Kampf aussehen wird.

Purvi wird uns verlassen und ich kann den Gedanken nicht ertragen, an den Posten des Chefsyndikus zurückzukehren. Ich bin nämlich ein furchtbarer Chefsyndikus. Es hat zu sehr mit Politik zu tun und ich bin nur noch damit beschäftigt, nach Patentdokumenten zu suchen. Anscheinend bin ich nicht multitaskingfähig. Hinzu kommt, dass die Auseinandersetzung mit Firmenpolitik den Umgang mit meinem Exfreund beinhaltet, da er schließlich der Software-Direktor ist. Das würde wahrscheinlich einen internationalen Zwischenfall auslösen.

Als ich den Raum wieder verlasse, ziehe ich die Blicke der Angestellten auf mich. Aber dieses Mal sehen sie nicht wieder weg; ihre Blicke folgen mir. Tracy taucht hinter mir auf. Sie steht so dicht bei mir, dass mir unbehaglich wird, und schiebt mich in mein Büro.

„Was tust du da?“, frage ich sie und sehe ihr dabei zu, wie sie mir die Überbleibsel meiner Netzstrümpfe aus dem Hosenbund herauszieht. Anscheinend war ich einen Hauch zu sehr besorgt darüber, wieder schnell an meinen Schreibtisch zu gelangen. Ich hätte besser darauf achten sollen, dass die Strümpfe auch wirklich im Mülleimer landen. „Bin ich damit gerade an allen vorbeigelaufen?“

Sie nickt.

„Ein perfekter Abschluss des heutigen Nachmittags. Vielleicht sollte ich mir Toilettenpapier schnappen und es an meinen Schuh heften, damit ich es zum nächsten Meeting hinter mir herschleifen kann.“

„Keine Zeit dafür. Heute ist Purvis letzter Tag, Ashley!“

„Nein, erst Ende nächster Woche“, berichtige ich sie und greife nach meinem Kalender, um ihr zu zeigen, dass es dort mit Rotstift geschrieben steht. „Siehst du: PURVIS LETZTER TAG“

„Für Pushpan fängt die Schule an. Also fliegen sie früher, um ihm Zeit für die Eingewöhnung zu geben.“

Mein Mund bleibt einfach offen stehen und mein Herz pocht. Während meiner Laufbahn im Silicon Valley habe ich viele Leute noch am *gleichen* Tag die Arbeit verlassen sehen, aber es war nie ihre eigene Idee. Was soll ich dazu nur sagen? Vor nicht einmal zwei Stunden war ich noch verlobt und eine erfolgreiche Patentanwältin mit zu vielen Wohnortmöglichkeiten. An diesem Nachmittag ist mein Verlobtenstatus jedoch fraglich, sobald Kevin erst mit seiner Familie gesprochen hat. Und mein Job? Nun ja, wo einst Erfolg stand, droht jetzt Versagen. Habe ich schon erwähnt, dass ich ein furchtbarer Chefsyndikus bin? Aber ich sollte die positive Seite des Ganzen nicht außer Acht lassen. Zumindest werde ich keine riesengroße Hochzeitsveranstaltung organisieren müssen, während ich zur gleichen Zeit versuche, die Arbeit zu machen, für die ich absolut ungeeignet bin. Richtig?

„Ashley, hast du mich gehört?“, fragt Tracy.

„Ich habe dich gehört, Tracy. Ich brauche nur mal einen

Moment." Purvi hat mir dieses Business beigebracht. Sie war die Art von Managerin, die es mir erlaubt hat, meine Arbeit zu machen, weil sie ihre eigene Arbeit gemacht hat. Sie hat mich nicht überwacht und sich mir auch nicht in den Weg gestellt. Sie hat mir erlaubt, mich zu entwickeln. Zugegeben, das tat sie mit einer großen Menge an Geschrei, aber für mich war es eben ihre Art der Kommunikation. Ich habe es nie persönlich genommen. Ein Teil von mir ist wütend auf sie, weil sie geht, aber der andere Teil beneidet sie dafür, dass sie diesem Hamsterrad namens Silicon Valley entkommt. Obwohl ich mir nicht ganz sicher bin, ob Indien dabei eine gute Alternative darstellt, aber das liegt wohl an mir.

„Ashley." Purvi steckt ihren Kopf durch die Tür. „Hast du es gehört?"

„Ich hab's gehört. Du verlässt mich jetzt schon. Purvi, ich bin ganz furchtbar in deinem Job. Ich werde keinen Monat durchhalten. Und wenn ich dann meinen Job verliere, wird Kay nach Indien kommen, um nach dir zu suchen, weil ich die Hypothek nicht mehr bezahlen kann."

Purvi lacht. „Du hast die Arbeit neun Monate lang gemacht. Es wird gut gehen. Jetzt weißt du nämlich, was du damals falsch gemacht hast. Du bist kein Mensch, der denselben Fehler zweimal macht. Du hast es nur gebraucht, dass ich dich wieder in Schwung bringe, und das habe ich getan."

Ich schüttele immer noch den Kopf. „Nein. Kein Schwung. Deine Karriere bedeutet dir doch alles."

Purvi schüttelt den Kopf und betritt mein Büro. Sie gibt Tracy ein Zeichen, den Raum zu verlassen, als sie die Tür schließt. „Meine *Familie* bedeutet mir alles. Ihr Amerikaner seid bloß verwöhnt. Die meisten von euch haben Arbeit und Familie dicht beieinander. Bei uns ist das nicht immer der Fall. Außerdem, komm du erst mal in mein Alter und behaupte dann, dass dir die Karriere alles bedeutet. Wenn dem so sein sollte, dann ist es an der Zeit, deine Prioritäten neu zu ordnen."

„Für Amerikaner ist es auch nicht immer einfach. Ich kenne

zu viele Leute, die nach China oder Taiwan gehen, dem Strom folgend sozusagen."

Sie starrt mich nur an.

„Ich freue mich für dich, Purvi, wenn es das ist, was du willst. Ich wünschte, ich hätte deine festen Überzeugungen. Ich habe noch etwas für dich." Ich hole ein in Geschenkpapier eingewickeltes Päckchen unter meinem Schreibtisch hervor. „Ich habe es gekauft, als du mich das letzte Mal nach Taiwan geschickt hat. Es hat mich an dich erinnert."

Purvi mustert das Päckchen und ich könnte schwören, dass da irgendeine Emotion in ihren Augen zu sehen ist. Ich habe immer gedacht, in der Firma sei sie nur ein weiterer Roboter. „Ashley, du solltest dir um mich keine Gedanken machen. Nicht bei der großen Hochzeit, die du organisieren musst." Sie packt das Geschenk aus und findet darin eine Uhr von Seiko mit zwei verschiedenen Zifferblättern, die jeweils die Zeit in einer anderen Zeitzone anzeigen.

„Ich dachte, dass du damit immer wüsstest, wie spät es hier ist." Ich lächle wissend.

„Sie ist perfekt, Ashley. Jetzt weiß ich immer die perfekte Uhrzeit, um dich an einem Samstagmorgen aufzuwecken. Ich werde nie wieder raten müssen." Sie lacht. „Danke."

„Keine Ursache. Ich werde dich vermissen, Purvi."

„Du wirst nie wieder an mich denken. Du wirst diesen gut aussehenden Arzt heiraten, von dem ich schon so viel gehört habe. Er scheint perfekt für dich zu sein. Ehrgeizig, ambitioniert und die meiste Zeit nicht erreichbar. Ein Paar, das vom Himmel zusammengeführt wurde."

Ich schüttele den Kopf. „Seine Familie gibt mir zu denken. Ich kann immer noch nicht glauben, dass du dieses Leben hinter dir lässt und mir die Verantwortung übergibst!"

„Du wirst dich gut machen, wenn du nicht deinen Emotionen nachgibst. Diese Ingenieure werden dich herumschikanieren, aber nur, wenn du sie lässt. Wie ich sehe, hast du mit Seth unter anderen Umständen auch umgehen können. Also kannst du auch hier angemessen mit ihm umgehen. Die Software sollte also nicht das Problem sein. Die Hardware-Leute sind jedoch die Herren des Hauses, sei darauf vorbereitet. Wenn sie den Raum betreten, dann erwarten sie, dass du alles stehen und liegen lässt. Das Geheimnis besteht darin, so zu tun, als würdest du genau das machen."

„Haben sie sich schon nach einem Nachfolger für dich umgesehen?", frage ich leise und vorsichtig.

Purvi schüttelt den Kopf. „Du bist es. Du bist meine Nachfolgerin. Du machst diese Arbeit gut und es gibt niemanden, der dafür besser ausgebildet wäre als du. Du musst nur deine Energie darauf konzentrieren und etwas netter zu den Vizepräsidenten sein." Sie hebt ihre Hände und schüttelt sie. „Du hast wirklich ein Problem mit Autorität!"

„Ich komme mit Autorität sehr gut zurecht. Allgemein gesprochen. Solange es sich um meine handelt", scherze ich.

„Nun, es wird deine sein. Aber denk immer daran, dass Autorität und Verantwortung Hand in Hand gehen. Wenn ein Patent nicht ausgestellt wird, dann musst du das ausbaden, nicht ich."

„Nach meinen Berechnungen kann ich die Schuld weitere sechs Monate lang auf dich schieben. So lange dauert das mit der zeitlichen Verzögerung."

Purvi lacht darüber. „Davon gehe ich aus. Aber ich hoffe auch, dass du diesen Job für eine lange Zeit behalten wirst, wo du jetzt so gut darauf vorbereitet bist."

Ich will sie umarmen, aber natürlich sind wir hier im Silicon Valley und es ist Purvi, die vor mir steht. So wundervoll sie auch ist, ist sie nicht das warmherzigste Küken im Brutkasten.

„Ich werde dir eine E-Mail schicken, sobald ich in Indien angekommen bin. Dann kannst du mir alle Fragen stellen, die du noch hast."

Purvi kommt mit ausgestreckter Hand auf mich zu. „Es hat mich gefreut, mit dir zu arbeiten. Du bist unbezahlbar, Ashley. Ich wünschte, ich könnte bei deiner Hochzeit dabei sein. Aber in Gedanken werde ich bei dir sein." Sie schüttelt meine Hand und bahnt sich einen Weg aus meinem Büro.

Ich schätze, das war's. Ich bin hier wieder die Chefin.

„Ashley?" Es ist Seth, der gerade seinen kahlen Kopf durch meine Tür steckt. Etwas in mir möchte die Tür mit seinem dürren Hals dazwischen einfach zuschlagen, aber meine christliche Nächstenliebe siegt und ich tue so schnell ich kann Buße für meine Gedanken.

„Ja?"

„Herzlichen Glückwunsch. Ich habe gehört, dass du offiziell wieder der Chefsyndikus hier bist."

„Yep." *War das nicht die intellektuellste Antwort überhaupt?*

„Ich muss mit dir über etwas sprechen, bevor du es von jemand anderem hörst."

Seine beiden Augenbrauen sind zu einer einzigen verknüpft wie die von Bert. Ernie und Bert aus der *Sesamstraße.* „Ist das etwas, für das ich mich hinsetzen sollte?"

Er nickt und ich spüre, wie sich mein Magen zusammenschnürt. Ich erinnere mich selbst daran, dass er keine Macht über mich hat. Und trotzdem fürchte ich mich vor dem, was nun kommt. Ich kenne Seth. Ich weiß, dass er sich nicht gern selbst darstellt. Was mag es nur sein, wo er mich schon darum bittet, mich zu setzen? Ich sollte wahrscheinlich vorsichtshalber nach einem Defibrillator verlangen.

„Du und ich sind schon seit langer Zeit Freunde."

„Seit Jahren", sage ich.

„Du kennst mich also. Du kennst mein Wesen und meine moralischen Werte."

Richtig. *Das wären dann die moralischen Werte, die eine Ehe ablehnen, weil eine „feste Freundschaft" und das Fehlen wahrer Intimität so viel mehr Spaß machen.*

„Ja, ich glaube, ich kenne deine Persönlichkeit ganz gut." *Oder das Fehlen eben dieser. Ah! Böse Ashley.*

„Arin und ich, wir werden heiraten", platzt es aus ihm heraus.

Ich war mir nicht bewusst, dass ich meine Augenbrauen so

weit heben kann. Aber ja, ich sehe gerade aus wie ein einziges großes „Nachher“-Bild von einem Augenbrauen-Lifting.

Er hat sich nicht hingesetzt, sondern geht noch immer die anderthalb Meter meines Büros auf und ab. Ich stehe auf und muss erst einmal schlucken. „Ich dachte, ihr seid nur ‚Freunde‘, und dass sie mit jemand anderem aus Indien ausgeht“, sage ich wagemutig.

Er nickt einen Moment lang und verschränkt seine Hände hinter dem Rücken. Wissen Sie, jetzt wird mir wirklich bewusst, dass ich über ihn hinweg bin. Es kümmert mich nicht, dass er heiratet. Aber Arin liebt ihn nicht, das kann ich in meinen Adern spüren. Sie wird ihn an der Leine herumführen wie einen Affen. Seths gesamtes Leben wird mit seiner Frau Schritt halten müssen, ganz gleich, wohin ihre Launen sie führen werden. Bis jetzt waren es Costa Rica und Indien, aber wer vermag schon zu sagen, wohin ihr laues Lüftchen sie als Nächstes verschlagen wird? Ich weiß, dass es entsetzlich ist, so von einer Missionarin zu denken. Aber es gibt genauso schlechte Missionare, wie es schlechte Patentanwälte gibt. Und es tut mir leid, aber Arin ist eine miserable Missionarin.

Vergib mir. „Warum willst du ausgerechnet sie heiraten, Seth? Weil sie hübsch ist? Hübsche Frauen gibt es wie Sand am Meer. Du kannst jemand Besseren haben als sie. Mir gefällt nicht, wie sie Männern falsche Hoffnungen macht. Und mir gefällt auch nicht, dass ihre Missionsreisen zufällig mit ihren Wunschzielen für eine Urlaubsreise zusammenfallen. Mir gefällt es nicht, dass sie sich auf nichts festlegen will. Mit einer Ehe legt man sich fest. Sie kann sich nicht mal auf ein Land festlegen, in dem sie bleiben will.“

Seth hält seine Hände hoch. „Stop, Ashley. Ich muss nicht noch mehr davon hören. Arin ist schwanger.“

Okay, ich kann meine Augenbrauen in der Tat noch höher heben. Ich versuche, meinen Stuhl hinter mir zu ertasten. „Sie ist schwanger“, wiederhole ich, als ich mich endlich wieder hingesetzt habe.

„Das Kind ist nicht von mir. Ich will nicht, dass du denkst, ich hätte irgendetwas damit zu tun. Sie ist von dem Kerl schwanger geworden, mit dem sie ausgegangen ist. Aber seine Familie ist mit ihr nicht einverstanden."

„Sie ist schwanger." *Und er wird sie heiraten.* Seth hat mich geliebt und würde mich nicht heiraten. Aber er hat vor, Arin zu heiraten, die das Kind eines anderen austrägt. *Das ist ein schlechter B-Movie, der hier gerade läuft, Leute. Oder eine Folge des Denver Clans.* Ich versuche, diese Information zu verarbeiten, aber mein Mund bewegt sich von allein. „Du wirst Arin heiraten?"

„Das werde ich."

„Wann?"

„Wir werden dieses Wochenende nach Tahoe fahren."

Mir wird flau im Magen. „Seth, nicht einmal eine kirchliche Heirat?" Ich wusste, dass einmal der Tag kommen würde, an dem Seth eine feste Bindung eingehen würde. Aber ich dachte, er würde es aus Liebe tun. Damit könnte ich umgehen.

„Welche Kirche würde uns beide schon verheiraten wollen, Ashley? Sie ist schwanger. Es ist nicht mein Kind. Sie ist dreizehn Jahre jünger als ich. Wir sind nicht wirklich dazu geeignet, für Campus für Christus zu arbeiten. Wenn du verstehst, was ich meine."

„Warum tust du das?"

„Ashley, ich muss das tun. Arin will ihr Kind behalten und ich will, dass es eine Zukunft hat."

„Was ist, wenn der richtige Vater zurückkommt und das Kind auch will? Was dann?"

„Das wird nicht passieren."

„Woher weißt du das?"

„Sie würde mich nicht anlügen."

„Seth, sie war das letzte Jahr über Missionarin. Ihr ganzes Leben war eine Lüge. Liebt sie dich denn? Warum ausgerechnet du?"

„Mein Glaube würde mir nichts mehr bedeuten, wenn ich mich nicht aufrichten und das Richtige tun würde", antwortet Seth. Seine Schultern sind gestrafft und seine Haltung gleicht der von Superman.

„Was bedeutet es für dich, das Richtige zu tun? Seth, bitte, erklär mir das, damit ich es verstehen kann. Weil ich es nicht verstehe!"

„Ashley, dir wird es gut gehen. Dir wird es immer gut gehen, das habe ich gewusst. Ich wusste, dass du nie jemanden wie mich brauchen würdest. Ich wusste, dass du mich liebst, aber ich habe nie geglaubt, dass das genügen könnte. Dafür bist du zu willensstark, zu zielgerichtet und zu sehr in das Leben verliebt, um dich mit der Welt zufrieden zu geben, die ich dir bieten konnte."

„Glaubst du das wirklich? Das ist deine Rechtfertigung dafür, mit mir in der Öffentlichkeit Schluss zu machen? Du hast mir also einen Gefallen getan? Wie heldenhaft dich das erscheinen lässt, findest du nicht?"

„Wärst du mit mir glücklich geworden, Ashley? Hätte ich dir das geben können, was du wolltest? Die Wahrheit, bitte."

Ich sehe weg. „Seth, ich will nicht behaupten, dass wir dazu bestimmt waren, zusammen zu sein. Jetzt, wo ich mit Kevin zusammen bin, sehe ich das ein. Und eben weil ich das verstehe, will ich nicht, dass du dich damit zufriedengibst."

„Das ist komisch, denn ich sehe das als den ersten Schritt einer Stellungnahme meinerseits. Und ich habe seit langer Zeit jegliche Stellungnahmen vermieden. Ich werde dem Kind ein guter Vater sein. Und ich glaube, ich werde Arin ein guter Ehemann sein."

„Hast du mit Pastor Max gesprochen?"

Seth nickt. „Er wird mit uns nach Tahoe fahren, um Trauzeuge zu sein. Er hat uns darüber aufgeklärt, worauf wir uns da einlassen, und wird uns auch nach der Hochzeit begleiten."

„Ich weiß einfach nicht, was ich dir sagen soll." Ich werfe einen Blick in diese edelsteinartigen Augen und denke daran, wie traurig es ist, dass Arin sie nicht an ihrem Kind sehen wird. Ich weiß, dass Frauen schwanger werden. Ich weiß, dass außerehelicher Sex in dieser Welt eine Tatsache ist. Aber es ist ein vollkommen anderes Gefühl, wenn der eigene Exfreund den Konsequenzen zum Opfer fällt.

„Wann kommt das Baby?“

„Im Dezember. Man wird ihr die Schwangerschaft bald ansehen können. Deswegen wollen wir es auch schnell hinter uns bringen.“

„Was kann ich für euch tun?“

„Wünsch mir nur Glück. Und Gebete wären toll.“ Seth schlägt sich auf die Oberschenkel und greift nach der Türklinke.

„Ich werde dafür beten, dass diese Ehe in den Augen des Herrn vollkommen sein wird.“ *Weil sie nämlich in meinen Augen gewaltig stinkt.*

„Behalt das für dich, ja?“

Ich nicke und sehe ihm beim Hinausgehen zu. Ich habe mich zwar an den Anblick von Seths Rücken gewöhnt, aber dieses Mal ist mir danach zumute zu schreien: „Der Gefangene wird zur Hinrichtung geführt!“

27

Anstatt über die jämmerlichen Überbleibsel meines Lebens nachzudenken, arbeite ich bis 21:00 Uhr. Patente haben einen wunderschönen Takt in sich, einen Rhythmus, wenn man so will: Die Andeutung einer Idee lässt sich wie ein taufrisches Flüstern im Ohr eines Ingenieurs nieder. Dieser trägt dann die Früchte seines Nektars in mein Büro, damit ich mit meinen Recherchen beginnen kann. Und dann wächst daraus eine Blume in Form eines Patentantrages. Sie bildet Knospen und wird anschließend von einem Kolibri aus dem amerikanischen Patentamt aufgesucht.

Ohne Zweifel habe ich zu lange gearbeitet. Ich fange schon an, in meinem verkrümmten, koffeingetränkten Gehirn schlechte Poesie über Patente zu verfassen. Ich weiß, dass ich die Grenze endgültig überschritten hatte, als ich darüber nachgedacht habe, sie zu veröffentlichen. Ingenieurspoesie ist nicht gerade das, was man auf den Bestseller-Listen der New York Times vorfindet. Oder etwa doch?

„Gehst du auch irgendwann mal nach Hause?“ Tracy steht in meiner Tür. Sie sieht angeschlagen aus und trägt kein Make-up, was für sie gleichbedeutend ist mit Nacktsein. Erinnern Sie sich? Sie ist die Königin der roten Lippenstifte. „Nicht einmal Purvi hat so lange gearbeitet.“

„Was machst du hier?“, frage ich. „Bist du die ganze Zeit hier gewesen?“

„Nein, ich bin wegen der Zeitverschiebung hier, um Anrufe entgegenzunehmen.“ Sie klopft sich auf die Wangen. „Ich gönne meiner Haut eine Verschnaufpause. Ich hätte nicht gedacht, dass jemand außer dem Wachpersonal hier sein würde. Hast du etwas gegessen?“

Darüber muss ich nachdenken. „Ich hatte eine Menge Kaffee. Und wenn man milchfreien Kaffeeweißer als Nahrung betrachtet, dann habe ich gegessen, ja.“

„Was machst du denn so spät noch hier?“

„Jetzt gerade? Schlechte Patentgedichte schreiben.“

„Ich werde nicht weiter nachfragen.“

„Ja, das ist vermutlich das Beste.“

„Ich habe das mit Seth gehört.“ Tracy sieht mich durchdringend an, als ob sie sich irgendeine Reaktion von mir erhofft.

„Du hast was über ihn gehört?“

„Dass er irgendein Mädchen geschwängert hat und sie jetzt heiraten wird.“

„Er hat das Mädchen nicht ...“ Aber ich spreche nicht weiter. Natürlich will er nicht, dass die Leute erfahren, dass es nicht sein Kind ist. *Wie dumm von mir.* Eine Schwangerschaft, das werden die Leute verstehen. Seths eigentliche Situation dagegen nicht unbedingt. „Seth wird ein guter Vater. Und hoffentlich auch ein guter Ehemann.“

„Ja. Kann sein. Es hat mich nur irgendwie überrascht. Er kommt nicht wie ein Typ rüber, der Verabredungen hat. Das mit dir habe ich schon verstanden. Du magst kluge Männer. Aber dass ein junges Mädchen mit ihm ins Bett geht? Seltsam.“ Sie schüttelt den Kopf. Es ist wirklich erstaunlich, wie viel die

Sekretärinnen in dieser Firma *sehen.* „Soll ich dir etwas zu essen besorgen?"

„Nein, ich gehe gleich." Ich schnappe mir meinen Pullover und schlüpfe in meine High Heels, aber mein Telefon klingelt und ich sehe, dass Kevin dran ist. *Zum ersten Mal bin ich mir nicht sicher, ob ich mit ihm reden möchte.* Ich glaube, meine Wut steigt wieder in mir auf. *Herr, hilf mir!*

Tracy starrt mich an. „Willst du nicht rangehen?"

„Doch." Ich nehme den Anruf an, sage aber nichts.

„Ashley? Bist du dran?", fragt Kevin.

„Ich bin dran."

„Wo bist du? Bei der Arbeit etwa?"

„Ja. Ich habe Tracy unseren Termin mit dem Pastor absagen lassen. Wir sollten heute bei unserem Ehevorbereitungsgespräch erscheinen. Erinnerst du dich?"

„Ashley", seufzt er. „Es tut mir so leid. Das habe ich völlig vergessen. Und ich schätze, da ich mich am anderen Ende des Landes aufhalte, hätte ich ohnehin nicht kommen können." Er nuschelt etwas zu irgendjemandem am anderen Ende der Leitung. Ich verstehe diese Arztsprache nicht. „Ich habe gehört, dass das Probe-Essen mit meiner Mom nicht so gut gelaufen ist."

„So könnte man es auch sagen." *Oder man könnte sagen, dass deine Mutter auf einen ‚Frauentausch' hofft, und zwar bevor unsere Hochzeit stattfindet.*

„Erzähl mir, was passiert ist."

„Nein. Erzähl du mir von Philadelphia und von unserem neuen Haus. Ist dort ein Starbucks in der Nähe?" Kevin entgehen mein Ton und mein Sarkasmus – oder er ignoriert sie schlichtweg.

„Ash, der Job ist sagenhaft! Das Programm ist besser, als ich mir vorgestellt habe. Es ist genau das, was ich will. Die Ausbildung ist genau auf mich zugeschnitten. Von Gott für mich bestimmt. Jedes Bisschen Information, das ich heute bekommen habe, hat mich umso mehr darin bestärkt, dass dies meine Berufung ist."

„Großartig." Und es ist ja auch großartig. Ich will, dass Kevin glücklich ist, aber wo ich bei dem Ganzen bleibe, ist ein Geheimnis. Werde ich ihn jemals zu Gesicht bekommen, wenn wir wegen seiner Arbeit an das andere Ende des Landes ziehen? Oder werde ich meine Tage damit verbringen, bei Starbucks zu sitzen und ihren Espresso zu trinken? Allein mit meiner kabellosen Internetverbindung? Werde ich womöglich wegen des fehlenden Jobs in politische Diskussionen mit Fremden geraten? „Purvi hat heute gekündigt. Und sie stellen keinen neuen Chefsyndikus ein. Diesen Job übernehme ich."

„Ash, das ist ja großartig! Sieh an, du bist so gut, dass sie dich sogar befördern, selbst wenn du dich dagegen wehrst."

Kevin, du übersiehst das Offensichtliche.

„Eigentlich gefällt es mir nicht sonderlich, der Chefsyndikus der Firma zu sein. Zu viel Politik, nicht genug Patente. Wenn du außerdem Philly ernsthaft in Erwägung ziehst, und nach den Vorstößen deines Vaters in der Immobiliensache zu urteilen, hört es sich so an ..."

„Ich weiß, dass dir der Posten des Chefsyndikus nicht gefällt", sagt Kevin und umgeht damit das heiße Thema *Haus*. „Aber das ist nur deswegen so, weil es dir mehr abverlangt. Herausforderungen sind eine gute Sache, Ashley. Du willst dich nicht in dem ewig gleichen Trott wiederfinden wie die Begründer, oder?"

„Apropos Begründer, du solltest vielleicht wissen, dass Seth und Arin heiraten werden."

Stille.

„Hast du mich gehört? Ich glaube zwar nicht, dass Seth will, dass es in der Zeitung verkündet wird, aber da es sich um deine Exfreundin und meinen Exfreund handelt, und wir beide verlobt sind, und wir uns alle in einem fröhlichen, dysfunktionalen Arrangement à la *Friends* befinden, dachte ich mir, dass du es vielleicht wissen wolltest."

„Okay, das ist schockierend. Gibt es einen Grund für diese merkwürdige Verlobung? Ich muss zugeben, dass ich nicht gedacht hätte, dass Seth das Zeug dazu hat, zu heiraten. Das war für mich der große Vorteil, als ich versucht habe, ihm die Frau, die ich wollte, vor der Nase zu stehlen."

Ich wurde gestohlen?

„Sie werden noch an diesem Wochenende heiraten", verkünde ich.

„Dieses Wochenende? Warum die Eile?"

„Wahre Liebe kann eben nicht warten", sage ich scherzhaft.

„Gibt es nicht ein Buch, das *Wahre Liebe wartet* heißt?"

„Nun, auf Seth und Arin wird sie nicht länger als bis zum Wochenende warten."

„Ashley, vergiss die beiden. Was ist heute zwischen dir und meiner Mutter vorgefallen? Kannst du nicht einfach daran arbeiten, nett zu sein? Für mich?"

Hey, ich war nett. Ich habe ihr schließlich nicht wehgetan! Und was ist jetzt mit dem Haus, Kumpel? „Sie möchte eine bestimmte Art von Festmahl. Serviert in einer bestimmten Art und Weise, aber oh, warte mal! Es ist meine Hochzeit. Also habe ich protestiert. Allerdings ein wenig zu sehr, da es mich ein Paar 18-Dollar-Netzstrümpfe gekostet hat."

„Es ist *unsere* Hochzeit und ich hätte gedacht, dass du meiner Mutter und Schwester dankbar sein würdest für all das, was sie für uns getan haben. Denk allein an die Flugkosten, die sie investiert haben, um uns zu helfen!"

Meinetwegen können sie die Aktienmehrheit der Southwest-Airlines besitzen. „Ich will kein Buffet, Kevin", sage ich ohne Umschweife. „Wie soll denn Eve an ihr Essen kommen?", frage ich und denke an unsere Freundin, die MS hat.

„Ich werde es ihr holen, Ashley. Oder John und Brea werden es ihr holen. Wir sollten unsere Hochzeit nicht nach einem Gast ausrichten."

„Wir richten uns nicht nach nur einem Gast. Wir richten uns danach, was ich will. Ich dachte, du hast gesagt, ich hätte dabei freie Hand. Jetzt, wo deine Mutter gesprochen hat, hast du es dir offensichtlich anders überlegt. Ich will bei der Hochzeit nicht in meinem Kleid herumstehen und versuchen müssen, ans Buffet zu kommen, während es nur eine Frage der Zeit ist, dass Chicken-Wings-Soße mein Vera-Wang-Kleid besudelt. Das Essen sollte vor mir platziert werden wie vor einer Prinzessin, die ich an diesem Tag nun einmal sein werde. Mir wird schwindlig, wenn ich nichts esse, und ich werde zu nervös sein, um das Richtige auszuwählen. Seit wann kümmerst du dich überhaupt um die Details bei der Hochzeit? Freie Hand für mich hast du gesagt", wiederhole ich nicht allzu einfühlsam.

„Ich sorge mich darum, seitdem du meine Mutter und meine Schwester mit deiner Einstellung aus der Fassung bringst, dass alles entweder auf deine Art gemacht wird oder gar nicht."

„Auf meine Art? Deine Schwester hat meine Hochzeitskleidbestellung storniert! Wir hätten Südstaatenflaggen hissende und Schwerter schwingende Glatzen auf unserer Hochzeit, wenn ich sie gelassen hätte. Deine Mutter bestimmt das Essen und unterstellt mir, dass meine Hose unangemessen ist. Mache ich ihr etwa Vorwürfe wegen fehlender Kreativität bei der Zusammenstellung ihrer Garderobe? Nein, weil ich der Überzeugung bin, dass diese Wahl jedem selbst überlassen ist. Und als die Braut glaube ich an *meine* persönliche Wahl für meinen Hochzeitstag."

„Ashley, meine Mutter hat ihr gesamtes Erwachsenenleben lang gesellschaftliche Veranstaltungen für meinen Vater und seine Kollegen organisiert. Gewiss kannst du auch ein paar Ratschläge vertragen. Es ist schließlich nicht so, dass du Kay bist, die gerade in der Küche steht."

Ich ringe nach Luft. „Hast du gerade das gesagt, was ich denke?"

„Willst du es etwa leugnen?"

„Also, was willst du mir damit sagen? Dass ich lernen sollte, barfuß zu laufen und schwanger zu sein? Oder vielleicht perlenbehangen ein Vier-Gänge-Menü zubereiten? Bist du etwa Teil dieses teuflischen Plans?"

„Jetzt bist du einfach nur gemein. Eine Brautzilla, wie meine Schwester dich genannt hat."

„Brautzilla? Wie kannst du es wagen, einfach in einen anderen Staat abzuhauen und mich hier mit deiner kontrollsüchtigen Familie alleinzulassen? Vorher sagst du noch, ich hätte freie Hand, und jetzt, nachdem sie dir gesagt haben, was sie wollen, brichst du dein Versprechen. Ich habe nicht vor, mein ganzes Leben damit zu verbringen, Rechenschaft vor deiner Mutter und deiner Schwester abzulegen. Aber das ist allem Anschein nach das, was passieren wird."

„Bis jetzt konnte man mit dir Pferde stehlen, aber nun geht es ans Eingemachte. Du bist bei der Arbeit überlastet und du willst hier einfach nicht etwas Kontrolle abgeben. Was ich meine ist, dass unser beider Leben einfacher wäre, wenn du hin und wieder jemand anderen etwas machen lassen würdest."

„Also willst du, dass ich bei der Hochzeit in dem Kleid von Scarlett auftauche? Denn das wird dann passieren. Und ich hoffe für dich, dass du gut aussiehst in Rhetts Frack, weil du nämlich wie ein Bürgerkriegsdandy gekleidet sein wirst! Du solltest mir lieber dankbar dafür sein, dass ich für uns eingetreten bin. Wenn ich nicht gewesen wäre, würdest du aussehen wie eine erwachsene Ken-Puppe, die von ihrer kleinen Schwester eingekleidet worden ist! Eine Rhett-Butler-Barbie."

„Du bist ja nicht du selbst. Wir reden darüber, wenn ich wieder zu Hause bin. Glaubst du, dass du es schaffen wirst, die Blumengestecke auszusuchen, ohne dass dabei Blut fließt?"

„Wirst du nach Philadelphia ziehen?"

„Das weiß ich noch nicht. Ich hatte angenommen, dass wir darüber sprechen, wenn ich wieder zu Hause bin."

„Darüber sprechen in dem Sinn, dass du dich dafür entschieden hast und ich die Wahl habe mitzukommen? Oder darüber sprechen als bestünde auch die Möglichkeit, dass wir hier bleiben und unser Leben so leben, wie wir es uns vorgenommen hatten? Du als Arzt. Ich als Anwältin. In Kalifornien."

„Letzteres, Ashley. Es ist jetzt *unsere* Entscheidung. Aber, Ashley, dieser Job ist perfekt für mich. Du kannst jederzeit die Lizenz erhalten, um hier zu arbeiten."

„Ich habe mein gesamtes Leben hier verbracht, Kevin. Ich weiß nicht, wie es ist, woanders zu leben."

„Vielleicht ist es ja Zeit für eine Veränderung."

„Ich bin jetzt der Chefsyndikus", sage ich mit Nachdruck. „Ist das denn nicht Veränderung genug?"

„Aber du hast doch gerade gesagt, dass du diesen Job hasst."

„Aber ich bin wichtig. Und wie war das mit der Herausforderung? Ich bin jetzt ein regulärer Gumby."

Kevin lacht. „Du bist wichtig, egal, was du tust, Ash. Und es wäre für dich ebenfalls eine Herausforderung umzuziehen. Denk darüber nach, Philadelphia ist die Heimat unserer Verfassung. Ashley Stockingdale, Patentanwältin auf freiem Fuß."

„Kevin, deine Eltern haben uns ein Haus gekauft. Und das für eine Arbeitsstelle, die du noch nicht einmal bekommen hast ..."

„Genau genommen habe ich sie. Sie haben gesagt, dass der Job mir gehört, wenn ich ihn will."

Die Luft entweicht meinen Lungen. „Was sagst du also?"

„Ich überlasse dir die Wahl, Ashley."

„So wie dein Vater uns die Wahl gelassen hat, als es um dieses hässliche Haus ging? So eine Wahl? Wenn man im Grunde genommen keine hat? Jemand anderes bestimmt den Weg deines Lebens, dem du nur noch folgen musst. Diese Art von Wahl?"

„Das Geschenk meines Vaters hat mit uns gar nichts zu tun. Wir können es vermieten. Wir könnten einen richtigen Hochzeitsplaner einstellen. Würde dich das glücklich machen? Wenn meine Familie komplett aus dem Weg geräumt ist?"

Einen Hochzeitsplaner einstellen? Liegt es an mir oder hat sich das eindeutig nach Elaine Novak angehört?

„Warum nicht?"

Tief einatmen. „Um ehrlich zu sein, bin ich pleite. Als ich Kay die Hälfte des Hauses abgekauft habe, war ich mir nicht darüber im Klaren, dass die Steuerbescheide zweimal im Jahr kommen würden. Unverschämte, gemeine kalifornische Grundsteuern! Dann habe ich Geld verliehen, das ich vermutlich nie wiedersehen werde. Ich habe eine Anzahlung für den Fotografen hinterlegt, für die Swing-Band ebenfalls, bevor du deine Meinung geändert hast. Dazu kommt noch die Anzahlung für das Catering und da haben wir's. Es sieht so aus, als sei ich pleite, Kevin. Die gute Fee hat mir aus dem Nichts ein Hochzeitskleid hervorgezaubert, sonst hätte ich nicht einmal ein Kleid, in dem ich heiraten könnte. Klingt das alles für dich nicht auch nach einem schlechten Omen?"

„Für mich klingt es nach kleinen Unebenheiten auf der Autobahn. Typisch für das, was jedes christliche Ehepaar wahrscheinlich durchmachen muss. Willst du denn heiraten oder nicht?" Kevins sonst ruhige Stimme klingt aufgewühlt.

„Ich dachte, ich will es. Aber verheiratet zu sein bedeutet nicht mehr, einfach nur verheiratet zu sein. Jetzt bedeutet es für mich, alles aufzugeben, was mir vorher vertraut war."

„Ich bin morgen wieder da. Tu nichts Unüberlegtes. Du neigst dazu, impulsiv zu reagieren, ohne vorher nachzudenken. Das können wir uns im Moment aber nicht erlauben."

„Kevin, deine Mutter mag mich nicht." *Und ich bin von ihr auch nicht gerade angetan.* „Deine Schwester hat schlichtweg versucht, unsere Hochzeit zu sabotieren, indem sie sich anschickte, mich in eine moderne Scarlett O'Hara zu verwandeln. Und wo warst du währenddessen? Okay, das Retten von Neugeborenen ist eine gute Entschuldigung, aber handelt es sich bei alldem um einen Kampf, den ich mein ganzes Leben lang allein ausfechten muss? Ich bin mir nicht sicher, ob ich dazu bereit bin."

„Kannst du die Entscheidung bezüglich des Essens nicht verschieben, bis ich wieder zu Hause bin? Ich hatte nicht die Zeit, um über irgendetwas davon nachzudenken."

„Es geht nicht um das Essen. Es geht nicht einmal um das Haus, Kevin. Es geht um deine Familie und ihre starren Ansichten zu Dingen, die nur uns etwas angehen. Sieht so meine Zukunft aus?"

„Wenn meine Mutter irgendwelche Einwände gegen deinen Charakter oder deinen Glauben hätte, dann würde ich ihr nicht zuhören. Aber hier steht mehr dahinter. Sie möchte lediglich sichergehen, dass sie für die Dinge Anerkennung erhält, die sie gut macht. Und sie ist gut darin, Feste zu veranstalten. Du musst verstehen, dass meine Mutter und mein Vater sich ein Leben aufgebaut haben, das gut läuft. Im Grunde sehen sie sich als perfekt an und alle anderen sind ihnen untergeordnet. Mit allem, was sie tun, beweisen sie sich ihre Überlegenheit."

Und wir sollen sie dabei unterstützen? Das beruhigt mich ganz und gar nicht.

„Okay, wenn ich also ein Psychologe wäre, hätte ich eine großartige Fallstudie vor mir. Aber ich bin nur eine Patentanwältin und ich will diese Spiele nicht für den Rest meines Lebens spielen. Du hast meine Frage nicht beantwortet und es ist eine sehr berechtigte Frage. Wird diese Frau über meine Zukunft bestimmen?"

„Du bist Christin. Benimm dich auch so, Ashley. Unterdrücke deine Wut und lerne zurechtzukommen. Wir sehen uns morgen und dann wird sich wieder alles beruhigt haben. Du machst aus einer Mücke einen Elefanten."

Mir bleibt wieder die Luft weg. „Du denkst also, es ist nicht christlich, wenn ich mich für unsere Interessen einsetze? Warum schreibst du nicht einfach ‚Willkommen' auf meine Stirn, wie auf eine Türmatte, für die *ihr alle* mich halten wollt. Siehst du denn nicht, dass deine ganze Familie sich in unsere Pläne eingeschlichen hat?"

„Würdest du also lieber für den Rest deines Lebens mit Kay zusammenleben, die deine Tupperware nummeriert? Da, wo ein toller Samstagabend darin besteht, Xbox mit den anderen Ingenieuren zu spielen, an einem weiteren Abend ohne Verabredung? Ist es das, was du willst? Dass wir das hier beenden?"

Nein, ich will dich, denke ich bei mir. Auch wenn ich es im Moment nicht zugeben würde. *Aber wenn ich deiner Familie nicht gewachsen bin, was dann?*

„Liebst du mich, Ashley?" Seine raue Stimme, die immer müde und gestresst klingt, spiegelt ein Meer an Gefühlen wider. Ich werde in sie hineingezogen, unfähig dem Sog zu widerstehen.

„Natürlich liebe ich dich. Sehr sogar. Aber die Sache macht es mir wirklich schwer.“ Ich bin so verwirrt. Ist Liebe genug? *Mit Christus in mir kann ich alles aushalten – außer Kevins Familie! Das verlangt mir etwas viel ab, oder etwa nicht, Herr? Ich kann mich nicht so weit verbiegen.*

„Der Chefchirurg erwartet mich.“

„Immer musst du weg. Jedes Mal, wenn ich mich mit einer Hochzeitskrise oder Lebenskrise auseinandersetzen muss, wird nach dir verlangt.“ Ich fühle mich sofort schuldig. Er rettet Babys. Und ich streite mit seiner Mutter über Zucht-Champignons.

„Ich bin morgen wieder zurück“, wiederholt er.

„Ich werde morgen mit deiner Schwester das mit den Blumen erledigen, bevor du wiederkommst. Aber es wird mir keinen Spaß machen.“ *Nur noch ein Tag. Einen Tag lang kann ich das Gefauche ertragen, ohne meine Krallen zu zeigen.* „Wir reden dann, wenn du wieder hier bist.“

„Bist du noch immer meine Verlobte?“, fragt Kevin.

„Ich liebe dich, Kevin. Wenn sie uns wegschließen lassen, dann lass uns zusammen eine gepolsterte Zelle nehmen.“ Nachdem ich aufgelegt habe, gebe ich einen dem Anlass gebührenden Schrei von mir, der jeder psychiatrischen Station würdig ist.

28

An diesem endlosen Tag trudle ich erst nach 23:00 Uhr zu Hause ein. An der Tür werde ich von Rhett empfangen. Er sabbert vor lauter Liebe. „Hey Rhett. Ich wünschte, jeder hätte heute solche Gefühle für mich empfunden“, sage ich, als ich meinen Schlüsselbund auf den dafür vorgesehenen „Landeplatz“ fallen lasse.

„Wo warst du?“ Kay kommt wie eine wütende Ehefrau aus der Küche. *Warum ist sie überhaupt noch wach? Steht etwa ein Topf oder eine Pfanne nicht an seinem Platz? Ruhig, Ashley.*

„Bei der Arbeit.“ In meiner Stimme ist ein Hauch von *Wo denn sonst?!* Aber meine Geduld ist mittlerweile auf und davon.

„Kevin hat hier angerufen. Hat er dich erreicht?"

„Ich habe mit ihm gesprochen. Bist du also auch immer noch sauer auf mich?"

„Ich weiß einfach nicht, warum du dich in die Angelegenheiten aller einmischst." Sie wischt sich ihre Hände an einem Handtuch ab und faltet es zusammen. „Wenn ich mich mit Matt treffen will, dann werde ich das auch tun. Wenn ich einen Groll gegen Simon hegen will, dann ist es meine Entscheidung. Mir scheint, du hast genug eigene Probleme, um die du dich sorgen solltest."

„Musstest du dafür die Küche verlassen?"

„Mir gehen viele Dinge durch den Kopf." Kay trinkt einen Schluck von einem widerlich grünen Gebräu, das sie sich zubereitet hat.

„Ich bin nur der Überzeugung, dass es schwerer ist, zwanzig Jahre lang mit einem Geheimnis zu leben, als es auszusprechen." Ich streichle Rhetts Kopf. „Ich hatte unrecht. Ich will es nicht einmal mehr wissen. Ich habe nicht die notwendige Bandbreite."

„Nein, ich habe mich dazu entschlossen, es dir zu erzählen. Weil ich nämlich weiß, dass du dir die Sendung ansehen wirst, um zu erfahren, was es ist."

Okay. Sie hat mich erwischt.

„Muss ich mich dafür setzen? Ich habe für heute schon genug Gespräche geführt, für die ich mich erst hinsetzen musste. Wenn es tiefgehend ist, könnten wir dann an der Oberfläche bleiben?"

Dann, ohne Vorwarnung, setzt sie zu ihrer Beichtrede an. Offenbar sehe ich heute Abend aus wie Maury Povich, der Talkmaster, und sie ist bereit für den DNA-Test. Man sagt doch, dass Beichten der Seele gut tut, aber meine kann heute nicht noch mehr ertragen. Die Schultern von Jesus sind so viel breiter als meine. Ich höre wieder hin, als sie sagt: „Dann, als ich neun geworden bin ..."

„Kapitel eins. Meine Geburt", sage ich und spiele damit auf Dickens und natürlich *Vom Winde verweht* an.

„Ashley, willst du es nun hören oder nicht?"

„Im Moment nicht." Ich lasse den Kopf in meine Hände sinken. „Es tut mir leid, Kay. Halt mich für eine furchtbare Freundin, aber es war ein schrecklicher Tag." Ich möchte am liebsten meine eigene traurige Geschichte erzählen: Dass ich eine Beförderung bekommen habe, die ich nicht wollte. Dass ich meine Möchtegern-Schwiegermutter von der dunklen Seite verärgert habe. Dass ich das hässlichste Haus der Welt geschenkt bekommen habe, und zwar in einem Staat, in dem ich nicht leben will. Und natürlich, dass mein Exfreund eine Jungfrau in Nöten heiraten wird. Aber ich halte den Mund.

„Du hast doch immer einen schrecklichen Tag, Ashley. Setz dich. Ich erzähle dir jetzt meine Geschichte", verkündet Kay.

Ich lasse mich auf die Couch fallen und setze meine beste Zuhörermiene auf, die ich mir von Oprah abgeschaut habe. Rhett hüpft ebenfalls auf die Couch und nimmt neben mir Platz.

Wir bereiten uns auf die Geschichte vor, die Kay jahrelang in ihrer geregelten Welt gefangen gehalten hat. Ihr angespannter Gesichtsausdruck verrät mir, dass es ihr sogar schwerfällt, die Geschichte einfach nur zu erzählen. Ich verstehe Kay einfach nicht. Sie könnte eine Single-Freizeit für dreihundert Leute ohne auch nur die kleinste Spur von Aufregung organisieren. Aber dieses Thema, das wahrscheinlich den Grund für ihre sorgfältig durchorganisierte Welt birgt, darf nicht angesprochen werden.

„Nach der dritten Ehe meiner Mutter also, als ich vierzehn war, sind wir nach Louisiana gezogen. Da gab es einen Ladenbesitzer, der mir eine Lagniappe überreichte, als meine Mutter bei ihm ein Trockengestell fürs Geschirr gekauft hat. Ich glaube, er hat uns angesehen, dass wir bettelarm waren, da meine Schuhe zu klein waren und ich auf den Fersen laufen musste, weil meine Füße da einfach nicht mehr reingepasst haben." Sie lacht über diese Erinnerung. „Die Lagniappe war mehr wert als das Trockengestell. Daran erinnere ich mich."

„Warte mal, Unterbrechung. Er hat dir was gegeben?"

„Die Lagniappe ist eine Art Gratisgeschenk, das zum Kauf

dazugegeben wird, sozusagen. Das, was du bekommst, wenn du dein ganzes Make-up bei Bloomingdale's kaufst."

„Verstehe. Erzähl weiter."

„Auf diesem Geschenk stand der Name einer Gemeinde. Meine Mutter hat mich dorthin mitgenommen, weil sie dachte, dass sie dort vielleicht ein anderes allein erziehendes Elternteil finden könnte, mit dem wir zusammenleben könnten. Simon war damals der Pastor dieser Gemeinde. Es war eine schmuddelige Gemeinde mitten im French Quarter. Es standen überall Kisten herum, weil die Gemeinde den Leuten zu essen gab und Spenden von der Gemeinde annahm. Also gab es da Kisten mit Reis und Bohnen; Dinge eben, die die Leute mit nach Hause nehmen konnten, um ihre Familien zu ernähren."

„Okay, ich versuche gerade, mir ein Bild von dir im French Quarter zu machen. Es fällt mir schwer, mir dich dort vorzustellen. Ich dachte, du seist in Yale oder so aufgewachsen."

„Hör einfach zu, ja?" Kay sieht mich streng an. „Also arbeitete meine Mutter letzten Endes in der Gemeinde, wo sie das Essen sortierte und verpackte. Du weißt schon, etwas Reis, etwas Eiweißhaltiges und eine Dose Gemüse dazu, so in der Art."

„Wo habt ihr geschlafen?"

„Wir bekamen für die Arbeit Unterkunft und Verpflegung und haben auf dem Dachboden der Gemeinde geschlafen. Es war schmutzig dort. Ich habe mein Bestes versucht, aber bis heute kribbelt es noch überall, wenn ich an den ganzen Staub denke." Wie aus dem Nichts niest Kay.

„Ich kann mir dich auf keinem Dachboden vorstellen. Und erst recht nicht auf einem dreckigen. Wow, Kay!" *Das erklärt ihren Ordnungswahn sehr gut.*

„Jedenfalls lebte Simon zusammen mit seiner Frau in einem tollen kleinen Haus, allerdings ohne Kinder. Wir lebten seit ungefähr drei Wochen auf dem Dachboden, als meine Mutter einen Mann kennengelernt hat. Er war gekommen, um rote Bohnen für seine Familie zu holen. Sie sind zusammen durchgebrannt."

„Wer ist durchgebrannt?"

„Meine Mom und dieser Mann."

„Ich dachte, er wäre wegen seiner Familie gekommen."

„Lässt du mich zu Ende erzählen? Simon wusste also nicht, was er mit mir anstellen sollte, weil meine Mom nicht erwähnt hat, ob sie jemals wieder zurückkommen würde. Ich war damals noch zu jung, um allein auf dem Dachboden zu bleiben, außerdem war die Gegend nicht die allerbeste. Also haben er und seine Frau mich für eine Weile bei sich zu Hause aufgenommen. In dieses perfekte, saubere, kleine Zuhause auf der richtigen Seite der Stadt." Kay seufzt wehmütig.

„Deine Mom hat dich da zurückgelassen? Bei Menschen, die sie nicht kannte?"

„Meine Mutter ist immer davon ausgegangen, dass ihr Traumprinz gleich um die Ecke auf sie wartet. Sie hat mir einen Zettel hinterlassen, dass sie ihren Seelenverwandten gefunden hätte, und weg waren sie. Sie konnte einfach nicht anders, Ashley. Es lag ihr im Blut, nach dem Mann Ausschau zu halten, der sie ausfüllen würde. Simon und Ruth waren ganz aufgebracht, weil sie eigentlich geplant hatten, zu einer Missionsreise nach Slowenien aufzubrechen, aber nun hatten sie mich."

„Was hat Simon also gemacht?" Ich muss zugeben, dass ich vom Schlimmsten ausgehe. Ich kneife die Augen ganz fest zu, um mich auf die Leidensgeschichte vorzubereiten, die ganz sicher gleich kommen wird.

„Er und Ruth haben mich in Pflege gegeben, damit sie auf die Reise gehen konnten."

„Und was ist dann passiert?" Ich öffne die Augen wieder.

„Meine Mom ist nach ungefähr einem Jahr wieder zurückgekommen und hat mich aus der Pflegefamilie geholt."

Vielleicht habe ich zu viele Bücher über Kindesmissbrauch gelesen, aber das hier hört sich nicht so an, als könnte es eine normale Psyche beschädigen. „Wurdest du von der Pflegefamilie missbraucht?"

„Nein, ich war bei einer wirklich netten Familie untergebracht. Sauberes Haus, aufgeräumte Küche ..."

„Was denkt Simon also, was du wegen seines Fernsehdienstes anstellen wirst? Es war doch das erste saubere Haus, dass du betreten hast, nicht?"

„Er will nicht, dass ich darüber spreche, wie er mich verlassen hat, und damit ein schlechtes Licht auf ihn werfe. Bedenke, er ist nach Slowenien gegangen und hat mich den Behörden übergeben."

„Meinst du nicht, dass es eher deine Mutter war, die dich verlassen hat?"

„Nein, die beiden. *Sie* haben mich verlassen."

„Aber sie waren doch nicht deine Mutter! Wie könnten Menschen, die dich erst seit drei Wochen kennen, dich verlassen?"

„Meine Mutter hat mich ihrer Obhut überlassen."

„Ohne sie vorher zu fragen!"

„Der Punkt ist, dass sie mich in christliche Hände übergeben hat."

Ich höre wieder die Musik aus *Twilight Zone*. Kays Mutter hat sie also verlassen. Hat sie im Dreck über einer Missionsgemeinde zurückgelassen; und Kay ist sauer auf den Pastor. *Seit zwanzig Jahren!* Das ist ja wie in einer schlechte Talkshow mit Montel Williams.

„Kay, wenn dir deine Wut auf Simon gerechtfertigt vorkommt, dann hab ich nur ein Wort für dich übrig: Therapie. Du bist seit zwanzig Jahren wütend auf die falsche Person! Ich gebe ja zu, dass es nicht besonders christlich von ihnen war, was sie getan haben, aber Kay, *deine Mutter hat dich bei Menschen zurückgelassen, die sie nicht kannte. Für einen Mann!*"

„Meine Mutter hat das Beste getan, was sie tun konnte."

„Oh nein, das hat sie nicht! Das Beste wäre gewesen, wenn sie bei ihrem Kind geblieben wäre."

„Kannst du dir vielleicht vorstellen, wie es sich für mich anfühlt, Pastor Simon da auf dieser Bühne zu sehen, wie er über sein Leben und seine Missionsarbeit spricht, obwohl er das mit mir getan hat?"

Ich bin perplex. Kay scheint zu glauben, dass sie an angemessener Stelle gerechten Zorn hegen würde. „Und was ist mit Vergebung? Wo kommt die bei dir vor? Die Bibel sagt, du sollst vergeben."

„Vergebung ist eine Sache. Aber es ist meine Pflicht, andere zu schützen."

„Kay, ich habe den Mann gesehen. Er sieht aus wie der Weihnachtsmann, der seine nächtliche Arbeit vollbracht hat. Du kannst nicht allen Ernstes glauben, dass er eine Gefahr darstellt, nur weil er auf eine Missionsreise nach Slowenien gegangen ist."

„Ich wusste nicht, wo ich bleiben sollte!"

„Das war die Schuld deiner Mutter."

Kay stampft lautstark über den Flur davon und schlägt ihre Schlafzimmertür mit der Gewalt eines Speerwerfers zu.

Ich schaue einfach nur zur Decke. „Herr, bitte hilf mir da wieder raus." Man kann einfach nie wissen, was die Menschen bewegt, nicht wahr? Ich meine, es gibt Kinder, die die schlimmsten Misshandlungen überstehen und später bedeutende Mitglieder der Gesellschaft werden, weil sie von ihrem Überlebensinstinkt geleitet werden. Dann gibt es da die scheinbar starken Menschen wie Kay, die ihr gesamtes Leben von einem einzigen Moment abhängig machen, überzeugt davon, dass die Taten anderer dafür verantwortlich sind. Daraus soll mal einer schlau werden. Ich kann Kay in ihrem Schlafzimmer hören. Ich bin mir sicher, dass sie verzweifelt nach etwas auf der Suche ist, das sie ordnen kann. Aber ich muss leider zugeben, dass ich heute nicht mehr die Kraft dazu habe, das zu Ende zu bringen.

Ich betrete mein Zimmer zusammen mit Rhett, der mir dicht auf den Fersen gefolgt ist. Ich könnte schwören, dass er mich auf seine Hundeart dazu bringt, mich schuldig zu fühlen. Aber mit einem Gesichtsausdruck bedeute ich ihm, dass ich das mit Kay später in Ordnung bringen werde. Mein Anrufbeantworter blinkt rot und ich höre mir die Nachricht an: „Hey Ash, ich bin's, Mei Ling. Gute Nachricht, das mit deinem Kleid! Ich frage mich nur, wo es herkommt! Aber meins wäre viel schöner geworden als das von Vera Wang. Ich rufe wegen deiner Brautparty an, um dir zu sagen, dass alles so weit geregelt ist. Deine Schwiegermutter und deine Schwägerin werden beide da sein. Sie waren heute bei deiner Mutter. Wir sprechen uns dann bald. Oh, und ich habe versucht, deine Tanten davon zu überzeugen, keine Dessous mitzubringen, aber sei für alle Fälle auch darauf gefasst." *Piep.*

Ich sehe mir die Bilder von mir in dem Kleid an, die ich an meinen Spiegel geklebt habe. Die Aufregung darüber, Kevin endlich zum Ehemann zu haben, meldet sich in meinem Bauch. Vielleicht habe ich mich zu sehr um seine Familie bemüht. Vielleicht sollte ich mich einfach entspannen. Die Hochzeit ist nur ein Tag meines Lebens. Kevin werde ich dagegen ein ganzes Leben lang behalten. Also kann ich auch mit einem Buffet leben. Richtig?

29

Es ist acht Uhr morgens und Emily klingelt wie eine Wahnsinnige an meiner Tür. Immer und immer wieder, wie ein Kind, das an einem Samstagmorgen spielen will. Ich muss zugeben, dass ich mir schön Zeit lasse, an die Tür zu gehen, vor allem, nachdem ich ihre Coach-Mappe erspäht habe, die nun wieder sauber und frei von Essensresten ist. Rhett bellt so heftig wie ein hungriger, tollwütiger Pitbull. Nur widerwillig sage ich ihm, dass er damit aufhören soll, und öffne die Metalltür, sodass nur noch das Gitter zwischen uns ist. Rhett hält inne, aber Emily und Mrs. Novak sind in ein Gespräch vertieft.

„Sie kann diesen Hund auch nicht zügeln", sagt Mrs. Novak zu Emily auf der anderen Seite der Tür. *Ähm, hallo, Leute, seht ihr mich durch dieses Gitter hier? Ich kann euch hören.*

„Mama, wir müssen etwas tun", wiederholt Emily.

Mama, wir müssen etwas tun? Hat Emily mir nicht gerade erzählt, dass sie es ihrer Mutter heimzahlen will? Das hört sich für mich nicht nach einem Racheakt an. Das hört sich viel eher danach an, als seien die beiden im selben Team. *Vielleicht werde ich einfach nur paranoid.* Ich meine, was gibt es an mir denn nicht zu mögen? Ich bin gebildet, gut angezogen, erwerbstätig.

Zugegeben, ich kann nicht kochen. Aber ich könnte jemanden einstellen, der es kann. Außerdem liebe ich Kevin. Zählt das denn überhaupt nicht? Ich wünschte, er wäre genau jetzt hier, sodass ich das Bild seiner Mutter aus meinem Kopf verbannen könnte. Ich befühle die teuren Ohrringe, die er mir geschenkt hat. Und obwohl sie fabelhaft sind, will ich nicht jedes Mal ein Geschenk als Ersatz für seine Abwesenheit. *Auch wenn es eine Menge Geschenke bedeuten würde!*

Ich öffne die Tür und ihr Gespräch verstummt. „Guten Morgen", sage ich mit einem gezwungenen Lächeln. „Hört mal, es tut mir leid wegen gestern. Diese ganzen Details strapazieren mich nur ein wenig, und da Kevin gerade nicht da ist, will ich für ihn alles richtig machen."

„Soll das heißen, dass du mir bei dem Buffet zustimmst? Ich glaube, du wirst viel glücklicher über die Vielfalt sein, die du deinen Gästen damit bietest, als über ein einfaches, serviertes Essen", sagt Elaine.

Grrr.

„Ein Buffet hört sich toll an."

„Wird deine Muttah uns heute begleiten?"

„Nein. Sie ist allergisch gegen die meisten Blumen. Sie hatte mich darum gebeten, für sie etwas Geruchloses für ihr Ansteckstäußchen zu besorgen." Ich beobachte, wie Mrs. Novak die Augen rollt und Emily schüttelt zustimmend ihren Kopf. Ich weiß nicht, ob diese Frauen denken, ich sei taub, stumm und dämlich. Oder es interessiert sie wirklich nicht, was ich denke. *Ich bin hier, direkt vor euch!*

In diesem wirklich unpassenden Augenblick kommt Kay den Flur entlanggetrampelt. Sie sieht mich an, die Arme sind vor ihrer Brust verschränkt, aber sie sagt nichts und verschwindet in der Küche. Ich habe Glück gehabt, denn Emily denkt, es liegt an ihr. „Ist die Date-Diebin etwa wütend?"

„Lasst uns gehen." Ich dränge sie hinaus und schiebe Rhetts Schnauze zurück ins Haus, während ich die Tür schließe.

Ich habe herausgefunden, dass man mit Männern viel leichter

klarkommt. Rhett ist dafür das beste Beispiel. Oder mein Bruder Dave. Wenn er sich mit Ihnen anlegen wollte, dann wüssten Sie das auch. Sie könnten sich auf den Angriff vorbereiten. Sie würden seine Motive nicht hinterfragen, oder in was für einer Stimmung er sich gerade befindet. Denn er will Sie einfach nur übers Ohr hauen. Bei Männern, und bei meinem Bruder insbesondere, geht es immer nur um den Angriff. Bei Dave lief das immer so ab: Er zog einem an der Unterhose oder tat etwas Spülwasser ins Getränk, und man wusste, dass das Spiel vorbei war, wenn er gelacht hat.

Im Vergleich dazu fühle ich mich mit Emily und Elaine wie gefangen in einer nie endenden Risiko-Partie, wo die Motive des Angreifers nicht immer sichtbar sind und ihre Züge gerissen und hinterhältig. Diese Frauen werden keine Ruhe geben, ehe sie ihre roten Fahnen nicht auf meinem gesamten Gebiet verteilt haben und ich mich in Bezug auf die Hochzeit – und vielleicht auch meine Zukunft – ihnen nicht in vollkommener Machtlosigkeit unterworfen habe. Deshalb ist Nachgeben hier keine Alternative. Als wir uns dem Auto nähern, drehen sie sich zu mir um.

„Ashley, wir haben uns für deinen besonderen Tag um ein südstaatliches Blumenarrangement gekümmert. Der hiesige Florist wird nach unseren Vorlagen an einer typisch südstaatlichen Komposition arbeiten. Die Hortensien und Pfingstrosen werden direkt aus Atlanta eingeflogen, um die Authentizität zu wahren. Damit ist für etwas Blaues gesorgt, wie du es wolltest, und gleichzeitig wird es die Gäste an unsere geliebte Heimatstadt erinnern. Wir werden die Säulen zusammen mit den Anweisungen an den hiesigen Floristen schicken." Emily sieht mich gespannt an. Sicherlich hofft sie auf eine Reaktion meinerseits, aber ich werde es nicht zulassen, dass sie eine weitere rote Flagge aufstellt.

„Säulen?"

„Traditionelle Säulen mit Blumendekoration. Sie werden als Hintergrund für den Kirchenaltar dienen", sagt sie im gleichen Ton, wie sie „Du Dummkopf!" sagen würde.

Säulen klingen gut. Mit Säulen kann ich leben. „Es klingt so, als hättet ihr alles unter Kontrolle. Gibt es einen Grund, warum ich euch zu dem Termin begleiten sollte?", frage ich scherzhaft.

Die beiden Frauen sehen sich an. „Nicht unbedingt. Wäre es dir lieber, wenn wir uns darum kümmern?"

„Es klang so, als hättet ihr es bereits getan."

Emily lächelt mich an. Falsch, sollte ich dem hinzufügen. „Wir werden uns um alles kümmern, Ashley. Du solltest dir deinen hübschen Anwältinnenkopf nicht darüber zerbrechen."

„Wir sehen uns dann bei der Brautparty", sagt Elaine. „Bis da-an!"

Sie hüpfen die Stufen hinunter. Ein Teil von mir hasst mich, weil ich nicht gekämpft habe. Aber ich habe das Kämpfen so satt. Wissen Sie noch, wie ich um Seth gekämpft habe? Und dann war er wie ein Lamm, das man zur Schlachtbank führte, als die richtige Frau ihn gewollt hat. Ich sehe sie weggehen und fühle mich vollkommen dämlich, so als ob ich ihnen meine weiße Fahne angeboten hätte und sie sie sich geschnappt hätten, ohne sich auch nur umzudrehen.

Herr, wie soll ich nur wissen, dass ein Kampf es wert ist, ausgetragen zu werden? Woher weiß ich, dass es Zeit ist, mich zu ergeben und das loszulassen, was ich eigentlich will?

Ich öffne die Tür und höre Rhett winseln. „Ich weiß genau, wie du dich fühlst."

Ich gehe in die Küche, um mir einen schwarzen Kaffee zu kochen. Kay sitzt bereits am Tisch. Sie hat das seltsamste Morgenritual der Welt. Sie bereitet sich ein kohlenhydratreiches Frühstück zu, das aus Bagels und Müsli besteht und den meisten von uns zu einem Gewicht von 180 Kilogramm verhelfen würde. Aber sie läuft regelmäßig acht Kilometer und behält so ihren Waschbrettbauch, während man sich fragt, ob ein Bagel diese Mühe wert ist. Vor allem mit diesem widerlichen Soja-Brotaufstrich, den sie daraufschmiert. *Darf man dazu auch „ekelhaft" sagen?*

Während Kay Müsli und Bagel in präzisen Bissen abwechselnd in sich hineinschaufelt, liest sie die Zeitung, und zwar in einer festen Abfolge. Wenn man reinkommt und sich einen der Abschnitte von ihrem „Zu lesen"-Stapel nimmt, verändert man damit vollständig die Laufbahn ihres Universums. Manchmal tue ich genau das, um sie auf Trab zu halten. Heute nehme ich mir klugerweise einen Abschnitt von dem Stapel mit dem bereits Gelesenen. Nach der Zeitungslektüre geht sie zur Bibel über, liest den Absatz des jeweiligen Tages, besinnt sich und betet anschließend am Tisch. Es ist wohl unnötig zu erwähnen, dass wir morgens üblicherweise nicht viel miteinander reden, da ihre Routine mich verrückt macht.

Ich schalte die Espressomaschine ein und lehne mich an die Theke, während sie heißläuft. Ich kreuze die Füße und betrachte Kay.

„Musst du da einfach so herumstehen und mich anstarren?", fragt Kay mich in ihrer typischen Pose, den gespitzten Lippen und einer gehobenen Augenbraue.

„Nein."

„Dann lass es sein."

„Du bist also noch immer wütend auf mich?"

„Du bist so voreingenommen, Ashley. Du hast nicht die geringste Ahnung, was meine Mutter für ein Mensch ist. Und trotzdem macht es dir rein gar nichts aus, abschätzig über die Art und Weise zu sprechen, wie sie mich erzogen hat."

„Ich bin keine Therapeutin und du sprichst von mir wie von einer Verrückten. Vielleicht bin ich ja verrückt, aber Kay, dein Kontrollbedürfnis ist nicht gesund. Du bist nicht dazu in der Lage, die Zeitung anders als in einer immergleichen Reihenfolge zu lesen: Titelseite, Wirtschaftsteil, Lokales. Das kann nicht gesund sein." *Es ist äußerst sonderbar, um ehrlich zu sein.*

„Die meisten Menschen lesen ihre Zeitung in einer bestimmten Reihenfolge, Ashley."

„Das ist wahr", sage ich und zeige mit dem Finger auf sie. „Das gebe ich zu. Aber der Tag der meisten Menschen wird nicht davon ruiniert, wenn ein Teil fehlt. Sie würden den Zeitungsjungen, der kein Wort Englisch spricht, nicht anrufen, um sich danach zu erkundigen. Sie würden auch das obligatorische Trinkgeld des Zeitungsjungen nicht von der Rechnung streichen."

„Hör zu, ich erlaube dir, meine Zeitungen umsonst zu lesen. Wenn du sie durcheinanderbringen willst, bevor ich sie gelesen habe, dann kauf dir deine eigenen."

„Was ist mit Matt Callaway passiert?"

„Er sagte, er sei zurzeit mit einem Projekt beschäftigt. Aber, Ashley, er hat eine Midlife-Crisis. Ich habe weder Zeit noch Lust, mich damit auseinanderzusetzen."

„Du hast keine Lust, dich auch nur mit irgendetwas auseinanderzusetzen, das nicht auf deinem Klemmbrett steht und lückenlos durchgeplant ist. Kümmer dich darum. Hör endlich auf damit, ihm zu vermitteln, du wärst für ihn noch zu haben. Würde sich das nicht gut anfühlen? Die Kontrolle zu haben?"

„Du lässt dich von anderen herumschikanieren, Ashley. Seth hast du das fast ein Jahr lang mit dir machen lassen. Du lässt es zu, dass Südstaatenschönheiten bei deinen Hochzeitsvorbereitungen die Oberhand gewinnen. Derweil sitzt du hier herum und ertränkst deine Sorgen in Espresso. Ist das das Leben, das du dir für mich wünschst? Nun, wenn dem so ist, nein danke. Da entscheide ich mich lieber für mein Klemmbrett und die Kontrolle."

„Du kannst das an mir auslassen, so viel du willst. Du musst dich dem Problem mit deiner Mutter stellen, denn Verdrängung funktioniert bei dir nicht mehr so gut. Sie war keine gute Mutter. Sie mag ja vielleicht das Beste getan haben, was in ihrer Macht stand, aber es war dennoch mies. Du schuldest Simon und Ruth eine Entschuldigung, wenn du wissen willst, wie ich darüber denke."

„Ich schulde ihnen eine Entschuldigung? Wie kannst du es nur wagen, meine Mutter auf diese Weise schlechtzumachen?"

„Du lebst in Angst, Kay. Dein gesamtes Leben dreht sich darum, das Chaos zu kontrollieren, damit du unantastbar bleibst, aber das hat nichts mit der Realität zu tun. Es lässt keinen Raum für stabile Beziehungen und zufälligerweise halte ich dich für einen ziemlich guten Fang. Ich würde gern sehen, wie du dein Leben mehr genießt, anstatt es damit zu verbringen, Gelegenheiten zu organisieren, bei denen andere ihr Leben genießen können. Hast du jemals daran gedacht, dass du diese Single-Gruppe überhaupt erst ermöglichst, indem du alles für sie tust? Ich meine, denk nach, Kay! Es grenzt fast schon an ein Wunder, dass du ihnen kein Lätzchen umhängst, bevor du sie jeden Samstagabend fütterst."

„Hör auf so zu tun, als ginge es um mich. Es geht hier um dich und darum, dass du bei deiner Hochzeit keinerlei Mitspracherecht hast. Das ist erbärmlich, Ashley. Genauso erbärmlich, wie du damals darauf gewartet hast, dass Seth sich endlich zusammenreißt. Er hat dich verlassen, um nach Indien zu gehen. Wirst du Kevin auch davonlaufen lassen, nur weil du deine Meinung nicht äußern kannst?"

„Wenn Kevin es so will, dann ja. Wäre es nicht besser, wenn er mir jetzt davonläuft als nach der Hochzeit? Weißt du, ich habe durchaus etwas aus meiner Beziehung mit Seth gelernt. Vielleicht habe ich zu langsam gelernt, aber ich habe immerhin etwas gelernt. Und ich habe keine Mauer um mich herum errichtet, damit mich niemals wieder irgendjemand verletzen kann."

„Du bist dabei, alles dafür zu tun, dass Kevin genau das macht. Kämpfe um ihn, Ashley. Zeig ihm, dass er dir etwas bedeutet! Zeig ihm, dass du nicht gewillt bist, den Müll seiner Mutter hinzunehmen, weil du auf diese Weise dein ganzes Leben lang ihr Opfer sein wirst. Es wird ihn wütend machen, gewiss. Wer will schon in einen solchen Konflikt verwickelt werden? Aber merk dir meine Worte! Wenn du ihn nicht jetzt dazu bringst, es zu tun, dann wird er es niemals tun!"

In diesem Augenblick starren Kay und ich einander mit verengten Augen an. Unsere Rücken sind gebogen; wir sind wie zwei Katzen, die ihre Krallen bereithalten. Bald fangen wir an zu kichern. „Die Probleme anderer Leute sind so einfach zu lösen, nicht wahr?"

„Ich verspreche dir etwas, Ashley. Ich werde Simon vergeben und ihn das auch wissen lassen, wenn du deiner Schwiegermutter sagst, dass sie sich mit ihren Ratschlägen zurückhalten soll. Es ist *deine* Hochzeit und du wirst die Zeremonie bekommen, die du willst. Du hörst auf damit, den Fußabtreter zu spielen. Und ich werde meine Füße nicht mehr an Simon abtreten."

„Und wenn Kevin vor Wut platzt und die Hochzeit nicht mehr stattfindet?"

„Dann ist es so, wie du es gesagt hat: Es ist besser, das jetzt herauszufinden, noch vor der Hochzeit."

Ich strecke meine Hand aus. „Du hast dir gerade eine Abmachung eingebrockt." Ich glaube zwar kaum, dass eine Entschuldigung bei Simon das Ende von Kays Holzweg sein wird, aber es ist immerhin ein Anfang. Vielleicht ist ein Startschuss alles, was nötig ist, damit Kay zum vollen Lauf ansetzen kann.

Ich habe eine SMS bekommen. Sie ist von Kevin.

Lieb dich.
Entschuldige.
Bin bald zu Haus.

„In Ordnung, ich werde um ihn kämpfen!"

30

Meine Brautparty erfüllt mich mit gemischten Gefühlen. Ich meine, ich liebe Geschenke. Wer nicht? Aber ich muss so tun, als sei ich von Küchenutensilien begeistert, und das versetzt mich in einen Zustand nervöser Unruhe. „Oooh, toll! Ein Eierpochierer!" Ich übe mein aufgesetztes Lächeln vor dem Spiegel. Kay taucht hinter mir darin auf.

„Ich bin froh, dass ich dir nicht den Eierpochierer besorgt habe. Du bist nämlich nicht sehr überzeugend."

„Ein Eierpochierer setzt voraus, dass ich Eggs Benedict zubereiten werde, was wiederum voraussetzt, dass ich lernen werde, wie man die dazu passende Soße macht. Und ich habe nicht vor, auch nur eine dieser Sachen zu lernen, also stellt ein Eierpochierer für mich das Symbol meines eigenen Versagens dar. Denn ich werde daran scheitern. Aber danke, dass du meine Schwächen hervorhebst."

„Und du sagst, ich sei zwanghaft. Immerhin verhalte ich mich nur bei den wichtigen Dingen zwanghaft. Sauce hollandaise ist einfach in der Zubereitung. Sie braucht nur Zeit und die richtige Temperatur. Und wenn du heute einen Wasserbadtopf bekommst, hast du alles, was du brauchst."

„Du hast mir doch nicht etwa einen Wasserbadtopf gekauft, oder?", frage ich und kräusle meine Nase vor Abneigung.

„Ashley, ich lebe schließlich mit dir zusammen. Wenn ich dir etwas für die Küche gekauft hätte, dann hätte es auf jeden Fall etwas mit Kaffee zu tun. Denn das ist der einzige Grund, warum du sie überhaupt betrittst."

„Gutes Mädchen, Kay. Ich habe dich wirklich gut erzogen."

„Bist du nun bereit für die Party? Wenn das dein bestes falsches Dankeschön ist, dann sollten wir es schnell hinter uns bringen."

„Wie ist mein Outfit?" Ich drehe mich ein Mal um mich selbst. „Kevin hat es mir gekauft, als wir wegen der Geschenkliste im Kaufhaus waren." Ich führe den pinkfarbenen Bleistiftrock vor, als wäre ich Doris Day. „Es weckt in mir den Wunsch nach Handschuhen."

„Es ist reizend, aber es wäre auch nett, ihn ab und zu einmal zu Gesicht zu bekommen."

„Dein Wort in Gottes Ohr. Er kommt heute Abend nach Hause, aber wegen der Brautparty werde ich ihn frühestens morgen sehen."

„Aber morgen ist immerhin ..."

„Ja, sehr witzig. Lass uns gehen."

„Wird deine Schwägerin auch da sein? Sollte ich mir etwas Besseres anziehen?"

„Du solltest dich auch ohne Emily besser anziehen, aber

ja, sie wird auch kommen. Und meine Schwiegermutter ebenfalls. *Zukünftige,* meine zukünftige Schwägerin und zukünftige Schwiegermutter. Der Himmel weiß, dass ich so lange keinen Anspruch geltend machen werde, bis ich keine Wahl mehr habe."

„Okay, Ashley, vergiss eins nicht", sagt sie wie ein Quarterback, der seine Mannschaft auf das Spiel einschwört, „wenn sie außer Kontrolle geraten, musst du dich gleich darum kümmern oder es wird sich nach der Hochzeit deutlich verschlimmern."

„Verstanden. Moment! Hast du Rhett schon nach draußen gebracht?", frage ich.

„Er ist rundum zufrieden. Er hat sogar einen neuen Kauknochen. Der Garten ist seine Heimat."

Brea richtet die Brautparty aus, was Kay auf die Palme treibt. Denn Kay ist die perfekte Entertainerin. Brea wird wahrscheinlich Beanie-Weenies hinstellen und Sprite mit darin schwimmendem Fruchteis. Wenn wir Glück haben, dann gibt es noch ein paar Chips und Dip aus dem Supermarkt. Brea ist meine älteste und liebste Freundin und ich weiß, dass sie ganz aus dem Häuschen ist, dass ich endlich den Schritt zum Altar wage. In ihrer ganzen Aufregung hat sie aber vergessen, dass sie nicht gut organisieren kann und eine furchtbare Veranstalterin ist, und dass ein Anruf bei Kay wahrscheinlich gar keine so schlechte Idee gewesen wäre. Nicht etwa, dass es mich kümmert, was auf der Party serviert wird. Mir geht es nur darum, dass meine beiden besten Freundinnen mit dem Endergebnis zufrieden sind. Begeisterung für eine Salatschleuder vortäuschen gelingt mir in jedem Fall.

Als wir bei Brea ankommen, sehen wir eine Ansammlung von grünen und pinkfarbenen Heliumluftballons vor ihrem Haus. Ich höre Kays Stöhnen, aber sie gibt wirklich ihr Bestes, um sich von diesem Anblick wieder zu erholen. „Brea hätte mir wenigstens erlauben können, etwas mitzubringen. Was hat sie für ein Motto gewählt? Lilly Pulitzer?"

„Brea wollte das unbedingt übernehmen, Kay. Für uns war es wirklich eine schwierige Zeit, seit sie geheiratet hat. Wir sehen einander kaum, seit sie Miles und Jonathan bekommen hat. Das ist ihre Art, aus ihrem Alltagstrott auszubrechen."

„Nur, damit du es weißt, Ashley. Falls ich jemals heiraten sollte, kümmere dich um eine Catering-Firma. Ich werde auch nicht beleidigt sein, dass du es nicht selbst versucht hast."

„Wird gemacht. Aber wenn Kevins Mutter ihren Willen durchsetzt, werde ich mich ohnehin bald in Betty Crocker aus Stepford verwandeln und dir Sauce hollandaise zusammenpanschen, selbstverständlich mit Perlen um den Hals."

„Niemand hat so viel Macht. Nicht einmal Kevins Mutter."

„Ich verstehe einfach nicht, weshalb um das Kochen so viel Aufhebens gemacht wird, weißt du. Ich finde es großartig, dass du eine so fantastische Köchin bist, Kay. Ich wünschte, ich hätte es auch in mir, aber man kann doch einfach in den Supermarkt gehen und fertige Salate und mariniertes Fleisch kaufen. Warum muss man das denn unbedingt selbst machen?"

„Weil es dann besser schmeckt, Ashley. Mariniert und wahrscheinlich vollgestopft mit Konservierungsstoffen. Ganz abgesehen davon, dass es mehr kostet. Dein Problem ist, dass du keine feinen Geschmacksnerven hast."

„Das mag sein, aber mein geübtes Kreditkartenhandgelenk ist genauso gut entwickelt wie anderer Leute Geschmacksnerven."

Wir betreten das Haus und alle Frauen rufen: „Überraschung!"

Da es im Grunde gar keine Überraschung war, bin ich mir unsicher darüber, wie ich mich jetzt zu verhalten habe. Deshalb lächle ich vergnügt, hoffe ich jedenfalls. *Das ist meine offizielle Brautparty. Und ich bin die Braut!* Diesmal habe ich keine Strandtücher-Garnitur (mein Standardgeschenk bei Brautpartys) für jemand anderen erwerben müssen. Jetzt sehe ich tatsächlich vergnügt aus.

Mrs. Novak kommt auf mich zu. Sie trägt ein – Überraschung! – Kostüm von St. John. „Ashley, Emily und ich freuen uns so sehr darüber, heute hier zu sein."

„Danke."

Meine Mom kommt mit Baby Davey auf den Armen auf mich zu. „Kannst du glauben, dass es endlich so weit ist? Du bist fast verheiratet und ich hätte nie gedacht, dass ich diesen Tag jemals erleben würde." Sie schmiegt sich an das Baby und schaltet plötzlich auf Babysprache um. „Nicht wahr, mein kleines Schatzi-Spatzi, Davey-Baby? Wir hätten nie gedacht, dass der Tag jemals kommen würde, nicht wahr?" Mom tätschelt flüchtig meine Wange, um dann ihre ganze Aufmerksamkeit wieder ihrem Enkelsohn zuzuwenden, also dahin, wo sie eigentlich hingehört.

Mei Ling gesellt sich zu uns und küsst mich auf die Wange. „Ich habe eine Überraschung für dich. Komm mit mir ins Schlafzimmer."

Ich begrüße meine Tanten und sage alle möglichen Nettigkeiten auf, bevor ich im vorderen Schlafzimmer verschwinde. Brea hat jedes nur erdenkliche Spielzeug hierhin verfrachtet. Da drin sieht es aus wie in einem Toys "R" Us, in dem nach einem heftigen Erdbeben die Regale geleert wurden. Der Boden ist komplett unsichtbar. „Wow, Brea hat aufgeräumt."

Mei Ling ist vor Aufregung ganz aus dem Häuschen. „Setz dich."

„Was ist los?"

„Ich habe etwas für dich genäht. Da du dein Kleid ja schon hast."

„Haben du und Dave für mich das Kleid besorgt?"

„Wir? Ashley, wir haben sogar Schwierigkeiten für uns selbst Ikea-Möbel zu kaufen. Wir haben nicht das nötige Geld, um dir ein Kleid zu kaufen. Aber ich hätte eins für dich genäht, wenn niemand anderes es getan hätte. Das weißt du doch."

„Aber wer war es dann? Weißt du es?"

„Ich weiß es nicht." Mei Ling öffnet die Kleiderschranktür und holt eine Kleiderhülle daraus hervor. „Ich weiß, dir fiel es schwer, dich zu entscheiden, aber ich denke, dass es einfach perfekt ist. Und ich wollte doch so gern etwas für dich nähen. Ich weiß Bescheid über die ‚Rote-Eier-und-Ingwer-Party', Ashley. Dein Bruder hat ein Herz aus Gold und eine Brieftasche aus Blech. Ich danke dir dafür, dass du das für uns getan hast und es für dich behalten hast. Meine Familie war ganz begeistert von ihm."

„Woher wusstest du, dass ich es war?"

„Ehefrauen wissen eben alles. Du wirst schon sehen." Sie kichert. „Um genau zu sein, hat Ping's uns eine Kopie der Kreditkartenabrechnung geschickt." Mei Ling überreicht mir einen Zettel. „Dein Name stand darauf, also habe ich eins und eins zusammengezählt." Mei Ling öffnet den Reißverschluss der Kleiderhülle und holt einen Brautschleier hervor.

„Mei Ling, was hast du gemacht?" Es ist der schönste Schleier, den ich jemals gesehen habe. Er hat ein Blattkettenmuster aus Platin auf dem Diadem. Darauf sind außerdem überall österreichische Kristalle verteilt. Noch mehr Kristalle sind in der Mitte in Blumenform angeordnet. Auch der wallende Tüll des Schleiers ist mit Kristallen und Saatperlen verziert. Ich bin ganz und gar sprachlos, als sie es hochhält.

„Gefällt er dir?"

Ich schnappe mir den Schleier und stelle mich vor den Spiegel. „Ich weiß nicht, was ich sagen soll, Mei Ling. Es ist das Schönste, was ich jemals gesehen habe."

„Kay hat mir erlaubt, in deinen Kleiderschrank zu schauen. Er passt perfekt zu deinem Kleid. Ich habe es überprüft, bevor ich mich an die Arbeit gemacht habe."

„Mei Ling, es ist einfach unglaublich, dass du so viel Zeit darauf verwendet hast, das für mich zu nähen. Mein Bruder hat dich nicht verdient." Ich umarme sie fest und ich spüre, wie mir die Tränen kommen. „Du ruinierst mein ganzes Make-up."

„Ich bin einfach nur froh, dass es dir gefällt. Ich wollte dir etwas zurückgeben, weil du immer für uns da warst. Ich weiß, dass deine Mutter es liebt, Großmutter zu sein. Und ich weiß auch, wie es ist, wenn man ohne seine Mutter heiraten muss. Das tut mir sehr leid. Ich fühle mich dafür ein wenig mitverantwortlich und ich wollte dich wissen lassen, dass wir alles in unserer Macht Stehende tun werden, um dir das Gefühl einer verwöhnten Braut zu geben."

Ich lache. „Mei Ling, meine Mutter ist doch sowieso eine bessere Großmutter als Hochzeitskoordinatorin. Sie hat schon eine ganze Weile mit der Zubereitung der überzogenen Mandeln verbracht. Und es sind immer noch acht Wochen, bis es so weit ist!"

Wir kichern beide und umarmen uns ein weiteres Mal. Wir verstecken den Schleier wieder in der Kleiderhülle und betreten nun die Welt der Brautparty. Das Toilettenpapier wurde schon in Pyramiden aufgestapelt und wartet nur noch auf das obligatorische Hochzeitskleidspiel. Überall ist grüne und pinkfarbene Dekoration angebracht.

„Brea, es sieht einfach toll aus!", sage ich.

„Wirklich? Ich habe Humus-Sandwiches gemacht. Glaubst du, dass alle sie auch mögen werden?"

Ähm, nein. „Natürlich werden sie das. Wer wird denn schon keine pürierten Kichererbsen mögen?"

„Du hast recht. Ich mache mir Sorgen um nichts und wieder nichts. Es war einfach alles so aufreibend und John musste die Kinder ganz allein wegbringen. Ich dachte schon, er würde bereits beim Einladen der Sachen ins Auto verrückt werden, noch bevor er losgefahren ist."

Seit meine Freundin Brea Mutter geworden ist, haben sich ihre Essgewohnheiten drastisch verändert. Wenn ich ihr vor fünf Jahren gesagt hätte, dass sie auf meiner Brautparty Humus-Sandwiches servieren würde, dann hätte sie mich ausgelacht und für verrückt erklärt. Aber der vollständige Verzicht auf Produkte, die gehärtete Fette enthalten, hat sie für immer verändert. Und ich fürchte, dass es im Verlust eines Teils ihres Geschmackssinns enden wird.

Nachdem wir die Bohnensandwiches verspeist und den Fruchtpunsch ausgetrunken haben, spielen wir die unumgänglichen Spiele, die eigentlich niemand spielen will, und kommen dann endlich zu den Geschenken. Meine Tanten sind auch da, wie immer in funkelnder Montur. Wie jedes Mal haben sie den Hochzeitswettbewerb gewonnen. Toilettenpapier ist eben ihr Element.

Mein erstes Geschenk überreicht mir Mei Ling. „Aber Mei Ling, von dir habe ich doch schon etwas bekommen."

„Das war nur mein Dankeschön an dich. Das hier ist zu deiner Hochzeit."

Ich entferne das silberne Papier und finde ein kleines Bild von Kevin und mir in einem herzförmigen Silberrahmen vor. „Es ist wunderschön, Mei Ling." Als ich das Bild betrachte, erinnere ich mich daran, wie lange es schon her ist, dass ich meinen Liebsten zu Gesicht bekommen habe. Während ich Seth jeden Tag über den Weg laufe.

„Vielleicht ist das kein allzu praktisches Geschenk", sagt Mei Ling. „Aber ich sag dir, wenn dein Bruder mich wieder in den Wahnsinn treibt, dann sehe ich mir das Bild an, auf dem ich ihn anstrahle, und mir werden alle Gründe wieder bewusst, warum ich ihn geheiratet habe. Ich möchte, dass du dich auch immer daran erinnerst. An manchen Tagen gerät es nämlich leicht in Vergessenheit."

„Es ist perfekt, vielen Dank."

Nächster.

Die vollständige Liste aus den Unmengen an Geschenken lautet wie folgt:

DIE ERSTEN BRAUTGESCHENKE DER ASHLEY WILKES STOCKINGDALE

2 Schmortöpfe
1 Wasserbadtopf
1 Salatschleuder
1 Salatschüssel-Set aus Teakholz
Zu viel Silberbesteck
8 Badetücher
3 Servierteller (von denen keiner zu meinem restlichen Geschirr passt)

1 Daunendecke und teure Betttücher von meiner Mutter
4 kitschige Glasrahmen
3 Outfits von Frederick's of Hollywood (wenn man String-Tangas als Outfit bezeichnen möchte). Natürlich von meinen Tanten. *Dankeschön?*

Es klingelt an der Tür. Das bedeutet, dass ich mich für einen Moment von meinem aufgesetzten Lächeln erholen kann. Eine Pause.

Meine Tante Babe wirft mir Unterwäsche zu. „Es ist ein Komfort-Tanga!"

Ich werde nicht weiter nachfragen.

„Ashley, lächle einfach und bedanke dich", zischt meine Mutter durch die Zähne.

Okay, aber ich stelle mir gerade vor, wie mich jeder in diesem Aufzug vor seinem inneren Auge sieht, und das ist einfach nicht richtig so. Dessous sollten italienisch sein und ganz bestimmt nicht aus bunter Spitze bestehen, die aus Dritte-Welt-Ländern importiert wurde. Es gibt eine Trennlinie zwischen sexy und billig. Und ich bin mir sicher, dass meine Tanten ihr ganzes Leben gelebt haben, ohne diesen feinen Unterschied zu verstehen.

„Ashley, es ist Kevin!", ruft Brea.

Ich sehe auf und erblicke meinen Verlobten zum ersten Mal seit einer Woche. Erst denke ich an eine Erscheinung, eine Fata Morgana. Ich vergesse den Gedanken aber sofort wieder und stürze mich in seine Arme. Ich klammere mich so fest an ihn, als ob er verschwinden würde, wenn ich losließe. Er riecht genauso wie immer, nur der antiseptische Krankenhausgeruch fehlt. Als er mich anlächelt, kommen seine perfekten weißen Zähne zum Vorschein wie in einer Zahnpastawerbung. Ich umarme ihn noch fester. „Du bist da."

„Ich habe gehört, dass hier eine Dessous-Party stattfindet", flüstert er in mein Ohr.

„Dank meinen Tanten ist es tatsächlich eine", sage ich und beiße mir auf die Lippe.

„Noch besser: Es wird ungezogen."

„Halt! Bist du endlich hier, um mit mir zu den Ehevorbereitungsgesprächen zu gehen?"

Er schaut auf meine Tante herunter, die gerade öffentlich den String-Tanga baumeln lässt. „Wir brauchen mehr als das da, um auf die Ehe vorbereitet zu sein?"

„Klingt komisch, aber ja, so ist es." Ich ziehe ihn noch näher an mich heran, sodass ich sein Ohr erreiche. „Und wenn du glaubst, dass ich das tragen werde, dann hast du eindeutig zu viel Zeit in der Chirurgie verbracht."

Er schnippt mit den Fingern. „Lass uns hier verschwinden", knurrt er. „Ich habe meine Frau schon seit Ewigkeiten nicht mehr geküsst."

„Kevin!", sage ich laut. „Hast du denn deine Mutter und Schwester nicht bemerkt ... und auch all die anderen hier?"

Er wendet sich wieder meinem Ohr zu. „Um ehrlich zu sein, habe ich noch immer die Unterwäsche im Kopf. Sind wir schon verheiratet?"

Ich schlage ihn leicht auf den Arm. „Alle herhören, Kevin war wegen eines Vorstellungsgesprächs für neonatale Chirurgie in Philly!"

Ein freundlicher Applaus macht die Runde.

„Willst du ein Humus-Sandwich, Kev? Du musst vom Reisen ganz hungrig sein." Brea hält uns ein Tablett hin und ich schüttele nur ganz leicht den Kopf.

„Nein, danke. Ich hatte im Flugzeug ein paar Brezeln."

Seine Mutter tritt vor und hebt ihr Kinn. „Willst du uns denn nicht begrüßen, Kevin?"

„Hallo, Mutter." Kevin küsst Elaine gleichgültig auf die Wange.

„Hast du dir das neue Haus in Philadelphia angesehen?", fragt sie und alle Versammelten erwarten gespannt eine Antwort.

„Können wir uns später darüber unterhalten, Mom?"

„Da kriege ich wirklich Lust zu heiraten", schießt es aus Emily hervor. „Ein neues Haus! Du bist ein wahrer Glückspilz, Kevin!"

Meiner Mutter steht der Mund offen. „Sie haben ihnen ein Haus gekauft?"

„Sein Vater hat gerade nach einer neuen Investitionsmöglichkeit gesucht, Mom", sage ich im Versuch, meiner Familie nicht das Gefühl zu geben, sie seien nur die ärmliche Verwandtschaft.

„Nun, sie werden einen Ort zum Leben brauchen in Pennsylvania", sagt Emily, während sie an ihrem Diamant-Tennisarmband herumnestelt.

„Ashley", sagt meine Mutter. „Wovon spricht sie?"

„Mach unser Geschenk auf", sagt Emily aufgeregt.

Langsam und vorsichtig öffne ich ihr Geschenk. Ich ziehe einen flauschigen Bademantel daraus hervor, auf dem ein Emblem mit dem Namen eines Country Clubs gestickt ist. „Ein Bademantel!", sage ich mit gespielter Begeisterung.

„Sieh darunter nach!", ruft Emily.

„Es ist ein Golf-Outfit." *Und nicht mal ein hübsches, wohlgemerkt. Lilly Pulitzer stellt Golfkleidung her. Sogar Tommy Bahama stellt Golfkleidung her! Das hier stammt allerdings aus der Lacoste-Kollektion. Mal völlig davon abgesehen, dass ich überhaupt kein Golf spiele.*

Plötzlich suchen alle nach einer Entschuldigung und lösen sich auf wie Puddingpulver in heißem Wasser. Mrs. Novak nimmt mich grob zur Seite. „Du wirst feststellen, dass die beiliegenden Zertifikate auf den Namen Mrs. Kevin Novak ausgestellt sind." Zertifikate? Ah, hier, unter dem Golfoutfit unter dem Bademantel.

„Ich habe auch vor, seinen Namen anzunehmen", sage ich in der Hoffnung, das mit der Feministin widerlegen zu können. „Ich finde ihn wundervoll."

„Kevin, wenn du nur wüsstest, was für Fehler ich in meiner Jugend gemacht habe. Ich würde Ashley diese entsetzlichen Tage gern ersparen."

Jetzt kommt der Teil, bei dem ich glauben soll, dass Elaine nur das Beste für mich will. Das werde ich ihr erst abkaufen, wenn es Birkin-Taschen im Schlussverkauf für 100 Dollar gibt.

Emily hat ein listiges Lächeln auf ihren Lippen, also mache ich mich auf was gefasst.

„Die Zertifikate sind der wichtigste Teil des Geschenks, Ashley. Ich würde dich vor der Hochzeit noch gern auf eine Benimmschule schicken. Um dich mit der südstaatlichen Gastlichkeit vertraut zu machen." Elaine nimmt die anderen Gäste gar nicht wahr, was ein Geschenk des Himmels sein muss angesichts der Tatsache, dass meine Tanten sich immer noch über String-Tangas austauschen. „Es gibt eine ganz wunderbare Benimmschule, die sich auf die Ausbildung für Ehefrauen von Führungskräften spezialisiert hat."

Eine Benimmschule. *Oh, glauben Sie mir, ich weiß mich zu benehmen.* „Wenn man es genau nehmen will, dann bin ich eine Führungskraft, Elaine. Vielleicht ist das was für Kevin?" Ich versuche, das Ganze mit einem Lachen abzutun.

„Mom", meldet sich Kevin zu Wort, „Ashley ist brillant. Sie ..."

„Ich habe ihr nie unterstellt, auch nur irgendetwas anderes zu sein, Kevin. Wie dem auch sei, es geht darum, dass sie lernen soll, ihre Gäste auf einer gewissen Ebene zu unterhalten. Wie es von ihr erwartet wird."

An diesem Punkt kann Brea förmlich spüren, wie meine „Brillanz" Anlauf nimmt, um jemanden anzugreifen. Also stellt sie sich hinter mich. „Entschuldigen Sie uns. Ashley muss sich jetzt von ihren Gästen verabschieden."

„Diese Frau hat sie nicht mehr alle", murmle ich. „St. John, Brea. Sie trägt Kleidung aus den 70ern. Ich bin ganz erstaunt darüber, dass sie mir keine Schürze zur Brautparty geschenkt hat."

„Das ist nur Gehabe, Ashley. Das ist das, was Schwiegermütter eben tun, um dich wissen zu lassen, dass sie noch immer Macht über ihre Söhne ausüben. Du spielst das Spiel mit, heiratest und dann erst zeigst du ihnen, wer die Schlüssel zum Königreich hat. Und im eeewigen Kreis dreht sich unser Leeeben!", singt sie aus *Der König der Löwen.*

„Okay, Mom, wir reden darüber", höre ich Kevin sagen.

„Kannst du in der Zwischenzeit Ashley etwas mehr unter die Arme greifen, bitte?"

Mrs. Novak lächelt mit flachen Lippen. *Ich hätte nicht gedacht, dass sie diese mit Kollagen aufgespritzten Lippen so abflachen kann!* Sie nimmt ihre Tasche und dreht sich mit Emily im Schlepptau um. Ich bin gerade dabei, die Geschenke einzusammeln, als sie mich am Kinn packt und leise zu mir sagt: „Ich weiß zwar nicht, warum du Kevin so fest im Griff hast, denn eigentlich sollte er sich auf seinen neuen Job vorbereiten und nicht mit dir zum Altar hüpfen. Also sehe ich es als meine Pflicht an, dich zu warnen, dass es wohl kaum die christliche Art ist, wenn du seine Zukunft zugunsten deiner eigenen zerstörst."

„Warum sie ihn im Griff hat?" Brea lässt meine neuen Dessous baumeln. „Kevin hat sie darin noch nicht gesehen." Brea zwinkert meiner zukünftigen Schwiegermutter zu und ich muss mich beherrschen, nicht lauthals zu lachen. *Ha! Mal sehen, ob sie mir das in der Benimmschule auch beibringen werden!*

Kevin folgt mir, als ich die Geschenke in meinen Kofferraum verfrachten will. „Also bist du nun bereit, über ein neues Haus in Philly zu sprechen? Über den Umzug nach Philly? Vielleicht sogar über die Benimmschule?" Er legt die neue Decke in meinen Kofferraum, aber sie will einfach nicht hineinpassen. Also holt er sie da wieder heraus: „Die ist schön."

Ich nicke. „Sie ist von meiner Mutter. Das mit der Benimmschule soll doch ein Witz sein, oder?" Aber ich kann nicht besonders viel Komik in seinen Augen entdecken. „Ist das nicht eine Einrichtung für englische Waisenkinder oder so was Ähnliches?"

„Es ist ein wirklich kleiner Gefallen, um den meine Mutter dich bittet. Sie will sich einfach nur versichern, dass du sie und das Leben, das sie gelebt hat, respektierst."

„Dann muss sie mir aber auch Respekt entgegenbringen, Kevin. Ich bin Anwältin. Mein Lebensziel besteht nicht darin, eine Schule für Trophäenehefrauen zu absolvieren."

„Es sind doch nur ein paar Wochenenden. Für mich?"

„Vielleicht bin ich des Namens Novak nicht würdig. Und du solltest dich nicht damit plagen, dich in meine Welt herabzulassen."

Kevin beißt die Zähne zusammen. „Vielleicht sollte ich das nicht, ja."

„Na, dann kann dir das alles ja auch egal sein, denn das Hochzeitsgeschenk ist an diejenige adressiert, die du heiraten wirst. Wer auch immer das sein mag. Ich werde dann auf Nummer sicher gehen und auch das Kleid von Scarlett O'Hara an sie weiterleiten. Damit du die Hochzeitsfeier bekommst, von der deine Schwester schon immer geträumt hat!"

„Ashley, du führst dich auf wie ein Kind. Wir haben uns eine Woche lang nicht gesehen und du siehst nur das Negative."

„Ich führe mich auf wie ein Kind? Ich bin hier nicht diejenige, die nur um ihre Mami besorgt ist." Ich steige in mein Auto. „Richte Brea aus, dass ich die restlichen Geschenke später abhole." Ich drücke aufs Gas und fahre davon. Den Mann, den ich liebe, lasse ich mitten auf der Straße stehen, mit einer Decke auf den Armen. Mit einer Decke dort, wo ich eigentlich hingehöre. Und wenn ich nur ein wenig demütiger wäre, würde ich umdrehen und ihn um Vergebung anflehen. Aber ich kann den Gedanken nicht ertragen, dass seine Mami eine weitere Runde gewinnt. Also tue ich es nicht. *Vergib mir, Herr. Ich bin völlig durcheinander.*

31

Kirchenlos, verlobtenlos, aber fest entschlossen, nicht schuhlos zu bleiben, verbringe ich meinen Sonntagmorgen damit, die Perlen wieder an meine Hochzeitsschuhe anzunähen. Ich muss zugeben, dass ich nicht wusste, wo ich anfangen sollte, aber Kay hat mir mit einer Nadel und ein paar Anweisungen ausgeholfen, bevor sie zur Gemeinde gegangen ist. Die Perlen sind uneben angeordnet, sodass die Reihen nicht mehr gerade verlaufen. Aber niemand wird an diesem Tag meine Schuhe unter die Lupe nehmen. Ich bestaune die Kristallperlen und die vielen Farben, die das Licht darin erzeugt. Ich frage mich, ob sie jemals das Licht meines Hochzeitstages erblicken werden. Werden sie jemals einen Sonnenstrahl einfangen? Oder neben meinem Vater den Gang zum Altar beschreiten? Diese Fragen bleiben offen, während ich weiternähe. Es ist bereits 13:00 Uhr, als es endlich an der Tür klingelt. Rhett fängt an zu bellen und ich lege mein Projekt beiseite. „Lass es bitte Kevin sein." Es ist mehr ein verzweifelter Schrei nach einem Ende meiner Verwirrung als ein Gebet. *Werde ich nun heiraten – oder nicht?*

Ich kann nicht anders, als mich zu fragen, ob Kevins Loyalität seiner Mutter und Schwester gilt. Nennen Sie mich verrückt, aber das ist etwas, das ich jetzt wissen muss. Denn ich habe nicht die Absicht, mein Dasein in dem skelettartigen Schatten von Elaine und Emily Novak zu fristen. Aber allein zu sein hört sich im Moment auch nicht besonders toll an.

Als ich mich der Tür nähere, sehe ich, dass es nicht Kevin ist. Es ist Matt Callaway. *Nur zu, vollende meine Enttäuschung.* Matt trägt ein zugeknöpftes Hemd mit Krawatte. Eine schäbige zwar, aber hey, er trägt eine Krawatte. Und die bekommt man heutzutage nicht oft zu sehen.

„Emily ist nicht hier. Sie ist bei ihrem Bruder." Und sogleich will ich die Tür zuschlagen.

Er aber kommt herein und schließt die Tür hinter sich. „Ich freue mich auch, Sie zu sehen. Ich bin aber mit Kay verabredet. Würden Sie ihr mitteilen, dass ich jetzt da bin?"

Kay? Ich spüre, wie eine Welle des Zorns über mich hereinbricht. *Warum kann Kay nicht erkennen, was für ein Mensch dieser Matt ist?* „Sicher. Ich werde sofort Reginald Jeeves zum Nordflügel schicken, um Ihre Ankunft zu verkünden. Nehmen Sie doch bitte so lange in der Bibliothek Platz." Ich rolle mit den Augen und mache mich den Flur entlang auf den Weg, während ich vor mich hin murre. Ich klopfe an Kays Tür. Als sie öffnet, sehe ich, dass sie immer noch für die Gemeinde gekleidet ist und jetzt Make-up aufgetragen hat. Nicht gut, zugegebenermaßen, aber sie trägt immerhin welches. Ich würde es für sie richten ...

Ach, was soll's, ich werde es für sie richten. „Geh wieder rein. Du hast Lippenstift auf der Nase."

Kay fasst sich an die Nase und geht rückwärts wieder in ihr Zimmer. „Bevor du irgendetwas sagst, ich tue nur das, was du mir geraten hast. Ich stelle mich meinen Ängsten. Ich habe mich bei Simon entschuldigt. Und ich habe darüber gebetet. Und Ashley, ich werde es wagen. Wir gehen einfach nur zusammen aus. In Ordnung?"

„Mach, was du willst. Du bist eine erwachsene Frau. Ich werde dir nicht vorschreiben, was du zu tun hast, aber ich werde meine Meinung äußern." Ich lasse ein Lächeln über meine Lippen gleiten.

„Wie wäre es, wenn wir eine Abmachung treffen? Wenn ich Matt küsse, dann verschone ich dich mit all den schmutzigen Details. Und wenn du eine Meinung zu dieser Angelegenheit hast, dann behältst du sie für dich."

„Abgemacht." Ich wische den Lippenstift von ihrer Nase, trage etwas Puder auf die Stelle auf und verteile es. „Da, eine schöne, glatte Abdeckung. Jetzt siehst du so unglaublich gut aus, dass die Männer dir zu Füßen liegen werden. Dann wirst du einsehen, dass du dich nicht mit jemandem wie Matt Callaway abfinden musst."

Kay greift sich dramatisch an den Hals. „Matt kommt dichter, seine Lippen sind elegant gekräuselt, als er sie zu meinem Gesicht neigt ..."

„*Stopp!* Das ist ja unmenschlich! Geh zu deiner Verabredung. Ich werde den Mund halten."

Sie hüpft den Flur entlang. *Mein geblümter Rock bewegt sich mit. Wie kann es sein, dass er an ihr so viel hübscher aussieht?* Wahrscheinlich, weil sie acht Kilometer am Tag läuft, während ich Mokkas trinke. Sie sind noch kaum aus der Tür raus, als es erneut klingelt.

„Ashley, ich glaube, du solltest besser herkommen", ruft Kay.

Ich gehe zur Haustür und sehe Kevin dort stehen. Er ist angezogen wie Captain Rhett Butler. Er trägt einen schwarzen Smoking, eine graue Ascotkrawatte und ein weißes Hemd. Sogar einen Zylinder. Als er mich sieht, macht er eine tiefe Verbeugung.

„Kevin? Was tust du? Für Halloween ist es noch ein bisschen zu früh, oder?“ Er sieht aus wie ein Traum und ich muss sagen, dass ich vor lauter Freude, ihn zu sehen, ganz aufgelöst bin. „Du bist wirklich da.“

„Zieh dein Scarlett-Kleid an, Ashley“, sagt er mit seinem Südstaatenakzent, der wahnsinnig sexy ist.

„Was hast du vor?“

„Hol dein Scarlett-Kleid. Wir müssen jemandem eine Aufwartung machen, denn wir haben einer gesellschaftlichen Verpflichtung nachzukommen.“

„In dem Aufzug von Scarlett und Rhett?“, frage ich ungläubig. *Was ist nur mit meinem vernünftigen Kinderchirurgen geschehen? Warum ist er wie eine fiktive Filmikone gekleidet? Gibt es so etwas wie einen Jetlag, wenn man von Philadelphia nach Kalifornien reist?*

„Geh schon, ich warte hier“, sagt Kevin, zieht seinen Zylinder und drückt ihn an seine Brust.

Kay und Matt stehen mit großen Augen direkt neben ihm.

„Erfreut, Sie kennenzulernen“, sagt Kevin und streckt Matt die Hand entgegen. „Kevin Novak, zu Ihren Diensten.“

„Novak?“ Matt muss husten. Das Schuldgefühl steckt wie Schleim in seiner Kehle fest und ich kann es ihm ansehen, dass er sich fragt, ob er seinen Namen preisgeben sollte. „Matt Callaway“, sagt er, begleitet von einem erneuten Husten. „Schön, Sie kennenzulernen.“

„Ich werde mich nicht umziehen, bis du mir verraten hast, wo wir hingehen“, verkünde ich mit der Faust auf der Hüfte. „In diesem Kleid sehe ich nicht unbedingt wie Gisele Bündchen aus.“

„Ich nehme dich mit nach Hause, nach Tara, Ashley Wilkes Stockingdale. Geh dich jetzt anziehen.“

„Ich komme in diese Kleid gewordene Falle nicht ohne Hilfe hinein.“

„Noch besser ...“

„Ich werde dir helfen", sagt Kay hastig. „Das muss ich unbedingt noch mal sehen. Mit der Gefängniszelle im Hintergrund hatte es einfach zu viel von seinem Charme eingebüßt."

Ich bemerke den Funken Angst in Matts Augen, als ihn die Erkenntnis trifft, dass er gleich mit Emilys Bruder allein gelassen wird. Üblicherweise bereitet Gott einem nicht das Vergnügen, mit ansehen zu dürfen, wie sich dieses *„Die Rache ist mein"*-Ding entfaltet. Ich würde alles dafür geben, wenn ich einfach nur hier sitzen bleiben und den Beobachter spielen dürfte. *Es macht so viel Spaß, Rache zu beobachten. Ich kann nichts dafür.* Aber Kay schleift mich mit.

Wir hüpfen zu meinem Zimmer. Kay und ich kichern, als wir das Kleid aus der Hülle nehmen. „Dieses Ding ist grässlich." Kay wirft vor Lachen ihren Kopf zurück. Da dämmert mir, dass ich die Male, die sie aufrichtig gelacht hat, an einer Hand abzählen könnte. Sogar dann noch, wenn mir drei Finger fehlen würden. „Wo um Himmels willen denkst du, wird er dich darin entführen?", fragt Kay. Wir sehen beide zum Reifunterrock und unsere Augen weiten sich. *Ein eindeutiges Nein zu diesem Unterrock.* Das muss ich noch nicht mal laut aussprechen. Kay nickt zum Zeichen ihrer Zustimmung.

„Vielleicht gehen wir in eins von diesen altmodischen Foto-Studios." Ich zucke mit den Schultern.

„Wäre das nicht ein Spaß?", sagt Kay und fängt an, die unzähligen Knöpfe zu schließen.

„Was ist, wenn ich mal ins Bad muss?"

„Du solltest besser darauf hoffen, dass deine Blase durchhält."

„Wie ungemein beruhigend."

Nachdem wir das Kleid zugeknöpft haben, fragt Kay: „Wo ist der Schleier?"

„Kein Schleier. Sehe ich denn nicht albern genug aus?"

„Du musst den Schleier tragen. Kevin trägt doch auch seinen Zylinder. In der Ehe geht es ums Teilen. Willst du ihm diese Demütigung allein überlassen?"

„Ähm, ja."

Sie holt den Schleier aus der Hülle und versucht herauszufinden, wie man die vergilbte Schnur befestigt.

Ich zupfe an meinem Kleid herum und gebe mir Mühe, kultiviert zu erscheinen, während ich den Flur entlangschreite, angezogen wie eine Ballkönigin aus dem Jahre 1860. Als ich die Tür erreiche, kann ich Kevin nicht anschauen. In dieser albernen Aufmachung fühle ich mich entblößt. Kevin sinkt auf die Knie und in meinem Bauch fängt es an zu kribbeln. Ich dachte, ich hätte Seth geliebt, dabei liebte ich nur meine Vorstellung von ihm. Was Kevin angeht, weiß ich, dass es echt ist. Keine unreifen Ausbrüche mehr, kein Davonlaufen vor Konflikten. Ich bin gewillt, es bis zum Ende durchzuziehen.

„Ashley Wilkes Stockingdale, du bist eine wahre Südstaatenschönheit." Er küsst mir die Hand und richtet sich wieder auf. Dann hakt er sich bei mir ein.

„Was haben sie in Philly mit dir gemacht? Du bist nicht auf Drogen, oder?"

Er küsst mich auf die Wange. „Philadelphia, gefolgt von deiner Brautparty, hat mir eine neue Sicht auf meine Prioritäten ermöglicht. Und du und ich werden meine Einsicht jetzt in die Tat umsetzen. Jetzt gleich."

Wir gehen den Weg nebeneinander her und ziehen dabei die Aufmerksamkeit aller Nachbarn auf uns. Das ist nicht gerade die Art Aufmerksamkeit, die ich mir im Leben erhofft hatte. Andererseits ... nachdem ich genauso angestarrt worden bin, als ich auf den Rücksitz eines Polizeiautos gesetzt wurde, macht es mir eigentlich gar nichts mehr aus.

Kevin hilft mir ins Auto und geht dann zur Fahrerseite. Er sieht mich lange Zeit an, sodass die Schmetterlinge fliegen. Mein Bauch erinnert sich an all die Gründe, warum ich diesen Mann heirate. Liebe allein mag zwar nicht genug sein, aber wenn man eine große Portion Chemie hinzufügt, ist das schon mal ein guter Anfang, kann ich Ihnen sagen. Wir fahren eine Weile, bis wir bei seinem Haus angekommen sind.

„Was machen wir hier?" Als ich Emilys Mietwagen davor stehen sehe, muss ich zugeben, dass meine Hoffnungen schwinden.

„Wir erfüllen unsere gesellschaftlichen Verpflichtungen, Ashley Wilkes Stockingdale."

„In diesem Aufzug? Und würdest du bitte aufhören, mich so zu nennen?"

„Das ist der beste Weg. Meine Familie ist vernarrt in Geheimnisse und leise Gespräche. Und jetzt kommt eins auf sie zu, das wir laut führen werden. Kannst du dir eine bessere Möglichkeit vorstellen, uns anzukündigen?"

„Um ehrlich zu sein, ja. Für mich sieht es nach einem DKNY-Moment aus. Für dich vielleicht Hugo Boss. Womöglich ist es aber auch ein Haute-Couture-Moment, Chloé vielleicht. Aber definitiv ist es kein passender Augenblick, um den Bürgerkrieg wieder aufleben zu lassen."

„Dann ist es doch nur gut, dass ich dich nicht nach deiner Meinung frage, nicht wahr?"

Ich schäle mich aus den Hochzeitsschuhen und beschließe, dass ich vor dem großen Tag definitiv ein Paar Birkenstocks brauche.

„Du willst da barfuß reingehen?"

„Sieh mich an, Kevin. Das ist mein kleinstes Problem."

Wir gehen den Weg zum Haus hoch, der mir auf einmal unglaublich kurz erscheint. Kevin klingelt an seiner eigenen Tür, öffnet diese und will mir den Vortritt lassen. „Auf gar keinen Fall!" Ich schlurfe hinter ihm her. „Ich werde keinen menschlichen Schutzschild spielen. In diesem Fall geht der Herr vor."

Er geht durch den Vordereingang. „Mom! Emily!"

Ich stehe hinter ihm. Mein Herz schlägt mir fast aus der Brust. Um es einfach zu sagen: Diese Frauen flößen mir Angst ein. Mrs. Novak kommt als Erste heraus. Zum allerersten Mal sehe ich sie keine Kleidung von St. John tragen. Sie trägt einen seidenen Jogginganzug, der mich denken lässt: *Vorsicht, Elektrostatik!* Sie setzt sich ihre randlose Brille auf, um sie dann langsam die Nase hinuntergleiten zu lassen, bevor sie sie schließlich wieder absetzt.

„Kevin?“, sagt sie streng.

„Mutter.“

Emily kommt als Nächstes herein und trägt protzige Jeans. So, wie sie aussehen, sind sie bestimmt von Seven. In diesem Moment kann ich nicht anders, als mich zu fragen, ob sie nicht ebenfalls das obligatorische Tattoo am Steißbein besitzt. Aber ich bin angezogen wie die Feiertagsbarbie – wie könnte ich mir da anmaßen, irgendjemanden zu verurteilen?

„Emily“, sagt Kevin im Bariton von Alex Trebek.

„Geht ihr beiden auf einen Kostümball?“ Emily kichert nervös.

„Nein, wir führen euch nur die Hochzeitsmontur vor, die du für uns gekauft hast.“

Elaine schnappt nach Luft.

„Ich bin verabredet.“ Emily greift nach ihrer Handtasche.

„Deine Verabredung geht heute mit Kay aus. Setz dich“, befiehlt Kevin.

Elaine und Emily lassen sich beide auf der Couch nieder. Nach ihrem Gesichtsausdruck zu urteilen, sind sie sich unsicher, ob wir nicht mörderische Absichten hegen. Können Sie sich folgende Überschrift vorstellen? „Dirne Scarlett und Heimtückischer Rhett vernichten Südstaatenanhang“.

Kevin unterbricht meine Gerichtsshow-Fantasien. „Ich habe diese Woche so einiges ausgegraben. Ich komme mir inzwischen vor wie ein Enthüllungsjournalist. Meine Verlobte hier schien am Telefon ein wenig aufgebracht, da anscheinend einige Dinge bezüglich unserer Hochzeit ohne ihr Wissen geändert worden waren. Einschließlich ihres eigenen Hochzeitskleids. Siehe Beweisstück A.“ Kevin zeigt auf mich. Er läuft jetzt im Raum auf und ab, mit seinen Händen hinter dem Rücken. „Ich habe Amy Carmichael angerufen“, wendet er sich an Emily. „Ich würde ja noch anderweitige Quellen angeben, aber aus ersichtlichen Gründen habe ich keine weiteren benötigt.“

Emily setzt sich aufrecht hin, um zur Tür zu stürmen, aber Kevin hebt seine Hand und sie kehrt in ihre ursprüngliche Position zurück.

Elaine steht auf. „Das ist eine Familienangelegenheit. Und als solche sollten wir sie auch behandeln."

„Setz dich, Mutter, wir sind eine Familie. Das hier ist meine Braut. Ashley, mach einen Knicks vor deiner zukünftigen Schwiegermutter, ja?"

Ich mache den Knicks und breite den Rock dabei flächendeckend aus. *Ich könnte mich daran gewöhnen.* Ich wette, man könnte eine Menge an Trüffeln und Frappuccinos verzehren, bevor es hierunter sichtbar würde. Man müsste das Korsett einfach immer enger schnüren, bis sich der ganze Walfisch nicht mehr bewegt. Was für eine Freiheit sie damals genossen haben, als Kohlenhydrate noch unbekannt und weit davon entfernt waren, gezählt zu werden.

Kevins Stimme dröhnt jetzt regelrecht durch den Raum: „Es hat sich herausgestellt, dass meine kleine Schwester, die Hochzeitskoordinatorin, zum Bloomingdale's im Lenox Square gegangen ist und Amy als meine Braut ausgegeben hat. Sie haben gemeinsam die gesamte Geschenkliste zusammengestellt, und zwar so, dass Ashley und ich dazu gezwungen waren, alles zu überarbeiten. Das war am Ende sehr viel mehr Arbeit, als wenn wir alles von Anfang an selbst gemacht hätten."

„Wie ich es bereits sagte, Kevin" – Elaines drohender Blick mischt sich mit dem kalten Stahl ihrer Stimme – „das ist eine familiäre Angelegenheit. Also werden wir das auch als Familie besprechen."

Kevins Gesicht nimmt einen Rotton an, den ich vorher noch nie an ihm gesehen habe. *„Das ..."* Er zeigt auf mich. *„Das* ist meine Familie. Ashley wird bald meine Frau sein. Ich liebe sie. Entweder akzeptiert ihr das oder wir sind ab jetzt geschiedene Leute. Ihr beide werdet aufhören, mit Sabotageakten zu versuchen, mein Leben zu kontrollieren. Habt ihr mich verstanden?"

Seine Mutter schnappt entrüstet nach Luft. „Ich habe dich nicht dazu erzogen, auf diese Weise mit mir zu sprechen. Und das alles wegen einer Frau, die wie eine Zeichentrickfigur gekleidet ist."

Okay, jetzt wünsche ich mir wirklich, dass meine Mom mit ihren kandierten Mandeln und den Spitzenkränzen hier wäre. Herr, ich werde mich nie wieder über den Ein-Dollar-Laden lustig machen. Ich danke dir, Jesus, für meine Mutter und ihren Thunfischauflauf und ihre Puddingtorten! Normale Mütter sind ein Geschenk Gottes!

Kevins Gesicht errötet noch tiefer. „Mutter, Emily, erinnert ihr euch noch an die Szene, in der Rhett Scarlett die Treppe hinauf entführt hat?"

Beide Frauen machen ein entsetztes Gesicht bei der Erinnerung daran.

„Ich sehe das als ein Ja an." Kevin hebt mich hoch, das Kleid verfängt sich an einer Lampe, die anschließend zu Boden taumelt. „Ich habe diese Lampe schon immer gehasst. Mutter, Emily" – und dann sieht er mit seinen dunkelgrünen Augen direkt in meine – „das ist jetzt der Moment, an dem ich die Tür hinter den alten Gewohnheiten für immer schließe."

„Wir haben doch nur versucht, dich zu beschützen, Kevin!" Emily weint nun und schluchzt dabei in ihre Hände, um durch die Finger hindurch zu spähen, ob es auch funktioniert.

„Wie um Himmels willen stellst du dir das nur vor?", keift Elaine. „Wie könntest du den Chefchirurgen mit einer Anwältin zur Frau empfangen?" Elaine sagt „Anwältin" wie man „Prostituierte" sagen würde, aber was soll's.

„Ich brauche euren Schutz nicht mehr. Ich bin ein erwachsener Mann und es wird Zeit, dass ich mich auch so verhalte. Wenn ihr uns jetzt entschuldigen würdet, auf Scarlett und mich wartet eine Kutsche. Wenn ihr beabsichtigt, bei meiner Hochzeit dabei zu sein, werde ich euch die Details am Freitag davor zukommen lassen. Emily, betrachte dich als entlassen. Mutter, Ashley wird keinen Unterricht besuchen, wo man ihr beibringt, eine anständige Ehefrau zu sein. Für mich ist sie perfekt, so wie sie ist."

„Wir bemühen uns nur darum, dich vor einer Zukunft zu bewahren, die bestimmt wird von ..."

„Offen gesagt, meine liebe Mutter, das interessiert mich einen ..."

„Kevin!" Ich japse nach Luft.

Er dreht sich um, immer noch mit mir auf seinen Armen, und wir verschwinden durch die Tür. Wobei wanken es wohl eher trifft. Kevin ist puterrot und gründlich erschöpft, als wir an der Veranda ankommen. Er setzt mich ab.

„Das ist alles? Rhett Butler hat Scarlett die große Treppe bis ganz nach oben getragen."

„Das hat er nur gemacht, weil er wusste, was ihn dort oben erwartet. Wir sind noch nicht verheiratet, also fehlt mir die Motivation."

Ich breche vor Lachen fast zusammen und werfe meine Arme um seinen Hals. „Ich liebe dich, Dr. Kevin Novak."

„Glaubst du mir denn jetzt endlich? Dass ich dich mehr liebe als alles andere auf der Welt? Dass ich meine Mutter verlassen würde, um mich an dich zu binden?"

Wenn ich an den fassungslosen Gesichtsausdruck seiner Mutter denke, die Wut seiner Schwester ... „Ja, jetzt glaube ich dir." Wir machen uns auf den Weg zum Auto.

„Gut, weil ein Mann nämlich nur begrenzte Mengen an Östrogen ertragen kann. Mannomann, ich fange langsam an zu verstehen, warum Seth so ein großes Problem damit hatte, sich zu binden."

„Lass uns nicht vergessen, dass er noch vor dir eine feste Bindung eingegangen ist. Er und Arin haben den Schritt bereits gewagt." Ich verschränke meine Arme vor der Brust.

„Er hatte seinen Frieden gemacht. Ich bisher nicht. Es ist viel einfacher, wenn man das geschafft hat. Na ja, es ist jedenfalls ein Anfang." Er zwinkert mir zu und stopft mein Kleid ins Auto, bevor er die Tür schließt.

32

Wir sind seit einer gefühlten Ewigkeit unterwegs. Jedes zweite Wort von Kevin ist „Philadelphia“. Ganz klar war das für ihn der Gipfel aller Erfahrungen, vor allem wegen der Erfüllung, die er in der Tätigkeit dort verspürt hat. Ich muss zugeben, dass diese Erfüllung größer ist als mein Glücksgefühl, meinen Namen auf einem Patent stehen zu sehen. Wir fahren über die majestätischen, von Bäumen gesäumten Straßen von Atherton. Dieses Atherton ist ein Stadtteil, in dem die Bewohner die Polizei als ihre persönlichen Sicherheitsmänner betrachten. Und angesichts der Tatsache, dass alle Häuser mit Laser-Alarmanlagen ausgestattet sind, hält die Polizei sich damit bei Laune, überall in der Stadt Radarfallen aufzustellen.

„Du solltest hier nicht rasen“, warne ich ihn.

„Ashley, sie werden uns sowieso anhalten, weil wir hier mit einem Dodge durchfahren.“

Wir lachen beide. Früher war dies die Stadt, in der die Ärzte aus Stanford gelebt haben. Aber diese Zeiten sind vorbei, seitdem die Aktienanteile von Hightech-Unternehmen das Geld für Immobilien in Monopoly-Spielgeld verwandelt haben. Die steigenden Preise haben die meisten Ärzte aus der Reichweite der Atherton-Preise vertrieben. Jetzt bezahlen interessierte Aufsteiger sechs Millionen Dollar aufwärts für ein Haus in dieser Gegend. Mit anderen Worten, wir befinden uns hier nicht unbedingt in unserer Gehaltsklasse.

„Wo fahren wir hin?“, frage ich, obwohl ich genau weiß, dass ich wahrscheinlich keine Antwort erhalten werde. Und wenn man berücksichtigt, dass ich angezogen bin wie Scarlett? Je abgeschiedener unser Zielort ist, desto besser.

„Zu einem Ort, der hier in Kalifornien einer Südstaatenplantage am nächsten kommt.“

Kevin biegt in eine lange Ziegelsteinauffahrt ein, und als die Bäume nicht mehr im Weg sind, erblicke ich ein riesengroßes georgianisches Anwesen. Es ist aus Ziegelstein gemauert und steht in seiner ganzen Pracht auf einem Hügel in der Mitte des Grundstücks. Die vier weißen Giebel erinnern mich an ein Buch, das ich in der Schule gehasst habe. Eine blütenweiße Tür am Haupteingang und ein ebenso weißes Fenster erstrecken sich würdevoll und majestätisch bis zum zweiten Stockwerk. Die Grünanlagen sind umgeben von einer kurz geschnittenen Hecke, bei der jedes Blatt am rechten Platz zu sitzen scheint. Kevin zieht die Handbremse an.

„Was tun wir hier? Deine Eltern haben uns dieses Haus doch nicht gekauft, oder?“ *Denn wenn sie es getan haben, dann schulde ich ihnen die Entschuldigung meines Lebens.*

„Das hättest du wohl gern, Ashley. Das ist das Haus des Chefchirurgen. Er ist diese Woche über auf den Bermudas und hat es mir für das, was ich tun muss, angeboten. Ich habe es für diesen besonderen Anlass ausgeliehen, damit wir hier ungestört in unserem südstaatlichen Element sein können. Natürlich wollen wir hier ernste Entscheidungen treffen.“

Schluck. „Was könnten das für welche sein?“

„Nun, in Philadelphia hatte ich viel Zeit zum Nachdenken, ob du es glaubst oder nicht. Weißt du, Ashley, zum ersten Mal wurde mir klar, was ich im Leben will. Es geht mir jetzt nicht mehr um meinen Dad oder darum, ihn zu beeindrucken. Auch nicht um den richtigen Job für meine Eltern, damit sie im Country Club etwas zum Prahlen haben. In Philly hätte ich endlich einen Job, bei dem ich das tun kann, was ich liebe: Die Zukunft eines Kindes beeinflussen zu können, noch bevor Gott dieses Kind auf die Welt holt. Ich habe meinen Eltern zu viel Macht über mich gewährt.“

Ich habe Tränen in den Augen, als er mir das erklärt. Das ist der Mann, in den ich mich verliebt habe; nur um es noch einmal zu wiederholen. „Philadelphia ruft“, stelle ich fest.

Er nickt. „Ich muss dahin, Ashley. Ich muss. Ich weiß, dass ich dir versprochen habe, es würde unsere gemeinsame Entscheidung werden. Aber, Ash, du musst mir vertrauen, dass ich diese Entscheidung für uns treffe. Ich weiß einfach, was das

Richtige für unsere Zukunft ist. Ich habe dich hierher entführt, um dir zu zeigen, dass ich nicht länger für meine Eltern leben werde. Es geht jetzt um uns."

„Kevin, wie könnte ich Gainnet jetzt verlassen? Sie haben dann niemanden mehr in der Rechtsabteilung. Außer Tracy, aber ich bezweifle, dass ihre tief ausgeschnittenen Blusen viel für zukünftige Patente ausrichten können."

„Ich frage dich hiermit, ob du mich begleitest. Ich habe zwar versprochen, das nicht zu tun, aber es gibt keinen Weg zurück, Ashley. Ich weiß, dass das der Ort ist, an dem ich zu sein habe. Wenn Holly, meine kleine Patientin, noch im Uterus operiert worden wäre, dann wäre sie jetzt gesund. Sie hätte eine Mutter und Geschwister. Vielleicht hätte sie nicht die beste Familie, aber wer kann das schon von sich behaupten?"

„Jetzt hast du mich."

„Ich bin mir der Liebe bewusst geworden, die ich für Holly als Patientin empfinde. Der Verantwortung. Alles ist so angelegt worden, um mich auf den richtigen Weg zu bringen. Chirurgen müssen nicht alle so sein wie mein Vater. Das ist nicht der Plan Gottes. Das *Geheimnis* besteht darin, nicht zuzulassen, dass die eigenen Gefühle einen daran hindern, etwas zu bewirken."

Während du nicht da warst, habe ich die Perlen wieder an meine Schuhe angenäht.

„Du gehst also." Genauso wie Seth. Ich spüre, wie mein Herz zu pochen beginnt. Ich richte meine Aufmerksamkeit auf die seidenen Blätter an meinem Kleid. Ich werde nicht bloß sitzen gelassen, sondern bin dabei angezogen wie für ein Theaterstück in der Schule. Was für eine Demütigung!

Kevin steigt aus dem Auto aus und kommt zu mir auf die andere Seite. „Ich hoffe doch, dass *wir* gehen." Er nimmt meine Hand und wir gehen zusammen zu dem großen Ziegelsteinhaus.

Kevin schließt die Tür auf und wir betreten das prachtvollste Foyer, das ich jemals gesehen habe. Es ist gewaltig, mit himmelhohen Decken und einer mächtigen Fenstertür, die scheinbar bis zum Himmel reicht. Auf jeder Ebene befindet sich eine Holzverkleidung, die in einem frischen Weiß gestrichen ist. All das gibt mir das Gefühl, mich in einem herrschaftlichen englischen Anwesen zu befinden.

„Es ist unglaublich."

„Dieses Anwesen ist über 900 Quadratmeter groß. Wir können uns glücklich schätzen, wenn unser gesamtes Grundstück jemals diese Ausmaße erreicht."

„Ich habe verstanden. Ich würde all diese Badezimmer sowieso nicht schrubben wollen."

„Hier gibt es achteinhalb davon. Der Chirurg ist ziemlich stolz darauf."

„Halt die Klappe!"

„Ich scherze nicht."

„Du müsstest noch nicht einmal ins Sportstudio gehen, Kevin. Du könntest einfach den ganzen Tag von einem Badezimmer zum nächsten rennen und hättest dadurch die Kondition eines Marathonläufers. Ein Schluck Wasser, und auf die Plätze, fertig, los!"

„Du machst mich manchmal wirklich nervös."

Kevin führt mich in das Wohnzimmer, das bis zum Überdruss mit hellblauen Einrichtungsgegenständen dekoriert ist: hellblaue Sofas, hellblaue Wände, hellblaue Meeresgemälde. Geld ist eben kein Garant für guten Geschmack.

Ich setze mich auf die hellblaue Polsterbank und decke alles um mich herum auf theatralische Weise mit meinem Kleid ab. „Ich sollte nie wiedah etwas im selben Fahbschema dekorieren", sage ich und lege meinen Handrücken auf die Augenbraue.

Kevin kniet nieder und nimmt meine Hand.

„Was tust du da?", frage ich.

„Ich will den Ring meiner Großmutter zurück." Er sieht den Ring an und dann mich. „Erlaubst du?"

In mir steigt die gleiche Übelkeit auf, die einen überkommt, wenn man nach einer Achterbahnfahrt unten ankommt. „Sicher", sage ich, als ich ihn vom Finger abstreife. *Ich verstehe das nicht!* Mein Magen ist in Aufruhr, als ich den Ring von meinem

Finger abziehe. *Ein weiterer Mann, der seinen Umzugswagen belädt, um mir zu entkommen.* Okay, das ist nicht ganz fair. Seth hat nichts weiter mitgenommen als seine Videospielsammlung und ein paar Kakihosen.

Kevin bemerkt meine Unruhe und lächelt sanft. „Ashley, ich habe dich hierher gebracht, um dir zu sagen, dass ich dich davontragen will, wenn du mich lässt." Plötzlich zaubert Kevin einen brandneuen Ring hervor. Der Diamant ist fantastisch. Er funkelt und im Licht offenbart er ein Spektrum an Regenbogenfarben.

Ich klatsche aufgeregt in die Hände. „Ooh, oohh, ist der für mich? Ich liebe Geschenke! Ganz besonders liebe ich diamantenbesetzte Geschenke! Siehst du?" Ich streiche mir die Haare zurück. „Ich trage deine Ohrringe."

„Ashley Stockingdale, meine Großmutter war die gemeinste Frau, die ich jemals gekannt habe. Dein erster Verlobungsring hatte ihr gehört und ich kann ihn dich nicht mehr guten Gewissens tragen lassen. Ich möchte einen Neuanfang ohne die Vorgeschichte meiner Familie, die an deinem Finger und an unserer Ehe haftet. Ja, meine Eltern sind immer noch zusammen, aber nur weil sich keiner von beiden das Versagen eingestehen kann, das mit einer Scheidung einhergehen würde. Lass uns unsere eigene Geschichte beginnen, hier und jetzt. Ich heirate dich und lasse mich damit von meiner Familie scheiden."

„Ich bekomme einen neuen Ring?" Ich versuche, nicht allzu erwartungsvoll zu klingen. Trotz allem habe ich den alten Ring geliebt. Aber wenn ich diesen hier sehe? *Meine Güte, ich bin ja nicht annähernd so loyal, wie ich gedacht hatte.*

„Wenn du mich heiratest, dann bekommst du ihn." Er nimmt den Ring wieder an sich.

„Warte mal. Ich darf dich heiraten und bekomme einen neuen Ring? Irgendetwas stimmt hier doch nicht." *Wenn er sich so großzügig gibt, dann kann ich vielleicht beide behalten.* Böse, böse Ashley!

„Ashley, wenn ich in meinen Knien Arthritis bekomme ..."

„Okay, okay. Nur eine Frage. Philadelphia?"

„Ich würde es mir selbst übel nehmen, wenn ich hier bliebe. Ich könnte es womöglich sogar dir übel nehmen. Das ist die reine Wahrheit."

„Ich kann nicht jetzt sofort zusagen. Es ist einfach nicht richtig, eine Antwort zu erwarten, während man einen Diamanten dieser Größe vor meiner Nase erstrahlen lässt. Es könnte temporäre Erblindung zur Folge haben, und was würde dann aus mir werden? Was wäre, wenn ich es dir übel nehmen würde, dass wir nach Philadelphia ziehen und ich meine Arbeit aufgeben muss?"

Kevin steht auf und hilft mir von der Couch hoch. „Eine berechtigte Frage. Ich gebe dir also Zeit, um darüber nachzudenken. Komm mit nach hinten." Kevin öffnet zwei Fenstertüren und der Raum füllt sich mit Geigenklängen. Er hat sogar für Musik gesorgt, nur für mich!

„Kevin, es ist perfekt!"

Er wirbelt mich herum und schließt mich in seine Arme. Als ich in seine Augen sehe, weiß ich, so wahr ich hier stehe, dass kein Job, kein Staat es wert ist, ihn dafür aufzugeben. Ich liebe diesen Mann von ganzem Herzen. Ich will sein Familienerbe durch ein neues ersetzen. Wir werden unsere Kinder lieben, auch wenn sie Müllmänner werden sollten. Oder Busfahrer.

„Okay, ich habe darüber nachgedacht", gebe ich nervös von mir und spüre wie mir der Atem stockt. „Philadelphia, wir kommen!"

Kevin steckt mir den neuen Platinring an. „Dann lassen wir die Party in Twelve Oaks beginnen!", ruft Kevin, und wir brechen in wildes Gelächter aus. Der arme Geiger in seiner schweißtreibenden grauen Wollbekleidung begleitet uns, während wir uns an einem eleganten Tanz versuchen.

„Wusstest du, dass sie Clark Gable auf eine drehende Plattform gestellt haben, weil er für diese Szene nicht tanzen konnte?"

„Das hier ist eine faktenfreie Zone, Ashley. Habe ich das etwa nicht erwähnt? Lass mich in meinem Glücksmoment schwelgen.

In diesem Augenblick habe ich alles, was ich will! Den perfekten Job, die perfekte Gattin, das perfekte Leben."

„Dasselbe gebe ich an dich zurück, Baby!"

33

„Heute ist mein Hochzeitstag! Es ist mein Hochzeitstag! Es ist mein Hochzeitstag!" Ich tanze im Raum herum und mein Kleid flattert locker hinter mir her. Die letzten beiden Monate sind wie im Flug vergangen. Ich habe so viele Patente bearbeitet, wie ich konnte, bevor ich mich von allen bei Gainnet verabschiedet habe. Ich habe alle Kisten gepackt und meinem Hochzeitstag, den ich schon immer herbeigesehnt habe, den letzten Schliff verpasst. Ja, und zwar endlich dem Hochzeitstag, den *ich* mir schon immer herbeigesehnt habe.

„Ja, Ashley, es ist dein Hochzeitstag. Willst du jetzt vielleicht auch mal etwas anderes sagen? Du hörst dich an wie eine Schallplatte mit einem Sprung. Auch wenn du dich wahrscheinlich nicht mehr daran erinnerst, was das ist." Kay hebt die Strümpfe auf, die ich über mein Bett verstreut habe. „Ich habe gar nicht gewusst, dass das mit den Nylonstrümpfen eine so große Sache sein kann. Was gibt es dabei zu entscheiden?"

„Ich kann einfach nicht glauben, dass ich das endlich sagen darf. Ich werde heute heiraten!", singe ich. „Weißt du, wie oft ich das als Kind mit meinen Barbies gespielt habe? Der Barbie-Stadthaus-Aufzug ging wie wild rauf und runter, während Barbie sich auf ihren großen Tag vorbereitete. Mom, du hast mir nie den Smoking für Ken kaufen wollen."

„Das war eindeutig Kindesmisshandlung, Ashley", sagt meine Mutter mit ausdrucksloser Miene. „Hast du jemals ein undankbareres Kind gesehen, Brea?"

Kay rollt mit den Augen. „Trägst du denn auch ein Paar von den Strümpfen, die du hier überall verteilt hast?"

Ich schüttele den Kopf. „Ich gehe ‚au naturel' an den Beinen. Seht mal, frisch gewachst." Ich hebe mein Kleid an.

„Das wollte ich gar nicht wissen, danke." Kay legt die Strümpfe wieder zurück in die Schublade. Dann schüttelt sie den Kopf. „Nein, wo ich genauer drüber nachdenke, du und ‚au naturel', das schreit förmlich nach Ärger. Du hattest bereits so viele modische Aussetzer in deinem Leben." Sie reicht mir die Strümpfe und ich stütze mich auf Brea, während ich versuche, sie anzuziehen.

Meine Mutter macht die ganze Zeit Fotos. Sogar von der verworfenen Strumpfhose. „Mom, wofür brauchen wir denn Fotos von der Strumpfhose?"

„Ich möchte später nur beweisen können, dass du sogar an deinem Hochzeitstag eine Chaotin warst. Es wird deinen Vater daran erinnern, dass nun jemand anders es mit dir aushalten muss, während wir unseren sauberen und ordentlichen Anbau haben."

„Amen!", sagt Kay. „Und ich werde nie wieder über eines ihrer vierhundert Paar Schuhe stolpern!"

„Die Limousine sollte bald da sein", unterbricht Brea. „Dein Kleid ist perfekt, Ashley! Es ist so elegant und schmeichelt deiner Figur. Es wird Kevin verrückt machen."

Apropos Kevin, ich kann nicht glauben, dass ich ihn von jetzt an jeden Tag für den Rest meines Lebens um mich haben werde. Vor allem, weil ich ihn seit unserem Scarlett-und-Rhett-Tag kaum zu Gesicht bekommen habe. Es läuft alles prima mit seinem neuen Job in Philadelphia. Ich bin an ein paar Wochenenden ebenfalls dort gewesen, um das neue Haus einzurichten. Ich habe sogar einen Starbucks mit WLAN entdeckt! Ich suche zwar noch immer nach einer Rösterei, aber Gott ist gut!

„Du siehst entzückend aus", sagt meine Mutter. „Der Schleier, den Mei Ling gefertigt hat, ist das Beste an dem Ganzen."

„Das ist er wirklich, Mei Ling. Ich wünschte nur, ich wüsste, wo das Kleid hergekommen ist", sage ich.

„Kay hat es gekauft", sagt Brea so, als müsste ich das schon längst wissen.

„Was? Kay?" Ich drehe mich zu Kay um, die damit beschäftigt ist, irgendwelche Dinge zu ordnen. In meinem Zimmer, wo an meinem Hochzeitstag überall Schachteln stehen, ist dies ein hoffnungsloses Unterfangen.

Kay zuckt mit den Schultern. „Du hast dein ganzes Leben lang auf dieses Kleid gewartet. Ich dachte sogar, dass du verzweifelt genug warst, um Seth allein deswegen zu heiraten. Ich hätte es einfach nicht mit ansehen können, wenn du es nicht bekommen hättest – wegen *dieser Frau*. Ich kannte all die Gründe, warum du es nicht kaufen konntest, und es waren alles Gründe, die mit deiner Großzügigkeit anderen Menschen gegenüber zu tun hatten. Du versteckst dich hinter deinem oberflächlichen Äußeren, Ashley. Aber du würdest für andere dein letztes Hemd hergeben. Und das ist nur eines der Geheimnisse, die ich gelüftet habe, während ich mit dir zusammengelebt habe. Du würdest jemandem auch offen sagen, dass er zwanzig Jahre lang etwas geleugnet hat, wenn er es dringend einmal hören müsste. Oder sie." Kay grinst und wir behalten dieses Geheimnis für uns.

Ich nehme sie fest in die Arme. „Du bist die Beste! Was hätte ich letztes Jahr bloß ohne dich gemacht?"

Seth, mein geliebter Exfreund, der allem Anschein nach nicht aus meinem Leben verschwinden will, benötigt durch seinen neuen Direktorenposten mehr steuerliche Abschreibungsmöglichkeiten – von seiner Frau ganz zu schweigen –, also wird er mir meine Hälfte vom Haus abkaufen. Ich kann nicht behaupten, dass mich das überrascht. Wenn man die gesamte Zeitspanne in Betracht zieht, in der Kay ihn durchgefüttert hat, dann ist das wohl ein fairer Handel. Die gute Nachricht lautet, dass Kay das Haus für sich allein behält und Seth seine Abschreibung bekommt, während Arin sich bemühen wird, seine Singlebude in etwas Bewohnbares zu verwandeln. *Viel Glück dabei.*

Mein Magen dreht sich um, als ich die weiße Limousine vorfahren sehe.

„Es ist Zeit", sagt Brea.

Ich schnappe mir Brea, Kay, Mei Ling und meine Mutter für eine Gruppenumarmung. „Ich liebe euch, Leute!"

Okay, keine Tränen. Das Make-up sitzt perfekt.

„Genug geflennt. Wir müssen los!", verkündet Brea. „Ich muss noch sichergehen, dass John Miles seinen Ringträgeranzug ordentlich angezogen hat. Lasst uns gehen! Los!"

Meine Mom nestelt an meinem Schleier und Kay und Brea werfen einen letzten Blick in den Spiegel. „Ich mag diesen Jungen, Ashley", sagt Mom. „Du und Kevin, ihr werdet zusammen sehr glücklich. Ich hoffe, du wirst genauso glücklich wie ich mit deinem Vater."

Nur eine kleine Bitte, Herr: *Lass mich bitte noch glücklicher werden!*

Nach einem Kicheranfall im Auto kommen wir an der Kirche an und nehmen gefühlte Millionen von Bildern auf. Die Wahrheit ist, ich bin nicht allzu fotogen und hoffe auf so einige Photoshop-Wunder. Damit ich mich an mich als junges *Vogue*-Model erinnern kann, während ich mich zu Hause entspanne und mir dabei die Dave Matthews Band anhöre. „Erinnert ihr euch an damals, als wir alle wie Angelina Jolie ausgesehen haben?", werden wir mit unseren müden Stimmen sagen.

Als die Foto-Session endlich zu Ende ist, höre ich jemanden sagen, dass der Bräutigam noch nicht da sei, und das trifft mich mit der Wucht eines Orkans in Florida. Das Herz schlägt mir bis zum Hals, während ich warte. Meine Hände zittern und ich fange Gespräche an, ohne wirklich anwesend zu sein. Die Leute sagen etwas. Ich antworte. Aber alles, was ich eigentlich höre, ist: *Kevin ist noch nicht hier. Kevin ist noch nicht hier.* Etwas in meinem Hinterkopf befürchtet, dass er mich schlussendlich doch für seine Familie und das kulturelle Erbe aufgeben wird. Was ist, wenn ich am Ende weinend in der hinteren Reihe sitze – mit Seth und seiner schwangeren Frau, die mir Worte der Anteilnahme aussprechen? Ich bekomme mit, dass Seth mich fragt, ob bei mir alles in Ordnung sei, und ganz nebenbei, ob das Haus womöglich Trockenfäule hätte.

„Er ist da!", höre ich Brea verkünden. Mein Herz fängt wieder an zu schlagen. „Geh in die Kirche, bevor er dich sieht!" Ich drängle mich in das Brautzimmer der Kirche, unfähig, das breite Lächeln von meinem Gesicht zu verbannen. *Er ist hier. Ich werde wirklich heiraten! Ich werde wirklich an das andere Ende des Landes ziehen. Und Rhett wird der Einzige sein, der mir tagsüber Gesellschaft leistet. Heute werde ich zu Mrs. Ashley Novak. Ich werde den Posten des Chefsyndikus für den Posten des Chefhaushaltsmanagers eintauschen. Wie seltsam das nach Elaine Novak klingt. Die Ironie des Ganzen ist mir nicht entgangen.*

Ich nehme meinen Strauß in die Hand und rieche am Heidekraut, um mich daran zu erinnern, dass Träume am Ende doch wahr werden. Ich lasse meinen Blick auch zu den Tulpen schweifen, die mich an meine ewig währende Liebe zu Kevin erinnern. Es gibt hier keine Hortensien oder Pfingstrosen, die Emily so gern gesehen hätte. Das hier ist mein Traum. Mein Tag. Meine Zukunft.

Nach einer gefühlten Ewigkeit und viel Gedränge um mich herum erklingt die Musik und mein Vater stellt sich neben mich. Kay und Brea halten ihre Daumen hoch. „Es ist Zeit!“, sagt Kay. „Hört euch das genau an: Das ist der Hochzeitsmarsch für Ashley Stockingdale.“

„Unser Baby heiratet!“, sagt Brea.

„Wir haben's geschafft!“, sagt Mei Ling zu meiner Mutter.

Die Brautjungfern sind alle mit ihrem Kleid zufrieden, von dem ich hoffe, dass sie es irgendwann einmal wieder tragen werden. Aber das sagen alle Bräute und niemand zieht das Kleid jemals wieder an. Üblicherweise wirft das Kleid nach der Hochzeit nur unangenehme Fragen auf: *Warum war ich noch mal mit diesem Mädchen befreundet? Kenne ich überhaupt diejenige, die mich in dieses pinkfarbene Satin gesteckt hat?* Aber ich freue mich darüber, sagen zu dürfen, dass sie allesamt gut aussehen. Alle drei Kleider haben einen geraden Halsausschnitt quer über das Schlüsselbein und ein Korsett, das die Taille umarmt. Es ist schwarz – weil ich das Formelle an der Farbe so sehr schätze – und lässt meine ohnehin schon abgemagerte Brautjungferntruppe noch schlanker aussehen. An der Taille ist es eng zusammengeschnürt und geht dann explosionsartig über in einen Tellerrock im Stil der klassischen 40er-Jahre. All das besteht aus wundervoller Schantungseide, die gut zu meinem Kleid passt. Mit ihren schwarzen High Heels sehen sie einfach unglaublich aus! Aber was noch viel wichtiger ist: Sie *sind* unglaublich. Ich würde heute nicht hier stehen, wenn es auch nur eine von ihnen nicht gäbe.

Kay und Brea stellen sich zu den beiden Single-Ärzten – Kevins Trauzeugen. Er hatte irgendwann mal versucht, mich mit dem einen zusammenzubringen. Der andere ist James, Kevins bester Freund seit der Kindheit, der noch immer in Atlanta lebt. Offensichtlich bevorzugen Ärzte die Gesellschaft anderer Ärzte. Mei Ling wird sich zu Dave gesellen, und Miles ist mein Ringträger. In meiner Familie gibt es keine Blumenmädchen. Daran müssen wir arbeiten.

Mein Dad zappelt in seinem „Affenanzug" herum und erweckt den Eindruck, jetzt liebend gern ein Bier trinken zu wollen. Er hebt meinen Schleier und küsst mich auf die Wange. „Du bist eine wunderschöne Braut. Aber du warst auch schon ein wunderschönes Single-Mädchen. Ich werde mein Mädchen bei uns zu Hause vermissen. Du warst immer zur Stelle für mein Halbzeitbier." Er versucht zwar, witzig zu sein, aber ich entdecke Tränen in seinen Augen. Ich weiß, dass er nie gedacht hätte, diesen Tag doch noch miterleben zu dürfen.

Dad mag Kevin. Kevin versteht etwas von Sport, der universellen Männersprache, mit der viele der Männer im Silicon Valley nichts anfangen können. Wie zum Beispiel Seth. Mein Dad konnte noch nie einem Mann sein Vertrauen schenken, der seine Liebe zu Football nicht teilt. „Das ist einfach nicht richtig so", sagt Dad dann immer. „Es entspricht nicht der Natur eines Mannes, kein Lieblingsfootballteam zu haben."

„Mei Ling ist sogar eine noch bessere Tochter", bemerke ich im Spaß. „Sie wird deinen Krug sogar kalt stellen."

„Nein, Ashley." Dads Augen funkeln. „Ich weiß, dass wir nicht viel miteinander reden, aber der Grund dafür ist, dass ich annehme, dass du ohnehin weißt, was ich denke. Du weißt, dass ich dich liebe und dass ich nicht stolzer auf dich sein könnte. Was gibt es dem noch hinzuzufügen?“ Er zuckt mit den Schultern.

„In der Tat, Dad, was könnte man dem noch hinzufügen? Ich liebe dich auch.“ Ich küsse ihn auf die Wange und erblinde fast, als der Blitz aufleuchtet. Der Fotograf ist wie jemand von den Paparazzi. *Ich liebe es! Die Partys von Colin Cowie sind nichts im Vergleich zu der Hochzeit von Ashley Stockingdale!*

Mein Dad bringt den Schleier wieder in seine Ausgangsform und wir hören den *Hochzeitsmarsch* von Neuem beginnen.

„Nun ist es so weit“, sagt mein Vater. „Bist du sicher, dass du diesen nichtsnutzigen Kerl wirklich heiraten willst?“

„Ich bin mir sicher. Bist du denn sicher, dass er auch anwesend ist?“, frage ich nervös.

„Ich habe ihn mit eigenen Augen gesehen. Er ist hier. Und seine Familie ebenfalls. Jedoch nicht viele ihrer Freunde, also habe ich deinem Bruder gesagt, er soll die Leute auf beide Seiten der Kirche verteilen.“

„Los geht's, Dad.“ Er umklammert fest meinen Arm und wir beginnen den Gang entlangzuschreiten.

Der Anblick von Kevin scheint direkt einem Traum zu entstammen und ich kann meine Tränen nicht zurückhalten. Allerdings kann ich meine Augen auch nicht von ihm abwenden. Und ich sehe niemanden in der Kirche sitzen. *Ist hier überhaupt jemand?* Da ist nur Kevin in seinem schwarzen Smoking mit einem breiten Grinsen auf dem Gesicht. Er sieht mich an und lockt mich mit seiner Liebe zu sich. Ich erinnere mich daran, wie ich ihn kennengelernt habe. Ich hatte so erhabene Illusionen darüber, wer er sei. Jetzt habe ich sein Engagement für seine Patienten kennengelernt, die Hingabe an seine Arbeit und seine Liebe zu mir. Er hat so viel Liebe zu geben und ich fühle mich seiner unwürdig, aber trotzdem bin ich so dankbar, dass Gott ihn zu mir geführt hat. Möge ich mich jeden Tag meines Lebens unwürdig fühlen. *Bitte, Herr.*

Als ich ihn erreiche, sehe ich, dass auch seine Augen glitzern, was mir noch mehr Tränen entlockt. Ich schlucke den Kloß in meinem Hals herunter. Mein Make-up ist ruiniert. „Hör auf damit", flüstere ich ihm zu.

„Ich habe noch nie jemand Schöneres gesehen, Ash. Ich wünschte, ich könnte dich jeden Tag heiraten", flüstert er zurück.

Ich halte den Arm meines Vaters immer noch fest umklammert, aber nun befreit er sich aus meinem Griff und schiebt mich rüber zu Kevin. Mein Verlobter lächelt mich von oben an und zum ersten Mal in meinem Leben weiß ich alles, was ich wissen muss.

Pastor Craig, der Mann, der Kevin in seiner geistlichen Entwicklung geschult und begleitet hat, beginnt mit der Trauung. „Wir haben uns heute hier versammelt, um Zeugen der christlichen Eheschließung und Segnung von Dr. Kevin Novak und Ashley Stockingdale zu werden." Er fährt fort, aber meine Augen sind auf Kevins Blick fixiert, und vor lauter Unglauben verschwimmt alles in meinem Kopf. Ich stehe hier oben. Der Pastor spricht zu mir! Ich schaue mich um und sehe Kay, Brea und Mei Ling in ihren Brautjungfernkleidern. Ich schaue nach unten und sehe, dass tatsächlich ich es bin, die in Weiß gekleidet ist! Wie abgefahren ist das denn?

Ich werde Kalifornien bald verlassen. Ich werde Gainnet bald verlassen. Ich werde alles Vertraute zurücklassen, um in weite Ferne zu ziehen mit einem Mann, in den ich bis über beide Ohren verliebt bin. Bei diesem Gedanken kann ich kaum atmen. Ich sollte mich zu Tode fürchten, aber ich kann es einfach nicht erwarten, zu springen. Und ich kann es kaum erwarten, warm und weich zu landen – auf meinem Mann.

Kevin nimmt meinen Ring und steckt ihn mir an. „Ich, Kevin Novak, nehme dich, Ashley, zu meiner mir rechtmäßig angetrauten Ehefrau. Ich gelobe feierlich, dich zu lieben und zu ehren, so wie Christus seine Kirche liebt. Ich schwöre dir Treue und verspreche, mich um dich zu sorgen wie um einen Teil von mir. Mögen wir in seinem Ebenbild gemeinsam wachsen und in guten und in schlechten Zeiten die Stürme des Lebens gemeinsam durchstehen."

Der Pastor sieht mich an und ich stecke Kevin seinen Ring an.

„Ich, Ashley Stockingdale, nehme dich, Kevin, zu meinem rechtmäßig angetrautem Ehemann, um dich zu lieben, dich zu schätzen und dich zu ehren. Um dir in allen Lebenslagen zu folgen, ganz gleich, welche Höhen und Tiefen wir überwinden müssen. Mit diesem Ring schenke ich dir meine Liebe und meinen Respekt. Ich werde deine Frau sein und dich ehren, bis dass der Tod uns scheidet."

„Kraft des mir verliehenen Amtes", schließt der Pastor „erkläre ich euch hiermit zu Mann und Frau. Kevin, du darfst die Braut jetzt küssen."

Ich kichere, als Kevin auf meine Lippen zielt. *Ich bin eine verheiratete Frau!* Es hat nur zweiunddreißig Jahre gebraucht, drei jämmerliche Freunde und ein vollkommenes Fehlen an Vertrauen meinerseits. Kevin dreht mich herum und endlich erblicke ich die Menge.

„Lasst die Spiele beginnen." Kevin zwinkert mir zu und umklammert meinen Arm als wir den eleganten Gang hinunterschreiten, umgeben von farbenprächtigen Glasmalereien. Wenn ich gewusst hätte, dass ich nicht einmal bemerken würde, wo ich mich befinde, hätte ich keine so große Angst wegen des Veranstaltungsortes gehabt.

Ich gleite an Kevins Mutter und Schwester vorbei. Elaine und Emily klatschen zwar höflich, aber ich fürchte, dass ihre wahren Gefühle ihnen auf den Gesichtern geschrieben stehen. Ich bin nicht die Braut ihrer Träume und sie denken, dass Kevin definitiv etwas Besseres verdient hätte. Hey, wahrscheinlich stimmt das sogar. *Aber lest es mir von den Lippen ab, Leute. Jetzt gehört er mir!* Kevins Vater macht einen resignierten Eindruck. Nur der Gedanke daran, dass wir eine Anzahlung für das Haus akzeptiert haben, das wir uns selbst ausgesucht haben, scheint ihn zu beruhigen. Trotzdem ist er verstimmt, weil wir das hässliche

Haus verschmäht haben, das *er* ausgesucht hatte. *Versöhnung*, denke ich. Das ist jetzt mein Ziel, das durch die Verteilung auf zwei verschiedene Staaten erleichtert wird.

Im hinteren Teil der Kirche sehe ich Seth und eine hochschwangere Arin. Die Schwangerschaft sieht man sogar in ihrem Gesicht. Er lächelt mich an und ich lächle zurück. Er freut sich für mich und ich mich für ihn. Erst das Baby hat ihn dazu veranlasst, zu handeln, und gelobt sei der Herr dafür. Er wird nicht allein bleiben. Ich sehe auch Sam neben ihnen sitzen. Und ich bin froh, dass meine Ehe mit nur zwei Personen beginnt. Opfer im Namen der Liebe sind eine Sache. Aber als ich Seth ansehe, erinnere ich mich daran, dass endgültige Selbstaufgabe eine ganz andere ist.

Matt Callaway sitzt in der letzten Reihe und rutscht unbehaglich hin und her, während er darauf wartet, dass Kay ihre Brautjungfernpflichten beendet. Sie gehen jetzt ernsthaft miteinander aus. Und obwohl ich das nicht gutheißen kann, kann ich auch nichts dagegen tun. Fürs Erste ist mir dabei eher unwohl. Aber ich kann das Universum nicht unter meine Kontrolle zwingen. Glücklicherweise übernimmt diesen Job jemand, der dafür besser qualifiziert ist als ich.

Kevin und ich lächeln uns wissend an. „Wir haben es getan", sagt er.

Ich werfe einen Blick auf den funkelnden Diamanten an meiner linken Hand. Wir haben es tatsächlich getan. Verwirrung ist ein Teil der göttlichen Absicht, den Menschen aus seiner Wohlfühlzone hinauszubewegen. Eine Wohlfühlzone, die ihre Daseinsberechtigung eingebüßt hat. Gottes Wege sind niemals einfach, aber bei Weitem die aufregendsten.

Kevin bleibt im hinteren Teil der Kirche stehen und sieht mich durchdringend an. „Ashley Wilkes Stockingdale? Ich meine, Novak! Lass uns den Eisstand stürmen!" Er zieht mich hinter sich her und wir rennen aus dem Kirchenfoyer, nur um kurz darauf von einem beunruhigenden Anblick aufgehalten zu werden – oder eben dem Fehlen eines Anblicks. „Wo ist die Limousine?"

„Ach, du meine Güte! Ich habe ihm den Weg zur Empfangshalle beschrieben und sagte, dass wir gegen fünf fertig sein würden."

Kevin fängt an, laut zu lachen. „Wir haben also keine Möglichkeit, zu unserem eigenen Empfang zu gelangen?"

Jetzt erst sehe ich Emily mit ihrer Coach-Mappe auf uns zueilen. „Ich habe mir schon gedacht, dass so etwas passieren könnte. Die Handynummer des Chauffeurs steht hier drin." Emily reicht mir in einer seltenen Geste von – kann es denn wirklich sein? – Freundlichkeit die Ledermappe. „Willkommen in der Familie, Ashley. Du bist jetzt eine echte Novak."

Bei ihren Worten drücke ich die Mappe fest an meine Brust und muss erst mal schlucken. „Ich freue mich, hier zu sein, Emily."

Kevin wählt die Nummer und der Fahrer versichert ihm, gleich um die Ecke zu sein. Ich blicke voller Bewunderung in Kevins erstaunlich grüne Augen und betrachte sein schönes Gesicht, während er spricht. Ashley Wilkes Stockingdale *Novak* ist verheiratet! Ein Begründer weniger. Oh ja, mit diesem Ring bin ich eine Verpflichtung eingegangen – nicht gegenüber einer Institution, sondern gegenüber einem Mann, der aussieht wie Hugh Jackman an einem seiner guten Tage. Ist Gott nicht gut? Ich glaube, ich könnte jetzt wirklich gelernt haben, etwas mehr auf Ihn zu vertrauen, mich auf Ihn zu verlassen, statt mich so viel zu sorgen. Ja, da bin ich mir sicher.

Vielleicht.

Bis wir Kinder bekommen.

Kinder mit diesen wunderbaren grünen Augen und meinem Modegeschmack. Oooh, Kinder! Es gibt eine ganz neue Modewelt für mich zu entdecken. Kleine, winzige Kleider von Lilly Pulitzer – und stellt Coach eigentlich Windeltaschen her? Ganz bestimmt tun sie das.

Moment mal. Was ist, wenn sie nicht meinen guten Geschmack erben? Was ist, wenn sie mit einer Vorliebe für überzuckerten Eistee, gebratene Okraschoten und Süßkartoffelkuchen zur Welt kommen? Was ist, wenn meine Tochter ihre Lieblingstante Emily besuchen fährt und nach ihrer Rückkehr einen Sonnenschirm verlangt und mich *Muttah* nennt?

Hilf mir, Herr!

Ich nehme Kevins Stimme wieder wahr, sehe die Limousine um die Ecke biegen und mir wird plötzlich bewusst, dass ich in die alte Gewohnheit zurückfalle, mir über alles Sorgen zu machen. *Entschuldige, Herr. Ich befinde mich definitiv noch auf dem Weg.*

„Bereit, Mrs. Novak?“, fragt Kevin und ich gleite elegant in das Auto. Ausnahmsweise entspricht ein Moment voll meinen Erwartungen.

„Definitiv ja“, sage ich. Und das bin ich wirklich. Die Frage ist nur, ob die Welt bereit ist für Ashley Wilkes Stockingdale Novak! Und wie ich diesen Namen auf meiner Visa-Karte unterbringen soll ...

Ein herzliches Dankeschön an Jeana Ledbetter, die Agentin meines Vertrauens und meine Freundin. Außerdem an Natalie Gillespie und Ami McConnell, meine beiden fabelhaften Lektoren, dafür, dass sie mir dabei geholfen haben, dieses Buch zu vollenden, als die Quelle kurz vor dem Versiegen stand!

Colleen Coble, Diann Hunt und Denise Hunter: Vielen Dank, dass ihr an jenen Tagen für mich da wart, als ich eine Aufmunterung gebraucht habe.

Und natürlich vielen Dank an meine Familie, die viel zu viele Ashley-Momente erdulden muss, wenn die Deadline kurz bevorsteht.